D1727878

Dreißig Jahre hat Hüseyin in Deutschland gearbeitet, nun erfüllt er sich endlich seinen Traum: eine Eigentumswohnung in Istanbul. Nur um am Tag des Einzugs an einem Herzinfarkt zu sterben. Zur Beerdigung reist ihm seine Familie aus Deutschland nach. Seine älteste Tochter Sevda, die erfolgreich im Leben, aber weit entfernt von ihren Eltern und vom Glück ist. Sein Sohn Hakan, der sich wie auf einer wilden Flucht vor sich selbst durch jeden einzelnen Tag boxt. Seine Tochter Peri, die sich an der Universität mit allen Fasern in Theorie, Sex und Drogen wirft. Sein jüngster Sohn Ümit, der noch zu Hause wohnt und laut den Erwachsenen nicht in den verliebt sein darf, in den er verliebt ist. Und Hüseyins Frau Emine, deren so schmerzhafte wie zärtliche Erinnerungen zwischen der Türkei und Deutschland keine Grenzen kennen. Jede dieser unvergesslichen Figuren hat ihr eigenes Gepäck dabei: Geheimnisse, Wünsche, Wunden.
Voller Wucht und Schönheit fragt *Dschinns* nach dem Gebilde Familie, den Blick tief hineingerichtet in die Geschichte der vergangenen Jahrzehnte und weit voraus.

Fatma Aydemir wurde 1986 in Karlsruhe geboren. Sie lebt in Berlin und ist Kolumnistin und Redakteurin bei der *taz*. 2017 erschien ihr Debütroman *Ellbogen,* für den sie den Klaus-Michael-Kühne-Preis und den Franz-Hessel-Preis erhielt. Ihr zweiter Roman *Dschinns* wurde mit dem Robert-Gernhardt-Preis ausgezeichnet.

BÜCHERGILDE GUTENBERG

Fatma Aydemir

Dschinns

Roman

Die Autorin dankt dem Berliner Senat für das Arbeitsstipendium und der Villa Aurora für das Aufenthaltsstipendium.

Lizenzausgabe für die Mitglieder der Büchergilde Gutenberg
Verlagsgesellschaft mbH, Frankfurt am Main, Wien und Zürich
www.buechergilde.de
Mit freundlicher Genehmigung des Carl Hanser Verlags, München
© 2022 Carl Hanser Verlag GmbH & Co. KG, München
Alle Rechte vorbehalten
Satz: Satz für Satz, Wangen im Allgäu
Einbandgestaltung: Cosima Schneider
Druck und Bindung: Friedrich Pustet, Regensburg
ISBN 978-3-7632-7369-0

FÜR R.

… Bilder, die wir nie sahen, ehe wir uns ihrer erinnerten.

WALTER BENJAMIN

HÜSEYIN ... WEISST DU, wer du bist, Hüseyin, wenn du die glänzenden Konturen deines Gesichts im Glas der Balkontür erkennst? Wenn du die Tür öffnest, auf den Balkon trittst und dir warme Luft übers Gesicht streicht und die untergehende Sonne zwischen den Dächern der Wohnblocks von Zeytinburnu leuchtet wie eine gigantische Apfelsine? Du reibst dir die Augen. Vielleicht, denkst du, vielleicht war jede Hürde und jeder Zwiespalt in diesem Leben nur dazu da, um irgendwann hier oben zu stehen und zu wissen: Ich habe mir das verdient. Mit dem Schweiß meiner Stirn.

Du hörst den ersten Abendezan auf dem Balkon deiner Wohnung, deiner geräumigen 3 + 1-Zimmer-Wohnung im vierten Stock, für die du fast dreißig Jahre gearbeitet und gespart hast, während du vier Kinder aufgezogen und deiner Frau ein zwar bescheidenes, aber nie notdürftiges Leben geboten hast. Du hast deine Tage in drei Schichten gelebt, Hüseyin, hast alle Sonntagsdienste, Feiertagsdienste, Überstunden übernommen, hast von allen vorhandenen Zulagen in der Metallfabrik zu profitieren versucht, um die Familie durchzubringen, um dem Kleinen Fußballschuhe zu kaufen, um die Schulden des Großen zu begleichen, um ein bisschen was zur Seite zu legen. Und nun hast du es endlich geschafft. Du bist neunundfünfzig und Eigentümer. Wenn in ein paar Jahren Ümit die Schule beendet und du endlich Deutschland, dieses kalte, herzlose Land, verlassen kannst, dann gibt es diese Wohnung hier in Istanbul mit deinem Namen auf dem Klingelschild. Hüseyin! Du hast endlich einen Ort gefunden, den du dein Zuhause nennen kannst.

Genieß es, Hüseyin. Hör, wie die laute Musik aus den Läden der Straße unter dir jetzt plötzlich verstummt und da nur noch der Ezan ist und die Hupen und Stimmen von Millionen von Menschen, die weiter durch die Straßen irren, um ihren Geschäften nachzugehen. Lausch dem Geschrei der Möwen. Saug die schwüle Luft ein, die nach Abgasen und verbranntem Müll riecht, lass deinen Blick ruhig noch ein paar Minuten auf dem Gewusel da unten zwischen den Häusern ruhen, bevor du beten gehst.

Schau, gegenüber hat eine Filiale von Ibrahim Tatlıses' Lahmacun-Restaurantkette aufgemacht. Du mochtest doch seine Lieder früher so gerne, Hüseyin, du hattest dir eine Platte von ihm besorgt, hast dir jeden Abend im Heim eine Flasche Kristallweizen geöffnet, auf das Zischen des Kronkorkens folgte das Rauschen des Plattenspielers, die Bağlama zu Beginn von *Tükendi Nakdi Ömrüm*. Weißt du noch, Hüseyin, zu diesem Lied hast du so viele Zigaretten geraucht, dass dein Körper sich zu einer einzigen weißen Rauchwolke auflöste in der engen Heimküche am Ende des Flurs, dieses langen, dunklen Flurs. Du fühltest Ibo, weil er in seinen Liedern von all den Menschen sang, denen keiner Gehör schenkte, den armen und dunklen und hart arbeitenden Menschen vom Land, denen wie du, Hüseyin. Und du fühltest Ibo, weil auch er die Sprache seiner Eltern abgelegt hatte wie einen unnützen Sack voll Kieselsteine.

Inzwischen aber kannst du ihn nicht mehr ertragen, du verabscheust Ibo sogar, wie er jeden Freitagabend in seiner Fernsehsendung herumhampelt und blödes Zeug spricht und seine

Bauchtänzerinnen angafft, dieser ehrlose Mann, der einen einfachen Händler auf dem Markt von Urfa erschießen ließ, weil der ihn nicht bedienen wollte. So jedenfalls stand es in den Zeitungen.

Nein, Hüseyin, das ist bei aller Liebe nicht die Art von Mensch, dessen Kassetten du kaufen und hören willst. Außerdem ist Ibo auch noch von Volksmusik zu Arabesk gewechselt, und du hast doch dem Alkohol und dem Tabak längst abgeschworen, und ohne Alkohol ist dieser Arabesk ja wohl kaum zu ertragen. Und selbst wenn: Was können dir Lieder von einem solchen Menschen noch geben? Einem Mann, der seine Frauen schlägt und sich damit auch noch öffentlich schmückt? Nichts. Aber Perihan und Hakan und Ümit wird das Restaurant bestimmt trotzdem beeindrucken. Es gehört eben dem berühmtesten Menschen des Landes, und du wirst nichts dagegen sagen können, Hüseyin, wenn deine Kinder jeden Tag dorthin eilen werden, um sich mit dem Zeug vollzustopfen.

Im Gegenteil, du wirst ihnen das Essen selbst spendieren, wirst ihnen friedlich zusehen und dich daran erfreuen, dass du ihnen endlich ermöglichen kannst, von nun an jeden Sommer in Istanbul zu sein, in dieser prachtvollen Stadt, für die seit Jahrhunderten so viele Kriege geführt wurden, so viel Blut geflossen ist, und alles umsonst. Denn niemand hat verstanden, dass sich diese Stadt niemals erobern lässt, von niemandem. Am Ende nämlich erobert die Stadt immer dich. Am Ende wirst du nicht mehr sein als nur eine weitere Staubschicht in der Erde zu den Füßen neuer Eroberer mit den immer gleichen Sehnsüchten, und Istanbul wird auch sie alle in sich aufnehmen und verschlingen und zu Staub machen und sich an ihnen nähren und immer weiter wachsen zu noch strahlenderer Pracht.

Du, Hüseyin, hast schon gewusst, dass du irgendwann nach Istanbul zurückkehren würdest, als du das erste Mal hier ankamst. Du kamst damals mit dem Zug aus dem Dorf und stiegst hier in Istanbul für eine Woche bei Verwandten ab, ehe du den Bus und dann die Bahn nach Süddeutschland nahmst, um dir dort eine Arbeitsstelle zuweisen zu lassen. Sie haben dich in eine Reihe mit anderen Arbeitern gestellt, haben eure nackten Körper inspiziert und euch in die Unterhosen geschaut. Das war im Frühjahr 1971.

Deutschland war nicht das, was du dir erhofft hattest, Hüseyin. Du hattest dir ein neues Leben erhofft. Was du bekamst, war Einsamkeit, die nie ein neues Leben sein kann, denn Einsamkeit ist eine Schleife, ist die ständige Wiederholung derselben Erinnerungen im Kopf, ist die Suche nach immer neuen Wunden in längst entschwundenen Ichs, ist die Sehnsucht nach Menschen, die man zurückgelassen hat. Aber was solltest du tun, Hüseyin? Du konntest doch nicht einfach zurück in dein Dorf. Also bliebst du und tatst das, was du tun musstest, damit dein Herkommen wenigstens einen Sinn ergab.

Wie doch die Zeit vergeht, Hüseyin. Du hast in den letzten achtundzwanzig Jahren deines Lebens mehr Geld verdient, als du dir in der Türkei auch nur hättest erträumen können. Du hast es verdient, weil du dir nie zu schade für die Arbeit warst, die kein Deutscher machen wollte. Du hast nicht geahnt, dass dein Körper schon derart bald und noch lange vor dem Rentenalter genauso müde sein würde wie die deutsche Wirtschaft nach der Wende. Du wolltest in dem Moment, in dem beide Erschöpfungen zusammentrafen und die Metallfabrik schloss, wie die meisten deiner Kollegen auch in Frührente gehen, doch man gab dir leider kein Attest dafür, obwohl dein Rücken sich nach all den Jahren am Schmelzofen wie ein verkehrtes C nach in-

nen gekrümmt hatte und dein Knie schon nach kurzen Spazier-
gängen furchtbar zu schmerzen begann.

Aber das hatte alles seine Richtigkeit, Hüseyin. Denn wovon hättet ihr leben sollen damals, mit noch drei Kindern zuhause, bei 900 Mark Rente? Von deinen Ersparnissen? Hättest
du auf diese Wohnung hier verzichten wollen, Hüseyin, bloß
damit du ein paar Jahre früher hättest anfangen können, dich
auszuruhen, aber für immer in Deutschland? Natürlich nicht,
Hüseyin. Also gingst du in eine andere Fabrik, mit weniger
Stundenlohn und weniger Zulagen, aber immerhin reichte es,
um die Ersparnisse noch auf das Nötige aufzustocken, noch ein
bisschen mehr Rente einzuzahlen. Und das Zusammenfalten
von Kartons konntest du nach dem jahrelangen Zusammen-
schmelzen von Metallresten bei 1500 Grad auch schon nicht
mehr richtige Arbeit nennen. So hast du fünf weitere Jahre geschuftet, Hüseyin, bis du letztes Jahr beim Karton-Chef höchst-
persönlich und betont höflich um deine Entlassung batst. Er
kam dir entgegen und du fandst endlich Zeit, dich nach einer
Wohnung in Istanbul umzusehen. Zeit, dich wieder deinem
Glauben zu widmen, der viele Jahre wie eine ungegossene
Blume vor sich hin gewelkt war. Zeit, in dich hineinzuhören
und Frieden mit deinen Dämonen zu schließen. Und nächste
Woche, wenn du sechzig wirst, beginnt auch für dich endlich
die Rente, Hüseyin. Sie nennen es Frührente, doch nichts daran
fühlt sich früh an.

Wie doch die Zeit vergeht. Wer weiß, vielleicht gehst du gar
nicht mehr zurück nach Deutschland, vielleicht bleibst du einfach hier. Vielleicht wollen Emine und deine Kinder auch bleiben, wenn sie erst einmal hier sind und sehen, wie schön du
die Wohnung für sie hergerichtet hast. Vielleicht macht Ümit

die Schule hier fertig. Vielleicht werden Perihan und auch Ha-kan sich hier verlieben und beide endlich heiraten wollen. Du erschauerst bei dem Gedanken, Hüseyin, warum denn? Warst nicht du es, der damals seine älteste Tochter Sevda hände-ringend an einen Mann bringen wollte, der ihr ein Ultimatum stellte, als sie siebzehneinhalb Jahre alt war? Du heiratest den oder den, entscheide dich, aber einen von ihnen nimmst du und gründest eine Familie und dann müssen wir uns wenigstens nicht mehr sorgen, was Deutschland aus unserer Sevda macht, unserer Sevda, die immer viel zu viel vom Leben will, die sich nie zufriedengibt mit dem, was sie hat, dem, was sie erreichen kann. War es nicht deine Idee, Hüseyin, Sevda so in Sicherheit zu bringen? War es nicht deine Idee, ihre Träume zu töten?

Aber, armer Hüseyin, Sevda hat gemacht, was sie wollte, mit zwei Kindern auf dem Schoß hat sie es trotzdem gemacht. Siehst du das nicht? Und nun sorgst du dich also um Perihan und Hakan, dabei solltest du längst wissen, Hüseyin, dass deine Sorgen um die Kinder dich selten zu den richtigen Entschei-dungen bewegen. Ja, du lächelst, Hüseyin. Das solltest du auch, schließlich ist es ein glücklicher Tag, vielleicht sogar der beste Tag deines Lebens.

Alle Möbel sind gekommen. Die Männer haben sie nach deinen Vorstellungen aufgestellt, der Spiegel und das schwere Doppelbett für Emine und dich im hintersten Zimmer, die gemusterten Klappsofas für die Kinder in den zwei kleinen Schlafzimmern. Im Wohnzimmer steht eine verzierte Anrichte aus dunklem, poliertem Holz, ganz nach Emines Geschmack. Die Anrichte wird ihr gefallen, da bist du dir sicher.

Emine, die du liebst, seit du sie das erste Mal im Nachbar-dorf gesehen hast. Du warst gerade erst vom Militärdienst zu-rück, ein bisschen verrückt, ein bisschen gebrochen, und da lief plötzlich dieses junge Mädchen mit gesenktem Kopf vor dir durch die Gasse, weiß wie eine Baumwollknospe. Gleich am nächsten Tag hast du um ihre Hand angehalten, bei ihrer Tante, denn Emines Eltern waren zu diesem Zeitpunkt längst tot. Ihre Tante versuchte, ihr Lächeln zu unterdrücken, weil sie ihr zahnloses Gebiss nicht offenbaren wollte, doch schien sie mehr als froh, fortan einen Mund weniger füttern zu müssen.

Dreiunddreißig Jahre ist das jetzt her. Und du hast Emine immer geliebt, mehr als dich selbst, auch die acht Jahre, die du so weit weg von ihr allein in Deutschland warst, hast du immer an sie gedacht, hast dich jede Nacht beim Einschlafen zu ihr hin geträumt. Zum Geruch des Rosenwassers, das sie sich morgens hinter die Ohrläppchen rieb, zu der Kühle, die ihre Haut selbst unter zwei dicken Bettdecken behielt. Keine der deutschen Frauen, denen du in den acht Jahren in den Kneipen am Fluss begegnet bist, konnte die Sehnsucht nach Emine stillen, im Gegenteil, je näher du den anderen Frauen kamst, desto stärker sehntest du dich nach deiner Emine.

Und dann war es dir endlich möglich, sie und die Kinder nachzuholen, das Warten hatte endlich ein Ende. Ihr zogt in die dunkle Erdgeschosswohnung eines gelben Hochhauses gleich bei der Fabrik, das nur von Türken und Italienern und einer alten deutschen Witwe bewohnt war. Ihr machtet das Beste aus allem, konntet eure Kinder auf bessere Schulen schicken, als es in der Heimat jemals möglich gewesen wäre. Ihr habt alles gegeben, zumindest bei allen außer Sevda. Aber das erste Kind ist eben immer ein Experiment, was willst du tun, Menschen machen Fehler, und bei den nächsten macht man es dann besser, nicht wahr, Hüseyin? Beim ersten, nur beim allerersten.

Und jetzt, Hüseyin, wartest du wieder auf Emine, nur dass diesmal sie in Deutschland ist und du in der Türkei. Nächste Woche wird sie nachkommen, mit Hakan, Perihan und dem kleinen Ümit, der endlich Sommerferien hat. Du bist extra früher geflogen, um die Wohnung vorzubereiten. Für Sonntag hat Halime Bacı, die freundliche Nachbarin von unten, dir eine Putzfrau arrangiert, die alles nochmal schön sauber machen wird. Dein Blick fällt in die Küche, Hüseyin, zu der deine zweite Balkontür führt. Da liegen die in Zeitungspapier gewickelten Aprikosen, die Halime Bacı dir am Nachmittag gebracht hat. Du hast Glück, eine so hilfsbereite und respektable Nachbarin erwischt zu haben, Hüseyin, so etwas ist auch hier schon lange nicht mehr selbstverständlich.

Der Ezan ist jetzt zwar bereits zu Ende. Aber es macht nichts, wenn du heute fünf Minuten später betest, Hüseyin. Also stößt du die Tür auf und gehst in die Küche und packst das Obst aus, lässt lauwarmes Wasser darüberlaufen. Die Balkontür bleibt offen, damit der künstliche Geruch der neuen Möbel hinauszieht. Die Aprikosen gären schon leicht, so magst du sie am liebsten. Sie schmecken zuckrig und sind fast Matsch.

Du isst eine, dann noch eine. Und gerade willst du zum Bad laufen, Hüseyin, um dich für das Gebet vorzubereiten. Gerade hast du beschlossen, deine klebrigen Finger nicht in der Küche zu waschen, sondern direkt ins Bad zu gehen, wo du dir sowieso deine Hände und dein Gesicht und deine Arme und deinen Kopf und deine Ohren und deinen Nacken und deine Füße waschen wirst, gerade hast du den ersten Schritt aus der Küche in den Flur gemacht, da spürst du ein scharfes Stechen in deinem linken Arm.

Du fragst dich, ob du dich vorhin übernommen hast, als du den Möbelpackern halfst, die zwei Sofas und drei Schlafsofas durch den Flur zu tragen, obwohl sie deine Hilfe dankend ablehnten. Aber so schwer waren die Sofas gar nicht. Der Schmerz lässt nicht nach. Er sticht zu. Wieder und wieder. Er ist wie eine Hacke, die dein Fleisch entzweit, Hüseyin.

Angstschweiß treibt dir in den Nacken, dein Körper kennt diese Art von Schmerz nicht. Und plötzlich breitet sich eine Enge in deinem Brustkorb aus, als zöge sich dein ganzer Oberkörper zusammen, bis er nicht mehr größer ist als ein Knopf. Du bleibst trotzdem stehen, Hüseyin. Du stehst da und kreuzt die Arme über der Brust, als umarmtest du dich selbst. Und musst dich hinsetzen. Du machst zwei Schritte in Richtung Wohnzimmer, wo der neue Esstisch und die dazugehörenden neuen Polsterstühle stehen, aber während der zwei Schritte überkommt dich plötzlich eine solche Übelkeit, dass du doch lieber schnell ins Bad willst, aber das schaffst du jetzt nicht mehr, und dein Körper beugt sich nach vorne und du erbrichst dich vor der Wohnungstür mitten auf deinen Flur.

Du hustest und gehst in die Knie und schreist so laut du kannst nach der Nachbarin Halime Bacı. Du hämmerst mit beiden Händen gegen den Boden, doch du weißt nicht, ob dieses Klopfen überhaupt zu hören ist. Die Welt dreht sich, im Vorbeiziehen siehst du die Aprikosenstückchen auf dem Eichenfurnierboden. Dein Körper versucht, sich aus der Hocke wieder aufzurichten, doch er schafft es nicht, Hüseyin, alles ist zu schwer, zu viel, zu eng, dein Brustkorb ist voller ruckartiger Krämpfe, und während du nach Halime schreist, schnellst du nach oben und verlierst dein Gleichgewicht und dein Körper plumpst auf den Boden und in dein Erbrochenes.

Du hältst den Kopf mit aller Kraft hoch, du schreist, du ringst um Atem, du schreist wieder, und plötzlich hörst du Halime Bacıs Stimme im Hausflur, das Klatschen ihrer Schlappen hoch zu dir auf den Steintreppenstufen, der Krampf in deinem Oberkörper ist zwei Sekunden weg, du schaffst es irgendwie, in diesen zwei Sekunden deinen Arm zur Türklinke zu hieven und die Wohnungstür zu öffnen, und da kommt schon der nächste Krampf, mit noch größerer Wucht, ein Schmerz, so scharf, so bitter, wie du ihn nie zuvor gespürt hast, du stößt Schreie aus, die so seltsam klingen, dass du sie dir selbst nicht zuordnen kannst, die Schreie müssen von draußen kommen, unmöglich können diese Klänge aus dir selbst stammen.

Du siehst Halime Bacıs langes, ovales, erschrockenes Gesicht über dir. Du verstehst nicht, was sie sagt, aber ihr Gesicht zittert, ist ganz entsetzt und fahl. Es ist ein Spiegel, in dem du sehen kannst, in welchem Zustand du dich selbst befindest, Hüseyin.

Der wattige Gedanke in deinem Kopf wird plötzlich ganz klar: Es ist zu Ende. Schluss. Aus. So stirbst du also. In deinem eigenen Erbrochenen, das aus matschigem Obst besteht, in der Wohnung, von der du dein ganzes Leben lang geträumt hast, du stirbst einfach so, ohne das Glitzern in den Augen von Emine zu sehen, wenn sie das erste Mal hier reinkommt, ohne die jugendliche Aufregung deiner jüngeren Tochter und deiner beiden Söhne zu spüren, nichts wirst du jemals davon mitbekommen, wie sie die von dir ausgesuchten Möbel finden und die chaotische Nachbarschaft und überhaupt Istanbul, das sie doch nur von Postkarten kennen und von den ein oder zwei Kurzbesuchen in ihrer Kindheit und natürlich aus dem Fernsehen.

Eigentlich wie du, Hüseyin. Warum wolltest du gerade nach Istanbul kommen? Was weißt du schon von diesem Ort? Ist es wirklich dieser Ort, nach dem du dich sehntest, oder bloß eine Erinnerung? Eine Erinnerung an das Entkommen aus der Heimat, an den Zwischenstopp vor der Fabrik, an den Ort, an dem es nicht mehr um das Vergessen ging und noch nicht um das Arbeiten. Den Ort, an dem du zum ersten Mal atmen konntest.

Du willst atmen, Hüseyin, du willst nicht sterben, nicht jetzt, obwohl du ein gläubiger Mann bist, obwohl du immer gesagt hast, dass du bereit seist, wann immer Azrael dich holen komme, vielleicht, denkst du jetzt, hast du insgeheim gehofft, dass dein Glaube dir zu einem langen, gesunden Leben verhelfen könnte. Wie naiv du doch gewesen bist, Hüseyin. Du bist nicht bereit. So kann es einfach nicht enden. Nicht so. Wäre deine Zunge nicht so schwer wie Blei und dein Mund so verzogen vom Schmerz, der in dir kocht und hochlodert wie ein unkontrollierbares Feldfeuer, das gelegt wurde, um alles feindliche Leben auszulöschen, du würdest zu Allah beten, du würdest Azrael anflehen, dass er oder sie oder es dir noch eine Woche schenkt, bitte, nur noch eine Woche, nur diese eine Gnadenfrist, um deiner geliebten Familie die Wohnungstür gleich hier vor dir öffnen zu können und sie durch diese hellen Zimmer zu führen, das ist Hakans und Ümits Schlafzimmer, das ist Perihans Zimmer, das ist das Wohnzimmer, hier ist unser Balkon, da vorne ist ein zweiter, an unserem Schlafzimmer, Emine. Nur noch eine Woche, um mit ihnen am Wasser spazieren zu gehen, um deinen Kindern einen Çay auszugeben, um die Hand deiner Tochter zu halten und ihr zu sagen, wie sehr du sie liebst, um deinen Söhnen zu sagen, dass du stolz auf sie bist, um Sevda anzurufen und sie um Verzeihung zu bitten, um die Stimmen deiner Enkelkinder zu hören, die du seit Jahren so vermisst, vielleicht auch ein bisschen mehr noch als eine Woche, du hast doch längst das Rauchen aufgegeben, Hüseyin, das verlängert doch das Leben, wie kannst du ausgerechnet jetzt an einem Herzinfarkt sterben und alles verpassen, was sich hier in dieser Wohnung abspielen wird, in deiner Wohnung?

Hüseyin, du strengst deine Augen an, du reißt sie auf, du siehst dich um. Halime Bacı ist weg und dann schon wieder da, du verstehst, dass Halime den Krankenwagen gerufen hat und dich anfleht, noch etwas durchzuhalten, sie wischt dir mit einem nassen Lappen über dein Gesicht, eiskalt fährt er dir über die Stirn, über die Nase, an deinen zuckenden Mundwinkeln vorbei. Für einen Moment fühlt es sich an, als öffne sich ein Loch in deinem Herzen, ein Loch, in dem all der Schmerz verschwindet, er versinkt, er ist weg.

Hüseyin, du weißt, das hält nur einen Moment, dass er weg ist, du weißt, er wird zurückkommen, jetzt gleich, der Schmerz wird zurückkommen, du kannst nicht sagen, woher du dieses Wissen hast, woher du das so genau weißt, aber der nächste Krampf wird sicher kommen und er wird ungeheuer stark sein, er wird dich weit wegtragen von hier, du weißt das, also nutzt du die klaffende Leere in deinem Brustkorb, nutzt die letzte Kraft, die du in dir finden kannst, um deine Lippen zu bewegen, die fahle, panische Halime sieht dich fragend an, nähert dann ihr Ohr deinem Mund, um besser verstehen zu können, was du zu sagen hast, du murmelst es, ein Wort, und Halime fragt »Wie bitte? Wie bitte?«, doch du kannst nicht mehr, du siehst einen Schatten auf die Wand fallen und du spürst kalte Schweißperlen in deinem Nacken, aber du musst dich nicht fürchten, Hüseyin, dieser Schatten, das bin nur ich. Ich verspreche dir, ich werde hierbleiben, in diesem Haus, in deiner Wohnung, und ich werde über deine Familie wachen, wenn sie hier eintrifft, ich gebe dir mein Wort, Hüseyin, ich verspreche es dir, für dich aber ist es nun Zeit zu gehen, daran kann nicht einmal ich etwas ändern.

Hab keine Angst, Hüseyin, komm, atme ein, nimm einen kleinen Atemzug, nur so viel Luft, wie du brauchst, um wieder Herr über dich selbst zu sein, um deine Worte zu flüstern, du hast sie dir ein Leben lang für diesen Moment aufgehoben, und eigentlich willst du sie noch nicht sagen, weil du noch gar nicht aufgeben willst, doch es liegt nicht mehr in deiner Hand, nichts liegt mehr in deiner Hand, Hüseyin, und du willst es tun, bevor es zu spät ist, du atmest ein, um loslassen zu können, um selbst entscheiden zu können, dass es der Moment ist loszulassen, du atmest ein und flüsterst *Eşhedü en la ilahe illallah* ...

ÜMIT

DER ANRUF KAM in der Nacht. Ein Schrei.

Ümit war sich nicht sicher, ob der Schrei nicht aus einem seiner Träume stammte, die ihn in letzter Zeit ständig mit einem Knoten in der Kehle weckten. Er blieb liegen, bis er irgendwann die Wohnungstür aufgehen und Hakans Stimme hörte. Auf nackten Füßen tapste er aus dem Zimmer und sah alle versammelt, Peri, Hakan, seine Mutter, mitten in der Nacht. Mit steinernen Gesichtern saßen sie im Wohnzimmer und bemerkten Ümit nicht einmal. *Wie konnte das passieren? Einfach so? Warum haben sie ihn nicht gleich nach Deutschland gebracht? Wie denn? Mit einem Hubschrauber! Was sollte das ändern? Die haben keine vernünftigen Ärzte! Das kann nicht sein. Das kann nicht sein …,* murmelten sie sich in der dunklen Wohnung zu, bis die Sonne aufging und die Wirklichkeit einkehrte.

Baba war tot. Sie mussten hin, sofort. Finde mal einen Istanbul-Flug mit vier freien Plätzen mitten in den Sommerferien. Kannst du vergessen. Schluchzend telefonierte Peri alle Reisebüros ab, ihr Gesicht verknautscht und voll mit Glitzer, als wäre sie gerade von einer ihrer Partys zurückgekommen. Hakan rauchte auf dem Balkon mit angestrengter Stirn eine nach der anderen, und Ümits Mutter, Ümits Mutter bestand nur noch aus zerfallenen Gliedern, die auf dem Sofa verteilt herumlagen wie Gulasch, unmöglich, sie jemals wieder sinnvoll zusammenzusetzen.

Peri fand einen Flug, von Frankfurt statt Stuttgart, drei statt vier Plätze. Hakan machte sich ein Red Bull auf und telefonierte nach einem anderen. Ümit freute sich heimlich, dass er den Termin bei Dr. Schumann verpassen würde, und schämte sich sofort für diesen Gedanken. Der Sohn von Feraye Teyze aus dem Nachbarhaus fuhr sie in seinem 3er-BMW durch den Stau. Sie flogen mit einer Fluggesellschaft, von der sie noch nie gehört hatten, und ließen das Essen, Würstchen mit Brei, unberührt wieder einsammeln. Ümits Mutter und Peri weinten unentwegt weiter. Ümit schaute aus dem ovalen Fenster in die Wattewolken und dachte über die tektonischen Platten nach, von denen er im Erdkundeunterricht gehört hatte. Er schwebte über den Kontinent, landete holprig an dessen äußerstem Ende, und die Leute um ihn herum klatschten in die Hände, da war die Sonne gerade am Untergehen, zwanzig Kilometer vor Asien.

Und nun scheint sie schon wieder, völlig unbekümmert davon, dass gerade ein Leben zu Ende gegangen und eine Familie zerbrochen ist. Sie klebt am Fenster und kratzt an Ümits Augenlidern. Von draußen dringt ein Rauschen von Tausenden laufenden Motoren herein, und Ümit liegt in dieser fremden Wohnung, die ihm seinen Vater genommen hat, und wünscht sich, dass die Welt ihm eine Pause gönnt, nur kurz, dass sie einfach stehenbleibt, damit er versuchen kann, sich auf alles Kommende vorzubereiten. Oder einen Plan zu schmieden, wie er sich von hier wegschleichen kann, oder eigentlich will er einfach nur allein in diesem nach frischer Farbe riechenden Zimmer liegen bleiben und den Tag an sich vorbeiziehen lassen, ohne dass ihn irgendwer stört.

Er hält die Augen geschlossen, drückt sie fest zu. Versucht, an jenen schwerelosen Ort zurückzukehren, den er manchmal beim Einschlafen erreicht. Kurz bevor er richtig wegtritt, ausgeknipst, verloren dahintreibend durch die endlos dunklen Schatten eines dicht bewachsenen deutschen Waldes, kurz davor gibt es diese Spanne zwischen Schlaf und Nichtschlaf, die ihn in Samt hüllt und vom Boden trennt und langsam wegträgt und die seine Mutter Şekerleme nennt. Zuckerschlaf.

Aber es ist zwecklos. Die Hitze grillt Ümit im Bett. Auf seiner Zunge liegt ein Metallgeschmack, von dem er nicht sagen kann, wo er herkommt. Er erinnert Ümit auf seltsame Weise an seine Kindheit. In der Küche klappert es, im Nebenzimmer reden sie, auf der Straße unten hupen Autos und quillt Musik aus den Geschäften. Alles besser als das irre Geheule gestern Abend. Er öffnet vorsichtig die Augen, die Zimmerdecke hat die Farbe von Vanilleeis. Ümit könnte kotzen. Überhaupt, dass alles an der Wohnung so nach neu duftet, dass alles hier belebt werden will. Sie wird niemals belebt sein, diese Wohnung. In ihr wohnt der Tod.

Ümit sieht rüber zum leeren Bett. Das grüne Laken liegt immer noch hübsch gefaltet auf dem ausgezogenen Schlafsofa. Hakan ist also nicht gekommen. Er wollte doch den Nachtflug aus Straßburg nehmen? Hoffentlich schafft Hakan es pünktlich zur Beerdigung, denkt Ümit. Er will auf keinen Fall allein dort sein mit seiner weinenden Mutter und seiner weinenden Schwester, denen er gern helfen möchte, doch er weiß einfach nicht wie. Hakan kann solche Dinge. Er wird bestimmt bald hier aufkreuzen, mit seinen auf drei Millimeter getrimmten Haaren, einer frischen Rasur, dem jede Nervosität mit Kaugummi wegkauenden breiten Kiefer, und wird dann alle zumindest etwas beruhigen, seine Mutter in den Arm nehmen, Peri auf die Schulter klopfen, und Ümit wird danebenstehen und zugucken und dann wie immer versuchen, alles genauso zu machen.

Der Raum ist stickig, Ümit kann kaum Luft holen. Aber er will noch ein bisschen bei sich bleiben, hier auf dem Schlafsofa, bevor er rausgeht zu Peri und seiner Mutter. Als sie am Abend zuvor mit dem Taxi vom Flughafen ankamen, stand unten auf der Straße bereits ein Haufen Männer, die gelangweilt Kette rauchten und dem Taxifahrer eilig die Koffer abnahmen, um sich nützlich zu machen. Oben vor der Wohnungstür stapelte sich ein riesiger Berg von staubigen Oma-Schuhen, halboffen, schwarz, braun, dunkelblau, aus Leder oder Plastik, das so aussah wie Leder. Drinnen saßen dicht an dicht bestimmt fünfzig Frauen, die beteten und weinten und beteten, als hätten sie all die Jahre das Tränenvergießen genauso einstudiert wie ihre Gebete. Die Männer verzogen sich wieder runter vor die Tür. Wer zum Teufel waren diese Leute? Wie hatten sie das von Ümits Vater so schnell erfahren? Wer hatte sie hierherbestellt?

Ümit floh so schnell wie möglich ins Bad und schloss sich ein, um den dumpfen Klagen aus dem Zimmer nebenan zu lauschen, während er zitternd auf dem Wannenrand saß. Die, die am lautesten weinte, war nicht seine Mutter. Er konnte die Stimme niemandem zuordnen, sie klang nach einem verrückt gewordenen Affen. Als Ümit irgendwann den Schlüssel umdrehte, vorsichtig die Tür öffnete, den dunklen Flur durchquerte und langsam in den überfüllten Raum trat, den sein Vater als Wohnzimmer eingerichtet hatte und der jetzt ganz schrecklich nach Alte-Frauen-Schweiß roch, sah er, dass der verrückte Affe seine Tante Ayşe war.

Er erkannte sie an ihrem linken Auge mit seinen weißen Wimpern und der fehlenden Braue. Es wirkte irgendwie nackt. Ümit sah, dass das Auge selbst auch eine andere Farbe hatte als das rechte. Komisch, dass Ayşe Yenge so sehr weinen musste, so nah konnte sie ihrem Schwager doch nicht gewesen sein.

Ümits Vater hatte nur selten von seinem Bruder Ahmet und dessen Frau Ayşe gesprochen, nie waren die beiden zu Besuch gekommen, nie riefen sie an, nicht mal zum Bayram. Ümit kannte Ayşe von einem Schwarzweißfoto, auf dem sie und Ahmet Amca Arm in Arm vor einem Rosenstrauch posierten, das musste nach ihrem Umzug nach Wien gewesen sein. Und auch Ümits Eltern hatten solche Bilder aus ihren frühen Tagen in Rheinstadt, vor Blumenanlagen oder neben dem Springbrunnen in der Poststraße. Ümit mochte diese Bilder sehr und hatte sie immer wieder betrachtet, vielleicht, weil sie von einer Suche erzählten, einer Suche nach Schönheit in einem neuen Leben.

Dick und mächtig saß nun also Ayşe Yenge im Schneidersitz mitten im Wohnzimmer, zwischen zwei Frauen, die wie ihre Leibwächterinnen wirkten und geduldig die Steine ihrer Gebetsketten abzählten. Die zwei waren die Einzigen, die nicht weinten. Ihre Körper waren in lange schwarze Gewänder gehüllt, die wie Bettlaken aussahen und nur ihre kugelrunden Gesichter freiließen. Ayşes Kopftuch dagegen war längst auf ihre Schultern verrutscht, sie schlug die Hände immer wieder auf ihre Knie und stieß rhythmische Schreie aus. Vielleicht fürchtet sie, dachte Ümit, dass sie die Nächste sein wird. Vielleicht weint sie deshalb so viel. Oder sie weinte immer noch ihrem eigenen Mann nach, der erst letztes Jahr gestorben war.

Ümit guckte sich nach seiner Mutter und Peri um und merkte zugleich, wie er selbst langsam zum Zentrum der Aufmerksamkeit wurde, ohne dass er sich dagegen wehren konnte. Die vielen Frauen, die rundum auf Klappstühlen und dem Boden saßen, rappelten sich nach und nach alle hoch, standen in Zeitlupe auf, kamen auf ihn zu wie die Zombies in den Filmen, die Hakan manchmal nachts schaute. Sie bildeten eine Zombie-Warteschlange, um ihm alle nacheinander mit ihren feuchten

Küssen und Umarmungen ihr Beileid auszusprechen, manche von ihnen in einer Sprache, die Ümit nicht verstand. Alle rochen sie gleich, nach Kolonya und Mundgeruch. Ümit versuchte, jedes Mal einen Spalt Luft zwischen seinem mageren Oberkörper und den warmen, weichen Brüsten der Frauen zu lassen, vergeblich.

Aus dem Augenwinkel suchte er nach Peri, fand sie schließlich und wollte ihr ein Zeichen geben, ihn zu retten. Doch Peri stand einfach nur in der Ecke und starrte auf ihre Füße. An der Art, wie sie sich angewidert mit dem Handrücken über die Wangen strich, erkannte er, dass auch sie in diesen Beileidsstrudel geraten war. Trotzdem kam Ümit sich unendlich einsam vor inmitten der fremden Frauenküsse. Er fühlte sich wie ein kleiner Waisenjunge, den die ganze Welt beweinte und bemitleidete, weil er es niemals zu etwas bringen würde ohne die schützende Hand seines Vaters über seinem Kopf. Ein Verlierer.

Ümit liegt immer noch im Bett. Er hört Gesprächsfetzen und Schritte aus dem Flur, in dem also sein Vater gestorben ist. Die Luft im Raum steht und glüht, sie ist unerträglich. Ümit will sich bewegen, aber er schafft es nicht. Er liegt in seinem eigenen klebrigen Saft. Er muss an die fremde Sprache der Zombiefrauen denken und daran, dass seine Mutter gestern auch mit ihnen darin sprach. Warum weiß Ümit nichts davon, dass seine Mutter eine Fremdsprache kann? Warum hat er sie vorher nie gehört? Er dachte immer, seine Mutter könne nur Türkisch und ungefähr drei Worte Deutsch. Und plötzlich stand sie da und hat geantwortet, und Ümit wusste nicht, was sie sagte. Wo hat sie das gelernt?

Ümit vermutet, dass es Kurdisch war, weil ja auch in den Nachrichten ständig von Kurden die Rede ist, wegen der Festnahme von diesem Öcalan. Aber wie kann es sein, dass Ümit nicht mitbekommen hat, dass seine Mutter kurdisch ist? War sein Vater es etwa auch? Was sind dann seine Geschwister und Ümit selbst? Hat er einfach nie richtig zugehört, wenn man darüber gesprochen hat? Hat er wieder vor sich hin geträumt? Mit fünfzehn muss man doch wissen, was man ist, Ümit kann doch jetzt nicht einfach hingehen und fragen, *Anne, sind wir Kurden?* Das ist doch absurd und peinlich, so was weiß man doch.

Er schafft es aufzuspringen, er macht es schnell, kippt das Fenster und greift nach seinem Walkman, bevor er wieder unter sein Laken schlüpft. Er hat sich zu rasch bewegt, der Raum dreht sich. Ümits Kopf wird schwer, der Metallgeschmack liegt nun nicht mehr nur auf seiner Zunge, das Metall breitet sich in Ümits Gehirn aus. Jeder Atemzug seines Körpers wirkt mechanisch, in seinen Ohren quietscht es, als ob seine Gedanken Scharniere wären, die seit Langem nicht geölt wurden. Ümit seufzt und schmeißt den Walkman an, um das Quietschen zu übertönen. Biggie ruft *And if you don't know now you know* in Ümits blechernen Kopf hinein. Die Kassette hat Hakan ihm letztens geschenkt, kurz bevor er ausgezogen ist. Erst freute sich Ümit darüber, dass er das Zimmer nicht mehr mit seinem großen Bruder teilen musste. Aber sobald Hakan weg war, überfiel Ümit eine seltsame Angst. Was, wenn er im Schlaf erstickte und es keiner mitbekam?

Wenigstens darf er sich hier wieder mit Hakan ein Zimmer teilen. Wenn Hakan überhaupt noch auftaucht, logisch. Ümit spult die Kassette zu Mariah Carey vor. Die war natürlich nicht auf Hakans Kassette, gar nicht sein Ding. Ümit hat eines von Hakans langweiligeren Liedern mit *The Beautiful Ones* überspielt, als es im Radio lief. Leider spricht beim Höhepunkt des Songs, als Mariah und Dru Hill um die Wette singen, der Moderator rein. Deshalb hat Ümit sich vorgenommen, das *Butterfly*-Album hier zu kaufen. Peri hat erzählt, dass es in der Türkei Läden gibt, in denen man sich Kassetten mit allen möglichen Liedern zusammenstellen lassen kann, oder einfach Kopien von Alben kaufen, für bloß eine Mark oder so. Ümit weiß solche Dinge nicht, er war neun, als er das letzte Mal in der Türkei war, er erinnert sich nur noch an die Zuckerkristalle auf den Haylayf-Keksen und an das kleine Mädchen, das vor dem Laden mit den Keksen von einem LKW überrollt wurde. Ihr Körper, den sie vor Ümits Augen einsammelten, war so klein und zart wie der eines leblosen Vogels am Straßenrand.

Normalerweise muss Ümit immer weinen, wenn er an das Keksmädchen denkt. Und meistens auch, wenn er diesen Song von Mariah Carey hört. Doch seit der Nachricht ist alles anders. Seit dem Anruf gestern, seit dem Schrei in der Nacht, oder nein, eigentlich erst genau seit dem Moment, in dem Ümit verschlafen ins Wohnzimmer trat und seine Familie oder das, was von ihr übrig war, tränenüberströmt und unter Schock vor ihm saß, kann Ümit selbst nicht mehr weinen. Er malt sich aus, dass er von nun an jemand anderes sein wird, denkt, dass der Verlust da ist. Dass er ihn bloß noch nicht spürt, er ist noch nicht in seinem Körper angekommen, nichts tut Ümit weh. Da ist nur dieses Gefühl. Reue.

Ümit muss ständig an diesen Tag denken, an dem sein Vater bei einem von Ümits Heimspielen am Rand des Fußballplatzes stand, und ganz allein dort von der Seitenlinie aus plötzlich brüllte: *Saldır! Koş oğlum!* Und Ümit rannte weiter und schaute nicht zu seinem Vater und hatte den Kopf voller pochender Gedanken und schämte sich, dass sein Vater ihm über den ganzen

Platz hinweg auf Türkisch Befehle zubrüllte, statt mit den anderen Vätern gemütlich herumzustehen und ein Radler zu trinken und ab und zu etwas auf Deutsch zu brüllen. Er schämte sich dafür, dass sein Vater einfach so auf dem Rückweg vom Einkauf vorbeigeschaut hatte, mit einer vollen Einkaufstüte in der Hand, einer Aldi-Tüte, ausgerechnet, und alles, was Ümit nicht wollte vor den anderen, war, mit dieser Aldi-Tüte in Verbindung gebracht zu werden. Am selben Abend hat Ümit seinen Vater gebeten, nicht mehr zu seinen Spielen zu kommen. Er stand schüchtern in der Küche, die Hände in den Hosentaschen, und sagte, *Baba, du lenkst mich vom Spielen ab*, doch sein Vater wusste genau, worum es ging, und warf Ümit diesen Blick zu, von dem Ümit sich jetzt wünscht, es hätte ihn nie gegeben.

Da ist eine Leere. Die ist schon seit einer ganzen Weile da, auch als sein Vater noch lebte. Bestimmt wird Ümit sich daran gewöhnen, dass sein Vater weg ist, man gewöhnt sich schließlich an alles, aber wie lange dauert so was? Und noch wichtiger: Wann werden sich die anderen daran gewöhnen? Wann wird Ümit wieder mit seiner Mutter reden können, ohne die Angst in ihren Augen zu fürchten?

Denn seit gestern schaut sie so, als sei sie die ganze Zeit in Panik, vielleicht in Panik darüber, dass sie nicht weiß, ob sie den Schmerz überleben wird? Wird Ümit seinen Vater erst dann vermissen können, wenn er sich nicht mehr um seine Schwester und seine Mutter sorgen muss, die beide geradezu den Verstand verlieren seit diesem Anruf in der Nacht? Sie sind am Flughafen zusammengebrochen und im Flugzeug zusammengebrochen und bei der Passkontrolle zusammengebrochen und am Taxistand zusammengebrochen, sie waren zwischendurch so fertig beide, dass sie einander in der Hocke umarmen mussten, um nicht zwischen dem Müll verloren zu gehen, der den Boden bedeckte. Und Ümit erstarrte jedes Mal und senkte den Blick, versuchte, sich so unauffällig wie möglich zu verhalten, wie ein gedankenverlorener Fremder, der nur zufällig gleich bei diesen zwei kaputten Frauen stand, und wünschte sich weg, ganz woandershin oder nur zehn Meter weiter, weil die Welt irgendwas von ihm zu erwarten schien, zu dem er nicht imstande war.

Tot. Er ist tot. Was ist das überhaupt, Tod? Ein Zustand wie Schlaf, nur länger? Endlos? Wie ein Traum, nur ohne jene Treppenstufen, die man manchmal hinabstürzend erwacht? Ein Zuckerschlaf? Stirbt man nicht sowieso das gesamte Leben über ständig, weil man doch jeden Morgen als anderer Mensch aufsteht, jeden Tag etwas ängstlicher, trauriger, als jemand, der an noch weniger glaubt? Ist die Person, die Ümit gestern war, nicht auch gestorben, über Nacht? Kann man jemals zu derselben Leichtigkeit zurückfinden, die man im Alter von sagen wir mal zehn Jahren in sich spürte? Nein? Wo ist dieser Junge dann jetzt? Wo?

Ümit zieht sich die Bettdecke über den Kopf und denkt an Jonas. Eigentlich hat Ümit Dr. Schumann versprochen, dass er jeden Gedanken an Jonas von sich wegschieben wird wie eine unwillkommene Gedankenwolke. Dass er, wenn es ihm schwerfällt, an dem Gummiband zupfen wird, das er normalerweise am Handgelenk trägt, an diesem dünnen Gummiband, wie sie manchmal um grüne Zwiebeln gewickelt sind im Supermarkt. Dr. Schumann hat es ihm in die Hände gelegt als sei es ein kostbares Geschenk, ein wichtiges Instrument, um das Gedankenkarussell in seinem Kopf zu stoppen. Aber Dr. Schumann ist weit weg, und das Gummiband liegt in einem Mülleimer am Frankfurter Flughafen. Ümit ist in dieser Trauerwohnung hier gefangen und das Einzige, was ihn von hier wegbringen kann, ist das Karussell. Das Lachen in Jonas' Augen, wenn er ein Tor geschossen hatte. Nach dem Spiel gratulierte Ümit ihm immer mit einer flüchtigen Umarmung, die sich dann in der Nacht tausend Mal in seinem Kopf wiederholte und jedes Mal veränderte, inniger und länger wurde, bis Ümit und Jonas schließlich mitten auf dem Spielfeld lagen und ihre Körper aneinanderrieben, als wollten sie ein Feuer machen.

Ümit versucht, sich an den Geruch von Jonas' Trikot zu erinnern, an dem er manchmal in der Kabine roch, wenn alle in der Dusche waren. Jonas' Schweiß roch wie Juicy Fruit. Ümit lässt seine Hände in die Unterhose gleiten. Doch nichts passiert. Die Kassette ist wieder bei Hakans Songs angelangt, *Ruff Ryders Anthem*. Ümits rechte Hand versucht es noch ein paar Mal, gibt schließlich auf. Komisch. Das passiert ihm nie. Vielleicht ist das die Trauer um seinen Vater, die Ümit gestern einfach nicht fühlen konnte, zumindest nicht so wie die anderen. Er konnte nicht weinen, warf sich nicht zu Boden, stand einfach nur da und spürte ein Monster in sich, ein Monster, das immer größer wurde und das alles zerfraß, sein Denken und seine Empfindungen und sein Hungergefühl.

Gerade denkt er im stickigen Halbdunkel unter der Decke, dass Trauer vielleicht bei allen Menschen anders ist, bei seiner Mutter und seiner Schwester besteht sie aus ständigem Zusammenbrechen, und bei Ümit ist es eben sein Schwanz, der reglos und schlaff bleibt, da wird plötzlich die Bettdecke über ihm weggerissen und Peri steht da mit ausdruckslosem Gesicht und einem Handtuch um den Kopf. Sie sagt irgendwas, doch Ümit hört nur DMX seinen Refrain bellen und reißt die Hände reflexhaft aus der Unterhose. Peri verzieht keine Miene, dreht sich um und verlässt das Zimmer. Vielleicht hat sie es nicht gesehen. Ümit zieht die Kopfhörer ab, streift seine Shorts über und geht aufs Klo.

Kaltes Wasser klatscht ihm so lange ins Gesicht, bis der Knoten in seiner Kehle lockerer ist. Seit eineinhalb Tagen hat Ümit nichts mehr gegessen. Im Wohnzimmer sitzen seine Schwester und seine Mutter schon am gedeckten Frühstückstisch. Der Tisch ist groß und rund, er erzählt von Plänen für gemeinsame Familienessen und Spieleabenden mit Okeysteinen. Also Dingen, die man in dieser Familie nie macht. Ümit hasst den Tisch sofort. Er setzt sich trotzdem dazu, weil er nicht weiß, was er sonst tun soll. Die Nachbarin mit den dicken Brillengläsern aus der unteren Wohnung ist wieder da, sie füllt die Teegläser auf. Das Murmeln des heißen Wassers aus der Kanne macht Ümit Kopfschmerzen.

»Wo ist Hakan?«

Seine Frage verfliegt zu Luft.

Alle kauen weiter an ihren gummiartigen Broten, schlucken ihren hasenblutfarbenen Tee, tun so, als würden sie frühstücken, aber niemand kostet von der Aprikosenmarmelade oder von der Wassermelone oder von irgendetwas auf dem Tisch, das Geschmack haben könnte. Emine starrt nur mit verheulten Augen in das leuchtende Rotbraun ihres Teeglases und sitzt da wie eine leere Hülle. Peri dagegen wirkt wach, viel wacher als gestern. Ihre frischgewaschenen Haare sind jetzt zu einem nassen Zopf geflochten. Sie ist fast wieder so, wie Ümit sie normalerweise kennt: Sie sitzt im Schneidersitz auf ihrem Stuhl und schlürft mit ernster Miene ihren Tee, hundert Gedanken gleichzeitig im Kopf.

»Peri, wo ist Hakan?«

»Er hat seinen Flug verpasst. Kommt heute Abend an.« Peri

wirft einen flüchtigen Blick nach rechts, um unauffällig die Reaktion ihrer Mutter abzuchecken. Ümits Mutter stellt das Teeglas ab und atmet erschöpft aus. Peris große dunkle Augen richten sich warnend auf Ümit.

»Heute Abend erst?«, fragt er trotzdem. »Schafft er es also nicht …?«

Ein Zucken geht durch den Raum.

Als versuchten Peri und die Nachbarin, mit ihren Schultern das Wort Beerdigung wegzuzucken.

Die Nachbarin setzt sich neben Ümit und legt ihre kalte Hand auf seine. Ihr Gesicht ist schmal und lang wie die Maske aus *Scream*.

»Dein Vater wartet schon seit mehr als einem Tag in der Halle. Wir können ihn nicht länger liegen lassen. Wir müssen ihn der Erde geben.«

Der Erde geben? Wozu die Eile, denkt Ümit, aber diesmal sagt er es nicht. Seine Mutter nimmt ihr Seidenkopftuch ab, fächelt sich mit den Händen Luft zu. Ihr fahles Gesicht bekommt Farbe, wird wütend. Die Nachbarin steht vom Tisch auf und holt ihr ein Glas Wasser aus der Küche.

»Hier, Emine.«

»Danke, Bacım«, sagt Ümits Mutter mit kratziger Stimme und nimmt nur einen winzigen Schluck.

»Und wo ist Sevda Abla?«

Peri kneift ein Auge zusammen und wirft Ümit mit dem anderen einen drohenden Blick zu, *halt endlich die Klappe,* sagt der Blick. *Halt sie einfach.*

Seine Mutter stützt ihre Ellbogen auf dem Tisch ab und öffnet die Hände nach oben, als wollte sie zu einem Gebet ansetzen.

»Rabbim! Gib mir Geduld!«

Peri schüttelt den Kopf, wissend, was jetzt kommt, und sieht Ümit immer noch an, *siehst du, was du angerichtet hast*.

»Diese Kinder«, faucht seine Mutter, ihr Oberkörper schaukelt wie ein schweres Schiff im Ozean. Auch Ümit weiß, was jetzt kommt. Alles an seiner Mutter war schon immer so dramatisch, dass jedes aufkommende Gefühl sich bereits vorher ankündigt, in Gesten und Seufzern, und seinen Höhepunkt in einem verrücktspielenden Blutdruck erreicht. Sie ist zu leicht aus der Fassung zu bringen, das war schon immer so. Trotzdem schreckt Ümit zurück, als sie mit festgeballter Faust auf den Tisch haut.

»Diese Kinder! Sie haben nur eine einzige Aufgabe«, ruft Emine und hebt ihren Zeigefinger zum Himmel. »Nur eine einzige! Sie sollen ihre Eltern in Würde begraben. Und das ist ihnen schon zu viel! Selbst das ist ihnen zu viel!«

Peri rückt ihren Stuhl näher zu ihrer Mutter.

»Anne! Ümit und ich sind doch da. Reg dich nicht auf, dein Blutdruck«, sagt sie und streichelt ihr sanft über den Rücken, als könne sie die Lawine noch aufhalten.

»Aber was ist mit Sevda Abla? Wo ist sie?«, sagt Ümit leise zur Nachbarin. Die legt ein bisschen Schafskäse auf seinen Teller und schüttelt bloß unwissend den Kopf.

Seine Mutter hat sich inzwischen in Rage geschaukelt. Sie haut ein zweites Mal auf den Tisch. Diesmal schrecken alle zusammen.

»Deine Schwester hat auch ihren Flug verpasst! Gibt es denn so was? Gibt es das? Sevda hält sich für die Allerklügste auf dieser Welt, denkt, sie sei etwas Besseres als wir, nur weil sie ein bisschen Geld gemacht hat. Aber schau, sie schafft es nicht einmal, rechtzeitig zum Flughafen zu kommen. Sie ist zu nichts zu gebrauchen!«

Ihr Kopf kippt in die Handflächen. Ihr Oberkörper zittert, sie beginnt zu schluchzen.

»Womit hat er das verdient? Euer Vater hat das nicht verdient …«

Peri verdreht die Augen und steht leise auf. Hilflos schüttelt sie den Kopf. Die Nachbarin nickt ihr zu und übernimmt, setzt sich neben Emine, um sie zu trösten, als sei sie ihr nicht erst gestern zum ersten Mal begegnet. Warum kümmert sich diese Nachbarin eigentlich so sehr um sie alle? Hat sie nichts Besseres zu tun? Wahrscheinlich nicht. Aber wie kann sie das alles mit so viel Mitgefühl tun, als gehe es um ihre eigene Familie, ihre eigene Trauer? Ümit weiß, dass er ihr eigentlich dankbar sein sollte, aber ihr Verhalten kommt ihm unecht vor, und außerdem gruselt er sich vor ihrem Maskengesicht.

Seine Mutter heult so laut, wie Ümit sie noch nie heulen gehört hat. Ümits Brust verengt sich. Mit halbgesenktem Kopf sieht er sich um. Ob er es schaffen wird, diesmal mit zu weinen, seine Mutter in den Arm zu nehmen? Oder darf er einfach das tun, wonach ihm jetzt gerade in Wahrheit ist, nämlich aufstehen und Peri folgen, die sich abgewandt hat und auf dem Weg ins hintere Zimmer ist, wo es noch einen zweiten Balkon gibt? Kann er sich nicht dort auf dem Balkon einfach eine Zigarette mit Peri teilen? Ümit weiß nicht, was die richtige Entscheidung ist, und bleibt darum einfach sitzen und rührt sich nicht.

Er muss an Sevda denken. Er hat nie verstanden, was das Problem zwischen seiner Mutter und seiner ältesten Schwester ist. Er war noch ein Baby, als Sevda heiratete und wegzog. Es ist eine alte Geschichte, so weit er zurückdenken kann, war da immer eine Kälte zwischen den beiden. Ümit betrachtet den verzierten Schrank in der Ecke, den rechteckigen Spiegel, der darüberhängt. Alles riecht neu, nach Lack, nach Holz, nach Plastikplanen, die beim Transport über die Möbel gespannt wurden, stellt Ümit sich vor. Er kann nicht anders, als die Wohnung zu hassen, weil sie der Traum seines Vaters war. Und weil sie jetzt genauso der Vergangenheit angehört wie sein Vater. Die Wohnung ist nur noch wie ein Museum, das Museum der Träume von Hüseyin Yılmaz. Und wer braucht schon Museen?

Das Weinen seiner Mutter wird leiser, die Nachbarin streichelt sie weiter und streckt mit der anderen Hand auch Ümit ein Taschentuch entgegen. Er nimmt es und versucht, ein paar Tränen rauszudrücken, da bildet sich etwas in seinem Auge, irgendetwas ist da, aber es ist nicht ehrlich genug, ihm über die Wange zu fließen. Ümit reibt das Taschentuch über sein trockenes Gesicht.

Auch Hakan hat gestern nicht geweint, vielleicht tat er es, als die anderen weg waren. Es gibt ja nur zwei Anlässe im Leben eines Mannes, zu denen ihm gestattet ist zu weinen: beim Tod seiner Mutter und beim Tod seines Vaters. Es gibt natürlich noch den Tod der Frau und den Tod der eigenen Kinder, aber diese Dinge haben in Ümits Leben nichts zu suchen, und zwar nicht, weil er nicht auf Frauen steht, das passiert selten, aber ausschließen kann er es nicht.

Sein erstes Mal mit sich selbst war schließlich zu einem der Filme mit Banu Alkan in ihren knappen Badeanzügen, die zur Mittagszeit auf einem türkischen Sender liefen. Das war in dem Sommer, in dem Ümit nach der Schule zuhause bleiben musste und nicht draußen spielen durfte, weil seine Mutter meinte, die alte Metallfabrik habe die Nachbarschaft vergiftet.

Aber die Idee, mit jemandem zusammenleben zu müssen und eine eigene Familie zu haben, erscheint Ümit absurd, wo er doch ungeduldig die Tage zählt, bis er diese Familie endlich verlassen kann. Nicht weil er sie nicht liebt, sie bedeutet ihm alles. Aber alles heißt eben auch: die Luft zum Atmen und die Schlinge um deinen Hals zugleich.

In den letzten Monaten hat Ümit viel geweint, während der Sitzungen bei Dr. Schumann, wegen Jonas, wegen der Sache mit dem Brief. Aber jetzt? Jetzt, wo etwas so viel Schlimmeres passiert ist, funktioniert das Weinen nicht. Seine Tränendrüsen sind wie aufgebraucht und leer, auch sie sind von dem kalten Metall überzogen, das trotz der Hitze hier in seinem Kopf und seinen Knochen sitzt und alles in ihm verhärtet, keine Weichheit zulässt, nicht auf der Haut über seinen Beckenknochen, nicht auf der Fläche seiner Augenlider, nichts fühlt sich mehr so an wie vor dem Anruf gestern Nacht. Nichts in diesem Körper und nichts in dieser Familie, die nie wieder ganz sein wird. Und doch scheint Ümit alles so schrecklich egal zu sein.

Das Frühstück endet abrupt. Alle Teller sind wie von selbst in die Küche gewandert. Ümit sieht nur noch sein halbleeres Teeglas vor sich auf dem Tisch stehen und wird unruhig. Peri und seine Mutter eilen durch die Zimmer, auf der Suche nach einem langen Rock, dem nichtgeblümten Kopftuch, einer Handtasche, allem, was man heute eben braucht, am Tag der Beerdigung. Ümit war noch nie auf einer Beerdigung, durch seinen Kopf treiben Bilder, die er aus amerikanischen Filmen kennt, natürlich tragen dort alle Schwarz. Er sieht seine Mutter an, sie trägt nicht Schwarz, er sieht die Nachbarin an, die bestimmt mitkommen wird, sie trägt auch nicht Schwarz. Nur Peri trägt Schwarz. Aber Peri ist Grufti und trägt immer Schwarz, seit sich Kurt Cobain den Kopf weggepustet hat.

Die Nachbarin malt mit einem Lappen feuchte Kreise auf

den Tisch und flüstert Ümit zu: »Trink deinen Tee und dann geh und mach dich fertig, mein Sohn. Wir müssen zum Krankenhaus, deinen Vater holen.«

Seinen Vater holen? Ümit springt auf und nimmt sein Teeglas mit in sein Schlafzimmer. Sein Herz flackert. Die Pillenpackung wartet in einer Socke in seinem Rucksack auf ihn. Dr. Schumann hat ihm die Tabletten vor einer Woche gegeben, als Ümit sagte, dass der Trick mit dem Gummiband an seinem Handgelenk nichts tauge. *Nimm sie nur, wenn du das Gefühl hast, du hältst es nicht mehr aus,* hat Ümit Dr. Schumann sagen hören, aber er hat ihm nicht getraut und sich geschworen, die Dinger niemals anzufassen. Doch gestern im Flugzeug hat er es zum ersten Mal einfach nicht mehr ausgehalten und sich gleich nach der Landung die erste Pille reingepfiffen, und sie hat geholfen, sich nicht zu sehr auf all das hier einzulassen, dabei zu sein, ohne wirklich da zu sein. Nun schmeißt er sich die zweite rein und kippt den Resttee hinterher, weil er gleich seinen Vater holen gehen soll, in irgendeinem Krankenhaus, worauf er absolut keine Lust hat. Wie sollen sie ihn überhaupt *holen*? In einem Kasten, wie die Amerikaner in den Filmen? Oder wird Ümit das Gesicht seines toten Vaters ansehen müssen, seine dichten, zusammengewachsenen Augenbrauen, sein Muttermal an der Wange, seine für immer geschlossenen Augen? Hoffentlich sind sie geschlossen. Manche sterben mit offenen Augen, das gibt es doch im Fernsehen manchmal. Ümit trennt noch eine Tablette ab und steckt sie sich in die Hosentasche, für alle Fälle.

»Was machst du da?«

Peri steht in der Tür und zieht ihre rechte Augenbraue hoch, wie immer, wenn sie genervt ist.

»Nichts.«

»Komm, wir drehen draußen eine Runde, bis die fertig sind. Beeil dich.«

Vor der Tür wickelt sich Peri ein blaues Kopftuch um den Hals, wie einen Schal. Nachher wird sie es sich wahrscheinlich um den Kopf binden, wie in der Moschee. Vielleicht macht man das auch bei Beerdigungen? Sie trägt eine enge Jeans und wirkt noch schlanker als sonst. Als sie sich eine Zigarette anzündet, fragt Ümit, ob er auch eine haben kann.

»Du sollst gar nicht erst damit anfangen«, sagt sie und lässt Ümit trotzdem ein paar Mal an ihrer Kippe ziehen, während sie die Straße runterlaufen.

Die hohen Wohnblocks haben alle unterschiedliche Farben und scheinen sich in alle Richtungen zu biegen. Vor einem Ladenfenster hängen grüne und gelbe Ballons, ein Lahmacun-Laden, der nach Ibrahim Tatlıses benannt ist. Lahmacun, Ümits Lieblingsessen. Unter normalen Umständen würde er jetzt Peri bitten, ihm eine Portion auszugeben, aber das Metall in seinem Magen lässt keinen Appetit zu. Ümit spürt nichts, als ihm der Duft von frischgebackenem Teig und gewürztem Hackfleisch in die Nase steigt.

Eine Gruppe von kleinen Kindern, vielleicht sechs Jahre alt, rennt aufgeregt an ihnen vorbei. Ein Junge mit nur einem Schuh bleibt stehen und ruft ihnen hinterher: »Ich ficke eure Mütter, ihr Hurensöhne!«

»Komische Gegend hat Baba sich ausgesucht«, sagt Ümit leise zu Peri, weil er nicht will, dass ihn jemand auf Deutsch sprechen hört.

»Wieso? Mir gefällts«, sagt Peri und sieht den Kindern amüsiert hinterher. Klar, Peri gefällt alles, was weit weg und irgendwie dreckig ist. Sonst wäre sie ja nicht zum Studieren nach

Frankfurt gezogen vor ein paar Jahren. Ümit könnte das nicht. Er mag es nicht, an Orten zu sein, an denen er sich nicht auskennt. Er will wissen, in welchen Häusern die größten Arschlöcher wohnen, er will wissen, wo er sich am besten versteckt, wenn ihm jemand die Fresse polieren will.

»Du musst vorsichtiger werden mit ihr«, sagt Peri plötzlich, und Ümit weiß sofort, wen sie meint.

»Sie war nie die Stabilste, und sie neigt dazu, zu übertreiben. Klar, so ist sie. Aber jetzt habe ich wirklich Angst, dass sie das mit Baba nicht verkraftet.«

Ümit nickt und sieht zu Boden. Überall liegen Verpackungen von Süßigkeiten herum, verbeulte Plastikflaschen. Er ist erleichtert, dass er nicht der Einzige ist, der sich um seine Mutter sorgt. Wenigstens heute hat Peri die Kurve gekriegt. Gestern war sie kaum ansprechbar. Das verängstigte Ümit fast mehr als der Zustand seiner Mutter, weil er Peri so nicht kennt.

Jemand stellt sich ihnen in den Weg. Eine alte Frau mit sehr großen Brüsten. Sie lächelt Ümit und Peri an und stemmt die Fäuste in die Hüften. Ihre Klamotten sehen aus wie der Pyjama von Emine.

»Na, ihr Schönen? Wollt ihr, dass ich für euch in die Zukunft schaue? Ihr seid doch sicher neugierig, welches Glück euch in diesem Leben noch erwartet? Welche Lieben? Welche Gefahren?«

In den Falten unter ihren Augen sammeln sich blaue Schminkreste. Ihr Schneidezahn funkelt, er ist aus Gold.

»Wieso nicht«, sagt Peri und zuckt die Schultern.

»Aber wir haben doch keine Zeit«, zischt Ümit, doch da sitzt Peri schon auf einem der kleinen Plastikhocker, die die Wahrsagerin auf dem Gehweg wie eine Art Büro aufgebaut hat.

»Ich hab drei Minuten und fünf Millionen Lira, also los.« Peri packt ein paar Scheine auf den Tisch. Sie zündet sich ungeduldig eine neue Zigarette an und streckt ihre linke Hand aus.

Ümit ist verwundert, dass Peri sich für so was interessiert. Er setzt sich vorsichtig auf den dritten Plastikhocker.

»Hm«, macht die Goldfrau und lässt ihre Fingerspitze über Peris Handfläche fahren. »Hm.«

Ümit beugt sich vor, um ebenfalls auf Peris Hand zu schauen, aber er sieht nur ein Netz aus feinen Strichen, wie die bunten U-Bahn-Linien auf dem Fahrplan, den Peri immer dabei hat.

»Meine Liebe, ich sehe Trauer.«

Ümit und Peri schauen einander müde an. Es ist nicht schwer, ihren Gesichtern anzusehen, dass etwas nicht stimmt.

»Wie viele Geschwister hast du, meine Liebe?«

»Na, das musst du doch wissen«, sagt Peri frech.

»Hm«, die Goldfrau kneift die Augen zusammen. »Ich sehe vier. Mit dir seid ihr zu fünft.«

»Falsch. Wir sind vier Geschwister.«

»Komisch«, sagt die Goldfrau und zählt irgendwas auf dem Fahrplan in Peris Handfläche ab. »Wirklich komisch … Jedenfalls: Du hast einen langen Weg zurückgelegt, um hierherzukommen.«

Peri rollt mit den Augen, beginnt, sich zu langweilen. Ümit auch. Man kann ihren Almancı-Akzent ohne Probleme erkennen.

»Hmmm«, macht die Goldfrau nochmal, studiert Peris Hand weiter, zieht sie etwas näher zu sich. An ihren Armen klimpern silberne Kettchen mit funkelnden Steinen und runden kleinen Spiegeln, um Peris Handgelenk liegt nur ein dünner schwarzer Haargummi. Früher trug sie auch total viel Schmuck, ganz viele Ringe, Halsketten und so was , davon ist nur noch ihr kleiner runder Nasenring übrig geblieben. Sonst nichts. Auch geschminkt hat sie sich früher, erinnert sich Ümit jetzt, ja, sie haben oft darüber gestritten, weil Ümit manchmal neugierig Peris Schminkbeutel öffnete und an den Fläschchen mit Nagellack roch. Damals ging Peri noch zur Schule. Seit sie weggezogen ist, benutzt sie nichts mehr. Keinen Nagellack, keinen Lippenstift, nicht mal ein bisschen Mascara. Sie ist trotzdem wunderschön mit ihren großen dunklen Augen und ihrem glänzenden langen Haar, aber ein bisschen Farbe würde ihr stehen.

Die Goldfrau blickt auf. Sie sieht Peri ernst an.

»Es ist nicht das erste Mal, dass du jemanden verlierst, der dir nahesteht.«

Ümit versteht nicht gleich, schüttelt den Kopf und sieht dann fragend seine Schwester an. Peri wirkt erschrocken.

»Ist es so?«, fragt die Goldfrau.

Peri zuckt die Schultern, wortlos.

Ümit fragt sich, was die Wahrsagerin meint, wen hat Peri verloren? Und warum weiß er nichts davon? Okay, er weiß praktisch nichts von Peris Leben in Frankfurt. Nur das, was sie ihm und den anderen an den Wochenenden zuhause erzählt. Und das ist nicht gerade viel.

Die Wahrsagerin atmet tief ein, als müsse sie sich auf eine schwierige Pflicht vorbereiten. Ihre Brüste heben und senken sich. Es scheint, als suche sie nach den richtigen Worten, damit es Peri nicht zu sehr trifft.

»Ich will dir schöne Dinge erzählen, meine Liebe. Aber du hast mir deine Hand anvertraut, also muss ich ehrlich sein.«

Ümit starrt sie an, hängt an ihren Lippen. Was bitte kommt

jetzt? Irgendwie hatte er sich das Wahrsagen lustiger vorgestellt.

»Es ist, wie es ist, also sage ich es: Ich sehe eine kommende
Beerdigung.«

Ümits Herz pocht laut.

Peri lächelt bitter. »Ist schon gut. Du erzählst uns nichts
Neues, Abla.«

»Ich verstehe, mein Kind. Aber halt dich fest, wenn ich dir
jetzt sage: In Wahrheit sehe ich zwei Beerdigungen. Sie werden
sehr dicht aufeinanderfolgen.«

»Oha, was?«, fragt Ümit. »Was sagt sie da?«

Er hört seine Stimme so dumpf werden, als habe er Wasser im Ohr. Nervös drückt sich Ümit mit den Fingern auf den
Ohren herum, während Peri und die Wahrsagerin diskutieren.
Peri steht hastig auf und blickt auf den Plastikhocker runter, als
hätte sie Bock, ihn wegzukicken.

»Komm, wir müssen los.« Sie packt Ümit am Unterarm, sie
eilen zurück in Richtung Wohnung.

»Ich sage bloß die Wahrheit, ich lüge nie!«, hört Ümit die
Goldzahnfrau ihnen hinterherrufen. Doch Peri schüttelt nur
wütend den Kopf.

»Die spinnt doch, die Alte. Ich bezahle die, damit sie mich
aufmuntert. Und nicht für noch mehr Psychoscheiße.«

Ümits Mutter und die Nachbarin stehen schon vor der Tür und
warten Arm in Arm auf sie, wie Zwillinge in ihren weiten leichten Sommermänteln. Sie tragen dasselbe Modell, dieses aus
dem Stoff, der einem bei jeder Berührung Stromschläge verpasst. Der von Ümits Mutter ist gräulich und der von der Nachbarin ist beige. Ümit fragt sich, warum die Nachbarin jetzt auch
noch mit ins Krankenhaus kommen will, aber dann sieht er

eine weiße Katze und beugt sich zum Streicheln runter und vergisst, woran er gerade gedacht hat. Das Fell des Kätzchens ist so sanft, sanfter als alles, was Ümit je angefasst hat. Er kann nicht aufhören, es zu streicheln. Peri macht *oooh*, bückt sich auch und krault die Katze hinter den Ohren.

»Sagt mal, seid ihr jetzt völlig verrückt?«, ruft ihre Mutter. »Warum fasst ihr dieses dreckige Ding an?«

Die Nachbarin beruhigt sie und sagt, das sei nicht schlimm, im Krankenhaus müsse man schließlich noch einen Abdest nehmen.

»Abdest? Shit Peri, ich hab vergessen, wie das geht!«, flüstert Ümit seiner Schwester nervös zu. Sein Herz beginnt zu rasen.

Peri rollt die Augen. »Ist doch egal.«

»Nein, ist es nicht! Wir gehen doch gleich danach zur Beerdigung!«

»Wasch dich einfach überall, bis du sauber bist. So schwer ist es nicht.«

Ein Mann mit dichtem Schnauzbart und traurigen Augen holt sie ab. Er schnipst seine Kippe weg und öffnet die Türen seiner weißen Schrottkarre. Der Mann stand schon gestern Abend vor der Wohnung und stellte sich als Neffe von Ümits Vater vor, der Sohn von dem und dem. Er ist vielleicht so alt wie Hakan, aber kleidet sich wie ein alter Mann. Von seinem Rückspiegel baumelt ein kleines Kissen mit eingestickter arabischer Schrift.

Ümit versinkt im Beifahrersitz. Er kurbelt das Fenster runter und lässt den warmen Wind durch seine Haare wirbeln, während Peri hinten zusammengequetscht zwischen seiner Mutter und der Nachbarin hockt. Ümit hört Schluchzen. Er dreht sich lieber nicht um. Mit dem lauten Durcheinander der

Stadt und der Pille im Blut fällt es Ümit plötzlich leichter, die drei da hinten auszublenden. Er fixiert die vorbeiziehenden Gesichter der Menschen draußen, eines und noch eines und noch eines, sie wirken vertraut, wie entfernte Bekannte, mit denen er schnell ins Gespräch käme und die ihn als Erstes fragen würden, *Borussia Dortmund oder Bayern München?*, und dann, ob sein Vater einen Mercedes fährt oder BMW. Früher haben sie ihn das immer gefragt, im Türkeiurlaub.

Die Straßen sind gewellt und löchrig, als rasten sie über den Mond. Der Wagen jault und macht fast schon Sätze, und Ümit stellt sich vor, die Schwerkraft könnte beim nächsten Sprung aussetzen und der Wagen über die Dächer von Zeytinburnu fliegen. Er muss wieder an die Tektonik denken, an die Eurasische und die Anatolische Platte, wie sie sich genau hier, unter ihnen, bewegen und aneinanderreiben und Spannung aufbauen, die sich jeden Moment oder erst in dreißig Jahren oder in hundert entladen wird in einem gigantischen Erdbeben.

Zum ersten Mal meint Ümit zu verstehen, was sein Vater an dieser Stadt fand. Gestern noch erschien ihm Istanbul bloß wie eine riesige Müllhalde voll viel zu vieler trauriger Kinder, die mit ihren dreckigen Fingern gegen Autoscheiben klopften, um ein paar Lira zu erbetteln. Heute aber sieht er das Rätselhafte und das Vertraute, sieht die brüchigen Häuserfassaden und die aus den Fenstern hängenden bunten Teppiche, sieht die rauchenden Männergesichter und die im Schatten zusammengerückten alten Frauen an sich vorbeiziehen, die ihm alle so bekannt vorkommen, als sei Ümit schon unzählige Male hier gewesen. Er spürt Freude in sich aufsteigen, Freude darüber, unter so vielen Menschen zu sein und dennoch von niemandem erkannt zu werden. Vielleicht braucht Ümit sich hier gar nicht zu fürchten, vielleicht ist die ganze Stadt ein einziges Versteck, weil man unter so vielen Leuten nicht auffällt, weil man hier einfach normal sein kann, weil alle mit sich selbst beschäftigt sind. Ist Peri deshalb nach Frankfurt gezogen? Vielleicht muss Ümit einfach auch abhauen und was studieren.

Als sie am Parkplatz beim Krankenhaus ankommen, sind Ümits Beine schlaff wie Hefeteig, der darauf wartet, sich aufzublähen und geknetet zu werden. Alle steigen aus dem Auto, aber Ümit schafft es bloß langsam, seine Füße aus der Wagentür auf den Asphalt zu setzen. Er stützt sich an der Motorhaube ab, als Peri, seine Mutter und die Nachbarin schon so schnell auf den Hintereingang des Krankenhauses zulaufen, als hätte Zeit noch irgendeine Bedeutung für einen Toten.

Da sieht er plötzlich eine schwarz verhüllte Gestalt über den Parkplatz huschen, hinter seiner Familie her, als wollte sie ihr nachschleichen. Es ist noch jemand bei ihr. Erst auf den zweiten Blick erkennt er die zwei: Ayşe Yenge mit einer ihrer beiden Leibwächterinnen. Was hat denn die hier zu suchen? Ayşe Yenge spricht Ümits Mutter an, die zwei wechseln ein paar Worte, bis Emine sie, Ümit erkennt es an ihrer zornigen Handbewegung, zum Teufel jagt. Peri und die Nachbarin zerren Ümits Mutter ins Krankenhaus, während Ayşe Yenge und das Gespenst neben ihr mit gesenkten Köpfen über den Parkplatz davontrotten. Ümit atmet tief aus, unsicher, ob er die beiden Frauen wirklich gesehen hat, und beschließt, auch die zweite Pille zu schlucken. Er hat kein Wasser zum Runterspülen, die Pille bleibt auf halber Strecke in seiner Speiseröhre kleben.

»Alles in Ordnung?«

Erst jetzt merkt Ümit, dass der fremde Cousin immer noch bei ihm steht. Er nickt ihm zu und haut sich mit der flachen Hand auf die Brust, die Pille rutscht ein bisschen tiefer. Er setzt seine Beine vorsichtig in Gang. Und sie funktionieren, und zwar verlässlich und zielstrebig, wie von ganz allein. Der Cousin folgt Ümit. Die Metallschichten in Ümit blättern ab, der Parkplatz fühlt sich auf einmal so weich an wie ein frischgewaschener Badezimmerteppich.

Im Eingangsbereich des Krankenhauses kriechen ihm Geräusche ins Ohr wie Insekten. Ein schrilles Piepsen, ein knackendes Röcheln, das ständige Rauschen eines schlecht empfangenen Radiosenders. Unter dem scharfen Licht der Neonröhren werden lauter Körper hin und her geschoben, schlafende Körper und verbundene Körper und hysterische Körper. Über allem liegt ein weißer Rauchfilter. Steht hier irgendwo im Krankenhaus eine Nebelmaschine? Ümits Mutter ist mit der Nachbarin auf eine grüne Plastikstuhlreihe gesackt. Ümit entscheidet sich, zu Peri an den Schalter zu gehen. Peri sieht ihn von der Seite an, eine Augenbraue angewinkelt. Sie legt zwei Finger auf seine nasse Stirn und wischt über sie wie über einen beschlagenen Spiegel.

»Warum schwitzt du so?«

»Ich?«

Idiot. Was ist das für eine Frage: *Ich*? Na klar meint sie dich, wen soll sie sonst meinen, sie meint die Person, die sie anschaut und deren Gesicht sie berührt, sie meint genau die Person, für die sie dich hält. Aber was sieht Peri überhaupt, wenn sie dich ansieht? Wer bist du, wer ist dieser Ümit für sie? Ein hilfloser kleiner pubertierender Bruder mit einem Schweißproblem? Oder eine unausstehliche Person, ein kranker Typ, der nicht um seinen toten Vater weint und dessen Gleichgültigkeit wie ein Gift aus seinen Poren tropft und die gesamte Umgebung verpestet? Kommt der weiße Rauch etwa aus ihm? Ist das Ümits Gift hier in der Luft?

Von Ümits Geschwistern kennt ihn Peri wohl am besten, auch wenn Hakan ein Leben lang mit ihm im selben Zimmer geschlafen hat, auch wenn Sevda ihn als Baby gewickelt und gefüttert hat. Trotzdem ist es Peri, die in ihn hineinsieht. Peri spürt, was mit ihm passiert, Peri sind auch lauter Sachen passiert, Peri kann ein Geheimnis für sich behalten, ohne dass ihr Ümit es auch nur verraten müsste.

Peri nimmt Ümits Hand. Wen hat sie bloß verloren? Was hat die Goldfrau eben gemeint? Hat Peri jemanden geliebt, und dann verloren? Der fremde Cousin und ein Mann in weißem Kittel kommen den Flur entlang zum Wartebereich. Der Mann ist zwar angezogen wie ein Arzt, doch scheint er keiner zu sein. Der Cousin nennt ihn Hoca. Der Hoca sagt irgendwas zu Ümit, aber die Worte kommen nicht bei ihm an. In seinen Ohren sitzen immer noch Insekten, er sieht, wie der fremde Cousin zu den Worten des Hocas nickt, und imitiert einfach das Nicken. Ümit gibt sich Mühe, es im selben Tempo zu machen wie der Cousin, der plötzlich an einer Zigarettenschachtel herumspielt und nervös zum Ausgang schaut. Warum geht er nicht einfach, warum meint er überhaupt, dass er noch hierbleiben muss? Seine Aufgabe ist doch erledigt, er hat sie hergefahren, wartet er auf ein »Danke, tschüss«?

Der Hoca zeigt mit einer Kopfbewegung hinter sich. Die Nachbarin streichelt Ümits Mutter über die Schulter und bleibt im Wartebereich sitzen. Ümits Mutter, der fremde Cousin und Peri folgen dem Hoca. Peri zieht Ümit an der Hand, seine Füße trippeln wie automatisch hinterher. Alle zusammen gehen sie eilig durch den langen hektischen Flur, wo wartende Menschen müde auf dem Boden sitzen. Manche weinen, andere starren nur vor sich hin, nochmal andere labern den Hoca voll, bis sie kapieren, dass er kein Arzt ist.

Die vier steigen in einen Fahrstuhl, auch er ist von weichem Nebel gefüllt. Der Fahrstuhl fährt runter, sackt zwei Stockwerke unter die Erdoberfläche. Der schwere Atem seiner Mutter ist ganz nah an Ümits Ohr, wie Geflüster, wie ein Sturm, der Ümits Verstand bedroht. Ümit kennt diesen Atem in seinem Ohr seit seiner Kindheit. Wenn er ihn spürt, heißt das, dass seine Mutter ihm viel zu nahe kommt, dass sie keinen Abstand zulässt, dass sie mit ihm machen kann, was sie will, weil sie seine Mutter ist, und Mütter dürfen das doch. Nicht, dass Emine ihm je etwas Böses getan hätte, nicht absichtlich jedenfalls, trotzdem fühlt sich diese Art von Nähe falsch an, wie eine Drohung. Weil sie nicht freiwillig ist, weil Ümit ihr nicht entkommen kann, weil er nichts gegen sie tun kann, ohne sich wie ein respektloser Bastard zu verhalten.

Ümit keucht, die anderen auch, nur der Hoca steht still an der Fahrstuhltür. Sie steigen aus, gehen wieder einen Flur entlang bis zu seinem Ende, aber hier ist kein Mensch, hier unten ist es kühler und riecht strenger, nach Medizin, nach Jodtinktur an blutenden Knien. Ihre Schuhe klackern über den steinernen Boden, hinein in einen großen Raum mit weißen Fliesen und nichts als einer Garderobe in der Ecke, einem großen Metalltisch in der Mitte, zwei Wasserschläuchen, einem riesigen Seifenspender.

»Sie können Ihre Sachen ablegen, bis wir ihn holen«, sagt der Hoca in seinem Arztkittel.

Ümit sieht sich fragend um.

Ablegen? Was ablegen? Sollen sie sich jetzt alle ausziehen? Und dann die Wasserschläuche aufdrehen? Sollen sie mit dem Seifenspender eine Schaumparty schmeißen, wie in diesen Nachtclubs in Bodrum, die sie im Fernsehen zeigen? Ümit kichert bei dem Gedanken in sich hinein. Oder hat er gerade in den gefliesten Raum hinausgekichert? Er sieht sich ängstlich um, trifft auf den Blick, den ihm der fremde Cousin zuwirft, immer noch guckt der Cousin traurig, aber dann plötzlich zwinkert er Ümit mit beiden Augen zu, als wolle er ihm Mut machen. Da versteht Ümit, was der Cousin hier zu suchen hat. Er ist der Hakan-Ersatz, der Mann im Haus. Er soll Ümit begleiten, weil Ümit nicht Mann genug ist, um den Termin allein zu überstehen. So denken die wahrscheinlich, und wer auch immer die sind, sie haben recht. Ümit weiß nicht, wie man sich bei einem solchen Termin verhält. Er weiß nur, dass er sich beherrschen muss und auf keinen Fall kichern darf.

In dem Moment, in dem er das denkt, zieht plötzlich eine Welle durch seinen Bauch, ein Lachen, das sich hinterhältig hinausschleichen will. Ümit versucht, es in sich zu halten, indem er die Arme fest vor der Brust verschränkt, das Lachen darf auf keinen Fall seinen Hals erreichen. Ümit muss es ersticken, er muss an etwas anderes denken. Tod. Er sieht sich um. Seine Mutter zieht umständlich ihren Mantel aus, Peri nimmt ihn ihr ab, er wird an die Garderobe gehängt, Ärmel werden hochgekrempelt, Hände gewaschen, Gebete geflüstert. Ümit schluckt, versucht wegzuhören. Immer wenn gebetet wird, hat Ümit sofort ein schlechtes Gewissen. Es kommt ihm vor, als ob die Gebete sowieso umsonst wären, weil er im Raum ist, als würde Ümits Anwesenheit dafür sorgen, dass die Gebete nicht erhört werden. Ümit beschließt, einfach alle Bewegungen der anderen nachzumachen, wie bei einer Aufwärmübung beim Sport, die Waschungen vor allem. Er hat den Abdest zwar als Kind gelernt, aber bloß, um ihn seinem Vater vorzuführen, und so kann er sich jetzt kaum an den Ablauf erinnern, wie das eben so ist mit allem Auswendiggelerntem. So viele Dinge hat Ümit nur getan, um seinen Vater zu beeindrucken, kleine Dinge, aber auch große, das hat er in den Sprechstunden bei Dr. Schumann herausgefunden.

Ümit hat gute Noten mit nach Hause gebracht, hat Gebete aufgesagt, hat einem Jungen aus der Zehnten die Nase gebrochen, ist zwei Mal jede Woche zum Fußball gegangen, obwohl ihm das nie wirklich Spaß gemacht hat. Ümit hat nicht gewusst, dass das alles mit seinem Vater zu tun hatte. Aber Dr. Schumann wusste das sofort. In der Woche nach der Hypnose hat Dr. Schumann erklärt, Ümit leide seit seiner Kindheit an der kühlen Beziehung zu seinem Vater. Er habe verstanden, auf welche Dinge sein Vater Wert lege, und versuche, mit seinem Können und Wissen in diesen Bereichen einen guten Eindruck zu machen: Beten, Sport, Schule. Schon möglich, dachte Ümit, als Dr. Schumann ihm das erklärte. Bloß was sollte das alles mit der knackenden Nase des Jungen aus der Zehnten zu tun haben?

»Geh und wasch dich mal, du stinkst, du Asylantenkanake!«, hatte der Typ gesagt, aus heiterem Himmel, einfach nur, weil er auf dem Schulhof gerade an Ümit vorbeilief und weil er es konnte, und Ümit hatte, ohne weiter nachzudenken, ausgeholt und seine Faust in das sommersprossige Gesicht des Jungen geboxt. Hätte er auch nur kurz nachgedacht, wäre wohl alles anders gelaufen, und er hätte weder den Mut noch die Kraft gehabt, sich gegen einen aus der Zehnten zu wehren. Aber er dachte nicht nach. Seine Faust handelte von ganz allein, von einem Ort aus, über den Ümit keine Kontrolle hatte.

»Diese Art von Männlichkeit«, sagte Dr. Schumann später dazu, »ist das, was dein Vater dir vorgelebt hat. Die Beleidigung des Jungen richtete sich gegen deinen Vater. Gegen sein Naturell. Du hast versucht, so zu reagieren, wie dein Vater es getan hätte.«

Ümit nickte dazu bloß. Damals dachte er noch, mit Nicken käme er schneller wieder aus der Sache raus. Was sollte es schon bringen, Dr. Schumann zu sagen, dass er kein Wort verstand und dass sein Vater gar kein Typ war, der Leuten die Nase brach. Es hätte nichts gebracht, deshalb sagte Ümit nichts. Auch nicht darüber, dass es diese gebrochene Nase war, wegen der Jonas ihn zum ersten Mal ansprach, und dass sie von da an anfingen, zusammen rumzuhängen.

Die Tür geht auf. Zwei Männer in blauen Klamotten schieben eine Liege in den gefliesten Kellerraum. Sie sprechen ihr Beileid aus, aber ihre Blicke sind so leer und abwesend wie die Blicke von Menschen, die sich bei der Arbeit langweilen. Auf der Liege ist ein langer grauer Sack, so lang wie Baba. Die Männer schieben die Liege neben den Metalltisch, einer von ihnen beugt sich vor und öffnet den Reißverschluss des grauen Sacks, zieht ihn den ganzen Babasack entlang.

Die beiden Männer gucken nicht ein einziges Mal zu Ümit oder zu seiner Familie. Der Reißverschluss ist offen, Ümit hört einen winzigen Schrei, ein kurzes Aufschrecken, ein *Ah*, er weiß nicht, von wem es kommt, aber er schließt die Augen und wünscht sich mit aller Kraft an einen anderen Ort, er stellt sich sein Zimmer vor, dann die Umkleidekabine des Fußballvereins, dann die warme Tischtennisplatte aus Stein, auf der er mit Jonas manchmal hockte, aber nichts davon funktioniert. Zum Medizingeruch kommt etwas Neues hinzu, etwas Penetrantes, es zwingt Ümit zurück, lässt ihn nicht entkommen. Süßlich und alt riecht es, wie getrockneter Lavendel. Ümit hört, wie die beiden Männer an dem Sack rütteln, hört ein angestrengtes Seufzen, hört, wie die Liege wieder aus dem Raum fährt, hört die Stimme des Hocas ein Gebet aufsagen. Jemand berührt Ümit am Arm, greift nach ihm und zieht ihn sachte ein paar Schritte nach vorn, fasst seine Hände einladend wie zu einem Tanz, öffnet seine Hände, die Innenflächen nach oben, und Ümit lässt alles geschehen und hält die Augen fest geschlossen.

✦ ✦ ✦

Wasserplätschern. Die Mannschaft war auf einem Trainingscamp im Grünen, Pollen schwebten wie Schnee über Jonas' Kopf, als er auf dem Platz stand. Am letzten Abend ging die ganze Gruppe mit drei Kasten Bier an den See. Nur Jonas und Ümit blieben in der Jugendherberge und sagten, sie kämen nach. Sie saßen mit ein paar Bierflaschen im verlassenen Treppenhaus, als Jonas Ümit zum ersten Mal von seinem Vater erzählte. Dass Jonas sich nicht an ihn erinnern konnte, weil er zurück nach Amerika gegangen war, als sein Dienst in Deutschland endete, dass Jonas und seine Mutter nie wieder von ihm gehört hatten.

Ümit sagte, du kannst ihn doch suchen, eines Tages fliegst du nach Amerika und findest ihn einfach. Jonas schüttelte den Kopf und lächelte sanft. In seinem Blick war etwas, das Ümit schon früher aufgefallen war, bloß konnte er es erst jetzt lesen, da waren Scherben, die davon erzählten, das etwas in Jonas zerbrochen war. Ümit konnte das verstehen, auch er hatte immer das Gefühl gehabt, in ihm sei etwas kaputt. *Ja, vielleicht gehe ich nach Amerika, irgendwann*, sagte Jonas. *Um mich weniger allein zu fühlen. Weil es dort Menschen gibt, die wie ich sind. Nicht so wie hier, wo mich immer alle ansehen wie einen Eindringling, wie einen, der nicht hierhergehört, weil ich immer der einzige Schwarze im Raum bin. Selbst wenn ich nach Hause zu meiner Mama komme, bin ich der einzige Schwarze. Manchmal*

glaube ich, sie denkt auch, ich wäre ein Eindringling in ihrem
Leben oder so. Keine Ahnung, vielleicht bilde ich mir das auch
nur ein. Ich hab einfach keinen Bock mehr auf dieses Gefühl. Aber
ich werde bestimmt nicht nach Amerika gehen, um nach meinem
Scheißvater zu suchen. Ich scheiß auf ihn, wer mich nicht will,
den will ich schon gar nicht.

Stille legte sich über das Treppenhaus, die Luft roch nach abgestandenem Früchtetee und fettigem Fleisch. Jonas sagte, *ich habe gehört, da unten ist ein Hallenbad im Keller.* Sie leerten ihre Biere und suchten im dunklen Gebäude alle Eingänge zum Keller ab, bis sie schließlich eine Tür fanden, die nicht abgeschlossen war. *Was sollen wir in den dreckigen See da draußen gehen, wenn wir einen eigenen Pool haben?*

Jonas zog sein Shirt und seine Hose aus und sprang ins Wasser. Ümit machte es ihm nach und war überrascht, wie kalt es war. Sie schwammen aufeinander zu, dann um die Wette, sie tauchten zum Grund, tunkten einander die Köpfe ins Wasser. Ihr Lachen prallte an den verkalkten Fliesenwänden der Halle ab und drang aus allen Ecken zurück in ihre Ohren.

Das Wasser stichelte in Ümits Haut wie tausend kleine Nadeln, er musste in Bewegung bleiben, um nicht zu frieren, und Jonas auch. Sie machten ein Spiel daraus, tanzten im Wasser und rappten dazu das Intro von *Prince of Bel Air,* sie kannten jede Zeile, jedes Wort. Ihre Bewegungen wurden immer alberner, vielleicht, weil sie besoffen waren, oder ohne die anderen. Jonas' Unterarme berührten Ümits Schultern, Jonas' Bauch Ümits Rücken, die Knie seine Beckenknochen, die Haut seine Haut. Ümits Körper gab nach, ließ sich sinken, Jonas' Kinn lag auf seinem Kopf, seine Finger waren in Ümits Gesicht vergraben. Ein Moment, noch ein Moment, wie ineinander verschmolzen sanken sie unter Wasser und bewegten sich nicht

mehr, bis Jonas losließ, sich abstieß, ein paar Meter weg-
schwamm. Ümit blieb unten und hielt die Luft an, ein paar
Sekunden und noch ein paar und noch ein bisschen länger,
bis ihm die Lunge zu brennen begann und Bläschen aus der
Nase stiegen, ein kitzelndes Glück, eine drückende Leichtigkeit, als würde er gleich zu tausend kleinen Federn zerplatzen, da griff Jonas ihm plötzlich unter die Achseln, zog ihn an
sich und riss ihn mit hoch an die Oberfläche, wie in einer Umarmung. Der Sauerstoff schleuderte Ümit zurück ins Jetzt, und
Jonas schrie ihn an. *Ey Mann, kannst du nicht schwimmen oder
was?* Ümit sog den Chlorduft in sich ein, rang nach Atem und
lachte.

In der Nacht, die Jungs waren längst zurück und schliefen,
alle außer Ümit, saß er auf seiner Matratze, dem unteren Teil
eines quietschenden Metalletagenbetts, und sah Jonas im Bett
gegenüber beim Schlafen zu. Nicht, dass besonders viel zu erkennen war, bloß etwas Licht der Straßenlaterne fiel auf den
Boden zwischen ihren beiden Betten. Ümit konnte nur die Konturen von Jonas' schmächtigem Oberkörper erkennen, dünn
und knochig und violett, eine liebevoll gezogene Linie, unge-
rade, etwas holprig, wie ein Strich, der ohne Lineal gemacht
und gerade deshalb so besonders schien. Jonas' Brust hob und
senkte sich ganz ruhig. Ümit dachte zurück an das Schwimmbad, an die Umarmung unter Wasser, wiederholte die Szene
tausend Mal, bis er mit Jonas nicht mehr im Schwimmbad,
sondern in den Duschkabinen stand, an denen sie vorbeige-
laufen waren, er stellte sich vor, wie sie einander einseiften, bis
jede Stelle ihrer Körper glitschig und spiegelglatt war. Er kroch
mit seiner Taschenlampe und dem Notizblock unter die Bettdecke und zeichnete Jonas, seine kurzgeschnittenen weichen
Locken, seine langen, gebogenen Wimpern, das M, das seine

Lippen ergaben. Ümit schrieb ihm einen Brief, beschrieb darin die Linie, die Jonas ergab, während er schlief, beschrieb, wie er selbst in der Tiefe des Schwimmbeckens versunken war mit dem Gewicht von Jonas' Körper und plötzlich den Wunsch gefühlt hatte, nie mehr aufzutauchen.

Ümit faltete den Brief zusammen, machte die zwei Schritte durch den Raum voller schlafender Jungen und versteckte den Brief in Jonas' Rucksack. Später würde sich Ümit immer wieder fragen, wieso er das getan hatte, und er würde sich selbst sagen, dass er einfach nicht anders gekonnt hatte: Dass er sich nach nichts so sehr gesehnt hatte wie danach, sich Jonas zu zeigen. Und zwar ganz. So wie er war. Dass er sich danach gesehnt hatte, sich nicht verstecken zu müssen, und sei es auch nur für einen Moment. Dass er sich danach gesehnt hatte, sich so stark zu fühlen wie nie zuvor in seinem Leben, wenn er sich mit allem an sich, das nicht richtig war und keinen Sinn ergab, offenbarte, mit allem an sich, was er vor der Welt versteckte, um eine Katastrophe zu verhindern.

Doch am nächsten Morgen wachte Ümit in genau dieser Katastrophe auf, in einer Schweißpfütze liegend, in seiner Kehle die Angst, pulsierend wie ein zweites Herz. Die ganze Busfahrt über fürchtete Ümit, dass Jonas seinen Eastpak öffnen könnte, fragte sich, ob er den Brief direkt entdecken würde. Oder erst zuhause? Oder erst am nächsten Tag beim Packen für die Schule?

Ümit träumte in der Nacht von Jonas und ging am nächsten Nachmittag mit einem Lächeln auf den Lippen zum Training, aber mit keinem glücklichen Lächeln, sondern eher einem panischen, das sich auf seinem Gesicht festgefroren hatte, weil alles in seinem Leben sich nur noch um die eine Frage drehte, ob Jonas den Brief gelesen hatte oder nicht. Als Jonas schließlich in die Umkleidekabine kam, warf er seinen Eastpak auf die Bank ganz am anderen Ende des Raums. Er war bereits umgezogen, musste nur die Schuhe wechseln, tat es wie mit Gewalt darauf konzentriert, Ümit bloß nicht anzusehen. Ümit saß zwischen seinen Klamotten und starrte leer vor sich hin. Jetzt wusste er es endgültig: Der Brief war eine schlechte Idee gewesen.

Beim nächsten Training drei Tage später warf ihm Jonas nur einen einzigen Blick zu, in dem Ümit gar nichts erkennen konnte. Nicht einmal Wut. Der Gedanke, dass Jonas noch vor zwei Wochen mit Ümit gelacht und ihn berührt und ihn seine Scherben sehen gelassen hatte und dass es nun nie wieder so sein würde, schnürte Ümit die Luft ab. Jonas schien enttäuscht von ihm. Als hätte Ümit sein Vertrauen ausgenutzt. Und auch von den anderen kamen erste kleine Andeutungen auf dem Spielfeld, hier rammte jemand seinen Ellbogen in Ümits Seite, da wurde ihm ein Fuß gestellt. »Pass auf, du Schwuchtel!«, hallte es einmal über den Platz. Meinten die ihn, meinten die wirklich Schwuchtel, also Schwuler, oder meinten die einfach Schwuchtel wie Vollidiot, Spast, Spinner, Trottel?

Ümit zog die Brauen zusammen und ließ seinen Körper unbekümmert weiterrennen, sah sich von der Seite dabei zu, wie er mit winzigen Gesten gedemütigt, wie er einmal viel zu fest zu Boden gestoßen wurde, sah sich zu und schüttelte den Kopf, als passiere das gar nicht ihm selbst, sondern einem Jungen, den er nur entfernt kannte, dieser Loser, dachte er. Die ganze Mannschaft verschwor sich derart schnell gegen Ümit, dass es schon beim übernächsten Mal auch dem Trainer auffiel. Zum vierten Training ging Ümit bereits nicht mehr. Er lag zuhause auf dem Bett und hörte eine von Hakans Biggie-Kassetten. Am Abend rief Walter, sein Trainer, bei ihnen an, Ümits Mutter holte ihn ans Telefon. Der Trainer schlug ein Treffen im Vereinshaus vor, nur er und Ümit.

»Du hast ein Problem, Junge.«

Walter saß ihm mit gefalteten Händen gegenüber und versuchte, verständnisvoll zu schauen. Vor ihnen standen zwei Fläschchen Apfelschorle. Ümit hatte Apfelschorle schon immer gehasst, sie ließ ihn an Pisse denken, vor allem, wenn sie nicht gekühlt war, aber er nahm einen Schluck, um seinen trockenen Mund zu befeuchten. Walters fleischige Finger erinnerten Ümit an diese Würstchen im Glas, die es früher bei Kindergeburtstagen für die anderen Kinder gegeben hatte, während Ümit jedes Mal in ein trostloses Käsebrot biss. In einen der Würstchenfinger schnitt ein zu schmaler goldener Ring. Ümit stellte sich Walters pinkes Gesicht bei seiner Trauung vor, am gruseligen Altar einer dunklen, eiskalten Kirche.

Einmal vor Jahren hatte Walter Ümit nach dem Training ein rotes Buch überreicht. Es hieß *Incil* und war auf Türkisch. Er lese doch gerne, hatte Walter gesagt, er sehe ihn doch immer mit irgendwelchen Heften, wenn sie zu Auswärtsspielen führen, vielleicht wolle er sich in das Buch hier mal einlesen. Ümit hatte es in seine Sporttasche geschoben und sich bedankt, anstatt Walter zu sagen, dass sein Türkisch grottenschlecht war und gerade mal für den Küchentisch ausreichte. Auf dem Rückweg am Fluss entlang sah er, dass das Buch auch noch in einer komischen alten Sprache verfasst war, bei der Ümit gar nichts checkte. Er stellte es zuhause einfach in den Vitrinenschrank im Wohnzimmer. Die einzigen anderen Bücher dort waren eine zwanzigteilige Enzyklopädie in braunem Ledereinband, die es mit Coupons aus der *Hürriyet* zum Sonderpreis gegeben hatte, ein dickes Lexikon der Traumdeutungen, und ein dünner grüner Band mit der Yasin-Sure aus dem Koran – der richtige Koran stand nicht in der Vitrine, sondern lag in ein dünnes Kopftuch gehüllt in einem geschlossenen Schrankfach, waagrecht, wie ein schlafendes Baby.

Ümits Vater bemerkte das neue Buch sofort und stellte alle in der Wohnung zur Rede. Er wedelte mit dem Wälzer in der Luft herum und war außer sich, als Ümit schließlich erklärte, es sei von Walter.

»Was denkt dieser Hund, wer er ist?«

Er rannte mit dem Buch zum Vereinshaus, um es zurück in Walters Wurstfinger zu drücken. Peri sagte Ümit später, dass *Incil* die Bibel auf Türkisch sei. *Na und?*, dachte Ümit.

»Baba denkt, der Typ will dich bekehren«, sagte Peri mit müdem Blick und schaltete auf dem winzigen Fernseher in Hakans und Ümits Zimmer Viva ein. »Was weiß ich.«

»Du hast ein Problem, Junge.«

Walters Lippen waren rissig und grau.

»Aber weißt du, was das Gute ist? Man kann es lösen.«

Ümit schnappte nach Luft. Er versuchte, Walter zu erklären, der Brief sei nur ein Scherz gewesen, Jonas habe das einfach falsch verstanden. Aber Walter ließ sich nicht beirren. Seine rissigen Lippen öffneten sich zu einem Grand Canyon. Nein, nein, es sei ein Missverständnis, stieß Ümit noch einmal hervor und stand gerade auf, um raus aus dem Vereinsheim zu fliehen, da griff Walter nach Ümit und zerrte ihn am Ärmel zurück auf den Stuhl. Ümits T-Shirt zerriss. Es sei jetzt wichtig, dass Ümit ihm zuhöre, sagte Walter mit betont ruhiger Stimme. Er wolle ihm nur helfen. Ümit betrachtete den Riss im Ärmel und dann den in Walters Gesicht, den Abgrund des Grand Canyon, dann die Wurstfinger, fragte sich, wie viele

T-Shirts sie schon zerrissen hatten, dachte panisch, dass er Walters sogenannte Hilfe nicht ablehnen durfte, egal, wie sie aussah, und war sich dessen endgültig sicher, als Walter drohend sagte, er fühle sich verantwortlich, Ümits Vater in Kenntnis über den Brief zu setzen.

Ümit atmete ein und aus, jede Energie wich aus seinen Gliedern, er hielt mit der rechten Hand den Riss im T-Shirt fest wie eine Wunde und starrte Walter an. Das würde mit Sicherheit nicht passieren. Walter würde nicht mit Ümits Vater sprechen, nicht, wenn Ümit irgendetwas dagegen tun konnte. Natürlich ergab er sich Walter, sagte einfach nur noch Ja und nochmal Ja und nochmal Ja, ließ ihn einen Termin bei diesem Doktor ausmachen und ging von da an montags und donnerstags um fünf nicht mehr ins Training, sondern montags mit einem Comic und einer Packung Haribo Colorado ans Flussufer, und donnerstags in die Praxis von Dr. Schumann, wo man ihn vom Verliebtsein heilen wollte.

Die Praxis lag neben einem Gartenmarkt hinter dem Bahnhof. Hier begann das Gewerbegebiet, eine komische Gegend für eine Arztpraxis. Alle Ärzte, bei denen Ümit je gewesen war, hatten ihre Praxen in der Stadtmitte oder beim Arbeitsamt gehabt. Auf der Klingel stand *Dr. Richard Schumann, Psychologische Beratung*.

Dr. Schumann öffnete selbst die Tür, es gab keinen Empfangstresen oder eine Arzthelferin oder so. Es gab nur Dr. Schumann, der Ümit durch einen kleinen dunklen Gang hindurch bat. Sie erreichten ein helles Zimmer mit einem Schreibtisch in der einen und zwei schwarzen Ledersesseln in der anderen Ecke. Erst hier streckte Dr. Schumann seine Hand aus. Ümit rieb seine schwitzigen Hände erst an seiner Jeans trocken, bevor er Dr. Schumann die rechte Hand reichte. Dr. Schumanns Händedruck war nicht einfach fest, sondern ein Fleischwolf, der Ümits Finger zu Hack zerkleinerte. Sie setzten sich auf die beiden kalten Sessel, und Ümit versuchte, ruhig zu atmen. Dr. Schumanns Art zu sprechen hatte nichts gemein mit der Art, in der andere Ärzte sprachen. Er trug auch weder ein Stethoskop um seinen Hals noch einen Kittel um den Körper. Mit seinem karierten Hemdkragen unter der grünen Strickweste wirkte er eher wie ein Mathelehrer. Dr. Schumann schlug die Beine übereinander und faltete die Hände, genau wie Walter es im Vereinsheim getan hatte.

»Möchtest du mir erzählen, warum du hier bist?«

»Walter Hartmann hat mich geschickt.«

Dr. Schumann hob die Augenbrauen.

»Hat Herr Hartmann dich *geschickt*? Oder hat er einen Termin für dich vereinbart, weil du ihn um Hilfe gebeten hast?«

Ümit sah ihn fragend an. Er verstand, dass Dr. Schumann eine bestimmte Antwort von ihm hören wollte. Und dass er die Sache hier am einfachsten überstehen würde, wenn er Dr. Schumann gab, was Dr. Schumann wollte.

»Ja«, sagte Ümit zögerlich. »Ja, so war es.«

Dr. Schumanns Augenbrauen hingen immer noch in der Luft. Sie forderten, dass Ümit fortfuhr. Doch Ümits Lippen konnten keine weiteren Worte formen, er hatte keine Ahnung, wie es weitergehen sollte. Er fühlte sich so unvorbereitet, als sei er in eine Geschichtsarbeit geraten, ohne auch nur einmal ins Buch zu geschaut zu haben. Dabei war Ümit doch immer ein fleißiger Schüler gewesen.

»Gut.« Dr. Schumann klopfte auf seine Sessellehne. »Ich verstehe, dass es schwierig für dich ist, über dich und dein Problem zu sprechen. Darum helfe ich dir ein bisschen, ja? Ich for-

muliere ein paar Annahmen, und du sagst mir, ob ich richtig-
liege? Ist das in Ordnung?«

Ümit nickte.

»Legen wir los.«

Dr. Schumann nahm einen Notizblock von seinem Tisch
und blätterte darin, bis er die Seite fand, nach der er suchte.

»Ümit, ich hörte von deinem Trainer Herr Hartmann, dass
du Hilfe benötigst. Und zwar, weil du eine Neigung entwickelt
hast, die dich stört. Ist das korrekt?«

Ümit überlegte, woher sich Walter und Dr. Schumann kannten. Er versuchte, Ähnlichkeiten zwischen ihnen zu erkennen,
aber es schien keine zu geben. Dr. Schumann hatte eine sanfte
Art zu sprechen, so richtig betont sanft, was sehr selbstsicher
klang, ganz anders als Walter, der sich zwar immer bemühte,
stark zu wirken, aber der immer etwas zu verstecken oder weg-
zudrücken schien, so als ob er sich für etwas schämte. Dr. Schumann dagegen hatte alles unter Kontrolle, seine Gefühle, seine
Stimme, Menschen.

»Ümit, stimmt das?«

»Äh, was? Ich weiß nicht … Keine Ahnung, was das bedeutet, Neigung.«

»Ümit. Es gibt da einen Jungen, und du gibst vor, in ihn
verliebt zu sein. Stimmt das?«

Eine Faust klopfte gegen Ümits Brustkorb, von innen. Er
rutschte auf seinem Sessel hin und her, um eine Position zu
finden, die ihn davor schützte, einfach umzufallen. Er blickte
auf die blassen Aquarelle von Fachwerkhäusern, die an der
Wand hinter Dr. Schumann hingen. Dr. Schumanns Worte
wiederholten sich in seinem Kopf.

»Sie meinen also: Ich tue so, als wäre ich verliebt?«, fragte
Ümit zögerlich.

»Ja, genau. Man kann sagen: Du bildest es dir ein?«

War das gerade eine Frage gewesen von Dr. Schumann? Oder hatte er die Betonung am Satzende missverstanden? Ümit blickte auf seine Hände. Seine Nägel waren einen Millimeter zu lang, seine Mutter hasste es, wenn man das Weiße sehen konnte. Er strengte seinen Kopf an. Er wollte dem Arzt gerne recht geben, aber er war sich nicht sicher, ob er die Frage verstanden hatte.

»Worin liegt der Unterschied?«, fragte Ümit. »Also, zwischen Verliebtsein und bloß zu glauben, dass man verliebt ist?«

»Gute Frage«, sagte Dr. Schumann. Er nickte lobend und ließ seinen silbernen Kugelschreiber klicken. Auch er trug einen Ehering, aber seiner schien ihm genau zu passen, nicht wie der von Walter, der so eng wirkte, dass Ümit sich fragte, wie überhaupt noch Blut in den Finger kam. Dr. Schumanns Hände waren schmal und gepflegt. Kannten Walter und Dr. Schumann sich vielleicht aus der Kirche?

»Der Unterschied«, erklärte Dr. Schumann, »ist folgender: Manchmal bewundern wir Menschen des gleichen Geschlechts für bestimmte Eigenschaften. Wir wollen sein wie sie und identifizieren uns sehr stark mit ihnen. Das hat natürlich nichts mit Verliebtsein zu tun.«

Ümit spürte ein Kitzeln in seiner Nasenspitze. Seine Augen brannten. Er hielt die Luft an.

»Meistens ist da schon vorher eine Störung der Identität, so dass man sich selbst nicht als männlich genug empfindet. Das kann am Elternhaus liegen …«

Und so gingen sie los, ihre endlosen Gespräche. *Das Elternhaus*. Jedes Mal wenn Dr. Schumann *das Elternhaus* sagte, ständig also, ununterbrochen, fragte sich Ümit, ob Dr. Schumann sich eigentlich nicht denken konnte, dass seine Eltern gar kein Haus besaßen, dass sie natürlich in einer Mietwohnung lebten? Bestimmt, stellte Ümit sich vor, hätte Dr. Schumann dazu gesagt, dass es nicht um das konkrete Gebäude ging, die Wände, das Dach, sondern darum, was unter diesem Dach passierte. Aber trotzdem sah Ümit irgendwie eine Verbindung zwischen dem Gedanken, jeder lebe in einem eigenen Haus, und diesem komischen Wort *Elternhaus*. Wenn man *aus gutem Hause stammen* sagte, meinte man dann nicht auch den Reichtum, den es bedeutete, ein Haus zu besitzen? Meinte man damit nicht diese netten Fachwerkhäuser auf den Aquarellen an Dr. Schumanns Wand?

Bei Dr. Schumanns Fragen ging es aber nie um Geld. Sondern immer nur um Kindheit, Religion, Kultur – alles Dinge, fragte sich Ümit, die doch wohl gerade nicht mit Geld zu tun hatten, oder doch? Die Stunden wurden zu einer ewigen Suche nach Fehlern in Ümits Leben. Und die Sache war: Wer sucht, wird früher oder später fündig. Nach ein paar Donnerstagen konnte Ümit sich nicht mehr vorstellen, dass irgendwer da draußen herumlief, der nicht unter seiner Kindheit litt, unter seiner Kultur, unter dieser Welt.

Anfangs gab Ümit sich Mühe, nichts auszuplaudern bei Dr. Schumann. Er wollte seine Eltern nicht noch mehr bloßstellen, wollte sie nicht verraten, indem er alle Annahmen bestätigte, die Dr. Schumann über sie hatte. Aber das half nichts, Dr. Schumann knackte ihn wie ein billiges Fahrradschloss.

Irgendwann helfen das schlechte Schauspielern und Rumdrucksen nicht mehr. Irgendwann nistet sich dieser studierte Doktor mit seinem silberglänzenden Haar, seiner randlosen Brille und seiner sanften Überlegenheit in deinem Kopf ein und überzeugt dich davon, dass mit dir etwas nicht stimmt. Und dann beginnst du plötzlich, einfach so von dir aus von den Nächten zu sprechen, in denen deine Bettwäsche nass wurde und deine Mutter dir befahl, dich zu schämen, beginnst du, darüber zu sprechen, wie sie dir das Trinken am Abend verbot und du stundenlang mit trockenem Mund einzuschlafen versuchtest und das mit dem Nasswerden dir trotzdem passierte. Dann sind da die bösen leisen Streitereien zwischen deinen Eltern, früh am Morgen und spät in der Nacht, das bedrückende Schweigen zwischen ihnen, die Nächte, in denen Licht aus dem Wohnzimmer durch den Spalt der Zimmertür von Hakan und dir fiel, das endlose Flüstern deiner Mutter, die sich mit Koransuren zu beruhigen versucht und dich in Angst versetzt. Da sind die Tage, an denen du dich fragst, ob dein Vater dich überhaupt liebt, da sind die Tage, an denen Peri dich in den Arm nimmt und weint, und du verstehst nicht, warum, aber du weinst mit, da sind die Tage, an denen Hakan mit geröteten Augen dasitzt und dich bittet, bloß nie die Polizei zu rufen, egal was passiert, da sind die Tage, an denen deine Mutter dir verbietet, das Haus zu verlassen, weil sie glaubt, die ganze Luft sei vergiftet.

Dr. Schumann schrieb fleißig mit in seinem gelben Notizblock, blickte bloß ab und zu auf und hob leicht das Kinn, um Ümit zu signalisieren, er solle weitersprechen. Ümit verließ jede der Sprechstunden mit einem schlimmen Lärm in seinem Kopf. Mit dem Lärm der Kirchenglocken, die seine ganze Kindheit über gefühlt alle drei Minuten losgedröhnt hatten und jedes Gespräch und jeden Gedanken erstickten.

Zuhause kochte er seiner Mutter Kamillentee, als wollte er seinen Verrat in der Sprechstunde wiedergutmachen, und sie küsste ihn unwissend auf die Stirn.

Laut Dr. Schumann war Ümit ein Schwuler, weil sein Vater ihm keine körperliche Nähe zeigte, er war ein Schwuler, weil seine Mutter immer alles bestimmte, er war ein Schwuler, weil er in seiner Kindheit mehr Zeit mit seiner Schwester verbracht hatte als mit gleichaltrigen Jungs, er war ein Schwuler, weil die Frauen in seinem *Kulturkreis*, Dr. Schumann liebte dieses Wort, so unterwürfig waren, dass er keinen Reiz an ihnen finden konnte.

»Aber ich dachte, Sie meinen, meine Mutter bestimmt immer alles?«

»Ümit, du musst die Widersprüchlichkeiten des Lebens aushalten«, antwortete Dr. Schumann ihm mit geduldiger Stimme. Als sei nur das Leben widersprüchlich und nie das, was Dr. Schumann alles jeden Donnerstag über Ümits Familie sagte.

»Hast du nicht in einer unserer ersten Stunden erzählt, dass sich bei euch ausschließlich deine Mutter und deine Schwester um den Haushalt kümmern?«

Ümit wollte fragen, was zum Henker das mit irgendwas zu tun hatte. Er fragte stattdessen: »Wer putzt eigentlich bei Ihnen?«

»Bei uns räumt jeder seine eigenen Dinge weg.«

»Nein, das ist Aufräumen, das meine ich nicht. Ich meine Putzen. Wer putzt bei Ihnen das Klo?«

Dr. Schumann schüttelte heftig den Kopf.

»Diesen Bereich übernimmt die Haushälterin. Aber das tut jetzt nichts zur Sache.«

Das Wort *Schwuler* sagte Dr. Schumann natürlich nie. Für ihn gab es das Wort wahrscheinlich gar nicht, weil es ja auch diese Sache nicht gab, also Männer, die Männer liebten. Das sei eine Erfindung der Medien, sehr gefährlich gerade für jüngere

Menschen, weil die zur Nachahmung neigten und alles, was sie im Privatfernsehen sähen, für Normalität hielten. Es gebe keine Männerliebe, es gebe nur Menschen mit ernst zu nehmenden Störungen, bei denen man beratend Hilfe leisten müsse. Ümit war einer dieser Fälle.

Ein einziges Mal nur versuchte Ümit, Dr. Schumann zu widersprechen, Ümit, der Menschen selten widersprach, und sich, wenn er es doch tat, so oft räuspern musste, dass man ihn kaum verstand. Doch diesmal nahm er seinen Mut zusammen und sprach es einfach aus, sagte, dass es doch wohl zu jedem Thema unterschiedliche Meinungen gab und dass ihn mit Sicherheit schlimmere Krankheiten hätten erwischen können, als in jemanden verliebt zu sein. Er war verblüfft, dass die Worte diesmal klar und verständlich aus seinem Mund purzelten. Aber Dr. Schumann sah ihn nur gleichgültig an und fragte: »Habt ihr in der Schule schon mal über Aids gesprochen?«, und da nickte Ümit und nahm sich vor, so etwas nicht mehr zu sagen.

✦ ✦ ✦

Wasserplätschern. Ümit öffnet die Augen, blickt auf die weiße Fliesenwand, die grauen Zementritzen. Er blickt sich um und sieht, dass seine Mutter und Peri nicht mehr im Kellerraum sind. Er ist alleine, nur der Hoca in seinem Arztkittel und der fremde Cousin stehen mit ihm um den Metalltisch herum. Die zwei waschen den nackten, aufgedunsenen Körper vor ihnen auf dem Tisch und sprechen immer weiter leise ihre Gebete. Beide tragen Mundschutzmasken, Ümit fasst sich ins Gesicht und stellt fest, dass er selbst keine trägt, obwohl er so schlecht Luft bekommt. Er tritt näher an den Tisch.

Der Körper ist fleckig, nur sein Unterleib bedeckt von einem weißen Tuch. Die Flecken sind blau und lila und sehen aus wie die Blutergüsse, die Ümit manchmal nach dem Fußball hatte. Nur sind sie größer, viel größer, bedecken ganze Hautflächen. Er blickt auf die Hand seines Babas, die farblos und dick daliegt, wie ein kleiner aufgeblasener Schwimmflügel. Er riecht den süßlichen Lavendel hier im Raum immer noch, aber auch etwas anderes, atmet mühsam nur noch durch den Mund, weil dieser Geruch kaum zu ertragen ist. Er reißt sich die Mundschutzmaske ab, die er nicht trägt, holt tief Luft, bekommt nicht genug, spürt, wie seine Beine wieder zu Hefe werden, wie seine Knie einknicken, wie der weiß geflieste Raum sich in leuchtende Punkte auflöst. Ümit fühlt, wie sein Körper zerfällt und zu tausend kleinen Federn zerplatzt, aber da ist kein Jonas, der ihn nach oben trägt.

SEVDA

SEVDA BETET. Sie trägt ihre große schwarze Sonnenbrille, sitzt mit den Kindern auf der Rückbank des Taxis und betet, Al-Fatiha und Al-Ikhlas, die ersten beiden Gebete, die sie in ihrem Leben gelernt hat. Sie hat keine Ahnung, wovon sie handeln, keine Ahnung, was diese Worte bedeuten, die sie als Kind auswendig lernen musste, sie spricht ja kein Arabisch, woher soll sie es wissen. Sie wiederholt nur die Klänge und Rhythmen, den Ton. Aber immer wenn ihr der Kopf vor lauter Panik aussetzt, fallen ihr diese beiden Koransuren ein und sonst nichts. Sie sind wie ihre Treppengeländer in einem stockdunklen Haus. Sie sind ihr Halt.

Die Nachricht vom Tod ihres Vaters ist wie eine Walze über Sevdas Leben gerollt, wie eine unmissverständliche Botschaft von oben. Als wolle Allah sie bestrafen für das, was sie seit Monaten treibt ohne auch nur einen Hauch von Scham zu empfinden. Es gibt sie also doch, die Gerechtigkeit, da ist sie nun, um über Sevdas Kopf zusammenzubrechen wie ein niederbrennendes Haus. Sevda ist am Morgen die Treppe runter zu ihrem Laden geeilt, hat Frau Meyer aus dem zweiten Stock gebeten, mit Edding auf einen großen Zettel *Wegen Trauerfall geschlossen* zu schreiben, und hat den Zettel an die Tür neben die Öffnungszeiten geklebt. Zum ersten Mal seit zwei Jahren hat Sevda den Laden zugemacht, der sonst sechs Tage die Woche geöffnet ist. Das Wort *Trauerfall* schlug Frau Meyer vor, so sagt man das wohl im Deutschen, damit man nicht *Mein Baba ist tot* an die Tür schreiben muss. Das hatte ihr Sevda zuerst diktiert.

Dann hat Sevda ihre beiden Angestellten angerufen und angewiesen, zuhause zu bleiben, damit sie ihr nicht das Geschäft ruinieren, während sie weg ist. Davide und Moni taugen einfach zu nichts, wenn man ihnen nicht jede Minute auf die Finger schaut und sagt, was zu tun ist. Wahrscheinlich würden sie die ganze Schicht lang in der Küche rumturteln und es nicht einmal bemerken, wenn Gäste reinkämen und sich an einen der Tische setzten. Man kann sich auf dieser Welt auf niemanden verlassen außer auf sich selbst. Wer sollte das besser wissen als eine Frau, die von denen verraten wurde, die ihr am allernächsten waren?

Das Taxi gleitet durch eine flache Landschaft ohne Bäume, die Sevda seltsam fremd vorkommt. Dabei kennt sie diese Schnellstraße, sie führt zum Flughafen und auch zu dem Großhändler, zu dem Sevda ab und zu für den Laden einkaufen fährt. Ihr ist nie aufgefallen, wie trostlos und leer die Gegend ist. Grüne und gelbe Felder wechseln sich ab, schließen so nahtlos aneinander an, dass Sevda schlecht wird vom Hingucken. Sie betet weiter, merkt, wie ihr immer noch Tränen übers Gesicht laufen, bis zum Kinn. Sie nimmt die Sonnenbrille ab, wischt sich mit der Hand über die Wangen, betrachtet ihre vom Mascara geschwärzten Fingerspitzen. Sie schaut an sich hinunter. Auf dem Jäckchen ihres rosafarbenen Twinsets glänzt wässrig ein Fleck. Auch das noch.

Wer kommt bloß auf die Idee, sich auf dem Weg zur Beerdigung des eigenen Vaters zu schminken? Für wen? Wozu? Ist das etwa ihre Art, am Leben festzuhalten, sich gegen den Tod zu wehren? Ich bin eine Frau, ich lebe, also schminke ich mich? Wie armselig.

Vielleicht hat sich das Schminken heimlich in Sevdas Körper eingeschlichen, vielleicht passiert es automatisch, wann immer sie den Laden nicht öffnen muss. Montags, am Ruhetag, nutzt Sevda normalerweise ihre paar kostbaren Extraminuten, um ein bisschen Schminke aufzutragen, bevor sie sich an die Abrechnung setzt und anschließend zu den Händlern muss. An allen anderen Tagen der Woche rennt Sevda ständig zwischen dem Laden im Erdgeschoss und ihrer Wohnung im ersten Stock hin und her, um die Kinder und die Gäste gleichzeitig zu versorgen, um zu kochen, das Geschäft am Laufen zu halten und die beiden Angestellten zu kontrollieren, die seit Neuestem bescheuerterweise auch noch ein Paar sind und nur noch Augen füreinander haben. Dann schafft Sevda es höchstens mal, ihr Gesicht einzucremen und die Haare zu kämmen, bevor sie vor die Gäste tritt, und das war es schon. Aber einmal die Woche will Sevda sich schön fühlen. Einmal die Woche lässt sie sich ein Bad ein, schmiert sich eine Maske ins Gesicht, massiert eine Kur in die Spitzen ihrer Locken ein und zieht einen feinen schwarzen Lidstrich über ihre Augen. Einmal die Woche macht Sevda eine Stunde lang etwas nur für sich selbst.

Bahar lehnt den Kopf an Sevdas Schulter. Sevda schluchzt noch immer wie eine von Bahars kleinen Schulfreundinnen, wenn ihnen peinlich ist, dass sie gerade hingefallen sind.

»Mami, bitte nicht traurig!«, sagt Bahar.

Cem sieht Sevda nur ängstlich von der Seite an. Ihre Kinder haben sie noch nie weinen gesehen. Immer ist es ihr gelungen, sich vor ihnen zu verstecken, wenn sie in einen Heulkrampf ausbrach. Aber der hier ist anders.

»*Sein*«, korrigiert sie Bahar und wischt sich den Mascara mit einem Taschentuch aus dem Gesicht. »Bitte nicht traurig *sein*, heißt das. Da muss ein *sein* hin, Bahar. Sprich nicht wie ein Ausländer.«

Die Kleine dreht sich weg und sieht aus dem Fenster. Sevda setzt ihre Sonnenbrille wieder auf.

✦✦✦

Al-Fatiha, die erste Sure des Koran, bekam Sevda von ihrer Oma beigebracht, als sie vielleicht so alt war wie ihre Tochter jetzt, sieben. Niemals aufbegehren, immer dankbar sein für das, was man hat, auch das hat ihre Babaanne ihr beigebracht, selbst wenn sie Sevda das genaue Gegenteil vorlebte. Ihre Babaanne ließ sich nämlich von niemandem irgendetwas sagen, und schon gar nicht von ihrem Mann. Sie sah sich immer im Recht, und oft schien sie es auch zu sein. Und doch forderte Babaanne von allen anderen Demut ein und predigte sie, als wäre sie die höchste aller Tugenden und garantiere ein besonders schattiges Plätzchen im Paradies.

Als Sevda im Alter von zwölf Jahren mit den Großeltern in Karlıdağ zurückbleiben musste und der Rest der Familie nach Deutschland zu Hüseyin durfte, war Sevda vor allem verwirrt darüber, dass man Dinge von ihr erwartete, die für andere nicht zu gelten schienen. Sie musste aber erst dreizehn Jahre alt werden, bis sie sich das allererste Mal traute, deutlich und bestimmt *Nein* zu sagen. Immerhin ging es um ihr Leben.

»NEIN. ICH. WILL. NICHT. HEIRATEN«, flüsterte Sevda damals, aber mit einem Nachdruck, der ihr Flüstern wie einen Schrei vibrieren ließ. Ihre Babaanne sah überrascht vom Gasherd auf und zu Sevda rüber. Dann streichelte sie ihr mit ihren schrumpeligen hennaroten Fingern über die Wange, wie um Sevda dafür zu loben, dass sie sich ihr endlich widersetzte.

»Kind, niemand wird dich dazu zwingen. Aber irgendwann musst du heiraten, und ich sage dir: Dieser Mann ist Lehrer. Einen besseren als ihn findest du hier nicht.«

Sie löste ihre kalten Finger von Sevdas weichem Gesicht und drückte ihre Hand. In Sevdas Augen sammelten sich Tränen. Sevda wandte den Blick von ihrer Babaanne ab und atmete flach, um die Tränen bei sich zu behalten. Ihre Augen fixierten das große runde Emailletablett, das an die Wand gelehnt dastand und auf dem ihre Babaanne sicher frischgeschnittene Hengel für den Lehrer servieren würde, wie sie es immer tat, wenn besondere Gäste kamen.

»Mir ist egal, ob er Lehrer ist. Der ist doch viel zu alt! Babaanne, ich will ihn nicht!«

Noch zwei Tage zuvor, als sie Sevda gesagt hatten, dass der Grundschullehrer sich bei ihrem Dede angemeldet hatte, um bei ihm um Sevdas Hand anzuhalten, hatten ihr die Ohren geglüht vor Aufregung. Sevda gefiel die Idee, dass jemand in sie verliebt war und sie mit ihm ein eigenes Zuhause haben würde, mit einem eigenen Ofen und einem eigenen Fernseher, vor dem sie jeden Sonntagabend Arm in Arm liegen würden, um gemeinsam *Dallas* zu schauen. Vielleicht würden sie sich danach auf den Mund küssen wie Pamela und Bobby. Sevdas Atem stockte bei dem Gedanken. Sie warf sich auf den Divan, schloss die Augen, malte sich aus, wie es weitergehen würde nach diesem Kuss.

Doch mit jeder vergehenden Stunde wurde Sevda klarer, wie wenig alles um sie herum jener Welt glich, in der Pamela im Badeanzug am Pool lag, bunte Getränke schlürfte und zum Abendessen an einer langen Tafel saß, und dass es hier weder einen Pool gab noch Frauen, die Badeanzüge besaßen oder an Tafeln aßen, und so verwandelten sich Sevdas *Dallas*-Träume schließlich wieder zurück in das Leben, das alle Frauen führten, die Sevda kannte: In ein Leben, das immerzu nach gedünsteten Zwiebeln roch, in dem ständig Kinder aus den Schößen purzelten, in dem man zuhause auf dem Boden aß und in den Wintern wegen der ununterbrochen heizenden Öfen schwitzte und in den Sommern fror.

»Ich werde nach Deutschland ziehen, Babaanne.«

Babaanne saß auf einem Kelim auf dem Küchenboden und schälte einen Apfel. Ihr grün glänzendes, geblümtes Samtkleid erinnerte Sevda an die Blumenwiesen im Dorf, die jedes Jahr nach sechs Monaten Schnee wie durch ein Wunder innerhalb weniger Tage erblühten. Vielleicht trug Babaanne ihre geblümten Kleider, um sich an ihr Dorf oben in den Bergen zu erinnern, das sie niemals hatte verlassen wollen und auch niemals verlassen hätte, wenn ihr Sohn Hüseyin sie nicht dazu gezwungen hätte. Sevda war acht gewesen, als sie mit ihrer Mutter, ihren Geschwistern und den Großeltern runter in die Stadt gezogen war. Seitdem fuhr Babaanne jeden Sommer für ein paar Tage hoch ins Dorf zu den Verwandten, von denen es immer weniger gab, alle gingen sie weg nach Karlıdağ und in andere Städte.

Mit einem der Messer, die Sevdas Baba aus Deutschland mitgebracht hatte, zog Babaanne Kreise über den Apfel, bis die Schale als Spirale auf die Blumenwiese in ihrem Schoß fiel.

»Ich werde in Deutschland zur Schule gehen«, sprach Sevda ungefragt weiter. »Ich werde eine Geschäftsfrau werden, Babaanne.«

Babaanne schüttelte den Kopf und grinste, als hätte sie einen Witz gehört. Über ihr trockenes Gesicht rannen die Falten wie tausend kleine Flüsse, die alle an derselben Stelle zusammenliefen, in der klaffenden schwarzen Lücke neben ihrem Schneidezahn.

»Babaanne, warum lachst du? Baba hat gesagt, dass ich bald nachkommen darf. Wann holt er mich endlich?«

Babaanne hielt Sevda ein Apfelstück hin.

»Er holt dich, wenn Dede und ich sterben. Wer soll denn sonst auf uns aufpassen?«

»Und wer passt auf euch auf, wenn ihr mich an diesen Lehrer verheiratet?«

»Du wärst doch in der Nähe, mein Kind. Er will in ein Haus hier im Viertel ziehen.«

Sevda musste schlucken. Es war also schon an alles gedacht. An alles, außer an Sevdas eigene Wünsche. Das Apfelstück hing immer noch in der Luft. Als ob die Alten jemals sterben würden. So viele Vitamine, wie sie ständig fraßen. Sevda schnappte nach dem Apfel, bevor Babaanne sich entschied, ihn selbst zu essen.

»Was ist das überhaupt, eine Geschäftsfrau?«, fragte Babaanne, wischte sich die Hände an einem der selbstgehäkelten Lappen ab, die wie an einer der Fahnengirlanden an den Nationalfeiertagen über dem Spülbecken hingen, und lief aus der Küche, ohne Sevdas Antwort abzuwarten.

Eine Geschäftsfrau war eine Frau, die gepflegt war und perfekte Kleidung anhatte und ihr Kinn eine Etage höher trug als alle gewöhnlichen Frauen und die ihre eigenen Entscheidungen traf, ohne ihren Mann oder ihre Eltern um Erlaubnis zu fragen. Einmal nur hatte Sevda eine solche Frau in echt gesehen. Sie war damals noch sehr klein, vier oder fünf vielleicht, jedenfalls lebten sie noch oben im Dorf, in dem der Schnee viel höher als unten in Karlıdağ war und in dem eigentlich niemals

Menschen vorbeikamen, die man nicht zumindest vom Sehen kannte. Dick eingepackt wie eine Wassermelone, aus der zwei winzige Zahnstocherbeinchen ragten, stand Sevda dort oben im Dorf vor der grün gestrichenen Haustür und starrte in das endlose Weiß, das sich Tag für Tag vor ihr erstreckte, und da erschien plötzlich mitten im Weiß eine Frau mit einem Bob-haarschnitt und einer großen schwarzen Sonnenbrille. Die Frau schaute auf einen Zettel, als suche sie ein bestimmtes Haus oder eine Person. Sie war das fremdeste Wesen, das Sevda je-mals gesehen hatte. Ihr Pelzmantel war hellbraun und endete kurz über ihren Knöcheln, darunter ragten Stiefel mit Absätzen hervor, die sich ganz und gar nicht für die schlammigen Wege im Dorf eigneten. Aber die Frau sah auch nicht aus, als müsse sie viel gehen, dachte Sevda später, als ihr die Begegnung wie-der einfiel, so eine hatte einen Chauffeur und einen Mercedes oder so etwas. An ihrem Handgelenk trug die Frau eine kasten-förmige blaue Handtasche, und als sie kurz ihre Sonnenbrille abnahm, sah Sevda, dass sie einen spitzen Lidstrich hatte wie die Frauen in den Filmen.

Bis heute weiß Sevda nicht, wer diese schöne Frau im Dorf damals war, nach wem sie suchte und ob sie fündig wurde. Als Sevda Jahre später einmal von der Begegnung erzählte, nannte ihr Dede die Erinnerung Unfug, sie habe sich das bloß ein-gebildet, was eine solche Frau da oben solle, nichts. Und es stimmte zwar, dass Sevda für ihr Leben gern vor sich hin träumte und sich Dinge ausmalte, aber genau deswegen konnte sie die scharfe Trennlinie zwischen Realität und Traum ja über-haupt erkennen, viel klarer als jene, die längst keine Träume mehr hatten und an nichts glaubten, was nicht in der Moschee gepredigt worden war. Die Frau mit dem Bob und der Sonnenbrille hat es gegeben, Sevda ist sich sicher. Nur hat niemand außer ihr das Glück gehabt, ihr begegnen zu dürfen.

Den Lehrer, der um ihre Hand anhalten wollte, konnte Sevda noch abwimmeln. Ihsan nicht. Aber bis er in ihr Leben trat, vergingen noch ein paar Jahre, wertvolle Jahre, in denen Sevda der Person, die sie sein wollte, Stück für Stück näher kam. Erst einmal musste sie dafür aus dem trostlosen Haus ihrer Großeltern ausbrechen. Kurz bevor sie fünfzehn wurde, war es endlich so weit: Ihr Vater kam aus Deutschland und holte Sevda ab, um gemeinsam mit ihr zurückzureisen. Hüseyin lebte da schon seit fast zehn Jahren in Deutschland. Zwei Jahre zuvor hatte er Sevdas Mutter und ihre beiden Geschwister Hakan und Peri aus Karlıdağ geholt und mitgenommen. Jetzt war es die letzte Möglichkeit für Sevda nachzuziehen, denn nur Arbeiterkinder unter sechzehn durften nach Deutschland einwandern, und in Sevdas gelbem Ausweis stand, dass sie bald sechzehn wurde.

Eigentlich war er einem Kind ausgestellt worden, das ein Jahr vor ihr zur Welt gekommen und nach wenigen Wochen gestorben war. Es hatte auch Sevda geheißen, und weil der Weg vom Dorf in die Stadt schon in den Sommermonaten beschwerlich und im Winter fast unmöglich war, hatte man sich nicht die Mühe gemacht, den Tod des einen und die Geburt des anderen Kindes zu melden. Was machte es für einen Unterschied, wo es sich doch auch noch bei beiden um Mädchen handelte.

Manchmal dachte Sevda, sie sei die Wiedergeburt dieser ersten Baby-Sevda, sie habe schon mal gelebt, das hier sei ihre zweite Chance, die sie zu nutzen und auszukosten hatte, indem sie das bestmögliche Leben lebte. Aber manchmal überkam sie auch ganz plötzlich eine Trauer darüber, dass sie keinen eigenen Namen besaß und dass dadurch alles an ihrem Dasein wie geborgt schien, dass ihr jederzeit alles genommen werden konnte, ohne dass sie auch nur das Recht gehabt hätte, eine Träne darüber zu verlieren.

Eine Sache war es, das Leben eines verstorbenen Säuglings übergestülpt zu bekommen. Eine andere, wie ein kaputter Koffer bei den Großeltern zurückgelassen zu werden. Mit zwölf mutterseelenallein gewesen zu sein, während der Rest der Familie ein neues Leben in einem aufregenden Land am anderen Ende der Welt begann, bestimmte Sevdas ganzes Schicksal. Niemals würde sie sich erholen können von dieser Einsamkeit, immer würde das Alleinsein ein Teil von ihr bleiben. Sie würde es überallhin mit sich schleppen, bis in die süddeutsche Kleinstadt, in der ihre kleinen Geschwister schon längst eine neue Sprache sprachen, die sie nicht verstand. Und auch bis nach Niedersachsen, wo sie wenige Jahre später hochschwanger und mit einem Kleinkind auf dem Arm zu Liedern von Tracy Chapman weinen würde.

Doch wer einsam ist, ist auch frei. In der Einsamkeit lernte Sevda, ihre eigenen Gedanken zu formen und nur auf sie zu hören. Alles, was in ihrem Kopf passierte, gehörte nur ihr, niemand konnte es ihr wegnehmen. Darum beschloss Sevda in den zwei Jahren allein mit ihren Großeltern in Karlıdağ, sich das Lesen und Schreiben selbst beizubringen. Sobald die Hausarbeit erledigt war, besuchte sie jeden Tag die kleinen Nachbarskinder, die an ihren Schulaufgaben saßen. Sevda brachte ihnen getrocknetes Obst und Nüsse, um ihnen über die Schultern blicken zu können.

Als Sevda in ihrem Alter gewesen war, war sie noch mit ihrer Familie oben im Dorf gewesen, wo es keine Schule gab. Und als sie schließlich runter in die Stadt zogen – wenn man diesen Ort, an dem mehr Hühner und Schafe als Autos die kaputten Asphaltstraßen benutzten, überhaupt als Stadt bezeichnen konnte –, war Sevda bereits acht gewesen. Kein kleines Kind mehr, und Schule war nur etwas für kleine Kinder, sagte jedenfalls ihre Mutter, und die musste es wissen. Schließlich hatte Emine im Gegensatz zu Sevda in ihrem Heimatdorf damals eine Grundschule besucht und konnte jeden Abend vor der versammelten Familie stolz den Spruch des aktuellen Kalenderblatts vorlesen.

Bevor die Familie nach Deutschland aufbrach und Sevda zurückließ, rief Sevdas Mutter sie zu sich. Emine zeigte auf die beiden neuen Wölbungen an Sevdas Oberkörper und sagte, Sevda sei nun ein großes Mädchen und müsse auf sich selbst aufpassen. Vor allem solle sie vorsichtig sein, wenn sie allein vor die Tür gehe, und immer, wenn Männer in der Nähe seien, egal, ob fremde oder bekannte oder freundliche oder junge oder alte, alles egal, alle Männer wollten nämlich dasselbe, und Sevda habe mit aller Kraft dafür zu sorgen, dass sie es nicht bekämen, weil man sie sonst umbringen und zerstückeln und verstecken würde, damit nie jemand davon erfuhr. Sevda nickte pflichtbewusst und versprach ihrer Mutter, von nun an immer aufzupassen. Nur um Monate später aufzuwachen und erschrocken festzustellen, dass sie gescheitert war: Zwischen ihren Beinen klebte Blut. Wie hatte das bloß passieren können? Ihr Onkel aus dem Dorf hatte die Nacht bei ihnen verbracht, und darum glitt Sevdas Blick beim Frühstück zwischen dem Onkel und ihrem Dede hin und her, bis sie es nicht mehr aushielt und sich in der Küche verkroch, um über ihr missglücktes Leben zu weinen. Die Frau ihres Onkels kam in die Küche und nahm sie in den Arm.

»Aber Sevdacım, was ist mit dir?«

Gleich darauf lachte sie und erklärte Sevda, dass alles völlig normal sei und sich nun einmal im Monat wiederholen werde. An jedem ersten Tag davon solle sie sich in einem langen Rock über eine Grube setzen. Für die restlichen Tage zerschnitt die Tante ihr ein altes Unterhemd in kleine Stofffetzen, die Sevda immer wieder auskochen sollte.

Was Sevda noch lernte in den beiden Jahren ihrer Einsamkeit: Die Wäsche ihrer Großeltern so sauber zu waschen, dass sie nichts zu meckern hatten. Sie hatte zwar die Jahre davor schon die verkackten Windeln von Hakan und Peri ausgewaschen, Tag für Tag. Aber die Kleider ihrer Babaanne waren anders und verlangten größere Mühe, denn sie bestanden aus dickem Samt, der nass so schwer war wie ein hüfthoher Sack voller Kartoffeln. Sevda erfand eine Technik, sie allein auszuwringen: Sie band die Ärmel um einen schmalen Baumstamm, zog die Kleider dann an den Rockenden zu sich und zwirbelte sie, bis das Wasser zu tropfen begann, zwirbelte sie so lange wieder und wieder, bis ihre pummeligen Arme nicht mehr konnten. Ihre Babaanne trug die Samtkleider über einem dünnen Baumwollkleid, unter dem sie ein weiteres dünnes Baumwollkleid trug und darunter ein Unterhemd und eine dicke lange Unterhose und darunter noch eine dünnere. Babaannes Kleidung sorgte also jede Woche für mehr dreckige Wäsche, als Sevda und ihr Dede zusammen in einem ganzen Leben zustande brachten. Zog sich Babaanne abends aus und warf eine Schicht nach der anderen ab, dann wurde sie immer kleiner, bis am Ende nur noch eine winzige zerbrechliche Person im Raum stand, wie das Innerste einer Matrjoschka, eine Minipuppe, die rein gar nichts mehr gemein hatte mit der mächtigen Kurdin, die ihrem Mann den Ton vorgab und ein Leben lang allen im Dorf und in der Nachbarschaft zu Hilfe geeilt war. Zumindest bis zu jenem Morgen des Septembers 1980, an dem das Militär die Herrschaft im Land übernahm und nach dem Babaanne das Haus kaum noch verließ. Ein halbes Jahr später kam Hüseyin endlich, um Sevda zu holen.

Hüseyin fand schnell eine Familie, die täglich nach den beiden Alten sehen würde, wenn Sevda nicht mehr da war. Für hundert Deutsche Mark und einen gebrauchten Telefunken-Fernseher willigten sie auch ein, die Wäsche der Großeltern zu übernehmen. Am Abend vor Sevdas und Hüseyins Aufbruch versprach Sevda ihrer traurigen Babaanne, dass sie sie bald besuchen würde. Doch innerlich hoffte sie, nie wieder zurückkommen zu müssen. Nicht in diese hässliche Stadt, nicht in diese Nachbarschaft und schon gar nicht in dieses schrecklich öde Haus, das auch sie seit dem Putsch kaum mehr verlassen durfte.

Hüseyin und sie nahmen den Zug nach Istanbul. Zwei Tage und zwei Nächte lang fuhren sie gemeinsam durch mal grüne und saftige, mal steinige und dürre Landschaften, stiegen auf dem Weg zu den Toiletten über schlafende Menschen auf den Gängen hinweg, spielten ein Spiel, bei dem sie ohne Blick auf Hüseyins Uhr erraten mussten, wie lange der Zug schon grundlos mitten im Nirgendwo stand. Für Sevda war die Zugfahrt der Beginn eines neuen Lebens voller fremder Gesichter und Dialekte. Für Hüseyin schien sie wie eine Erholung von den Schichten in der Fabrik zu sein. Sevda betrachtete Hüseyin, wie er ihr mit seinem strahlend weißen Hemd und dem erdfarbenen Sakko gegenübersaß und durch seine Zeitung blätterte. Immer wieder zog er seine dicken, schwarzen Augenbrauen streng zusammen beim Lesen, und wenn er Sevdas Blick spürte, sah er zu ihr auf und lächelte sanft. Sevda lächelte dann verschämt zurück, schaute aus dem Fenster und fragte sich, ob sie irgendwann einen Mann heiraten würde, der genauso gutaussehend war wie ihr Vater.

Nach der Einfahrt in den Bahnhof Haydarpaşa spendierte ihr Baba Sevda ein Mittagessen, das mit Papierservietten und Wasser aus kleinen buntbedruckten Glasflaschen serviert wurde. Danach nahmen sie die Fähre über den Bosporus zur anderen Hälfte der Stadt. An diesem Tag aß Sevda das erste Eis ihres Lebens, einen kleinen kalten Ball in einer Waffel, der nach süßer Milch schmeckte. Sie aß ihn möglichst langsam, um den Geschmack länger auf der Zunge zu behalten. Doch dann begann er, über ihre Hand und auf ihr Kleid zu tropfen, und Sevda war zum Weinen zumute. Nie konnte etwas einfach nur schön sein. Etwas war schön, und dann ruinierte es dir dein einziges gutes Kleid.

Zum Glück sah man den Fleck nicht auf dem Passfoto, das sie beim Fotografen für Sevdas Papiere machen ließen. Sevda hielt das Bild in der Hand und blickte auf das Mädchen mit den geflochtenen Zöpfen und dem schüchternen Blick. Es war so hübsch, dass sie errötete. Als Hüseyin den Papierkram schneller erledigt bekam als erwartet, hatten sie noch einen ganzen Tag Zeit, ehe ihr Flug nach Deutschland ging. Hüseyin ließ sich von den Verwandten, bei denen sie untergekommen waren, den Weg zum *Kapalı Çarşı* erklären. Die Markthalle versteckte sich wie eine geheime kleine Stadt inmitten von Istanbul, ein unscheinbarer Eingang führte hinein in das riesige Gewölbe, in dem bunte Vögel aus ihren Käfigen zwitscherten und Goldketten im Vitrinenlicht schimmerten und Hüseyin plötzlich Sevdas Hand ganz fest hielt. Er war wie aufgedreht, hatte Angst, Sevda in der Menschenmenge zu verlieren, und genoss gleichzeitig den Trubel. Sevda konnte es in seinen großen, glänzenden Augen und an seinen fröhlich gebogenen Brauen erkennen, und daran, wie er völlig unbekannte Männer mit einem kurzen Nicken grüßte, als ob sie alle Brüder seien.

Ein junger Mann hielt die beiden auf, um ihnen eine weiße Handtasche aus Leder zu zeigen. Sie war nicht so groß wie die Tasche der Frau im Schnee, aber genauso schick. Hüseyin kaufte sie Sevda, und dazu noch ein besticktes Taschentuch, damit Sevda etwas besaß, das sie in die Tasche hineintun konnte, denn sie hatte nichts. Nur den Reisepass und die deutschen Papiere, doch darauf wollte Hüseyin lieber selbst aufpassen.

Am nächsten Morgen nahmen sie ein Taxi zum Flughafen in Yeşilköy. Sevda blickte wie zum Abschied aus dem Autofenster auf das leuchtende Blau des Meeres. Erst als sie schon im Flugzeug saßen und die Turbinen liefen, merkte Sevda, dass sie ihre Handtasche im Taxi hatte liegenlassen. Sie brach in Tränen aus. Hüseyins Lippen formten ein trauriges Lächeln. »Mach dir nichts draus, Sevdam. In Deutschland gibt es noch viel schönere Taschen. Wir kaufen dir einfach eine neue.«

✦ ✦ ✦

»Wo ist meine Tasche?«, hört sich Sevda sagen, als sie mit ihren Kindern im Flughafen von Hannover ankommt und ihre Pässe rausholen will. »Bahar, hast du sie gesehen?«

Die Kleine zeigt auf das Ledertäschchen, das um Sevdas Schulter baumelt.

»Nein, die andere Tasche, die große schwarze, in der die Pässe und eure Wechselkleidung drin sind!«, sagt Sevda.

Bahar zuckt mit den Schultern. Wo ist ihr großer Bruder?

»Wo ist Cem?«

Bahar deutet mit dem Finger in die Ferne, wo Cem unter der Flugplantafel steht. Er starrt zur Decke der Flughafenhalle, die wie die Schuppenhaut eines gigantischen Fischs aus lauter Metallscheiben besteht.

»CEM!«

Sevdas Stimme hallt durch den Bau. Alle Reisenden drehen sich nach ihr um. Cem auch, er erkennt und fürchtet die Stimme seiner Mutter. Hastig kommt er zurückgerannt.

»Cem, du bleibst bei deiner Schwester. Rühr dich nicht. Ich schaue, ob meine schwarze Reisetasche noch vorne am Taxistand ist.«

»Aber die liegt doch zuhause«, sagt Cem.

»Wie bitte?«

»Auf dem Stuhl in der Küche. Ich habe sie da gesehen, bevor wir rausgegangen sind.«

»Und wieso hast du nichts gesagt? Da sind unsere Pässe drin! Wie sollen wir ohne Pässe reisen?«

Er sieht sie ängstlich an. Er ist erst zehn, aber er weiß genau, was jetzt kommt. Er kann es an Sevdas Ton hören. Egal, was er jetzt sagt, es wird falsch sein.

»Sags mir, Cem. Wie sollen wir ohne Pässe ins Flugzeug kommen?«

Er sieht auf seine Sportschuhe und zuckt die Achseln. »Wir sagen einfach, wir haben sie vergessen, zuhause? Wir sagen Entschuldigung?«

Sevda spürt ihre Adern anschwellen.

»Ach ja? Du denkst, man sagt Entschuldigung, und dann ist alles in Ordnung? Dann bist du aber ein sehr dummer Junge, Cem, dann bist du wirklich sehr, sehr dumm! Wegen deiner Dummheit werden wir die Beerdigung von Opa verpassen. Weißt du, was das heißt? Weißt du das?«

Sevdas Fingernägel krallen sich in die Schulter ihres Sohns. Sie merkt, wie ihr die Stimme wegbricht.

Cem blickt sie mit wässrigen Augen an und sagt stockend: »Entschuldigung, Mami …« Scheiße, er sagt wirklich nochmal Entschuldigung. Sie will ihm am liebsten eine knallen. So mit voller Wucht, mitten in sein kleines dummes Gesicht. Damit er es kapiert. Damit er weiß, dass es nichts bringt, einfach immer nur dieses Wort zu sagen. Damit er weiß, dass das Wort überhaupt nichts daran ändert, dass er einen Fehler gemacht hat. Und dass er die Backpfeife trotzdem verdient hat. Aber es sind zu viele Menschen hier. Wahrscheinlich würde ihr irgendein Deutscher eine Predigt halten, von wegen in diesem Land macht man so was nicht. Na klar. In diesem Land schlägt man die Kinder nicht, man fackelt sie ab.

Mit einer Hand zieht sie den Koffer hinter sich her, mit der anderen ihren Sohn. Zum Glück ist Bahar nicht so eigenwillig, mit ihr kann man überall hingehen, sie folgt Sevda wie ein Minischatten. So brav ist die Kleine mit ihren sieben Jahren, und wirklich klug. Sevda hat Großes mit ihr vor.

Seit sie sich von Ihsan getrennt hat, spürt sie die gnadenlosen Blicke, die alle ununterbrochen auf sie und ihre Kinder richten. Als könnte das nur schiefgehen, eine Ausländerin, die einen eigenen Laden schmeißt und allein zwei Kinder großzieht. Wie zur Antwort sind Bahar und Cem zu Sevdas wandelnden Visitenkarten geworden. Je makelloser die beiden aussehen, desto erfolgreicher fühlt sich Sevda. Entdeckt sie einen winzigen Essensfleck auf der Kleidung eines ihrer Kinder, zieht sie es sofort aus, um es von Kopf bis Fuß neu anzukleiden, manchmal vier Mal an einem einzigen Tag. Macht Cem am Esstisch einen buckligen Rücken, darf er zur Strafe den Rest des Tages nicht mehr fernsehen. Bahar hat zwar kein Problem mit ihrer Haltung, Sevda schickt sie ja auch in einen viel zu teuren

Ballettkurs. Aber die Kleine spricht undeutlich, sagt *Sonnen-schrahlen* und *Schraße*. Sevda hat schon einen Termin beim Logopäden vereinbart und hofft, dass Bahar die Sache in den Griff kriegt, bevor die anderen Kinder in der Schule anfangen, sie zu hänseln.

Sie eilen zurück zum Taxistand und fragen einen Fahrer, ob er es zurück nach Salzhagen und wieder her schafft innerhalb einer Stunde. Der Fahrer lacht und drückt aufs Gaspedal. Nach der Autobahnauffahrt legt er eine Vollbremsung hin. Vor ihnen eine blinkende Wand stillstehender Autos. Im Radio sprechen sie von einer Massenkarambolage. Scheiße, denkt Sevda, und das Einzige, was sie beruhigen kann, ist der Gedanke, dass sie jetzt ein paar Stunden mehr hat, ehe sie ihre Mutter treffen muss.

✦ ✦ ✦

In Wahrheit ist es nicht das erste Mal, dass Sevda ihren Vater verliert. Im Sommer 1981 ist ihr das schon mal passiert, als er sie nach Deutschland holte. Auch damals verschwand Hüseyin ruckartig aus ihrem Leben, dieser liebevolle Vater, den sie zehn Jahre lang nur bei seinen vierwöchigen Urlaubsbesuchen gesehen hatte, bei denen er ihr Geschenke aus Deutschland mitbrachte, Kleider mit Schleifen aus Seide und Puppen mit roten Zöpfen, bei denen er Sevda in seinen Armen vergrub und sie küsste und an ihren Haaren roch. Er verschwand unmittelbar, nachdem Sevda und er ihre eine gemeinsame Reise gemacht hatten und in Deutschland angekommen waren.

An seine Stelle trat ein anderer Mann, einer, der zur Begrüßung höchstens mit dem Kopf nickte, wenn er morgens von der Nachtschicht nach Hause kam. Einer, der exakt wie ihr Vater aussah, nur dass die Wärme in seinen Augen einer kühlen

Verbohrtheit wich, ohne dass Sevda genau sagen konnte, wann und warum das passierte. Er wirkte plötzlich unendlich müde und alt, viel älter als im Zug quer durch die Türkei oder auf dem Bazaar in Istanbul. Der Glanz, den sein Gesicht während seiner Heimaturlaube gehabt hatte, er existierte nicht mehr. Von der Ankunft in Rheinstadt an gab es auch keine Umarmungen mehr, keine Geschenke und natürlich auch keine neue Handtasche. Hüseyin sprach nicht einmal mehr mit Sevda. Er stand nur dabei und schwieg, wann immer Emine Sevda aus heiterem Himmel angiftete, *zieh dies nicht an, zieh das nicht an, geh nicht raus, rede nicht mit dem, wie siehst du denn aus*, Hüseyin stand immer nur da, hörte zu und sagte dann irgendwann, *mach, was deine Mutter sagt*.

Und auch Emine hatte Deutschland verändert. Streng war sie schon immer gewesen, aber jetzt wirkte auch sie völlig erschöpft und irgendwie alt, obwohl doch erst zwei Jahre vergangen waren, seit sie nach Rheinstadt gezogen war. Ganze Nachmittage verbrachte Emine nun weinend auf dem Sofa und klagte über Schmerzen im ganzen Körper, für die die deutschen Ärzte keine Ursachen finden konnten. Nachts hörte Sevda sie schlaflos durch die Wohnung irren und leise aus dem Koran vor sich hin lesen. Am liebsten wäre Sevda aufgestanden, hätte sich zu ihr gesetzt und ihr den Arm um die Schulter gelegt, aber sie wusste, dass Emine den Arm weggestoßen hätte.

Denn von dem Moment an, in dem Sevda zum ersten Mal die Wohnung in Rheinstadt betrat, beäugte Emine sie so, als sei sie ein unwillkommener Gast auf der Durchreise. Ein Gast, dem man von Grund auf misstraute, den man aber nicht abweisen konnte, weil man so etwas als gläubiger Mensch nicht tat.

Sevda dachte, Emine und sie müssten sich vielleicht erst wieder aneinander gewöhnen, vielleicht war es normal, dass sie sich nach zwei Jahren fremd geworden waren. Sie gab sich Mühe, ihrer Mutter im Haushalt behilflich zu sein, sie hoffte, dass ihr Emine im Gegenzug die Gegend zeigen und alles über das fremde Land erzählen würde, was sie in den beiden Jahren herausgefunden hatte. Doch bald begriff sie, dass Emine gar nichts wusste. Die einzigen Orte, die Emine kannte, waren Hakans Schule, Peris Kindergarten und der Aldi-Markt an der Brücke. Emine schien auch gar nicht interessiert daran, irgendetwas Neues zu erkunden. Für sie war alles nur vorübergehend.

»Lass uns spazieren gehen«, schlug Sevda ihrer Mutter an einem Nachmittag kurz nach ihrer Ankunft vor. Emine blickte verdutzt auf die Strickjacke, die Sevda schon in der Hand hielt.

»Wir waren doch gestern schon bei Aldi«, sagte Emine, ohne den Blick von dem Jäckchen zu heben.

»Nein, ich meine nicht zu Aldi, Anne. Ich meine, einfach so spazieren gehen.«

»Wie? Einfach so? Weißt du denn nicht, dass mein Kreuz wehtut?«

»Ach so. Dann gehe ich alleine.« Sevda schlüpfte zögerlich in ihre Strickjacke, weil sie immer noch den Blick ihrer Mutter spürte. Sie wollte ihn ignorieren und so schnell wie möglich aus der Wohnung verschwinden, aber dann schaute sie doch auf und sah, wie Emine auf das Kleidungsstück zeigte, als sei es kein leichtes Jäckchen aus butterfarbener Wolle, sondern eine scharfe Waffe.

»Na klar gehst du alleine, Sevda. Kennst dich ja hier aus, sprichst ja die Sprache, willst sicher von irgend so einem Hans entführt und vergewaltigt und in Stücke gehackt werden. Haydi, häng die Strickjacke zurück, bevor ich einen Nervenzusammenbruch kriege.«

Deutschland war anders, als Sevda es sich ausgemalt hatte. Wenn es nach ihrer Mutter ging, war es eigentlich kaum zu unterscheiden von Karlıdağ: Ständig drohte die Gefahr, entführt und vergewaltigt und in Stücke gehackt zu werden, deshalb durfte man keinem Menschen trauen und verließ am besten gar nicht erst das Haus. Sevda dachte, dass sich ihre Mutter hier in Rheinstadt genauso verhielt wie ihre Babaanne in Karlıdağ in den Monaten nach dem Militärputsch: Sie wollte nicht gesehen werden. Am besten sollte niemand mitbekommen, dass sie überhaupt existierte. Auf der Straße flüsterte sie nur. Überall lauerte eine unsichtbare Gefahr, vor der sie und ihre Familie nur zuhause sicher waren. Sevda konnte sich das alles nicht erklären, nicht die Angst ihrer Babaanne und auch nicht die Angst ihrer Anne. Alles, was sie wusste, war, dass sie niemals so werden wollte. Die Angst der anderen war zu Sevdas Gefängnis geworden.

Tatsächlich aber bemerkte Sevda selbst auch Dinge in Deutschland, die sie an Karlıdağ erinnerten: Es war ständig kalt, nachts herrschte Totenstille, und wenn Sevda und ihre Mutter auf dem Weg zum Einkauf anderen Menschen begegneten, wurden sie so neugierig angestarrt, als seien sie ein Rätsel, das gelöst werden musste. Nur dass die Menschen hier einander niemals grüßten.

Und sie bauten hier auch nichts in ihren Gärten an. Da war nur Gras, das regelmäßig auf dieselbe Höhe getrimmt wurde und eingerahmt war von einem winzigen Zaun, der aus lauter kleinen X-en bestand. Der Sinn dieser Zäune, die einem höchstens bis zum Bauchnabel reichten, erschloss sich Sevda nicht. Weder schützten sie vor Einbrechern, noch waren sie hoch genug, um Wölfe oder Bären auszusperren. Sie schienen bloß dazu da, Anfang und Ende der Grundstücke zu markieren, damit Hakan und seine kleinen Freunde bloß nicht auf die Idee kamen, auf Gras zu spielen, für das ihre Eltern nicht bezahlt hatten.

Und das waren auch schon alle Dinge, die Sevda aus dem Küchenfenster der Erdgeschosswohnung sehen konnte. Denn ihr erstes Jahr in Deutschland verbrachte sie vor allem dort, in der Küche. Nur zwei Mal die Woche verließ sie mit ihrer Mutter gemeinsam die Wohnung. Die Höhepunkte ihres Alltags waren diese Aldi-Tage. Beide hängten sie sich ihre großen karierten Plastiktaschen um die Schultern und liefen den Weg am Fluss entlang, der das Viertel rund um die Metallfabrik vom Rest der Stadt trennte. Erreichten sie an der Brücke den Supermarkt, fuhren sie mit einem Einkaufswagen alle Gänge ab, jedes Mal in derselben Reihenfolge, auf der Suche nach den Zutaten, mit denen sie zwar unmöglich die Gerichte aus der Heimat kochen konnten, aber wenigstens welche, die grob an sie erinnerten. An der Kasse glotzte Emine immer ganz nervös auf die schwindelerregend schnelltippenden, buntlackierten Fingernägel der Kassiererin. Erst wenn der Endbetrag auf der Kassenanzeige erschien und sie wusste, dass ihr Geld reichte, entspannte sie sich wieder.

»37,92 Mark«, sagte Sevda einmal.

Emine hatte gerade erst angefangen, die Einkäufe aufs Band zu legen, und sah Sevda fragend an.

»So viel wird es kosten, Anne. Wir haben doch so viel, oder?«

»Ja, ja«, sagte Emine und packte den Rest aufs Kassenband. Emines Mund sprach nicht weiter, aber aus ihrem Augenwinkel kam ein ungläubiger Blick: Wo hatte Sevda bloß Kopfrechnen gelernt?

Wenn Hakan in der Schule und Peri im Kindergarten war, fiel Emine oft gegen 10 Uhr müde ins Bett, um den Schlaf nachzuholen, den sie nachts nicht gefunden hatte. Sevda setzte sich dann allein vor den Fernseher, um ein paar deutsche Sätze aufzuschnappen. Kindersendungen waren am einfachsten, *Löwenzahn*, *Sesamstraße*, *Sendung mit der Maus*, alle sprachen langsam und deutlich, und Sevda beugte sich über ein Blatt Papier und schrieb lauter Wörter mit, um ihre kleinen Geschwister später zu fragen, was sie bedeuteten. Auch *Dallas* lief, nur sprachen Pamela und Bobby und all die anderen jetzt Deutsch. Wenn sie Folgen zeigten, die Sevda schon kannte, fiel es ihr leichter, einzelne Gesprächsfetzen im Kopf zu übersetzen. Bald schon konnte sie es kaum abwarten, ihren Wortschatz auszuprobieren. Als sie im Treppenhaus die Nachbarin aus dem zweiten Stock traf, eine ältere Dame, die sich jeden Tag knallroten Lippenstift aufmalte, obwohl in ihrem Gesicht nichts zu sehen war, das man noch Lippen nennen konnte, wollte Sevda ihr ein Kompliment machen. Es war ihr erster deutscher Satz, ganz langsam und vorsichtig sagte Sevda ihn: »Sie stinken sehr schön!« Die Frau lachte und versuchte, ihr irgendetwas zu erklären, doch Sevda lächelte nur höflich und schlich vorsichtig wieder zurück in die dunkle Erdgeschosswohnung, in der es immerzu nach Emines Bleichmittel roch.

Irgendwann kamen die Nachbarinnen aus dem Haus am unteren Ende der Straße zu Besuch, eine Familie aus Hatay. Latife Teyze und ihre Tochter Havva brachten eine Schachtel Pralinen und umarmten Sevda und Emine so fest und innig, als seien sie alle Verwandte, die sich seit Jahren nicht zu Gesicht bekommen hatten. Die beiden sprachen einen Akzent, den Sevda noch nie gehört hatte. Er klang roh und dunkel, alle Laute schienen sich tief unten im Kehlkopf zu formen. Am Abend würde sie leise üben, ihn nachzuahmen, weil er so schön klang in ihren Ohren.

Während die beiden Mütter im Wohnzimmer über die halbe Nachbarschaft tratschten, gingen Sevda und Havva in die Küche, um Kaffee zu kochen. Havva machte das Fenster auf und steckte sich eine Zigarette an, mit einer Selbstverständlichkeit, die Sevda schockierte. Dann öffnete sie die oberen zwei Knöpfe ihrer schimmernden Bluse, so dass das Y zu sehen war, das ihr Dekolleté formte, und ein silbernes Kettchen, das dazwischen lag. Am Kettchen hing ein runder Anhänger, auf dem eine Frau mit Kopftuch eingraviert war. Sevda sah die Frau später im Fernsehen wieder, es war Meryem Ana, die Christen nannten sie Mutter Gottes.

»Und was machst du hier so den ganzen Tag?«, fragte Havva und blies gelangweilt den Rauch aus dem Küchenfenster.

Sevda zuckte mit den Schultern. »Nichts. Und du?«

»Na, ich gehe in die Schule, Mädchen. Was soll ich sonst machen? Ich mache meinen Abschluss, damit ich bald anfangen kann zu arbeiten. Ich brauche Geld«, erklärte Havva.

»Wofür denn?«

»Schminke, Zigaretten, was weiß ich. Jeder braucht Geld. Was ist mit dir?«

»Meine Eltern schicken mich nicht zur Schule«, sagte Sevda gleichgültig, während sie die Nescafékörner ins heiße Wasser rührte.

»Wie, die schicken dich nicht? Hier gibt es Schulpflicht bis fünfzehn. Hast du nicht gesagt, du bist erst vierzehn?«, fragte Havva und kniff ungläubig die Augen zusammen.

»In meinem Pass steht aber fünfzehn.«

Havva nahm einen langen Zug von ihrer Zigarette und überlegte.

»Na warte, wir werden schon eine Lösung finden. Du gehst uns sonst noch ein in dieser Bude.«

Sevda wusste nicht, was sie davon halten sollte, dass Havva ihr helfen wollte. Natürlich träumte Sevda davon, zur Schule zu gehen, schon ihr ganzes Leben lang. Selbst wenn Schule doch der trostloseste Ort der Welt sein sollte, was sie sich kaum vorstellen konnte, wäre Sevda immer noch bereit gewesen hinzugehen, bloß um die Wohnung endlich zu verlassen. Aber konnte sie Havva trauen? Sevda war unsicher, ob sie Havva auch nur leiden konnte. Und vor allem, ob Havva sie leiden konnte. Es wirkte so, als mache Havva sich ständig lustig über sie. Irgendwas an ihrer Art zu sprechen klang unheimlich spöttisch.

»Wie du meinst«, sagte Sevda schließlich mit so wenig Gefühl wie möglich in der Stimme, als wäre ihr einfach egal, ob sie noch den Rest ihres Lebens in dieser Küche verbringen sollte.

Havva glich keinem der Mädchen, die Sevda bislang gekannt hatte. Sie hatte etwas Erwachsenes an sich, wie sie die Zigarette mit gespreizten Fingern an ihre pink bemalten, vollen Lippen führte. Mit ihren hauchdünn gezupften Augenbrauen und ihrer lockigen Kurzhaarfrisur erinnerte sie Sevda sogar ein bisschen an die Frau im Schnee. Da war ständig ein halbes Lächeln auf Havvas Lippen, als ob sie sich unentwegt über alles amüsierte, was um sie herum passierte. Aber irgendwie nervte Sevda auch, dass Havva wie eine Frau sprach, die schon alles erlebt und gesehen hatte, obwohl sie gerade mal ein Jahr älter war als Sevda. Trotzdem war es besser, mit Havva zu sprechen als mit gar niemandem. Also freute Sevda sich, dass Havva bald schon alle paar Tage bei ihr vorbeischaute, um am Küchenfenster zu rauchen und über die Leute in der Ausländerklasse zu lästern.

»Da ist so ein Typ, Mahmut, meine Güte, Sevdacım. Er ist ein richtiger Kıro, ich sags dir. Er besitzt eine einzige 501, und die zieht er jeden verdammten Tag zur Schule an. Gut, was solls, kann er machen. Aber weißt du, was er drunter trägt? Schwarze Lederschuhe! Die, die vorne spitz zulaufen! Zu hellen Jeans! Iiih!«

»Iiih«, wiederholte Sevda.

»Im Ernst, wenn ich mir die Typen in der Schule anschaue, dann sind die Türken wirklich die schlimmsten. Weißt du, die Italiener haben wenigstens Geschmack. Sie müssen nicht viel Geld haben, um gut auszusehen.«

Sevda nickte, sah an sich hinunter und dachte, dass sie immer dieselbe blaue Bluse trug. Sie nahm sich vor, mehr auf die Kleidung der Menschen im Fernseher zu achten. Vielleicht konnte sie ja Emine überreden, ihr etwas Neues zu kaufen. Ja klar, nicht mal im Traum würde ihre Mutter ihr etwas kaufen.

»Im Ernst, da schämt man sich ja dafür, eine Türkin zu sein«, redete Havva weiter von den Lederschuhen und rollte dramatisch mit den Augen.

»Aber du bist doch gar keine, oder?«, fragte Sevda.

Havva sah sie mit ihrem halben Grinsen wortlos an und nahm sich noch eine Zigarette aus der Handtasche. »Was meinst du, Kleines?«

»Nichts, Entschuldigung. Ich meinte nichts«, sagte Sevda verunsichert.

»Doch. Du meinst, weil wir nicht Muslime sind?«

»Nein, nein«, beteuerte Sevda.

»Doch. Genau das meinst du!«

»Du verstehst mich falsch, Havva. Ich meine, weil ihr unter euch Arabisch sprecht. Du und deine Mutter. Deshalb.«

»Also hör mal, Mädchen«, Havva schüttelte den Kopf. »Vielleicht hast du recht, vielleicht auch nicht. Ist mir ehrlich gesagt egal. Aber sag mir ja nicht, was ich bin und was ich nicht bin, ja? Reicht es nicht, dass sie uns auf der Straße *Scheißtürken, geht zurück!* hinterherrufen?«

»Wer macht denn so was?«, fragte Sevda überrascht.

»Ach, Sevdacım. Du hast echt keine Ahnung, oder? Sitzt den ganzen Tag in der Bude und weißt nicht, was da draußen los ist. Und überhaupt: Weißt du denn nicht, was man über euch sagt? Man nennt euch Bergtürken! Das klingt wie eine Mischung aus Bergziege und Mensch, oder? Und bloß, weil du deine Bergziegensprache verlernt hast, macht dich das nicht weniger zur Ziege, Sevda. Merk dir das.«

Sevda verstand nicht, in was sie sich reingeritten hatte. Sie wusste nur, dass sie nie wieder irgendwem erzählen würde, wo ihre Familie herkam. Als Kind hatte sie mit ihren Großeltern Kurdisch gesprochen, sie konnte sich nicht mehr erinnern, wann sie damit aufgehört hatte. Wahrscheinlich nach dem Umzug in die Stadt? Ja. Sevda erinnerte sich an eine Ohrfeige. Emine schlug ihr ins Gesicht und sagte, *wenn du nochmal auf Kurdisch antwortest, bring ich dich um.*

Havva sprach weiter und lenkte Sevda ab, sprach in einem Ton, als sei alles albern und nicht ernst gemeint, aber Sevda sah die Wut noch in Havvas Augen funkeln.

»Ganz ehrlich, Sevda: Wir sind hier in Deutschland. Und den Deutschen hier ist scheißegal, wie viele Sprachen wir sprechen oder zu wem wir beten. Sie sehen uns als Scheißtürken, also sind wir Scheißtürken. Fertig.«

Natürlich durfte Sevda sich keine neue Kleidung kaufen. »Wir haben kein Geld für so was«, sagte ihre Mutter mit einem Blick, als frage sie sich, wie dumm Sevda sein musste, diese Frage überhaupt zu stellen. Also sah sich Sevda im Kleiderschrank ihrer Eltern um und nahm ein Kleid heraus, dass ihre Mutter mit Sicherheit nie wieder tragen würde. Es war bodenlang und aus braunem Polyester, der wie Seide glänzte. Sie ließ Havva bei sich anrufen und ihre Mutter überreden, dass Sevda sie am nächsten Nachmittag besuchen durfte. An Latife Teyzes Nähmaschine versuchten die beiden zusammen, das Kleid etwas enger und kürzer zu machen. Aber weil sie beide keine Ahnung vom Nähen hatten, kam am Ende nur eine Art länglicher Kissenbezug heraus.

Sevda schaute traurig auf den ruinierten Stofffetzen. Havva zog ihn ihr gelangweilt aus der Hand.

»Ach komm, lass es sein. Ich hab eine bessere Idee.«

Sie öffnete den braunen Wandschrank und holte eine Flasche heraus, deren Inhalt klar wie Wasser war.

»K-or-n«, las Sevda laut vom gelben Etikett ab. »Was soll das sein?«

»Wir werden sehen, Kleines. Meinem Vater scheints zu schmecken.«

Sie schlossen sich in das Zimmer ein, das Havva mit ihrer Schwester teilte, die noch in der Schule war. Sevda hatte schon immer wissen wollen, wie es sich anfühlte, betrunken zu sein. Als Kinder hatten sie immer an den Mohnblumen gerochen, weil sie gehört hatten, dass die die Menschen verrückt machten. Dann drehten sie sich schnell im Kreis, ließen sich auf die Wiese fallen und kicherten: Wir sind soooo betruuunkeeen.

Sevda drehte den Verschluss auf, nahm einen großen Schluck aus der Flasche und spuckte die Hälfte wieder auf den Teppich.

»Scheiße, was machst du?«, lachte Havva.

»Entschuldigung … dieses Zeug schmeckt wie Benzin. Wer trinkt so was freiwillig?«

»Na, gib mal her.«

Havva hielt sich die Nase zu und führte mit der anderen Hand die Flasche an ihren Mund, nahm einen vorsichtigen Schluck.

»Scheiße, Mädchen. Das brennt ja richtig im Hals.«

Sie schmiss den Kassettenrekorder an und begann, mit der Flasche durch den Raum zu springen.

Sevda stand auf und tanzte mit, erst ein bisschen schüchtern und dann immer inniger. Ihre Hüften verliebten sich in den Song, er war so aufgedreht und wach, man konnte gar nicht stillsitzen, musste mit den Schultern und dem Hintern und dem Kopf wackeln. Sie nahm noch einen Schluck von dem widerlichen Zeug und warf die Hände in die Luft. Später würde sie herausfinden, dass das Lied von Prince war, einem unglaublich schönen Mann, der Rüschenblusen trug und seine Mandelaugen mit Kajal umrandete. Mit jedem weiteren Schluck vom Ekelsaft spürte Sevda eine immer größere Flamme in sich aufsteigen, die ihr Gesicht glühen ließ. Sie musste ständig lachen über Havva, die mal verrückte Grimassen machte und dann wieder ernst und verführerisch schaute und ihre Brüste schüttelte, als sei sie die Bauchtänzerin vom Poster über ihrem Bett.

Sevda kannte diese Tänzerin. Sie hieß Nesrin Topkapı und war die erste Frau gewesen, die im türkischen Fernsehen hatte bauchtanzen dürfen. Mit großen Augen war Sevda vor dem Fernseher in Karlıdağ gesessen, fünf Minuten nach zwölf in der Neujahrsnacht 1981, nur wenige Monate nachdem das Militär die matschigen Straßen ihrer Stadt und des ganzen Landes besetzt hatte, nur wenige Monate nachdem ihre Babaanne und ihr Dede angefangen hatten, nur noch zu flüstern, wenn sie untereinander sprachen. Bestimmt hatte es schon vorher Filme gegeben, die in Nachtclubs spielten und in denen es Szenen mit Bauchtänzerinnen gab, aber dass eine Tänzerin extra eingeladen wurde, im Staatsfernsehen für das ganze Land zu tanzen, und das auch noch in einem so knappen Fummel, das war derart unerwartet und skandalös und auch absurd, wenn man an all die Soldaten mit ihren Gewehren dachte, die sich tagtäglich in ihrem Viertel herumtrieben, dass damals im Wohnzimmer allen der Atem stockte. Die halbe Nachbarschaft war zu Gast, weil außer Sevdas Großeltern kaum jemand einen Fernseher besaß. Niemand gab einen Laut von sich, und selbst das röchelnde Atmen der Alten wurde leiser, aus Ehrfurcht vor den Bewegungen von Nesrin Topkapıs Hüften.

Neben dem Poster von ihr hing noch eins an Havvas Zimmerwand, ein älteres Filmplakat von Bülent Ersoy. Die wiederum hatte seit dem Putsch Auftrittsverbot, hatte Havva erzählt, und war deshalb auch nach Deutschland gezogen. Havva träumte davon, Bülent Ersoy eines Tages zu besuchen. Auf ihrem Plakat hatte Havva das Gesicht von Bülent, die in dem Film noch als Mann aufgetreten war, mit Buntstiften geschminkt, hatte Bülent einen pinken Lippenstift aufgemalt, einen dicken schwarzen Lidstrich und etwas rotes Rouge. Aus bunten Papierbogen hatte sie ihr außerdem ein knallrotes Kleid gebastelt und aufgeklebt, dazu hochhackige Schuhe und sogar eine Handtasche aus silberner Alufolie. Anscheinend hatte Havva Bülent Ersoy immer schon gemocht, war sogar ein bisschen verknallt gewesen und kannte die Filme in- und auswendig, in denen Bülent herzzerreißend traurige Lieder sang und sich alle schönen Frauen sofort in Bülent verliebten. Doch erst seit Bülent Ersoy verkündet hatte, dass sie eine Frau war, und in den Klatschblättern die Bilder aus London erschienen waren, wo sie sich mehreren Operationen unterzogen hatte, vergötterte Havva sie regelrecht. Sie hob die Artikel in einer Schublade auf, die eine überglückliche Bülent auf ihrem Krankenhausbett posierend zeigten, in einem blauen Nachthemd, das ihre neue Figur umschmeichelte, ein Meer von Blumensträußen um sich. Als Havva einmal die Artikel zurück in ihr Heft packte und in die Schublade zu den anderen Heften legte, in denen sie Rosen und Gänseblümchen plattgedrückt und getrocknet hatte, sagte sie: »Mein Vater meint, der Putsch ist passiert, um die Gewerkschaften zu zerstören. Aber ich sags dir: Der wahre Grund sind Bülent Ersoys Titten. Einen Monat vor dem Putsch hat sie sie einfach ausgepackt, mitten auf der Bühne!«

Sevda fuhr mit dem Finger über das Plakat und merkte, wie ihr immer heißer wurde. Sie zog am Kragen ihres Pullovers und fächelte sich mit der freien Hand etwas Luft zu, bis sie schließlich aufstand, um Havvas Zimmerfenster aufzureißen. Havva kam zu ihr und rauchte eine.

»Hier Sevdacım, zieh mal!«, sagte sie und drückte Sevda die Zigarette zwischen die Lippen.

Sevda zog und hatte das Gefühl, einen der Aschenbecher ihres Vaters auszulecken. Sie musste husten. Havva lachte laut, bis sie selbst in ein kratziges Husten ausbrach.

»Nein, nein, du musst lernen, den Rauch sanft einzuatmen. Du ziehst zu stark. Komm, ich zeig dir was!«

Sevda wollte nie wieder rauchen, es schüttelte sie vor Ekel, aber zugleich schaute sie fasziniert zu, wie Havva einen langen Zug von ihrer Zigarette nahm, an deren Filter schon der pinke Abdruck ihres Lippenstifts haftete, wie Havva den Rauch in sich behielt, wie Havvas pinker Mund sich Sevdas Mund näherte, wie Havvas Lippen weich und vorsichtig Sevdas Lippen berührten und mit einer Bewegung öffneten und Havva den warmen Rauch so langsam in Sevdas Kehle blies, als würde Havva ihr einen Geist einhauchen. Sevdas Körper nahm ihn ohne Widerrede in sich auf und wollte ihn für immer in sich behalten, wie einen Schutzengel, der sie davor bewahren würde, so bitter und einsam wie ihre Mutter zu werden.

Havva wusste nicht nur, was sie selbst vom Leben wollte, sie wusste auch, was alle anderen Menschen wollten. Und so eröffnete sie Sevdas Mutter eines Nachmittags beim Nescafé zu viert ganz beiläufig, dass es ein neues Programm der Bundesregierung gab, das Ausländerfamilien monatlich Geld zahlte, wenn sie ihre Kinder in den Deutschkurs schickten, jene Kinder, die nicht mehr unter Schulpflicht standen und noch keine Arbeit hatten.

»Wäre das nicht etwas für Sevda?«, fragte Havva betont emotionslos, während sie weißes Milchpulver in ihre Tasse löffelte.

»Ich weiß nicht, was Hüseyin dazu sagen würde«, antwortete Emine, die nichts von ihrer sonstigen Strenge zeigte, wenn andere zu Besuch da waren, sondern ganz im Gegenteil wie eine liebe, etwas naive Dame wirkte. Sie schlüpfte in die Rolle einer Frau, die keine Entscheidungen für sich treffen konnte, die bei allem ständig ihren Mann fragen musste, weil sie so schrecklich hilflos war. In Wahrheit aber versuchte sie bloß, Zeit zu schinden, um im Zweifelsfall jedes enttäuschende Nein auf Hüseyin schieben zu können. *Ich wollte ja, aber er lässt uns nicht, schade.*

»Aber Emine Teyze, wenn du es für richtig hältst, kannst du doch sicher deinen Mann davon überzeugen. Und was soll es schaden, ein paar Extra-Mark für die Haushaltskasse zu verdienen?«, sagte Havva und drehte sich zu Sevda, um unauffällig Daumen und Zeigfinger aneinanderzureiben, als halte sie die dreihundert Mark, mit denen sie Emine köderte, bereits in den Händen.

Havvas Mutter nickte und meinte, das klinge nach einer guten und einfachen Einnahmequelle, und so redete Emine noch am selben Abend mit Hüseyin, wohl in der Hoffnung auf ein neues Porzellanservice oder ein Rowenta-Bügeleisen oder gar eine Nähmaschine von Singer, und Hüseyin sagte auf dem Weg zur Dusche, in die er jeden Tag gleich nach der Schicht sprang, er müsse darüber nachdenken. Doch dann hörte er selbstverständlich auf seine Frau, denn so war es immer, und schon eine Woche später stand Sevda mit ihren fünfzehn Jahren vor dem Spiegel und flocht sich zwei Zöpfe für ihren allerersten Schultag.

✦ ✦ ✦

Als Sevda die Wohnungstür aufschließt, haben sie den Flug längst verpasst. Müde kocht sie den Kindern Nudeln, setzt sich neben sie in die Essecke und schaut zu, wie sie sich mit Tomatensauce vollkleckern. Cem sieht sie schüchtern an. Er wartet darauf, dass Sevda ihn anbrüllt und ihm das schmutzige T-Shirt hektisch über den Kopf zieht. Aber Sevda fehlt die Kraft dazu. Sie denkt nicht einmal an ihren toten Vater und die anderen in Istanbul. Sie denkt nur daran, dass sie versagt hat. Sie starrt an sich runter auf den Tisch, auf die kleine Portion Penne vor sich, die sie nicht angerührt hat, auf das Besteck daneben mit den eingeprägten Buchstaben *Solingen* darauf. Sie riecht etwas. Sie meint für einen Moment, Rauch zu riechen, und streicht sich mit der flachen Hand über die Stirn. *Hör auf. Werd jetzt nicht verrückt*, sagt sie zu sich selbst und atmet tief ein. *Werd jetzt nicht verrückt, bitte, bitte*, bis Bahar »Mama!« ruft und zum

Herd zeigt. Sevda dreht sich um und sieht, dass der leere Topf auf der Platte raucht. Sie steht langsam auf, schaltet den Herd aus, öffnet das Fenster, schickt die Kinder in ihr Zimmer.

»Nehmt euer Essen mit und spielt Gameboy.«

Die beiden können ihr Glück kaum fassen und rennen raus, bevor ihre Mutter es sich anders überlegt. Sevda schleppt sich ins Wohnzimmer. Sie wirft sich mit dem Telefon und einer Tafel Haselnussschokolade auf die Couch, einen neuen Flug organisieren. Der Zucker macht sie wach. Sie reißt sich so lange zusammen, bis sie die neue Buchung bestätigt bekommen hat, wenigstens schon für morgen, aber erst am Nachmittag. Sie legt auf. Die Tür zum Kinderzimmer ist geschlossen. Sie nimmt sich eines der bestickten Couchkissen und presst es sich gegen die Brust. Sie wird die Beerdigung verpassen. Sie wird sich nicht verabschieden können, sie wird ihrem Vater nicht mehr zuflüstern können, dass sie ihm längst verziehen hat. Es ist zu spät. Ihre Mutter wird sich vor den anderen stundenlang darüber aufregen, dass Sevda es nicht geschafft hat, sie wird ihre Arme in die Luft werfen und weinen und schimpfen und klagen, aber insgeheim wird sie sich freuen, dass Sevda mal wieder an etwas gescheitert ist. Sevda nimmt das geblümte Couchkissen und presst es sich auf ihr Gesicht, sie brüllt und heult so lange in das Kissen hinein, bis sich ihre Lunge anfühlt, als sei da ein einziges großes Brandloch.

✦ ✦ ✦

Es fühlte sich an, als brenne Sevdas Kopf. Ein Jahr lang ging sie montags bis freitags den Fluss entlang zum Deutschkurs und versuchte, sich alle Regeln, Sonderregeln, Sondersonderregeln und Sondersondersonderregeln der deutschen Grammatik ins

Gehirn zu quetschen. Nach Schulschluss um 12 Uhr war sie manchmal noch in der Bibliothek, für die sie im Kurs einen Ausweis bekommen hatte. Sie lieh sich *Burda Moden* aus und *Kleine Frauen* von Louisa May Alcott, weil sie von dem Roman im Radio gehört hatte, als sie noch in Karlıdağ lebte. Doch sie schaffte es kaum über die dritte Seite hinaus.

Teil des Kurses war es auch, zwei Praktika zu machen. Ihr erstes machte Sevda im Krankenhaus von Rheinstadt, wo sie das Essen an die Patienten verteilte. Ihr zweites bei Hertie, in der Abteilung für Wolle und Textilien im Untergeschoss. Nachdem zwei türkische Kundinnen Sevda bemerkt hatten, kamen plötzlich jeden Tag neue Türkinnen vorbei, um sich von Sevda erst beraten zu lassen und dann einfach nur mit ihr zu tratschen. Am Ende gingen sie alle immer, ohne etwas zu kaufen, aber Sevda kam sich trotzdem nützlich vor. Immerhin gab es etwas, das Sevda konnte und die anderen Verkäuferinnen nicht.

Das Praktikum war zwar nicht bezahlt, aber jede Minute weg von ihrer Mutter, ihrem Vater und ihren verzogenen Geschwistern war Gold wert für Sevda. Auch Havva sah sie nur noch selten. Irgendwann ging Sevda sie besuchen und fand sie mit rotgeweinten Augen auf dem Bett unter der fleckigen Wand, an der vorher die Poster mit der Bauchtänzerin und Bülent Ersoy gehangen hatten. Havvas Eltern hatten wie viele andere beschlossen, zurück in die Türkei zu ziehen. Es war 1984, und Deutschland zahlte freiwilligen Rückkehrern Geld, so viel Geld, dass sie sich in der Heimat ein eigenes Haus kaufen konnten. Havva war in Deutschland, seit sie zehn war. Sie tat so, als könnte sie bleiben, wenn sie wollte, als sei es ihre eigene Entscheidung zu gehen.

»Sie wollen uns nicht in diesem Land. Lieber gehe ich freiwillig, bevor sie uns wegjagen«, sagte sie und machte sich nicht mal mehr die Mühe, zum Rauchen ans Fenster zu gehen. Sie aschte einfach auf die Kommode neben ihrem Bett.

Sevda verstand damals nicht, was Havva meinte. Sie hatte nie das Gefühl gehabt, dass man sie nicht hier haben wollte. Niemand hatte ihr je *Scheißtürke* hinterhergerufen, niemand hatte sie jemals schlecht behandelt. Na gut, die Deutschen bei der Arbeit waren nicht gerade die Freundlichsten, aber so waren sie ja auch untereinander. Die Deutschen waren halt so. Sevdas Problem war eher der Blick ihrer Mutter, der sich seit Sevdas Ankunft vor drei Jahren nicht verändert hatte, dieser misstrauische, nach Fehlern suchende, verheulte Blick, dem man nichts recht machen konnte. Und außerdem das ständige Geschrei von Peri und Hakan, die sich ununterbrochen stritten und vor denen Sevda nirgendwohin fliehen konnte, weil sie sich mit Peri ein Zimmer teilte, in das Hakan ständig reinstürmte. Und nun würde auch noch ein viertes Kind kommen. Die neue Schwangerschaft machte Emine nicht gerade zu einem erträglicheren Menschen. Und Hüseyin schlich währenddessen wie immer wortlos wie ein Geist durch die Wohnung, wenn er von der Arbeit zurückkam. Ab und zu befahl er Sevda, ihrer schwangeren Mutter mehr zu helfen. Aber sie machte ja schon alles, und das, was er womöglich meinte, damit konnte man Emine nicht helfen.

Sevda ordnete im stickigen Hertie-Untergeschoss gerade die reduzierten Stoffrollen, damit die letzten Minuten ihrer Schicht schneller rumgingen, da stand plötzlich Emine kugelrund und lächelnd vor ihr. Sevda zuckte vor Schreck zusammen, weniger überrascht über das plötzliche Auftauchen ihrer Mutter als vielmehr über ihren freundlichen Gesichtsausdruck. Ihre Mutter sagte, sie wolle Sevda ein Kleid schenken, sie solle sich oben im zweiten Stock eins aussuchen. Sevda war nicht wohl dabei. Sie konnte förmlich riechen, dass die Sache einen Haken hatte, nahm aber natürlich trotzdem an. Schließlich war es das erste Mal in ihrem Leben, dass sie selbst entscheiden durfte, was für Kleidung sie bekam. Sie fand ein himmelblaues Kleid mit gepolsterten Schultern und einem breiten weißen Gürtel aus Kunstleder, und Emine nickte ihr zu und ließ das Kleid in Papier wickeln.

Am Samstag erwarteten sie Besuch, Sevda kannte die Namen der Leute nicht, die sich angekündigt hatten. Als Emine Sevda bat, das neue Kleid zu tragen, wurde ihr die Sache klar. Schließlich klingelte ein Ehepaar, das sie noch nie gesehen hatte, hinter ihnen ihr Sohn, der etwa in Sevdas Alter war. Er hatte eine Dauerwelle und eine große rechteckige Brille, mehr konnte sie von der Küche aus nicht erkennen. Sie schickte Peri und Hakan, beide ebenfalls in ihren feinsten Sachen, rüber zu den Erwachsenen, als ihre Mini-Agenten. »Worüber reden sie?« Die Aufgabe gefiel den Kleinen. Sie gingen kichernd ins Wohnzimmer und kamen kurz darauf gelangweilt zurück und meinten: »Die sagen nur: bla, bla, bla.«

Als Sevda bald darauf den Tee ins Zimmer brachte, spürte sie die Blicke im Raum ihren Körper hoch- und runtertasten, als sei sie ein saftiges Stück Lammrücken in der Fleischtheke. Sie verteilte die Teegläser und zog sich verschämt zurück, ohne den jungen Mann auch nur einmal anschauen zu können, hatte nur ein wenig hellblaues Jeanshosenbein gesehen. Hakan und Peri fingen im Flur vor der Wohnzimmertür an, sich aus Langeweile lautstark zu streiten und zu hauen, bis Emine rauskam und Hakan in den Oberarm zwickte. Sevda schlich währenddessen zur Wohnungstür, um die Schuhe der Gäste zu begutachten. Die braunen Schuhe mit den eingetretenen Fersen gehörten zweifellos dem anderen Vater, die Halbschuhe mit den Absätzen der Mutter. Übrig blieben nur ein Paar schwarze Lackschuhe, die vorne spitz zuliefen. Zu Jeans.

»Ich will ihn auf keinen Fall«, sagte Sevda am Abend zu ihrer Mutter.

»Warum nicht? Er ist ein gutaussehender junger Mann, er hat Arbeit. Glaubst du etwa, du findest was Besseres?«

Sevda wusste keine Antwort, aber sie blieb stur und verließ ohne ein weiteres Wort die Küche. Hüseyin saß nebenan in seinem Sessel vor dem Fernseher. Am liebsten wäre Sevda direkt zu ihm gegangen und hätte ihm gesagt, dass sie gar nicht heiraten wollte. Aber was war die Alternative? Für immer in dieser Wohnung hocken und sich Emines Gemecker anhören? Sie wollte doch so dringend weg von hier. Und heiraten war nun mal der einzige Weg, der hier rausführte. So viel war klar.

Woran erkannte man überhaupt, ob man jemanden lieben konnte oder nicht? Doch nicht an den Schuhen. Aber Sevda blieben nur die spitzen Schuhe und die blaue Jeans und die Dauerwellenlocken als Anhaltspunkte, sie mussten genügen, um zu wissen, dass sie ihn nicht wollte. Ihn nicht.

Also zog sie ihr himmelblaues Kleid schon zwei Samstage später wieder an, als ein Paar zu Besuch kam, das Sevda diesmal kannte. Orhan und Güldane waren gute Bekannte ihrer Eltern, deren Kinder und Enkelkinder in Holland lebten, und die deshalb bei jedem Treffen Hakan und Peri feucht abknutschten und ihnen Geschenke mitbrachten. Sevda fand sie nervig, weil sie zu viel quatschten und immer bis spät in die Nacht blieben, um noch eine und noch eine Geschichte zu erzählen, während Sevda eine Teekanne nach der anderen aufzukochen hatte. Diesmal brachten sie einen Neffen von Orhan mit, der allein irgendwo in Norddeutschland lebte. Er trug ein schlichtes schwarzes T-Shirt unter einem mintfarbenen Anzug, dazu sportliche Schuhe. Seinen Mund öffnete er wenig, dafür sprach er mit den Augen. Sevda blickte schüchtern weg, als er ihr bei der Begrüßung in die Augen sah, nicht auf ihr Kleid, nicht auf ihre Hüften, sondern direkt in ihre Augen. Beim zweiten Mal, zum Abschied, hielt sie seinem Blick stand und wusste: Den hier wollte sie wiedersehen.

Und so kam Ihsan schon am nächsten Wochenende wieder mit seinem schwarzen Opel Manta aus einem Ort namens Salzhagen, fünf Stunden Fahrt, bloß um Sevda zu treffen. Die beiden Schwätzer waren diesmal nicht dabei. Er und Sevda saßen auf dem Balkon ein halbes Stockwerk über dem Boden und unterhielten sich, schauten immer wieder über das Geländer zur Metallfabrik, die wie ein rauchendes Riesenmonster hinter den Parkplätzen hervorragte. Die Balkontür blieb offen, drinnen saß die kleine Peri auf einem Stuhl und musste Wache halten.

»Wie war deine Fahrt? Bist du müde?«

»Nein.«

»Ach so. Du fährst wohl gerne Auto?«

»Ja.«

Sevda ging rein, an Peri vorbei in die Küche, um zwei Tassen Nescafé zu machen. Und um sich Fragen zu überlegen, auf die man mit mehr als einer Silbe antworten musste.

»Sind deine Eltern ohne dich in die Türkei zurückgekehrt?«

»Ja.«

»Wolltest du nicht mit?«

»Nein.«

Sevda rührte ihren Kaffee immer weiter um, obwohl der Zucker längst geschmolzen war.

»In der Türkei gibt es nichts«, sagte Ihsan irgendwann von

selbst und streckte seinen Hals, um vom Balkon runterzusehen. Sevda machte es ihm nach und sah, wie Hakan und dessen Freunde auf dem Parkplatz vor der Fabrik Ihsans Manta begutachteten. »Hier habe ich ein Auto und einen Job«, sprach Ihsan weiter.

»Verstehe«, sagte Sevda leise.

Sie hörte Peris gelangweiltes Stöhnen von drinnen.

»Fühlst du dich nicht manchmal allein, dort in Salzhagen?«

»Manchmal«, sagte er. »Ich treffe draußen Freunde. Aber in meiner Bude ist es sehr einsam.«

Sevda mochte den Gedanken, dass Ihsan eine Wohnung für sich hatte, in der er tun und lassen konnte, was er wollte. Sie fragte sich, was er sah, wenn er aus dem Fenster blickte.

»Mein Onkel sagt deshalb, ich soll heiraten. Aber ich bin ehrlich: Ich will gar nicht unbedingt.« Er zog seine Augenbrauen zusammen, als denke er nach. Sevda spürte einen Kloß im Hals. Was sollte das werden? Verarschte er sie? Bevor sie etwas sagen konnte, schob er hinterher: »Also, ich meine, ich will schon, aber nicht einfach irgendeine.«

»Klar. Ich will ja auch nicht einfach irgendwen.«

Sie saßen noch eine Weile still auf dem Balkon, schlürften ihre Kaffees und sahen runter zu Hakan und den Jungs, die inzwischen Fußball spielten. Ihre Blicke trafen sich erst wieder beim Abschied, einem einfachen Händedruck, bei dem Ihsans Daumen ganz leicht über Sevdas Handrücken streichelte.

Eine Woche später telefonierten sie, und zwei Wochen später kam Ihsan mit den Schwätzern und zwei Verlobungsringen zurück.

»Wenn die Hochzeit schon im Juni ist, verpasse ich meine Prüfung«, sagte Sevda bei ihrem nächsten Balkongespräch zu Ihsan. Peri hielt wieder Wache auf ihrem Stuhl hinter der Tür und summte vor sich hin. »Ich will den Hauptschulabschluss machen. Kann ich die Prüfung in Salzhagen nachholen?«

»Natürlich«, versprach Ihsan mit einem Schulterzucken. »Schulen gibt es überall.«

◆ ◆ ◆

Sevda liegt immer noch auf dem Sofa, starrt an die Decke. Es ist spät geworden. Sie hat das Telefonkabel aus der Dose gerissen und es zehn Minuten später wieder eingesteckt. Sie wartet. Sie wartet auf ein Zeichen. Sie hat schon die Kinder ins Bett gebracht und sich umgezogen. Der Fernseher läuft nur, damit es nicht zu still wird in der Wohnung.

Es ist einer dieser Abende, die ihr ganzes Leben wie eine Aneinanderreihung falscher Entscheidungen aussehen lassen. Die letzten Jahre hat Sevda kein einziges Wort mit ihrem Vater gesprochen, hat nur Peri oder Hakan am Telefon ausgefragt, wie es ihm und Emine geht. Sie ist nicht mehr runter nach Rheinstadt gefahren, hat nie die Nähe ihrer Eltern gesucht, sie weiß überhaupt nicht, wie ihr Vater zuletzt aussah, was die letzten fünf Jahre aus ihm gemacht haben. Fünf Jahre. Ihr war gar nicht klar, dass die Funkstille schon so lange dauerte. Fünf Jahre, die wie im Flug vergangen sind, während Sevda ihren Kindern hinterherrannte, den Laden übernahm, ihren Mann verlassen wollte, ihm verzieh, ihn endgültig verließ. Bloß genügt es nicht, das Türschloss auszuwechseln, um einen Menschen auszusperren, es genügt nicht, das Telefon aus der Buchse zu ziehen. Schließlich ist Ihsan nicht irgendwer. Er ist der Vater ihrer Kinder, er ist der Mann, mit dem Sevda gelernt hat, was es heißt, jemanden aufrichtig zu lieben, mit all seinen Fehlern.

Ja, Sevda hat ihn geliebt. Sie weiß es erst jetzt, wo es nicht mehr so ist. Die dazugehörenden Worte sind ihr nie über die Lippen gegangen, sie waren nie Teil ihrer Sprache und auch nie Teil von Ihsans Sprache oder der Sprache ihrer Eltern. *Ich liebe dich* war etwas, das die Menschen in *Dallas* zueinander sagten, nicht die echten Menschen im echten Leben, *ich liebe dich*, das klang nach Pamela und Bobby, nach knallroten Badeanzügen, nach bunten Cocktails am Pool. Hier im echten Leben aber muss Sevda erst von ihrer Trauer gelähmt daliegen und an die Decke starren und das Telefon und die Türklingel fürchten, um zu erkennen, dass sie ihren Mann geliebt hat. Und dass sie ihren Vater geliebt hat. Und dass sie sich damals, als das so war, dessen gar nicht bewusst gewesen ist. Weil sie dachte, Liebe ist es, wenn man von morgens bis abends ausschließlich schöne Gedanken und Gefühle für jemanden hat. Aber so ist es nicht. Wie bitter, dass ihr das jetzt erst dämmert, Sevda, deren Name *Liebe* bedeutet und die nie einen blassen Schimmer hatte, was das wirklich heißt: Dass Lieben immer auch Hadern ist, immer eine Sehnsucht nach mehr, eine Kränkung darüber, dass nichts perfekt sein kann. Dass man nie genug sein kann. Dass man nie einfach zufrieden sein kann damit, wie die Dinge sind. Nein, Sevda und Ihsan waren nicht Pamela und Bobby. Nicht mal ansatzweise. Ihre Liebe war keine *Dallas*-Liebe, keine Liebe auf den ersten Blick, kein Hals-über-Kopf-Verliebtsein, keine *kara sevda*.

Aber es war doch Liebe, so wie es an irgendeinem Punkt immer Liebe sein wird, wenn zwei Menschen nur lange genug Zeit miteinander verbringen, sich einander von ihrer besten und von ihrer hässlichsten Seite zeigen, sich streiten und versöhnen, einander verletzen und verzeihen. Bis irgendwer zu alldem eben nicht mehr bereit ist. Sevda steht vom Sofa auf und zieht das Telefonkabel wieder aus der Buchse.

✦ ✦ ✦

Es war kurz nach Sevdas achtzehntem Geburtstag, ihrem tatsächlichen achtzehnten Geburtstag. Im einen Arm hielt Emine den acht Monate alten Ümit, in der anderen Hand eine kleine Flasche Wasser, deren Inhalt sie dem davonfahrenden Manta hinterher auf die Straße leerte, damit Sevda und Ihsan ihre Reise gesund und glücklich überstanden. Peri und Hakan winkten ihnen zu, Hüseyin stand etwas abseits vom Rest der Familie, Sevda sah ihn aus dem Autofenster heraus, wie er sich eine Zigarette anzündete.

Spät in der Nacht kamen sie in Salzhagen an. Sevda trug noch ihr Brautkleid, das ihr mindestens drei Konfektionsnummern zu groß war, und konnte kaum erwarten, es endlich loszuwerden. Oben in der Wohnung, die Ihsan für sie gemietet hatte, musste sie sich zusammenreißen, um nicht sofort loszuheulen.

Die Dachgeschosswohnung war schweinekalt, total verdreckt und roch schlimmer als die Autobahntoiletten, auf denen Sevda kurz zuvor noch gefürchtet hatte, sich mit Krankheiten anzustecken. Sevda schluckte ihren ersten Ekel runter und ging durch ihr neues Zuhause. Hier war wohl ein deutsches Ehepaar gemeinsam alt geworden. Jedenfalls stammten die Tapeten aus den fünfziger Jahren, genau wie alle Möbel, die Ihsan einfach übernommen hatte, auch das Bett. Die Matratze war nicht nur durchgelegen, sie hatte bräunliche Spuren, die Umrisse zweier Körper, die jahrzehntelang jede Nacht in derselben Position und im selben Abstand zueinander eingeschlafen waren.

Die ersten Tage verbrachte Sevda damit, den Mief des womöglich längst verstorbenen Paars, das sich über die Jahre wie zwei Geister in die Räume eingeschrieben hatte, mit Chlorreiniger auszulöschen. Als sie fertig war, fragte sie Ihsan, der auf dem Sofa liegend eine Zeitung las: »Wann melden wir mich zur Schule an?«

»Welche Schule?«

»Na, die Schule für meinen Abschluss?«

»Warum hast du geheiratet, wenn du zur Schule gehen wolltest?«

Darauf wusste Sevda keine Antwort. Ihsan legte seine Zeitung weg und setzte sich noch eine halbe Stunde vor den Fernseher des Geisterpaars, bevor er in die Kneipe aufbrach. Und Sevda putzte weiter, bis sie jede Fuge erreicht hatte und ihr Körper so müde war, dass ihm nichts anderes übrigblieb, als in das versiffte Bett zu fallen.

Die Wochen und Monate vergingen, und Sevda fühlte sich immer einsamer in Salzhagen. Sie hatte sich zwar mit zwei Frauen aus Afyon angefreundet, die in den beiden Stockwerken unter ihr wohnten, gleichzeitig Schwägerinnen und Cousinen waren und dieselbe Dauerwellenfrisur hatten. Doch Neslihan und Neriman konnten Sevdas Einsamkeit nur eine halbe Stunde am Tag stillen. Mehr Zeit erlaubte ihnen ihre Schwiegermutter beziehungsweise Mutter nicht, die im Erdgeschoss wohnte, sie den ganzen Tag herumkommandierte und es anscheinend gar nicht leiden konnte, dass die beiden sich seit Neuestem in den Hof schlichen, um heimlich zu rauchen und mit dieser Fremden zu tratschen. Den Rest des Tages saß Sevda in der Wohnung des Geisterpaars und lenkte sich von der Langeweile ab. Schrubbte die rostige Badewanne, schaute *Lindenstraße*, blätterte durch klebrige Groschenromane, die Ihsan ihr vom Floh-markt mitbrachte. Er kam immer seltener nach Hause. Sein Weg von der Arbeit zur Kneipe führte ihn nur kurz zum Essen bei Sevda vorbei, es schien, als lebe er sein Leben so weiter wie zuvor, mit dem einzigen Unterschied, dass es jetzt auch warme Mahlzeiten zuhause gab. Anfangs gab Sevda sich noch Mühe, täglich eine frische Suppe und einen Salat mit derselben Hin-gabe zuzubereiten wie den Hauptgang, in der Hoffnung, ihren Ehemann damit ein bisschen länger zuhause zu behalten, mit ihm zu reden, ihn besser kennenzulernen. Doch es klappte nicht. Seine Freunde würden auf ihn warten, er habe ein Recht auf Freizeit, er müsse in die Kneipe, um sich zu erholen, wenn er doch so hart arbeite in der Fabrik, das alles sagte er ihr in so gereiztem Ton, als sei sie nicht seine Geliebte, sondern seine bevormundende, nervige Mutter und er ihr trotziges Kind. Er verschlang das Essen so rasch es ging, bedankte sich pflicht-bewusst bei Sevda und verschwand dann eilig aus der Woh-nungstür.

Es war einer dieser Abende, an denen die Heizung ausgefallen war. Sevda saß in ihre Bettdecke eingewickelt unter der Dach-schräge auf dem alten Sofa und schaute aus dem Fenster. Keine Menschenseele war auf der Straße, nicht mal ein Auto. In allen Fenstern der gegenüberliegenden Häuser brannte Licht. Sevda war der öden Wohnung ihrer Eltern entkommen und saß nun in einer anderen Wohnung fest, die genauso öde war, aber dazu noch kalt und unheimlich still. Sie stellte sich vor, wie die Nachbarsfamilien gemeinsam Kräutertee tranken und sich un-terhielten, wie sie ihren Kindern Gutenachtgeschichten vor-lasen und sie zu Bett brachten. An diesem Abend beschloss Sevda, selbst gegen die Einsamkeit ihrer Abende vorzugehen.

Sie setzte die Pille ab und zeugte sich ihre eigene beste Freundin. So war zumindest ihr Plan, bloß wurde es dann ein Freund.

Sie nannte ihn Cem, wie *Zusammenkunft*, wie *Menschenmenge*, weil sie beide nun eine Clique bildeten, die kleinste Clique der Welt. Cem war eine vierundzwanzigstündige Beschäftigung, Sevda blieb keine Zeit mehr, sich zu langweilen. Sie stillte ihn, badete ihn, massierte seine speckigen Beine mit Öl, sie brachte ihn zum Lachen, wiegte ihn in den Schlaf, sah ihm beim Schlafen zu. Die Stille in der Wohnung war keine Bedrohung mehr, sondern gemütlich und schön. Ihsan kam nach Hause, aß etwas, nahm den Kleinen kurz in den Arm und ging dann wieder. Sevda machte es nichts mehr aus, dass er inzwischen ganze Nächte lang wegblieb und mit blauen Flecken und Beulen von Schlägereien mit Deutschen in irgendwelchen Diskotheken zurückkam. Alles, was sie an Liebe und Zuneigung geben konnte, reichte sowieso gerade mal für Cem.

Aber kaum fing Cem an, seine ersten Sätze zu sprechen, wuchs schon ein neues Kind in Sevdas Bauch heran. Sosehr sie sich auf das erste gefreut hatte, so sehr fürchtete sie nun, nicht genug Aufmerksamkeit für zwei zu haben. Was, wenn ihr das neue Baby mehr bedeutete als Cem? Was, wenn Cem merkte, dass er von nun an für immer an zweiter Stelle stehen würde, so wie Sevda als Erstgeborene immer an allerletzter Stelle gestanden hatte? Seit Cem auf der Welt war, musste Sevda ständig an ihre eigene Kindheit zurückdenken. Alles, was sie tat, verglich sie mit Dingen, die ihrer Erinnerung nach Emine getan hatte. Sevda gab sich Mühe, das genaue Gegenteil zu tun. Und doch fiel sie, oft wie ohne es zu merken, immer wieder in ein Verhalten zurück, das sie von ihrer Mutter kannte. Sie wurde aufbrausend, sie wurde laut. Sie ertappte sich, wie sie Cem auf die Finger schlug, wenn er verbotene Dinge tat, noch bevor er überhaupt verstehen konnte, was Verbote überhaupt waren. Sevda war im Begriff, demselben Kampf zu verfallen, den eigentlich Emine führte, dem ständigen Kampf gegen die Verhätschelung ihrer Kinder. Als sei es das Schlimmste, was einem Kind passieren konnte, mit zu viel Freiheit und zu viel Liebe überhäuft zu werden, als wäre ein solches Zuviel überhaupt möglich.

Im Fernsehen zeigten sie Neonazis, die ein Flüchtlingsheim angriffen und in Brand steckten. Es war zu spät, um darüber nachzudenken, wie sie zwei Kinder aufziehen sollte in einem Land, in dem Menschen andere Menschen jagten und wieder andere Menschen sie dabei filmten, statt einzugreifen. Also machte Sevda den Fernseher lieber aus und ließ sich von Ihsan eine CD von Tracy Chapman besorgen, nachdem sie *Fast Car* im Radio gehört hatte. Abends wiegte sie Cem mit ihren Beinen in den Schlaf, während Tracys beseelte Stimme von einer Sehnsucht sang, die Sevda auch ohne Englisch verstand. Ihre Tränen tropften dick und schwer auf ihren Kugelbauch.

Wie war sie bloß hier gelandet, mit dreiundzwanzig aufgespießt von zwei lebenslangen Verpflichtungen, wo doch alles, wovon sie geträumt hatte, eine Karriere gewesen war, eine eigene Handtasche, ein selbständiges Leben? Mit zwei Kindern und ohne Schulabschluss an einem Ort, an dem jeden Tag an eine neue Wand *Ausländer raus!* geschrieben stand, konnte Sevda die Aussicht auf einen richtigen Job für immer vergessen. Ihre Oma hatte recht gehabt, als sie damals in Karlıdağ zu ihr gesagt hatte: »Du träumst und träumst vor dich hin, Sevdam, und eines Morgens wirst du aufwachen und dein Leben verfluchen, weil es nichts zu tun hat mit dem, was du dir erträumt hast. Deshalb sei klug und schätze lieber, was du hast:

zwei Arme, zwei Beine, deine Schönheit. Dir reicht das nicht? Wir können nicht alles haben.«

Als das neue Baby zur Welt kam, reisten Emine, Peri und der kleine Ümit an, um Sevda unter die Arme zu greifen. Peri, die inzwischen mitten in der Pubertät steckte, rannte ständig zur Telefonzelle in der Innenstadt, angeblich, um ihre Freundinnen anzurufen. Ümit spielte mit Cem, und Emine beschwerte sich überraschend wenig, kümmerte sich um das Kochen und ließ Sevda in Ruhe mit ihrem Baby im Schlafzimmer liegen. Sie klopfte sogar an, wenn sie Sevda einen Tee ins Zimmer bringen wollte, und nahm das Baby nur in den Arm, wenn Sevda sie darum bat. Sevda hatte ihre Mutter noch nie so respektvoll und einfühlsam erlebt wie in diesen Tagen in der Nähe des Neugeborenen, und auch danach würde sie Emine nie wieder so erleben. Die Anwesenheit des Babys schien irgendetwas in Emine umzuschalten.

Sevda genoss die Ruhe und konzentrierte sich auf die Atmung und die Bewegungen der winzigen Händchen ihrer Tochter, die sie Bahar nannte, wie *Frühling*, weil die dunklen Monate ihres Lebens nun zu Ende sein sollten. Sevdas Liebe zu Bahar war nicht größer als die zu Cem, aber anders, weil Bahar ein Mädchen war. Und Mädchen musste man Mut zusprechen, Mädchen musste man beibringen, Nein zu sagen, sonst würden sie immer nur versuchen, den Wünschen anderer zu entsprechen, und nie ihr eigenes Leben leben. Cem dagegen würde sich schon durchzusetzen wissen, redete Sevda sich ein und starrte auf den Couchtisch, auf dem Ihsan ein Häufchen Sonnenblumenkernschalen und eine leere Bierdose hatte liegen lassen. Unter der Dose glänzte eine kleine gelbe Pfütze.

Damals war Sevda noch überzeugt davon, dass sie lernen

musste, mit Ihsans egoistischem Verhalten umzugehen, dass es das war, was eine liebende Ehefrau ausmachte. Dass diese Vorstellung von Liebe aber eine fatale Lüge war, die dafür sorgte, dass Sevda die Kinder wickelte und ins Bett brachte, kochte und den Tisch abwischte, ohne je einen Mucks von sich zu geben, das würde sie erst noch lernen müssen.

Das Geld war knapp, immer. Ständig machte Ihsan Überstunden am Band, aber am Ende des Monats gab es trotzdem nur noch Kartoffeln mit Reis. Nachdem Ihsan einmal den Blumenkübel im Flur an die Wand geschmettert hatte, weil Sevda ihn fragte, was er denn mit seinem ganzen Lohn anstelle, fragte sie nicht mehr. Sie konnte kaum den Moment erwarten, in dem nach Cem auch Bahar in den Kindergarten durfte und sie sich eine Arbeit suchen konnte. Im Sommer 94, als Bahar endlich drei Jahre alt war, ging Sevda runter zu Neriman und Neslihan und bat sie darum, sie in der Wäscherei zu empfehlen. Die beiden machten dort Nachtschichten, wenn ihre Kinder schliefen, und holten ihren Schlaf nach, wenn die Kinder morgens im Kindergarten waren.

»Ich weiß nicht, ob sie gerade jemanden suchen«, druckste Neriman herum.

»Ich glaube nicht, dass was frei wird«, sagte Neslihan deutlich kälter.

»Vielleicht« gehe ich mal hin und frage selbst nach?« Sevda versuchte, nicht zu flehend zu klingen.

»Nein, nein, das würde ich nicht tun«, sagte Neslihan und räumte hektisch Sevdas Teeglas vom Tisch. »Du willst den weiten Weg dorthin sicher nicht umsonst laufen.«

Sevda verstand nicht, warum die beiden so ausweichend waren, aber sie wusste, dass sie ohne Schulabschluss kaum

Möglichkeiten hatte, und wenn die Wäscherei sogar Neriman und Neslihan genommen hatte, konnten ihre Chancen nicht so schlecht stehen. Also lief Sevda an Bahars erstem Kindergartentag quer durch Salzhagen zur Wäscherei im Gewerbegebiet. Sie hatte die Adresse aus dem Telefonbuch, weil Neriman vergessen hatte, sie ihr wie versprochen aufzuschreiben und in den Briefkasten zu werfen.

»Chef nix da!«, schrie die blonde Sekretärin, deren Make-up zwei Töne zu dunkel war, wodurch ihr Gesicht Sevda an einen Pfirsich erinnerte. Sie hieß anscheinend Frau Schmidt.

»Wann kommt er denn?«, fragte Sevda unsicher.

»Chef nix da! Nix verstehen, oder was??«

»Doch, ich verstehe Sie. Aber wann kommt er zurück?«

»Morgen kommen, früh da sein!«

Also lief Sevda die Ausfallstraße zurück zum Kindergarten, holte ihre heulende Tochter ab, die sich anders als Cem damals schwertat mit der neuen Umgebung, und machte sich am nächsten Tag wieder auf den Weg, sobald sie die Kleine nach viel Geschrei bei den Kindergärtnerinnen abgegeben hatte.

»Hallo, Frau Schmidt, ich war gestern schon da. Ist Herr –«

»Ja, uno momento. Ich holen Chef. Du warten hier!«

Sevda bekam den Job. Am Abend bereitete sie Ihsans Lieblingsessen vor, Mantı mit Knoblauchjoghurt, und hielt ihm beim Essen einen Vortrag, dass es so nicht weiterging, ständig waren sie pleite. Zu jeder Anschaffung, die über die normalen Einkäufe hinausging, musste er Nein sagen. Deshalb werde sie von jetzt an auch arbeiten, und er müsste dann drei Nächte die Woche zuhause bei den Kindern bleiben und aufpassen. Er müsse gar nichts tun, die Kinder würden ja sowieso schlafen. Ihsan gefiel das alles überhaupt nicht. Sevda sah es in seinem Blick. Aber er ergab sich seinem Schicksal. Ihm blieb nichts anderes übrig, schließlich war er es, der sein ganzes Gehalt in den Kneipen auf den Kopf haute.

Montags, mittwochs und donnerstags fuhr Sevda von nun an nachts mit ihren Nachbarinnen im klapprigen Benz des Vaters von Neslihan zur Wäscherei. Sevda konnte in den Blicken der beiden sehen, dass sie nicht gut fanden, dass Sevda nun dieselbe feuchte Heißluft einatmete, die nach Weichspüler stank. Erst mit der Zeit wurde Sevda klar, was das Problem war: Neriman und Neslihan hatten Angst, dass Sevda ihnen ihre Arbeit wegnehmen würde. Dabei war das lächerlich, die beiden waren fest angestellt und Sevda hatte nur einen Aushilfsjob. Trotzdem war da nun dieses Misstrauen zwischen ihnen, die beiden sahen Sevda mit diesem Blick an, mit dem einen die Deutschen ansahen, wenn man ihrem Auto oder ihrem Grundstück zu nahe kam.

Also krempelte Sevda die Ärmel hoch und versuchte, neben ihrer eigenen Arbeit auch noch bei der von Neriman und Neslihan zu helfen.

»Neriman, du kannst ruhig eine rauchen gehen, wenn Frau Schmidt fragt, sage ich, du bist auf Toilette.«

»Neslihan, ich bin mit meiner Ladung durch, soll ich den Rest für dich übernehmen?«

Wenigstens nahmen die beiden Sevda mit dem Auto zur Arbeit mit. Dass sie immer mehr von ihren eigenen Ladungen an Sevda abgaben, störte Sevda nicht groß. Der Job war hart, aber sie mochte ihn. Vom Schleppen und Aufhängen und Bügeln der schweren Gardinen und Bettwäschen schmerzten ihr am nächsten Morgen die Oberarme, und alles roch immer nach diesem furchtbaren Weichspüler. Aber Sevda kam sich endlich nützlich vor. Als sie ihr erstes Gehalt bekam, stand sie mit den

Kindern am Springbrunnen vor der Bankfiliale und weinte leise vor Glück. Danach ging sie mit den beiden in die Spielzeugabteilung und schaute ihnen stolz dabei zu, wie sie aufgedreht durch die Gänge sprangen und sich Sachen aussuchten.

Als Sevda ihr zweites Gehalt bekam, bat Ihsan sie beim Abendessen, für den Monat die Miete zu übernehmen. Er habe Schulden, sie seien damit dann abgezahlt. Ohne groß nachzuhaken, lief Sevda am nächsten Vormittag zur Bank, überwies das Geld und summte auf dem Nachhauseweg fröhlich vor sich hin. Denn nun befanden Ihsan und sie sich endlich auf Augenhöhe.

Und dann kam dieser Dezembermorgen. Es war kurz nach fünf Uhr. Neriman und Neslihan rauchten noch eine Feierabendzigarette auf dem Parkplatz vor der Fabrik, Sevda hockte müde im Mercedes und sah ihren kalten Atem zu Nebel werden. Sie rechnete im Kopf aus, wie viel Geld sie diesen Monat zur Seite legen würde, und wie lange es dauern würde, die nächsten tausend Mark zu erreichen. Neriman und Neslihan stiegen ein und schwiegen während der Fahrt, sie waren kaputt und genossen die Ruhe, bevor sie gleich wieder in ihre chaotischen Wohnungen treten würden.

Sie fuhren durch die leeren Straßen. Wo jetzt schon in den Fenstern Lichter brannten, mussten das andere Arbeiter sein, die sich für ihre Frühschicht fertig machten. Der Himmel war pechschwarz. Doch es war nicht nur der Himmel. Da war Rauch über den Dächern der geduckten Nachkriegshäuser, viel Rauch, merkte Sevda plötzlich. Als sie in ihre Straße einbogen, schlug ihnen Blaulicht entgegen. Die Feuerwehr, ein Krankenwagen. Lauter einzelne Menschen in dicken Decken standen vor dem verkohlten Mietshaus ohne Dach, das am Abend noch ihr Zuhause gewesen war.

»Was zur Hölle?«

Sevda sprang aus dem Wagen, noch bevor Neslihan anhalten konnte.

»Cem! Bahar!« Sie rannte in ihrem Arbeitskittel durch die Menge, hielt panisch Ausschau nach ihren Kindern. Ihr Atem kitzelte in ihrem Rachen, sie meinte Asche auf ihrer Zunge zu schmecken. Neslihans Schwiegermutter stand schwankend im Nachthemd da und hielt sich mit beiden Händen eine Decke über den Kopf, weil sie kein Kopftuch trug. Neslihans Mann stand in Pantoffeln neben ihr, er machte ein paar Schritte auf Sevda zu, deutete mit dem Finger auf den Feuerwehrwagen. Sevda lief wie durch einen dunklen Traum hindurch zu dem großen roten Fahrzeug, das aussah wie eines von Cems Spielzeugautos. Die Hintertüren standen offen. Die Kleinen saßen auf einer Trage, Bahar in ihrem gemusterten Pyjama mit den kleinen Pferden darauf, Cem in seinem Pyjama mit den Löwen. Sie tranken etwas Warmes aus Tassen. Neben ihnen saß Ihsan in seiner Winterjacke und strich Bahar wie abwesend über den Kopf.

Sevda kletterte in den Wagen, schluchzte ein einziges Mal auf und drückte beide Kinder an sich.

»Gott sei Dank. Was ist passiert?«

»Es ist ein Feuer ausgebrochen. Aber keinem im Haus ist was zugestoßen, zum Glück«, sagte Ihsan. Er stand unbeholfen auf, bückte sich und küsste Sevda auf die Wange. Nie zuvor hatte er sie vor anderen geküsst, nicht mal vor den Kindern.

Sevda musterte ihn.

»Warum bist du angezogen?«

Er blickte sie nur wortlos an, lächelte sogar. Er wirkte gar nicht nervös, eher erleichtert.

»Der Amca von unten hat uns rausgebracht«, plapperte Cem aufgeregt.

»Was?«

»Er hat die Tür eingeschlagen, wie Rambo. Und hat uns durchs Feuer getragen!«

Cem wedelte begeistert mit den Armen, zeichnete die lodernden Flammen nach. Bahar fielen vor Müdigkeit die Augen zu.

Sevda wurde still. Sie fand keine Worte. Ihr Mund war ein Loch, tief und dunkel, ohne Inhalt. Sie stieg aus dem Feuerwehrwagen, taumelte ein paar Schritte weg von den dreien, um sich das Haus anzusehen, das Haus, in dem sie Nacht für Nacht zu Bett gegangen war, ohne einen Zweifel daran, dass sie sicher war. Dass sie zuhause war. Die Fassade war zum Teil verkohlt, vor allem über den Fenstern, als hätten die Flammen dort versucht, sich nach draußen zu befreien. Nur das Dach war komplett weggebrannt. Das Dach, unter dem direkt ihre Wohnung gelegen hatte. Das Dach, unter dem ihre beiden Kinder geschlafen hatten, während deren Vater sich weiß Gott wo herumtrieb.

Sevda sagte nichts. Sie sagte nichts, während sie die ersten drei Tage und Nächte in einer Pension verbrachten, und sie sagte nichts, als die Polizei sie vernahm und bereits aus den anderen Verhören wusste, dass die Kinder allein in der Wohnung gewesen waren. Sie sagte nichts, als Ihsan sie und die Kinder in den Zug nach Rheinstadt steckte, wo sie bei Hüseyin und Emine unterkommen sollten, bis er eine neue Wohnung gefunden hatte. Und sie sagte auch nichts, als Ihsan sie am Bahnhof zerknirscht ansah.

In der Wohnung ihrer Eltern beobachtete Sevda, wie Peri und Ümit glücklich mit den Kleinen auf dem Teppichboden spielten. Wie Hüseyin regelrecht aufblühte, seine Enkelkinder auf dem Schoß. Selbst Hakan kam jeden Tag früh nach Hause, um mit Cem und Bahar auf den Spielplatz zu gehen. Nach und nach begriff Sevda, dass sie möglicherweise gar nicht so einsam und allein auf sich gestellt war, wie sie angenommen hatte. Und so rief sie nach ein paar Tagen in Ihsans Stammkneipe an und ließ Ihsan ans Telefon holen. Sie hörte ihre eigenen Atemzüge über den schweren Arabesk-Liedern und den hallenden Männerstimmen aus der Kneipe, die sie nie von innen gesehen hatte. Als Ihsan endlich am Hörer war, räusperte sie sich und sagte: »Komm mich nicht holen. Es ist aus.«

Wahrscheinlich nahm er sie nicht ernst. Jedenfalls ließ Ihsan einfach eine ganze Woche nichts von sich hören. Und begann dann anzurufen, mehrmals am Tag. Jedes Mal rief Emine nach Sevda, und Sevda schickte dann Cem ans Telefon, um seinem Vater zu sagen, dass Mama gerade beschäftigt sei. Wann immer das Telefon klingelte, ging Sevda in den Keller, Wäsche waschen oder aufhängen oder einfach nur den Kellergeruch einatmen. Bis sie irgendwann schließlich doch selbst abnahm, um Ihsan in den schweren Hörer hinein zu sagen, dass sie es ernst meinte. Und dass sie sich hier unten in Rheinstadt eine Wohnung suchen werde. Er brauche nicht mehr anzurufen.

»Und wovon willst du das bezahlen?«, fragte Emine, die natürlich das Gespräch von der Küche aus mitgehört hatte. Es war der Silvestertag. Die Kleinen waren mit ihrem Dede spazieren, Peri lag schon seit dem Morgen mit einem langen Gesicht und einem Buch in der Hand in Hakans und Ümits Zimmer, Hakan und Ümit wiederum bestaunten im Wohnzimmer die große Videokamera, die Hakan irgendwo aufgetrieben hatte. Die ganze Wohnung roch nach dem Gänsebraten im Ofen, weil

Emine in der Moschee aufgeschnappt hatte, es sei eine Sünde, an Silvester Truthahn zu machen.

»Ich suche mir eine Arbeit«, erklärte Sevda ihrer Mutter. »Keine Angst, wir drei werden schon nicht ewig auf eurem Sofa schlafen.«

Emine schnalzte mit der Zunge. »Dein Vater sieht es nicht gern, wenn du fern von deinem Mann bist.«

»Ihsan wird bald nicht mehr mein Mann sein. Ist das Problem damit gelöst?«, fragte Sevda.

»Was willst du bloß von ihm? Was hat er dir denn getan? Ernährt er deine Kinder nicht? Behandelt er dich schlecht? Schlägt er dich?«

»Anne!«, rief Sevda genervt.

»Sag es mir, Sevda, schlägt er dich?«, beharrte Emine.

»Nein, Anne. Er schlägt mich nicht.« Sevda verdrehte die Augen.

»Siehst du? Das dachte ich mir. Es gibt keinen Grund, dich von ihm zu trennen, außer deinen Launen.«

»Er ist nie zuhause. Wir reden nie. Er hat die Kinder allein gelassen. Die Kinder wären fast … Was daran verstehst du nicht, Anne?«

»Nein, Sevda. Das stimmt so nicht. *Du* hast die Kinder allein gelassen. *Du* bist nächtelang weggeblieben. Bist nicht du ihre Mutter? Hast nicht du die Aufgabe, über sie zu wachen, wenn sie schlafen?«

»Anne, es tut mir leid, aber du weißt nicht, wovon du redest. Du musstest nie arbeiten. Babas Gehalt hat euch immer gereicht. Du kannst mich nicht rausschmeißen, solange uns Baba hierbehält.«

»Aber dein Vater sieht es genauso!«

»Weißt du was? Das glaube ich nicht. Das sagst du nämlich

immer. Immer sieht Baba angeblich alles genauso, aber immer höre ich es nur von dir. Darauf falle ich nicht mehr rein. Er muss es mir schon selbst sagen«, antwortete Sevda.

Aus dem Treppenhaus waren Stimmen zu hören. Die Kinder waren zurück.

»Ach ja? Nur zu. Da ist er schon. Geh und frag deinen Vater, was er von deinem Umgang mit deinem Mann hält!«

Als Sevda kurze Zeit später in der Küche vor Hüseyin stand, versuchte sie vergeblich, in diesem Mann ihren Baba von früher wiederzuerkennen. Ihr fiel ein, wie er ihr im Zug nach Istanbul gegenübergesessen hatte, wie er mit ihr gemeinsam gelacht hatte. Aber jetzt wandte er nur den Blick ab und konnte ihr nicht in die Augen blicken, so schwer fiel es ihm, über irgendetwas Wesentliches zu sprechen. Er atmete scharf aus und sagte schließlich: »Es ist das Beste, wenn du zu Ihsan zurückgehst, Sevda.«

»Aber ich will –«

»Ich habe mit Ihsan telefoniert, als ihr gestern einkaufen wart. Er hat eine neue Wohnung gefunden. Er holt euch morgen ab.«

Das waren die letzten Worte, die Sevda mit ihrem Vater wechselte.

Die neue Wohnung in Salzhagen lag nur wenige hundert Meter von ihrem alten Haus entfernt, an einer stärker befahrenen Straße. Als Sevda zum ersten Mal vor der Tür stand, ließ sie ihre Augen über die Namen auf den anderen Klingelschildern wandern und atmete erleichtert aus. Es waren nur deutsche Namen. Im Erdgeschoss war zwar eine italienische Pizzeria, aber die schien gut besucht zu sein, von Menschen, die es sich leisten konnten, sich von anderen bekochen zu lassen, und deren Namen sicher ähnlich klangen wie die auf den Klingel-schildern.

Die Wohnung war auch schöner und heller als die davor, das Bad war frisch renoviert, und Ihsan hatte sogar eine neue Einbauküche gekauft. Sevda fragte nicht, von welchem Geld. Auch sonst vermied sie es, mit ihm zu sprechen, was kein großes Problem darstellte, Ihsan war schließlich nie gesprächig gewesen oder interessiert an dem, was in seinem Zuhause vor sich ging, wo er immer nur kurz vorbeischaute, immer mit einem Zappeln im Fuß, immer auf dem Sprung. Nur, dass er nun zwar vielleicht insgeheim fortwollte, aber jeden einzelnen Abend zuhause blieb. Sein Fuß zappelte und zappelte, und Sevda versuchte, es nicht zu beachten, wenn sie sich mit einem Tee für sich und keinem zweiten für Ihsan auf das Sofa setzte und dem dumpfen Lärm aus dem Lokal unter ihnen lauschte.

Nur eine Sache brannte Sevda auf der Zunge, während der Duft von warmem Pizzateig durch die Türritze sickerte und in Sevdas Nase stieg. Also fragte sie schließlich doch.

»Was haben die Polizisten über das Feuer rausgefunden? Warum ist es ausgebrochen?«

»Sie wissen es nicht.«

»Wie? Sie wissen es nicht?«

»Höchstwahrscheinlich irgendwas Technisches, sagen sie. Ein Kabel oder so. Aber vielleicht auch bloß eine Zigarette.«

»Ein Kabel oder vielleicht eine Zigarette? Sag mal, schauen diese Polizisten Nachrichten?«

Ihsan nickte wissend. Er schaute nämlich die Nachrich-ten. Und Sevda schaute auch die Nachrichten. Schon als sie den Feuerrauch am Himmel über ihrem Haus gesehen hatte, hatte sie gewusst, was Sache war. Sie wusste es einfach. Sie konnte den Rauch und die Asche noch jetzt förmlich riechen. Und es war darum auch nicht bloß die Enttäuschung über diese immerzu abwesende Hülse von einem Ehemann gewesen, wegen der Sevda niemals wieder hierher nach Salzhagen zurückkehren wollte. Sondern auch das Wissen darum, dass es in dieser trostlosen Kleinstadt mit ihren zwanzigtausend Einwohnern Menschen gab, die sie tot sehen wollten, die sie und ihre beiden Kinder und ihren Mann und ihre Nachbarn tot, verbrannt, zu Staub zerbröselt, vernichtet sehen wollten. Anders als in Solingen und Mölln hatte es bei ihrem Brand keine Toten gegeben, Gott sei Dank waren alle wohlauf, Sevda hatte vor lauter Dankbarkeit wieder angefangen, die Gebete ihrer Großmutter leise vor sich hin zu flüstern, wann immer sie ihre Kinder beim Spielen beobachtete. Doch dass es keine Toten gab, bedeutete auch, dass die Brandursache niemals wirklich untersucht werden würde, dass niemand Blumen vor ihr verbranntes Haus legen würde, dass die Stadt sich nicht bei ihnen entschuldigen würde, wofür denn auch. Niemand würde jemals von diesem Brand erfahren, niemand würde sich jemals für ihn interessieren, und gab es Tausende solcher Brände, so würde niemand jemals von diesen Tausenden Bränden erfahren. Es war, als wäre das alles Sevda und ihrer Familie und ihren Nachbarn niemals zugestoßen. Es war, als sei Sevdas Angst vor Nazis, die ihre Kinder nachts im Schlaf verbrennen wollten, nicht mehr als ein Hirngespinst, als seien ihre Albträume vor Frau Schmidt aus der Wäscherei, die ihre brennende Zigarette einfach in das Kinderbett von Bahar schnippte, nicht mehr als eine wirre Fantasie. Und das war sie ja auch, natürlich war sie das, aber war nicht irgendetwas daran auch wahr? Sevda würde durch die gepflegten Straßen gehen, einkaufen, ihre Kinder vom Kindergarten abholen, und würde dabei niemals wissen, ob sie nicht gerade womöglich den Tätern begegnete. Ihr Leben lang würde

Sevda immer mit diesem Aschegeruch in der Nase durch die Welt laufen, und niemand würde davon wissen, nicht die Kassiererin im Supermarkt und nicht die freundliche Kindergärtnerin, und selbst wenn die anderen davon wüssten, was hätten sie schon verstanden?

Sevda dachte in diesen ersten Monaten in ihrer neuen Wohnung in Salzhagen oft an Havvas Worte zurück: *Sie wollen uns nicht in diesem Land. Lieber gehe ich freiwillig, bevor sie uns wegjagen.* Langsam, Stunde für Stunde, beim Waschen der Petersilie, beim Aufräumen des Kinderzimmers, beim Abwischen des beschlagenen Badspiegels, wurde Sevda klar, wovon ihre Freundin gesprochen hatte, bevor sie damals gegangen war. Elf Jahre war es nun her, dass Havva in die Türkei gezogen war, elf Jahre, bis Sevda es begriffen hatte, das Dach über ihrem Kopf hatte in Flammen aufgehen müssen, bis sie endlich verstand, dass Havva recht hatte. Dass man sie hier nicht haben wollte.

Aber Sevda entschied sich anders als Havva und ihre Familie damals: Sie würde nirgendwohin gehen. Diesen Gefallen würde sie niemandem machen, niemals. Wenn man Sevda nicht hier haben wollte, dann musste man sie schon jagen. Sie würde hier bleiben und hier leben und hier versuchen, glücklich zu werden, hier in diesem Scheißkaff. Egal, was kam. Und ihr blieb ja auch gar nichts anderes übrig. Wo sollte sie denn hin? Nicht mal ihre Eltern waren bereit, sie aufzunehmen, schickten sie zurück nach Salzhagen wie ein schlechtsitzendes Sakko aus dem Otto-Katalog. Doch vielleicht hatten Hüseyin und Emine ihrer Tochter damit einen Gefallen getan. Denn vielleicht war es endlich an der Zeit, dass sich Sevda von allen lossagte. Auch von denen, die ihr angeblich am nächsten waren. Ja, Sevda befand sich in einer ausweglosen Lage, doch sie würde diese Lage umkehren, eine bewusste Entscheidung aus ihr machen. Sie würde aus ihrer Ohnmacht aufwachen und die Dinge selbst in die Hand nehmen. Sie würde sich Ziele setzen, sie würde Platz schaffen für Hoffnungen, auch wenn sie winzig klein waren, aber sie würde sie ernst nehmen von nun an und sie sich immer wieder ins Gedächtnis rufen. Sie würde sich nicht mehr verstecken. Sie würde sich nützlich machen und würde auch ihre Kinder zu nützlichen Menschen und unentbehrlichen Mitgliedern dieser Gesellschaft erziehen, so dass es immer andere um sie herum geben würde, die sie brauchten und die sich für sie erheben würden, wenn jemand ihnen Unrecht tat. Sevda würde das Misstrauen nehmen, das seit dem Feuer hinter ihren Augen brannte, und würde es wegsperren. Sie würde es zwar nicht löschen, niemals würde sie es löschen können, aber sie würde die Flamme klein halten. Sie würde versuchen, auf ihr bisheriges Leben zu blicken wie auf einen Anfang, den Anfang von etwas Neuem. Sie würde sich nichts schönreden und niemals vergessen, was in jener Nacht im Dezember passiert war. Sie würde sich aber auch nicht der Angst unterwerfen. Denn genau das war es ja, was die wollten. Sevda würde niemanden fürchten. Sie würde sich aus der Unsichtbarkeit herausarbeiten und dafür sorgen, dass Menschen ihren Namen kannten und sich für sie interessierten, so dass es wenigstens irgendwem auffallen würde, wenn sie oder ihre Kinder plötzlich verschwinden sollten. Denn war das nicht das Allerschlimmste, was Menschen zustoßen konnte, ausgelöscht zu werden, ohne dass es irgendwem auch nur auffiel?

Sevda sah aus dem offenen Schlafzimmerfenster und träumte vor sich hin. Bis sie unten im Hof eine Frau bemerkte. Sie trug eine rote Schürze, lehnte an der Hauswand und trank Kaffee aus einer winzigen Tasse, wahrscheinlich arbeitete sie in der Pizzeria. Es war später Nachmittag, das Restaurant war eigentlich noch zu. Die schwarzen Locken der Frau erinnerten Sevda an Havva. Nach einigem Zögern fasste sie sich ein Herz.

»Hallo!«

Ihre Stimme hallte durch den Hinterhof. Die Frau zuckte zusammen und sah dann finster nach oben zu Sevda.

»Sag mal, willst du mir einen Herzinfarkt verpassen?«

Sevda blickte erschrocken zurück und schüttelte nur den Kopf.

»Was denn?«, fragte die Frau. »Jetzt willst du doch nicht sprechen? Was wolltest du denn von mir?«

»Nichts«, sagte Sevda, hob die Hand zur Entschuldigung und schloss schnell das Fenster.

Wenig später klopfte es an der Wohnungstür. Sevda schlich auf Zehenspitzen hin, um durch den Türspion zu gucken. Es war die Frau von unten. Sie hatte die Hände hinter dem Rücken verschränkt und schaute genervt zur Decke.

Was wollte sie bloß? War sie verrückt? Warum hatte Sevda ausgerechnet die Verrückte im Haus auf sich aufmerksam gemacht?

»Mama, wer ist da?«, rief Bahar und kam aus ihrem Zimmer gehüpft.

»Ssscht!«, machte Sevda, aber es war zu spät. Die Frau hatte Bahar mit Sicherheit gehört. Jetzt musste Sevda aufmachen, alles andere wäre peinlich gewesen.

»Ach, hallo«, sagte Sevda und versuchte, überrascht zu wirken, als sie die Tür aufschloss und vor der kleinen Frau mit dem grimmigen Blick stand. Von Nahem wirkte sie nicht mehr jung, vielleicht sogar älter als Emine. Um ihren Mund herum verliefen unzählige Falten, die Sevda an das Gesicht ihrer Babaanne denken ließen. Aber ihr Körper sah so schlank und sportlich aus, und ihr lockiges Haar war so dicht und schwarz, dass Sevda sie von Weitem für gleichaltrig gehalten hatte.

»Wegen vorhin, ich wollte Sie nicht …«, setzte Sevda an, doch die Frau griff nach Sevdas Unterarm und schüttelte den Kopf.

»Nein nein, das war nichts. Ich habe einen Schreck bekommen, das war alles. Ihr seid neu hier, ja?«

Sevda nickte. Ihr Blick wanderte zur anderen Hand der Frau, in der sie einen Pappteller mit Gebäck trug.

»Das hier sind Cannoli, für dich. Und für die Kinder natürlich. Das ist was Süßes, aus Sizilien. Was bist du denn für ein hübsches Mädchen? Wie heißt du denn?«, fragte die Frau und beugte sich zu Bahar.

Bahar sah schüchtern weg und versteckte sich hinter Sevdas Beinen.

»Das ist Bahar. Und ich bin Sevda. Sehr nett von Ihnen«, sagte Sevda und nahm der Frau den Teller ab. »Kommen Sie doch rein, ich mache einen Tee.«

»Ich muss runter, das Restaurant aufmachen. Aber komm doch mal auf einen Kaffee vorbei. Zwischen fünf und sechs habe ich oft Zeit zum Plaudern, bevor wir öffnen.«

»Ja gerne! Natürlich nur, wenn es Ihrem Chef nichts ausmacht, dass ich dort rumsitze.«

Die Frau lächelte verschmitzt. »Nein, meinem Chef macht das nichts aus.«

Sevda nickte und sah der Frau zu, wie sie die Treppe runterlief. Auf halber Strecke drehte sie sich um, deutete auf sich und rief: »Mariella!«

»Freut mich, Mariella!«, sagte Sevda lächelnd.

Erst als Sevda einige Tage später auf das Angebot zurückkam und unten bei Mariella einen dieser bitteren kleinen Kaffees trank, erfuhr sie, dass Mariella selbst die Besitzerin der Pizzeria war. Sevda war es unangenehm, dass sie geglaubt hatte, Mariella sei bloß die Kellnerin. Mariella schmiss den Laden ganz allein, ohne einen Mann an ihrer Seite, und es schien gut zu laufen. Jeden Abend hörte Sevda in ihrer Wohnung, wie die Gäste unten in Gelächter ausbrachen und ihre Gläser klirrten. Mariella hatte bloß einen Koch engagiert und rannte von Tisch zu Tisch, und an den Wochenenden half ihr Sohn aus.

»Aber der ist ein Faulpelz«, winkte sie ab. »Alles muss ich ihm dreimal sagen, damit er es macht. Ich kann ihn unmöglich allein im Laden lassen. Sonst wäre ich längst in Rente. Ja, ich bin erst 55, aber mein Rücken macht das nicht mehr mit, weißt du, Sevda? Irgendwann wachst du auf und fühlst dich alt und du kannst nichts dagegen tun. Genieß deine Jugend, so gut du kannst!«

Immer öfter schaute Sevda unten bei Mariella vorbei. Sie mochte es, ihr dabei zuzusehen, wie hingebungsvoll sie ihr Restaurant vorbereitete, bevor die ersten Gäste eintrafen. Mariella polierte das Besteck, stellte frische Kerzen auf die Tische, schrieb mit Kreide die Tageskarte auf eine große Tafel. Ab und zu ging sie in die Küche und schrie ihren Koch Davide zusammen. Dann kam sie mit einem Lächeln wieder zurück, als wäre nichts, legte ein melancholisches italienisches Lied auf und summte mit, während sie mit flinken Handgriffen Sevda noch einen Kaffee machte.

Manchmal gab sie Sevda eine große Familienpizza mit nach oben, damit Sevda nicht kochen musste. Die Kinder liebten es, es hatte vorher nie Essen von draußen gegeben. Und auch Ihsan schien es zu schmecken. »Die Frau versteht was von ihrem Geschäft, das muss man ihr lassen!«, schwärmte er, während er sich das letzte Stück reindrückte.

»Wie schön, dass du es auch so siehst«, sagte Sevda, nahm den leeren Pizzakarton und leerte die Krümel in den Müll. »Ich werde nämlich anfangen, bei Mariella zu arbeiten. Sie zahlt mir einen guten Stundenlohn, und es gibt wohl auch anständiges Trinkgeld von den Gästen.«

Ihsan sah Sevda verwundert an.

»Was ist, Ihsan?«

»Arbeiten als was?«, fragte er.

»Na, als Bedienung.«

»Du willst da unten *kellnern*?« Ihsan sagte das Wort, als sei es eine Obszönität. Sevda ging gar nicht erst darauf ein.

»Du weißt genau, dass sie mir in der Wäscherei gekündigt haben, als ich nach dem Brand nicht erschienen bin. Ich brauche Arbeit, Ihsan. Das weißt du doch«, erklärte Sevda mit ruhiger Stimme und verstaute den gefalteten Pizzakarton hinter dem Mülleimer.

»Dann such dir eine andere Arbeit! Meine Frau wird nicht da unten irgendwelche Männer bedienen, während sie Rotwein trinken und dabei weiß Gott was denken!«

Sevda wischte den Tisch ab und schüttelte den Lappen über dem Waschbecken aus. Dann drehte sie sich zu Ihsan um und sagte: »Das ist aber schade, Ihsan. Denn ich werde dort kellnern. Morgen um fünf fängt meine Schicht an. Das heißt wohl, du musst dir eine andere Frau suchen.«

Ihsan sah sie einen Moment lang wortlos an. Dann sprang er auf und drehte durch. Er schmiss alles an die Wand, was er auf dem Tisch in der Essecke finden konnte, den Salzstreuer, die Zuckerschale, Cems Federmäppchen. Sevda duckte sich weg. Er beschimpfte sie als Hure, er sagte, sie habe den Verstand verloren, er drohte, sie vor die Tür zu setzen, wenn sie noch einmal so mit ihm rede. Sevda sagte nichts. Sie ging ganz langsam ins Kinderzimmer, wo Bahar und Cem auf dem Teppich hockten und ihr ängstlich entgegensahen. Sie zog die Kinderzimmertür hinter sich zu, setze sich zu ihren Kindern und lächelte sie sanft an, während aus der Küche noch immer das Geschrei ihres Mannes zu hören war. Sevda sagte nichts, doch ihr Herz pochte wie verrückt, und zwar nicht vor Wut, sondern vor Aufregung. Es fühlte sich gut an, Ihsan zu widersprechen, es fühlte sich besser an als alles andere auf dieser Welt, und das hier sollte ja erst der Anfang sein.

✦ ✦ ✦

Als erste Lichtstrahlen ins Wohnzimmer fallen, kann Sevda nicht sagen, ob sie geschlafen hat oder nicht. Einen Moment lang hofft sie, dass alles nur ein Traum gewesen ist. Doch dann sieht sie den großen Koffer in der Ecke stehen und stößt einen tiefen Seufzer aus. Tränen schießen ihr in die Augen. Es war kein Traum. Ihr Vater ist tot, und sie wird es nicht einmal zur Beerdigung schaffen. Niemals wird sie sich verzeihen können, dass sie sich nicht einmal von ihm verabschiedet hat, ihn wenigstens noch ein letztes Mal berührt hat.

Sevda steht vom Sofa auf und zieht die Gardinen zu, um die Sonne auszusperren. Dann geht sie in die Küche und macht sich einen Tee. Kaum fängt das Wasser in der Kanne zu blubbern an, sind Cem und Bahar schon wach.

»Mama, dürfen wir fernsehen?«, fragt Bahar, während Cem sich eine Schüssel Cornflakes macht.

»Ja, dürft ihr.«

»Dürfen wir auch essen vor dem Fernseher?«, fragt Cem aufgeregt.

Als Sevda ihm über den Kopf streichen will, erschrickt er kurz. Sevda mustert ihn überrascht. Dachte er etwa, dass sie ihm eine überzieht? Ist es schon so weit gekommen?

»Aber ja, heute dürft ihr auch beim Essen fernsehen«, sagt sie und gibt ihrem Sohn einen Kuss auf die Stirn.

Sevda weiß, dass sie eine strenge Mutter ist. Mag sein, dass sie den Kindern auch mal in die Arme kneift oder einen Klaps auf die Hände gibt. Aber sie schlägt ihre Kinder doch nicht. Der Wunsch schießt ihr oft durch den Kopf, sie kennt das Verlangen, die zwei in die Schranken zu weisen, indem sie ihnen Schmerz zufügt. Doch in Wirklichkeit würde sie das nie tun, niemals. Sie will auch nicht, dass ihre Kinder sich vor ihr fürchten. Sie will bloß, dass sie auf sie hören, dass sie aufmerksam sind. Würden sie nicht auf Sevda hören, hätte das alles mit dem Restaurant ja niemals hingehauen. Und jetzt, wo sie allein mit den beiden lebt, muss sie noch mehr darauf achten, dass sie sich an Regeln halten und mitdenken. Dass sie auf sich achtgeben. Sevda kann die beiden nicht vierundzwanzig Stunden beobachten. Dafür arbeitet sie zu viel.

Am Anfang, als sie die Pizzeria neu übernommen hatte, arbeitete sie sogar noch mehr, manchmal sechzehn Stunden am Tag. Sie machte alles allein, weil sie so schnell wie möglich ihre Schulden bei Mariella für das Inventar begleichen wollte. Nur Davide, den Koch, übernahm Sevda. Alles andere, das Einkaufen, Putzen, die Buchhaltung, das Bedienen, blieb an Sevda hängen. Damals war zwar Ihsan noch da. Aber sie schliefen schon längst getrennt, er im Schlafzimmer, sie auf dem Sofa, und er dachte gar nicht daran, ihr bei irgendetwas unter die Arme zu greifen. Er war wie versteinert vor Wut, als Mariella

Sevda anbot, den Laden zu übernehmen. Mariella wollte endlich in Rente gehen und zurück nach Sizilien ziehen, wo sie in ihrem Heimatdorf ein kleines Haus besaß.

»Mariella, das ist schmeichelhaft von dir, dass du mir das zutraust. Aber ich verstehe doch nichts von diesem Geschäft«, sagte Sevda traurig, während sie die Weingläser polierte.

»Oh doch, Sevda. Du verstehst alles. Ich habe es in den letzten zwei Jahren gesehen. Du kannst rechnen, du bist ordentlich, du drückst dich nicht vor Verantwortung. Und du hast ein freundliches Gesicht, das die Kunden gerne sehen. Du bist die Einzige, der ich zutraue, meinen Laden in Würde weiterzuführen.«

Natürlich träumte Sevda davon, ein eigenes Geschäft zu haben. Und auch noch ein so schönes wie dieses Restaurant hier, ein über viele Jahre hinweg liebevoll aufgebautes und von den Menschen geschätztes Familienunternehmen. Aber so wie Mariella sie sah, konnte Sevda sich selbst nicht sehen. Und auch wenn Sevda Ihsans Meinung gar nicht hören wollte, gab sie ihm doch insgeheim recht, als er von dem Angebot hörte und sofort fragte: »Was verstehst du schon von italienischer Küche, Sevda? Du bist Türkin und willst Pizza verkaufen? Wer geht schon zu einer Türkin Pizza essen, Sevda? Red kein dummes Zeug.«

Mariella meinte zwar, dass den Deutschen der Unterschied unmöglich auffallen würde, solange Sevda einfach immerzu die drei Zauberworte *Prego, Ciao, Grazie* wiederholte. Doch Sevda hatte ihre Zweifel.

Als man keine zwei Wochen später Ihsan in der Fabrik fristlos kündigte, so dass er nicht einmal Anspruch auf Arbeitslosengeld haben würde, sah die Sache jedoch plötzlich anders aus. Mariellas Angebot wirkte nun wie die letzte Rettung aus der Misere.

»Wie? Du hast ihn verprügelt?«, fragte Sevda ihren Mann an dem Tag, an dem man ihm gekündigt hatte.

»Er hat es verdient. Soll froh sein, dass er noch lebt.«

»Was redest du da?« Sevda war so wütend, dass sie Ihsan am liebsten direkt vor die Tür gesetzt hätte.

»Ich arbeite seit zehn Jahren in dieser Fabrik. Er ist erst drei Monate da. Was fällt ihm ein, mich so zu behandeln?«

»Wie zu behandeln?«

»Wie einen Sklaven! Wie seinen persönlichen Scheißkanaken! Weißt du, wie er mich nennt? Ali! Ich hab ihm tausend Mal gesagt, ich heiße nicht Ali. Er hat gesagt, ihm ist scheißegal, wie ich heiße.«

»Und deshalb schlägst du ihn krankenhausreif?«

Bei dem Wort Krankenhaus huschte Ihsan ein befriedigtes Lächeln übers Gesicht. Sevda wollte ihm so gerne eine knallen.

»Ihsan, du weißt doch, wie die Deutschen sind! Warum lässt du dich von ihm provozieren? Meinst du, irgendwer stellt dich noch ein nach dieser Geschichte? Denkst du, das spricht sich nicht rum?«

»Quatsch. Ich brauche keine vierundzwanzig Stunden, um eine neue Arbeit zu finden, Sevda. Du wirst schon sehen. Ich geh mich bloß einmal in der Kneipe umhören.«

In dieser Nacht und am nächsten Vormittag kam Ihsan gar nicht nach Hause. Als er Sevda vor ihrer Schicht entgegengetorkelt kam, hatte er noch keine Stelle gefunden. Und in der Woche darauf auch nicht. Und einen Monat später immer noch nicht.

Also ging Sevda zur Bank, ging zu noch einer Bank, saß stundenlang mit Mariella über dem Pachtvertrag, den sie allein nicht lesen konnte, und übernahm schließlich mit einer einfachen Unterschrift die Pizzeria. Lange starrte sie im Treppenhaus ungläubig ihre Unterschrift auf dem Papier an. Und bat dann gleich darauf oben in der Wohnung Ihsan, sich von nun an zumindest etwas um die Kinder und den Haushalt zu kümmern, während sie den Laden schmiss, auch wenn sie seit dem Brand die Kinder nie wieder hatte allein lassen wollen mit ihm. Aber Ihsan weigerte sich. Er schlief auch weiterhin bis zum Mittag, aß die Reste des Essens, das Sevda am Vorabend aus dem Restaurant mitgebracht hatte, und verkrümelte sich dann direkt in die Kneipe. Immerhin kam er am Abend nochmal kurz nach Hause, um die Kinder schnell ins Bett zu bringen und dann wieder zu verschwinden. Sevda war es recht. Schließlich schliefen die Kinder nur ein Stockwerk über ihr, im Notfall konnte sie innerhalb einer Minute bei ihnen sein.

»Und was sollen wir jetzt essen?«, schnauzte sie Ihsan dann doch eines Morgens an, als sie nach vier Stunden Schlaf wieder auf den Beinen stand und den Kühlschrank leer vorfand. »Wenn du schon nicht kochst, kannst du wenigstens einkaufen gehen«, maulte sie weiter, in einem Ton, der Ihsan provozieren sollte.

»Warum isst du nicht den Tagesumsatz, den du immer vor mir versteckst?«, fragte Ihsan wie aus der Pistole geschossen zurück. »Warum soll ich deine Arbeit übernehmen, wenn du mich nicht einmal bezahlen willst?«

Noch bevor Sevda antworten konnte, rannte Ihsan wie verrückt durch die Wohnung und leerte alle Schränke aus, auf der Suche nach dem versteckten Geld. Kleider, Spielsachen, Lebensmittel, alles flog durch die Luft und lag durcheinander auf dem Boden, doch Ihsan fand das Versteck nicht. Er würde es niemals finden. Verzweifelt fing er schließlich an, die Zimmerpflanzen auf den Teppich zu schmeißen, zerschmetterte zur Krönung den Wandspiegel. Sevda sah auf die Spiegelscherben überall und dann zu Ihsan. Er warf ihr einen hilflosen Blick zu und verließ fluchend das Chaos, knallte die Tür hinter sich zu. Als er in der Nacht zurückkam, hatte Sevda das Türschloss ausgetauscht und die Klingel abgestellt.

✦ ✦ ✦

Cem und Bahar singen das Titellied von *Pinky und der Brain* mit. Sevda bückt sich und schließt das Telefon wieder an.

Sie nimmt das Adressbuch aus der Schublade und wählt die Nummer, die sie eigentlich schon auswendig können müsste, so oft, wie sie sie anruft.

Es klingelt ein paar Mal, bis jemand rangeht.

»Notunterkunft Stadtmission, hallo?«

»Hallo. Demirkan mein Name«, sagt Sevda mit der flachen Hand über dem Mund, als ob sie ihren Nachnamen vor den Kindern geheim halten müsste. Sie wirft einen Blick zu ihnen rüber. Die beiden interessieren sich nur für die zwei Zeichentrickratten im Fernseher. »Ich wollte wissen, ob Ihsan Demirkan bei Ihnen übernachtet hat?«

»Wer?«, fragt die Stimme.

»Ihsan Demirkan.«

»Was ist mit dem?«

»Hat er bei Ihnen übernachtet?«

»Ähm. Wir können doch nicht einfach so Auskunft geben, ich weiß ja gar nicht, wer Sie sind …« Die Stimme klingt genervt.

»Doch, ich rufe immer an, und Ihre Kollegen sagen mir dann, ob er da ist oder nicht.« Sevda bemüht sich, freundlich zu bleiben.

»Dann muss ich mal ein ernstes Wörtchen mit den Kollegen reden. Wir sind doch kein Hotel, dass wir hier noch eine Rezeption beschäftigen könnten.«

Sevda atmet müde aus. Ihr Atem wird zu einem Rauschen in der Leitung.

»Ich will doch bloß wissen, ob es ihm gutgeht. Können Sie nicht eine Ausnahme machen?«, fleht sie in den Hörer.

»Wer sind Sie überhaupt? Ich kann Sie gar nicht richtig verstehen.«

»Sevda Demirkan. Ich bin Sevda Demirkan. Ich suche nach meinem Mann, Ihsan Demirkan.« Cem wendet sich zu ihr um und schaut sie an. Sie versucht, ihm zuzulächeln, es fühlt sich künstlich an. Aber es klappt. Er dreht sich wieder zum Fernseher zurück.

»Tut mir leid, ich kenne den Namen nicht«, sagt die Stimme. »Und ich habe viel zu viel zu tun, um mich um Ihre Eheprobleme zu kümmern. Machen Sie das selbst, ja? Wir müssen alle unser Päckchen …«

Sevda legt den Hörer auf und schleicht zur Toilette, um allein zu sein.

Nachdem Sevda Ihsan ausgesperrt hatte, ließ er erst mal zwei Wochen lang nichts von sich hören. Eigentlich war es ja das, was Sevda erreichen wollte, ihm nicht mehr begegnen zu müssen. Trotzdem waren es zwei schreckliche Wochen, weil Sevda jede Sekunde damit rechnete, dass Ihsan auftauchte, und weil sie nicht wusste, wozu er in seiner neuen Wut fähig sein würde. Sevda war fast erleichtert, als er schließlich in der Pizzeria aufkreuzte, ein bisschen neben der Spur, und einfach nur schrie, Sevda vor allen Gästen zusammenschrie wie ein kleines Kind. Sevda versuchte, ihn zu beruhigen, bat ihn, zu gehen und sie später anzurufen, wenn er die Kinder sehen wolle. Aber es half nicht. Ihsan schrie immer weiter, beleidigte sie, behauptete, sie schulde ihm Geld. Die Deutschen starrten sie von ihren Tischen aus an, die Rotweingläser in den Händen, als führten Sevda und Ihsan ein tragisches Theaterstück für sie auf. Irgendwann kam Davide aus der Küche, packte Ihsan und zog ihn weg. Irgendwie schaffte er es, Ihsan mit einer Flasche Grappa durch die Hintertür rauszuschicken, sonst hätte Sevda womöglich die Polizei rufen müssen. Die Polizei, die sich einen Dreck für den Hausbrand interessiert hatte. Das waren die Letzten, auf deren Hilfe sich Sevda verlassen wollte. Stattdessen gab sie Davide von da an jede Woche hundert Mark, die er Ihsan in der Kneipe überreichte. So hatte sie ein paar Monate lang ihre Ruhe vor ihm.

Als ein guter Teil von Sevdas Schulden bei Mariella beglichen war, konnte sie endlich eine erfahrene Kellnerin einstellen. Eine Halbitalienerin namens Moni, die fünf Teller auf einmal tragen konnte, die den Gästen verbot, die Regenschirme aufgespannt stehenzulassen, weil sie glaubte, dass das Unglück brachte, und in deren eisblaue Augen sich alle Männer, Davide inbegriffen, sofort verguckten. Leider konnte Moni überhaupt nicht rechnen, ein Rätsel, wie sie all die Jahre in Lokalen gearbeitet hatte. Also war Sevda weiter jeden Abend im Restaurant und kümmerte sich um die Kasse. Immerhin fand sie endlich Zeit, zwischendurch eine halbe Stunde nach oben zu gehen und Cem und Bahar mit einem Kuss auf die Stirn ins Bett zu bringen.

»Guck mal, der da war gestern schon da«, sagte Moni eines Abends, als Sevda von den Kindern runterkam. Sie zeigte auf einen jungen Mann, der allein am Tisch saß und seine Jacke anbehalten hatte.

»Er hat kein Essen bestellt?«, fragte Sevda irritiert.

»Nein«, sagte Moni. »Er ist komisch. Er bestellt nur Bier. Auch gestern schon.«

»Hm«, machte Sevda und musterte den Mann. Gestern war er ihr in der Hetze nicht weiter aufgefallen. Er wirkte gepflegt, nicht wie ein Trinker. Er schien ungefähr in ihrem Alter zu sein und seine zusammengewachsenen Augenbrauen verrieten, dass er ein Landsmann war, was Sevda seltsam fand, denn Landsleute kamen nie in ihren Laden.

»Der ist doch sicher wegen dir hier«, sagte sie zu Moni, aber es war eher eine Frage als eine Feststellung.

»Das ist genau das Merkwürdige an ihm«, sagte Moni leise und schüttelte ungläubig den Kopf. »Er interessiert sich nicht für mich. Er schaut die ganze Zeit nach dir.«

Sevda und Moni tauschten besorgte Blicke. Anscheinend hatte Moni denselben Gedanken wie Sevda.

»Ich regle das«, sagte Sevda, zupfte ihre Bluse zurecht und ging zum Tisch des jungen Mannes.

Er machte einen geraden Rücken, als sie sich näherte, und blickte sie erwartungsvoll an. Nun war sich Sevda sicher, dass er ein Spion war.

»Ich muss leider abräumen«, sagte sie und nahm das Bierglas von seinem Tisch.

»Wie bitte?«, fragte er irritiert.

»Der Tisch ist leider reserviert. Alle Tische sind reserviert. Meine Kollegin hat eben vergessen, es Ihnen zu sagen. Die Gäste kommen gleich. Ich muss Sie leider rausbitten.« Sevda sprach höflich, aber machte sich nicht die Mühe, ein Lächeln aufzusetzen. Sie wollte verhindern, dass er wiederkam.

»Ich verstehe«, antwortete er zu ihrer Überraschung. Er griff in die Innentasche seiner Jacke.

»Ist gut, geht aufs Haus«, sagte Sevda und fragte sich, ob das nicht die falsche Taktik war, um jemanden für immer loszuwerden.

Er sah sie verständnislos an, stand dann aber auf und nickte dankend.

»Grüßen Sie Ihsan von mir«, zischte Sevda ihm noch zu. Das Fragezeichen in seinen Augen blieb. »Sagen Sie ihm, er soll lieber anrufen, wenn er was will. Sonst rufe ich nächstes Mal die Polizei.«

Der Mann schien nicht zu wissen, wovon Sevda sprach. Doch bei dem Wort Polizei drehte er sich um und ließ sich nie wieder blicken.

Als Ihsan das nächste Mal im Restaurant auftauchte, war das Erste, was Sevda an ihm bemerkte, sein Gestank. Es war nicht nur die Alkoholfahne, die hatte er schon bei seinem letzten Besuch in der Pizzeria gehabt. Diesmal war der Geruch anders, stechender, so unheimlich penetrant, dass Ihsan nur einen Schritt durch die Tür hinein machen musste, und schon roch alles danach. Nach Urin. Nach altem, sich seit Tagen in die Kleidung einätzendem Männerurin.

Zum Glück war es noch früh und die Gäste waren noch nicht da. Nur Moni war im Laden. Sie hielt sich eine Serviette vor die Nase und sah Sevda hilflos an. Sevda eilte durch den Raum zu Ihsan und warf Moni im Vorbeigehen ein »Entschuldigung« zu, wofür, das wusste sie nicht. Sie packte ihn und zog ihn durch die Hintertür ins Treppenhaus. Das war leicht, überraschend leicht. Sein Körper war eine traurige Masse geworden, die Sevda an Bahars bunte Spielknete denken ließ, und darauf wartete, dass irgendwer etwas mit ihr anstellte. Ihsans Augen waren auf Halbmast. Er brachte nur die Namen der Kinder über die Lippen und begann zu weinen. Sevda erstarrte. Sie wollte so gerne wütend auf ihn sein, sie wollte ihm die Hölle heißmachen, dass er in diesem Zustand in der Pizzeria aufkreuzte und es riskierte, ihre Kundschaft zu vergraulen. Wer von diesen Reihenhaus-Deutschen wollte schon neben einem Penner sitzen und zwanzig Mark für einen Rotwein zahlen? Hatte er überhaupt eine Ahnung, was er da tat? Wovon sollten seine Kinder leben, wenn Sevda keine Gäste mehr hatte?

Doch sie schaffte es nicht. Sie konnte nicht wütend auf Ihsan sein. Sie musste sich sogar zusammenreißen, nicht mit ihm loszuheulen und ihm um den Hals zu fallen, weil er ihr so unendlich leidtat. Er sah um Jahre gealtert aus und hatte eine Platzwunde am Kopf, von was auch immer. Unter seinen Fingernägeln war schwarzer Schmutz, die Finger waren gelb vom Nikotin. Die Erkenntnis kam ganz plötzlich und fiel Sevda auf den Kopf wie eine stachelige Kastanie: Ihsan hatte niemanden. Niemanden außer Sevda. Mit ihr hatte er alles verloren.

Sevda nahm ihn mit hoch in die Wohnung, schubste ihn ins Bad und befahl ihm, sich zu waschen und danach direkt ins Schlafzimmer zu legen, ohne vor die Kinder zu treten. Er schlief zwei Tage durch, verschwand dann, ohne ein Wort zu sagen. Nahm nur ein paar frische Klamotten mit und den mit Scheinen gefüllten Briefumschlag, den Sevda ihm auf die Kommode gelegt hatte. Seitdem meldete er sich nicht mehr.

Nachts, wenn Sevda nach der Arbeit mit schweren Beinen und brummendem Kopf in ihrem warmen Bett lag und Pizzakrümel in ihren Nacken piksten, bekam sie kein Auge zu, weil sie sich immerzu fragte, wo Ihsan jetzt wohl steckte. Sie versuchte, sich Möglichkeiten vorzustellen, die nicht kalt und nass und draußen waren. Bei Freunden? Vielleicht hatte er ja doch

Freunde? Also richtige Freunde, nicht die, mit denen er in der Kneipe Poker spielte und die ihn abzockten, wissend, dass dieser Mann Probleme hatte, ernste Probleme, dass er Hilfe brauchte, dass er sich mit dem Geld, das sie ihm beim Pokern abknöpften, eigentlich etwas zu essen kaufen oder sich eine Wohnung mieten musste? Dann wieder fragte sich Sevda, warum sie glaubte, dass irgendwelche ausgedachten Männer aus der Kneipe sich für Ihsan verantwortlich fühlen sollten. War das nicht Sevdas Pflicht? Versuchte sie, die eigene Schuld von sich weg auf andere zu schieben? Sie grübelte, ob sie Ihsan zurücknehmen musste. Konnte sie das?

Am nächsten Morgen dann, wenn die Sonne durch das ungeputzte Fenster in Sevdas unordentliche Wohnung fiel, der Staub wie Glitzer durch die Luft wirbelte und Sevda, noch bevor sie daran dachte, die Krümel aus ihrem Bett zu fegen, zu rennen begann, den Kindern nachrennen, dem Chaos nachrennen, in das Restaurant rennen, dann wusste sie: Nein. Sie musste Ihsan nicht zurücknehmen. Sie war nicht verantwortlich für ihn. Er war ein erwachsener Mann und konnte für sich selbst sorgen. Schließlich hatte er das ja auch hinbekommen, bevor er Sevda traf. Dass er sich so gehen ließ, das war allein seine Entscheidung. Dass er sich um nichts kümmerte, um keine Arbeit, um keine Bleibe, das war sein Problem. Sevda hatte es versucht mit ihm, sie hatte es immer wieder versucht. Es ging eben nicht. Und am Ende ihres Arbeitstags lag Sevda wieder mit ihrem zentnerschweren Schädel im vollgekrümelten Bett, und die Gedanken gingen von vorne los.

✦ ✦ ✦

Sevda sitzt auf dem geschlossenen Klodeckel und zittert. In ihrem Kopf schwirren lose Fragezeichen herum, jedes von ihnen entlädt sich in einem neuen Heulkrampf. Wie konnte sie bloß derart stur sein, dass sie es in fünf Jahren nicht geschafft hat, einfach ein einziges Mal ihren Baba anzurufen und ihm zu sagen, dass sie ihm verzeihen würde? Wie konnte sie so dumm sein, jetzt auch noch den Flug zu verpassen und damit die Chance, sich endgültig von ihm zu verabschieden? Was, wenn ihr mit Ihsan das Gleiche passiert? Wie soll sie das ihren Kindern erklären? Sevda hält sich den Mund zu, damit der verzweifelte Schrei, der sich aus ihrer Lunge lösen will, keinen Weg nach draußen findet. Sie schluckt ihn runter wie einen großen, zähen Kloß. Sie kann nicht fassen, dass ein Mensch wegen ihr auf der Straße leben muss. Und dass sie seit Monaten nichts dagegen unternimmt, obwohl sie davon weiß. Was hat sie mit dieser Schande angestellt? Nichts. Sie hat sie in den Nächten ein paar Stunden Schlaf gekostet. Mehr nicht. Sie hat einfach weitergelebt, als sei nichts, hat Ihsan Briefumschläge zukommen lassen, damit er sich fernhält. Sevda schnappt nach Luft und steht auf. Sie blickt in den Spiegel. Blickt in das verheulte Gesicht einer Heuchlerin. Die sich alles selbst zuzuschreiben hat und in einer Sackgasse gefangen ist, aus der sie nie wieder rauskommen wird.

Der einzige Weg, denkt sie, besteht darin, Ihsan zurückzuholen. Ihm zu verzeihen. Ja, Sevda muss ihren Mann suchen und ihn nach Hause bringen. Soll er hier doch tun und lassen, was er will. Egal. Hauptsache, er hat ein Dach über dem Kopf und etwas zu essen. Hauptsache, er lebt. Sevda könnte es nicht verkraften, noch einen Menschen …

Es klingelt an der Tür.

Sevdas Herz bleibt einen Moment stehen. Die Gedanken in

ihrem Kopf frieren ein. Sie schaut hoch zur schimmeligen Baddecke. Soll das etwa ein Zeichen sein? Das ging schnell. Etwas zu schnell. Ein bisschen Zeit zum Nachdenken hätte sie noch gebraucht. Es klingelt nochmal, und in Sevdas Brust pocht es auf einmal wie wild. Sie fühlt sich eingeengt und ausgeliefert.

»Mama, es klingelt!«, ruft Bahar aus dem Wohnzimmer.

Sevda wäscht sich hektisch das Gesicht und reißt dann die Badtür auf. Bahar steht schon im Flur und drückt den Türaufmacher.

»Wer ist es?«, fragt Sevda aufgeregt.

Bahar zuckt mit den Schultern.

»Bahar, habe ich es dir nicht tausend Mal gesagt, du musst erst aus dem Fenster schauen, bevor du die Haustür aufmachst! Was, wenn es jemand ist, der dich entführen will? Was machst du dann?«

Die Kleine verhakt ihre Finger ineinander und schaut ängstlich zur Tür.

»Auf, zurück ins Wohnzimmer!«

Bahar hüpft davon.

Sevda spürt ihr Gesicht glühen. Sie blickt durch den Türspion, wartet die paar Sekunden, bis jemand zu sehen ist. Die Schwere in ihrer Brust löst sich, Erleichterung durchrieselt ihren angespannten Nacken. Sie richtet ihre Schultern auf, streicht sich durchs Haar und öffnet die Tür.

»Sevdacım, ich habs nicht früher geschafft, es tut mir leid!«

»Quatsch, du hättest doch gar nicht den weiten Weg herkommen müssen«, sagt Sevda kopfschüttelnd, und doch ist sie überglücklich, dass sie gekommen ist: Die einzige Person auf dieser Welt, vor der Sevda ihre Tränen nicht verstecken möchte. Und schon perlen sie ihr aus den Augenwinkeln, rinnen ihr über die Wangen und werden in einer festen, fast zu festen Umarmung aufgefangen. Sie versickern irgendwo im Stoff zweier T-Shirts, auf denen englische Sprüche stehen, deren Bedeutung keine von beiden kennt. Sevda lässt sich in die schlanken Arme sinken, sie sind so kräftig, als hätten sie ganze Häuser gebaut. Aber nein, sie haben viel Schwereres geschafft, sie haben sich aus den Fängen eines brutalen Schlägers befreit. Sevda löst sich langsam von der anderen Frau, wischt sich mit beiden Handrücken über die Augen. Bahar kommt wieder in den Flur gehopst.

»Havva Teyze!«

»Da ist ja meine Prinzessin«, sagt Havva, kniet sich hin und nimmt Bahar in den Arm. »Schau mal, was ich dir mitgebracht habe. Ein Kinder Sürpriz.«

Die Kleine kichert. »Das heißt Ü-Ei, Teyze!«

»Üüüü-Ei«, wiederholt Havva und zieht eine Grimasse.

Sevda will in die Küche, einen Tee aufsetzen. Aber Havva zieht an ihrem T-Shirt.

»Lass das, Sevda. Ich will keinen Çay. Ihr müsst doch sowieso bald los.«

»Es sind noch fünf Stunden bis zum Flug«, sagt Sevda kopfschüttelnd, doch da hat Havva schon ihren Arm um Sevdas Schultern gelegt und sie ins Wohnzimmer gezerrt. Sevda gibt nach. Sie setzt sich auf den Boden, lehnt mit dem Rücken gegen das Sofa und sieht Havva und den Kindern zu, wie sie die Plastikteile aus den Überraschungseiern zu winzigen Spielzeugen zusammensetzen.

Cem und Bahar sind verrückt nach Havva, seit sie vor ein paar Monaten das erste Mal hier war. Sie fragen ständig nach ihr, wann sie wiederkommt, warum sie so weit weg wohnt, ob sie sie nicht auch mal in ihrem Zuhause besuchen können. Sevda hat versucht, den Kindern zu erklären, was ein Frauenhaus ist. »Ist Baba auch dort?«, haben sie daraufhin gefragt.

Als Havva Sevda das erste Mal anrief, hatte Sevda sich gerade erst von Ihsan getrennt. Und Havva sich von ihrem Schläger. Es war ein so seltsamer Zufall, dass sie beide anfingen, am Telefon nervös zu kichern, bis sie plötzlich verstummten, ein Innehalten, weil ihre Trennungen bislang kein Grund zum Lachen gewesen waren. Sevda war überrascht, dass Havva anscheinend schon seit Jahren wieder in Deutschland lebte. In dem Land, in das sie niemals zurückgewollt hatte. In dem Land, in dem man sie nicht hatte haben wollen. Aber über die Türkei erzählte Havva nun das Gleiche. In Deutschland war sie die dreckige Scheißtürkin gewesen, in der Türkei wurde sie zur dreckigen, ungläubigen Araberin. Also floh Havva gemeinsam mit ihrem Mann, dem Schläger, zurück nach Deutschland. In Deutschland, dachte sie, würde er sie nicht mehr schlagen. Denn damit hatte er erst begonnen, als er merkte, dass er trotz seines abgeschlossenen Studiums niemals als Beamter würde arbeiten können, weil er Christ war. Er würde nicht einmal als Wachmann an der Tür einer Polizeiwache stehen dürfen. Havva überzeugte ihn, gemeinsam nach Deutschland zu gehen. Dort würde man sie zwar nicht besser behandeln, aber wenn es eine Sache gab, auf die man sich in Deutschland verlassen konnte, dann darauf, dass es Arbeit gab. Doch als Asylsuchende, fanden sie bei ihrer Ankunft heraus, durften sie offiziell erstmal gar nicht arbeiten. Außerdem hatte sich in den zehn Jahren, die Havva fort gewesen war, einiges in Deutschland verändert. Es gab jetzt viel weniger Jobs, die Konkurrenz der sich überall im Land niederlassenden ostdeutschen Arbeiter war hart. Und der Schläger zeigte sich nicht besonders ehrgeizig. Nach zwei Tagen auf dem Bau schmiss er seinen Job und brach Havva das Schlüsselbein.

Sevda betrachtet Havvas zierliche Schulter. Um ihren Hals hängt immer noch die Maria-Kette von damals. Havva lächelt Sevda an. »Komm, wir rauchen eine, Kleines«, sagt sie.

Die Kinder hängen wieder vor dem Fernseher.

Havva und Sevda gehen in die Küche. Sevda öffnet das Fenster, Havva setzt sich in die Essecke und zündet sich eine an. Sevda nimmt sich auch eine aus Havvas Schachtel. Seit Havva wieder in ihrem Leben ist, raucht Sevda ab und zu. Es schmeckt ihr immer noch nicht, und nachts brennt ihr der Hals davon. Aber wenn sie Havva rauchen sieht, ist es einfach zu verlockend. Rauchen verbindet auf magische Weise. Sevda fühlt sich wie die Komplizin bei einem Verbrechen, jede Zigarette ein kleines Nein an das Leben.

»Warum hat es eigentlich so lange gedauert bis du ihn verlassen hast?«, fragt Sevda und versucht, den Rauch in Ringen auszupusten. Es klappt nicht.

»Weil ich dumm war!«, sagt Havva laut und weiß sofort, was Sevda meint. »Ich dachte, ich sei ihm irgendwas schuldig. Weil ich ihn hierhergeschleppt habe und er kein Wort Deutsch sprach.« Sie schüttelt augenrollend den Kopf. »Ich dachte, er kann nichts dafür, dass er so ist.«

»Und was hat sich geändert?«, fragt Sevda.

Havva zuckt die Schultern. »Ich habe einfach verstanden, dass ich dumm bin.« Sie drückt ihre Zigarette in der Untertasse aus, die Sevda als Aschenbecher hingestellt hat. »Aber Sevda-cım, ich bin nicht gekommen, um dich wieder mit meinen Sorgen vollzuquatschen. Du bist es, die trauert. Kann ich irgendetwas tun für dich? Sag es mir bitte.«

Havva neigt ihren Kopf und blickt Sevda an. Ihre Hand streichelt über Sevdas Rücken.

Sevda schüttelt den Kopf und drückt ihre Zigarette auch

aus, sie hat sie nur bis zur Hälfte geschafft. Sie sieht dem Rauch zu, wie er noch eine Weile in der Luft hängt.

Havva betrachtet sie plötzlich ganz konzentriert, nähert sich langsam ihrem Gesicht. Auf einmal steht sie auf und steckt ihre Hand in die Hosentasche. Sie bewegt die Hand, bis sie gefunden hat, was sie sucht. Stolz hält sie den berüchtigten Faden hoch, den sie seit Neuestem immer bei sich hat.

»Lehn mal deinen Kopf zurück, Kleines«, sagt sie und wickelt sich den Faden in Form einer 8 um Daumen und Zeigefinger. Sie lehnt sich über Sevdas zurückgebeugten Kopf und führt den Faden an die Stelle zwischen ihren Augenbrauen. Sie tippt ihr auf die Stirn, zeigt ihr an, ihre Augenbrauen hochzuziehen, damit die Haut spannt.

»Du siehst aus wie der vernachlässigte Garten meines toten Onkels«, sagt sie und klemmt sich ein Fadenende zwischen die Lippen. Mit raschen Bewegungen ziehen ihr Daumen und Zeigefinger den Faden immer wieder auf und zu, wie einen Reißverschluss, der die Stoppeln aus Sevdas glatt gezogenem Gesicht reißt wie Unkraut.

Sevda genießt das Stechen und Brennen. Als der Faden Richtung Augenlid wandert, wo die Haut besonders dünn wird, schmerzt Sevdas Gesicht so sehr, dass sie das einen Moment lang von ihrem anderen Schmerz erlöst.

»Zieh bei uns ein«, sagt Sevda, ohne die Augen zu öffnen, während Havva wie mit einem lautlosen Rasenmäher über ihr Gesicht fährt.

»Ws?«, hört sie Havva durch die geschlossenen Lippen fragen, mit denen sie immer noch das Fadenende spannt.

Sevda öffnet die Augen und versucht, Havva anzulächeln, ohne die Spannung in ihrem Gesicht aufzugeben. »Warum nicht? Wir haben Platz. Du wärst nicht allein«, sagt sie und fragt sich, wie die Worte wohl für Havva klingen, gepaart mit dem gruseligen Gesichtsausdruck und den Rötungen auf ihrer irritierten Haut, die Sevda schon förmlich spüren kann. »Du könntest mir ein bisschen unter die Arme greifen mit den Kindern, oder?«, schiebt sie hinterher, um ihre Frage vernünftiger klingen zu lassen.

Havva grinst ungläubig, während sie weiterzupft. »Natürlich könnte ich das. Aber was soll das werden? Was sollen die Leute denken?«

»Seit wann interessierst denn du dich dafür, was die Leute denken?«, fragt Sevda beleidigt.

Havva antwortet nicht. Sie denkt nach, bearbeitet das linke Brauenende.

»Nicht zu dünn zupfen!«, ermahnt Sevda sie reflexhaft.

»Ja, ja«, sagt Havva und wandert nochmal zur rechten Braue, um die Form anzupassen. »Flieg erst mal zu deiner Familie, und wir reden nochmal, wenn du zurückkommst, ja?«

Sevda stößt einen leisen Seufzer aus. Havvas Finger entfernen sich von ihrer Stirn.

»Das Letzte, was ich jetzt will, ist meiner Mutter zu begegnen«, sagt Sevda.

Havva hat den Faden weggelegt und kehrt mit den Fingerspitzen die losen Härchen aus Sevdas Gesicht. »Ich weiß, Sevdacım. Ich weiß.«

PERI

PERI SITZT IM DUNKLEN Wohnzimmer und knackt Çekirdek. Alle schlafen. Salz brennt sich in ihre Lippen. Mit der linken Hand krault sie langsam Ümits Kopf, der wie ein weiches Kätzchen auf ihrem Schoß liegt. Ihre Rechte geht nervös zwischen Schale und Mund hin und her. Das blaue Licht des nagelneuen Fernsehers flackert über Ümits blasses Gesicht. Er ist immer noch nicht aufgewacht. Es ist lange her, dass ihre Körper sich so nah gewesen sind. Seit Ümit vor ein paar Jahren seine Pickel und ersten Barthaare bekam, tut er das, was alle in diesem Alter tun: Er zieht sich zurück, panzert sich unter gekrümmten Schultern und verschränkten Armen in seinem Oberkörper ein. Als müsse er dringend verhindern, dass ihm jeden Moment sein gebrochenes Herz auf den Boden plumpst.

Peri guckt eine dieser unheimlichen Nachtsendungen im Fernsehen, in denen Leute von ihren übernatürlichen Begegnungen erzählen. Amateurhafte Schauspieler stellen das Erzählte in schummrigen Sequenzen nach, während die Zeugen hinter Schattenwänden sitzen und mit verzerrten Monsterstimmen sprechen. Möbel, die sich von alleine bewegen, Lichter, die an- und ausgehen, Schritte im Flur, obwohl niemand zuhause ist. Meistens sendet irgendein verstorbener Angehöriger eine Botschaft. Denkbar schlechteste Unterhaltung an einem Tag wie heute. Oder die beste. Die ganze Zeremonie war so schrecklich, dass die Geistersendung vielleicht wie ein Ge-

gengift wirkt. Und Zusehen fällt Peri leichter, als die Augen zu schließen. Schlafen wird sie sowieso nicht können.

Seit Tagen umarmt Peri Menschen, denen sie Kraft geben will, ihre Mutter, ihren Bruder, all die Tanten und Cousinen, die sie noch nie in ihrem Leben gesehen hat. In Wahrheit stützt sie sich selbst an ihnen ab, um auf den Beinen zu bleiben. Jede Berührung ist ein Versprechen von Leben, jede Nähe ein bisschen weniger Tod. Peri spürt sie wieder kommen, die Gestalten aus der Vergangenheit, ihre Hirngespinste, sie sieht sie noch nicht und hört sie noch nicht, aber sie weiß, dass sie nicht weit weg sein können. Mit ihrem verführerischen Flüstern und ihren lockenden Fingern, an offenen Fenstern und viel befahrenen Straßenkreuzungen und in den einsamen Stunden zwischen zwei Träumen im Bett warten sie darauf, dass Peri ihnen entgegenblickt. Dabei nimmt sie schon lange nichts Hartes mehr. Höchstens mal ein bisschen Koks oder Speed auf einem der Raves, zu denen sie immer seltener geht, oder ein bisschen Gras zum Runterkommen in den WG-Küchen irgendwelcher Partybekanntschaften, die sie kaum noch erträgt. Mehr nicht. Aber sie ahnt, dass die Gestalten nicht den nächsten Ecstasy- oder Pilztrip abwarten, sondern einfach darauf lauern, dass Peri sich ihrem Zweifel ergibt und sich fragt: Was soll das Ganze überhaupt? Welchen Sinn hat dieses Leben? Sie darf das jetzt nicht denken, nein, es darf nicht wieder von vorne losgehen. Lieber so wenig wie möglich träumen, klar bleiben im Kopf. Da sein für die anderen, und möglichst wenig bei sich selbst. Peri nimmt die Fernbedienung und macht den Fernseher etwas lauter. Auf dem Bildschirm liegt eine Frau im Bett und sieht eine Schattengestalt auf sich zuwandern. Buh.

Wer hätte gedacht, dass es nicht helfen würde, schon einmal am Grab eines geliebten Menschen gestanden zu haben und danach zu lernen, dass es möglich ist, weiterzumachen. Dieses Wissen bringt Peri überhaupt nichts. Scheiße, all die Jahre, die sie gebraucht hat, um auf Armins Tod klarzukommen, wie weggewischt, seit sie vorletzte Nacht völlig besoffen vom Klassentreffen am See nach Hause kam und auf einen Schlag ausnüchterte, als sie die hallenden Schreie ihrer Mutter schon vor dem Haus hörte. Jetzt steht sie wieder da, ganz am Anfang desselben unheimlichen Wegs, ohne eine Ahnung, was sie an seinem Ende erwartet. Nur mit dem Unterschied, dass ihr eine Koordinate fehlt, um sich auf diesem Weg zu orientieren, um sich sicher sein zu können, wer sie überhaupt ist. Baba. Denn was ist denn ein Vater anderes als ein Eckpunkt, der einen Raum markiert, in dem es erst zu wachsen und aus dem es dann irgendwann auszubrechen gilt, ein Problem, an dem man sich abarbeitet, ein Spiegel, in dem man sein Leben immer wieder von Neuem betrachtet und weiß, wie es nicht sein soll, eine Art Anti-Ich?

Wie heuchlerisch ist es bitte schön, jemanden zu vermissen, an den man seit Jahren keinen Gedanken mehr verschwendet hat? Klar, Peri hat ihren Vater an den Wochenenden gesehen, wenn sie nach Hause kam, sie grüßte ihn, aß mit ihm, verabschiedete sich. Aber wollte sie je ernsthaft wissen, wie es ihm ging, also, wie es ihm wirklich ging, hat sie je versucht, ihm etwas abzunehmen, ihn um eine Sorge, ein Problem zu erleichtern, so wie sie es für ihre Mutter gelegentlich tat? Peri hat nie daran gedacht, dass ihr Vater vielleicht genauso kaputt war wie ihre Mutter, dass er womöglich einfach nur besser darin war, sein Leiden zu verbergen, es unsichtbar zu machen. Eigentlich hat

Peri gar nicht mehr an ihn gedacht, seit sie vor fünf Jahren nach Frankfurt in dieses winzige Zimmer im Wohnheimturm geflohen ist, dessen Fenster sich nur kippen lässt. Es gab keinen Grund mehr, Schiss vor Hüseyin zu haben, also gab es auch keinen Grund mehr, an ihn zu denken.

Und nun ist er ihr präsentiert worden wie auf einem Silbertablett, sein zerbrochener und machtloser Körper, den sie all die Jahre zuvor gemieden hat, als solle bewiesen werden, wie unnötig ihre Angst gewesen ist. Peri wünscht sich fast, dass Hüseyin wirklich der autoritäre Vater gewesen wäre, für den sie ihn spätestens gehalten hat, als sie im ersten Semester der Frauengruppe ihrer Fakultät beitrat: herrschsüchtig, selbstzentriert, ignorant. Doch so war er nicht. So war er nicht nur. Er war auch fürsorglich. Er war auch still, und vor allem war er verschlossen. Tresor auf, Gefühle rein, Tür zu, zack, den Zettel mit dem Zahlencode aus dem Fenster des fahrenden Autos. Um das zu erkennen, musste Peri ihn erst kalt und leblos im Keller eines Istanbuler Krankenhauses betrachten. Um das zu erkennen, muss sie jetzt in diesem dunklen Wohnzimmer einer hübsch renovierten Großstadtwohnung hocken, die das Grab ist, das sich ihr Vater ein ganzes Leben lang selbst geschaufelt hat, um sich dann schnellstmöglich hineinzulegen.

»Freiheit bedeutet, dass man nichts arbeiten muss.« Peri hat den Satz in irgendeinem Seminar aufgeschnappt, er stammt aus einem Gespräch zwischen Horkheimer und Adorno. Seit Tagen hallt er jetzt in ihrem Kopf nach. Es musste wohl so kommen. Dass Hüseyin nur eine Woche vor dem Beginn seiner Freiheit sterben würde, nur eine Woche vor seinem offiziellen Renteneintritt, an einem erschöpften Herzen. Während ihre Kommilitonen Schmuck und Besteck und ganze Häuser erben würden, dachte Peri immer, ihr und ihren Geschwistern würde gar nichts bleiben. Sie hatten ja noch nicht mal eine Geschichte. Doch nun haben sie das hier: diese Wohnung. Diese Wohnung, für die ihr Vater seine besten Jahre geopfert hat. Vier Zimmer, die an Erschöpfung und Tod erinnern, und sonst an nichts.

Niemand sollte jemals die Leiche des eigenen Vaters waschen müssen. Niemand sollte ihre aufgedunsenen Arme ausstrecken müssen, damit der Wasserstrahl unter die Achseln reicht. Als Peri am Morgen den Raum verlassen musste, bevor es mit der Waschung losging, hat sie die Geschlechtertrennung bei religiösen Ritualen zum ersten Mal als Segen empfunden. Allein den toten Körper ihres Vaters zu sehen, war schrecklich genug. Anfassen konnte sie ihn unmöglich. Sie versuchte, sich einen Ruck zu geben, aber es ging nicht, sie schaffte es nicht. Da war eine Blockade in ihr, die sie nicht überwinden konnte. Sie sah bloß ihrer Mutter dabei zu, wie sie den blassen, fleckigen, aufgeblähten Arm nahm und ihn streichelte und an ihr eigenes Gesicht führte und liebkoste, während sie leise vor sich hin klagte. Peris Hand berührte stellvertretend den Rücken ihrer Mutter, als könne der Rücken die Berührung weiterleiten, und vielleicht tat er das auch, denn Peri konnte sich plötzlich vorstellen, wie es sich anfühlte, den Arm Hüseyins zu berühren, sie stellte sich die Haut so vor wie eine im Winter auf dem Balkon gelagerte Orange, keine bei Minusgraden gefrorene Orange, sondern eine kalte Orange, die die Winternacht in sich aufgesogen und gespeichert hatte und deren Haut sich zwar gespannt, aber zugleich leblos und leer anfühlte. Dann gingen Emine und sie raus aus dem Waschraum und der arme Ümit musste bleiben, ganz allein im Raum mit diesem neuen Cousin und dem Leichenwäscher. Es dauerte keine fünf Minuten, bis sie ihn raustrugen.

»Ümit? Canım, hörst du mich?«

Er war umgekippt. Man gab ihm eine Infusion, während Peri seine feuchte Hand hielt.

Sie fuhren zur Beerdigung weiter, Ümit blieb im Auto liegen. Die Krankenschwestern hatten gesagt, es bestehe kein Grund zur Sorge. Er sei einfach in einen tiefen Schlaf gefallen, ein Schock oder so. Peri beneidete den Zustand des Kleinen. Er musste auf dem Friedhof nicht noch einmal in all die geschwollenen Gesichter blicken, die sich schon gestern Abend zum Trauern in der Wohnung versammelt hatten. Die meisten kannten Hüseyin überhaupt nicht, sie stammten bloß aus den Nachbardörfern derselben Region, waren nach Istanbul gezogen und trafen sich nun anscheinend auf jeder Beerdigung und Hochzeit wieder, um gemeinsam zu trauern und zu tanzen.

Peri hat Hochzeiten schon immer gehasst und begreift jetzt, was sie so sehr an ihnen stört, abgesehen von ihrer Verachtung für die Institution der Ehe. Da ist noch etwas anderes: nämlich, dass man die eigene Ablehnung nicht zeigen darf. Bei Hochzeiten ist Ehrlichkeit nicht erwünscht. Niemand geht zu einer Hochzeitsfeier, zieht eine Fresse und sagt: Ich hasse dieses Leben, und die Braut hier ist übrigens eine Verräterin des feministischen Kampfes. Alle spannen stattdessen die Mundwinkel an, fälschen ein Lächeln und denken an fünfzig andere Dinge, die sie in diesem Moment tun könnten, anstatt in diesem stickigen Saal zu hocken, der übersteuerten Musik zu lauschen, halbe Hähnchen von Papptellern zu essen und Statistin zu sein in der billig inszenierten Erinnerung eines Paars, das sich in zwei Jahren sowieso wieder trennen wollen wird.

Bei Beerdigungen ist das anders. Im Angesicht des Todes ist niemand stark genug, seine Fassade aufrechtzuerhalten. Es kommt zu Rissen, ob man will oder nicht. Und zwischen den Rissen offenbart sich das Grauen, diese narzisstische Angst davor, dass man selbst auch nur vergänglich ist. Dass jeder Spaziergang in einem Herzinfarkt, jede Zigarette in Krebs, jeder Liebeskummer im Suizid enden kann, und nur darum hat Peri bei der Beerdigung ihres eigenen Vaters all diesen Fremden dabei zusehen dürfen, wie sie sich die Augen aus den Köpfen heulten, nicht um einen Mann, der sie nicht weiter scherte, nein, sondern um sich selbst. Sie hat zugeschaut, wie die Menschen ihre eigenen bevorstehenden Tode beweinten und ihre eigenen Gegenwarten und Sehnsüchte begruben.

Peri lässt den Blick durch den dunklen Raum schweifen. Schon seltsam, zu sehen, wie spendabel Hüseyin beim Einrichten dieser Wohnung war. Die Konsole aus Walnussholz, die sorgfältig verputzten Wände, die üppige Stuckleiste, der große Fernseher, das alles erzählt von einem Leben, das kein bisschen dem gleicht, das Peri von zuhause kennt. Während sich in der Mietwohnung in Deutschland seit über zwanzig Jahren fast nichts verändert hat, alles, was kaputtging, vom Flohmarkt ersetzt und jede nötige Renovierungsarbeit dilettantisch von Hand erledigt wurde, hat sich Hüseyin hier in nur einer Woche all das gegönnt, was er sich ein Leben lang verwehrt hatte: die schönen Dinge. Peri stellt sich vor, wie Hüseyin die Handwerker bei ihrer Arbeit mit hinter dem Rücken verschränkten Händen zufrieden beobachtete. Wie zum ersten Mal fremde Männer für Hüseyin arbeiteten und nicht umgekehrt. Er muss es genossen haben.

Peri war vielleicht so alt wie Ümit jetzt, als sie das erste Mal verloren in Armins imposantem Hausflur herumstand und auf ihn wartete, weil sie sich nicht traute, seiner Mutter hinterher ganz selbstverständlich in das Haus hineinzugehen. Als sie die Schuhe auszog, mit dünnen Strümpfen auf die kalten Terrakottafliesen trat und sich fragte, wie ihre Probleme wohl aussehen würden, wenn sie in einem solchen Haus aufgewachsen wäre, vor dem zwei Autos parkten, ein kleines für die Mutter, ein großes für den Vater, und bald wahrscheinlich ein drittes, sportliches für den Sohn, und worüber sie sich hier den Kopf zerbrechen würde, mit Sicherheit jedenfalls nicht darüber, wie sie sich schnellstens und für immer von hier verpissen könnte. Als sie sich gerade fragte, wie es wohl wäre, gerne zuhause zu sein, kam Armin und bat sie, die Schuhe wieder anzuziehen, weil hier niemand die Schuhe auszog. Er führte Peri durch das Haus, dessen hintere Wand komplett verglast war und auf einen Garten mit Teich schaute, in dem Fische und Frösche lebten. Erst gingen sie in sein Zimmer, wo er ein paar Kassetten zusammensuchte, dann nahm er Peri mit runter, in den Partykeller mit dem Billardtisch und der Dartscheibe, wo er sich in der hintersten Ecke ein zweites Zimmer eingerichtet hatte, in dem es leicht muffig roch und die bunte Polstercouch immer ein wenig feucht war und nur ein paar Lichtstrahlen durch das schmale Gitterfenster oben an der Kante zur Decke reinkamen, weswegen er eine lila Lichtergirlande anknipste, die dafür sorgte, dass sie gerade so die Umrisse ihrer Körper erkennen konnten.

Er legte erst eine der Kassetten in die HiFi-Anlage ein und schloss dann die Tür ab, damit seine neugierige Mutter nicht reinplatzen konnte, während er und Peri schüchtern nebeneinander auf dem klammen Sofa saßen und *Nevermind* hörten

und darauf warteten, wer den ersten Schritt machte, diesen einen Kuss zu wiederholen, den sie Tage zuvor an der Sporthalle
hinter der Schule ausgetauscht hatten, den Kuss fortzuführen,
ihn zu erkunden und in die Länge zu ziehen und aufzusaugen
wie frische Luft, wie ein neues Ich, ohne Angst davor, gesehen
zu werden, in der Sicherheit des muffigen Kellerraums, des lila
Girlandenlichts, der Nirvana-Kassette, des elektrischen Heiz-
körpers, der in den Kellergeruch etwas Verbranntes mischte,
das Peri gefiel. Wie Armin damals schon nach Minze und Honig schmeckte, nicht die scharfe, künstliche Minze, die in Zahn-
pasta war, nein, anders, vielleicht waren es Pastillen, denkt Peri
jetzt, aber er schmeckte immer danach, auch noch Jahre später,
und tief in der Nacht und früh am Morgen, war es möglich,
dass er immer dieselbe Dose Pastillen bei sich trug, über Jahre
hinweg, auch wenn er nackt war, auch wenn er nicht zuhause
war, auch wenn sie auf irgendeinem Acker lagen oder auf der
Rückbank eines Autos oder in einem Gebüsch im Park oder
im Elternschlafzimmer irgendwelcher feiernder Freunde oder
wenn ihre Körper eng umschlungen gegen die Wand eines ver-
sifften Diskoklos klopften?

Es gibt Gedanken, die nur im Dunkeln zu uns kommen. Das
Glühen von Armins Haut. Wie eine frisch aufgebrühte Wärm-
flasche, nie wieder hat Peri diese Wärme in der Umarmung
eines Menschen gespürt, und sie hat viele Menschen umarmt,
viele Menschen geküsst, sie hat die Zerbrechlichkeit in ihren
Augen gesehen, sie hat sich gut gefühlt mit ihnen, wenn sie
sich auf Augenhöhe wähnte, sie hat sich schlecht gefühlt, wenn
sie etwas in ihren Gesichtern sah, das sie nicht erwidern konnte,
sie war ehrlich mit ihnen, vielleicht so ehrlich, wie sie mit Armin nie hätte sein dürfen, aber nie, nie wieder hat sie sich so

warm und umsorgt gefühlt, wie wenn ihr Gesicht in Armins Nacken lag, nie.

Es gibt Gedanken, die nur im Dunkeln zu uns kommen. Das Klopfen in Peris Brust, wenn sie den schmalen Weg zu Armins Haus runterlief an den Winternachmittagen, der graue Himmel, wenn sie bei ihm klingelte, die Dunkelheit, wenn sie sein Haus wieder verließ, kurz nach fünf. Wie sie immer nur nachmittags im Keller verschwanden, wie sie Armins Mutter sagten, sie würden da unten Mathe lernen, wie Peri ihren Eltern sagte, sie würde bei Sarah oder Lisa oder Caro oder Elena Mathe lernen, wie Hüseyin und Emine ihr nie verboten, an den Nachmittagen wegzubleiben, wenn es ums Lernen ging, schließlich besuchte Peri das Gymnasium, diesen für ihre Eltern geheimnisvollen Ort, der sie mit Stolz, aber auch mit Ehrfurcht erfüllte. Wie Hüseyin und Emine wohl dachten, Peri müsse ständig mit anderen lernen, um voranzukommen, und wie sie wohl glaubten, das Verbot, nach 18 Uhr das Haus zu verlassen, könne Peri davon abhalten, das zu tun, woran alle jungen Leute in ihrem Alter unentwegt dachten, und ihre Jungfräulichkeit schützen. Als ob man vor 18 Uhr nicht entjungfert werden konnte, als ob man sich vor 18 Uhr nicht in der Wärme, den Küssen, dem Schweiß des anderen baden konnte, als ob es nicht tausend Dinge gab, die man anstellen konnte, um Lust zu empfinden, ohne dieses sogenannte Jungfernhäutchen zu verlieren, dessen Existenz wissenschaftlich längst widerlegt war, wie Peri später in der Frauengruppe lernen sollte. Als ob man sich nicht schon am Morgen vor der Schule duschen und rasieren und eincremen konnte, als ob man die Creme nicht in die Schultasche stecken konnte, um sie nach dem Unterricht auf dem Schulklo nochmal aufzutragen, damit die Haut vor dem

Date zart war und gut roch, als ob man sich nicht von den paar Mark, die man bei der Inventur im Lager von Edeka verdiente, endlich einen BH kaufen konnte, der nicht ausgeleiert und beige und viel zu groß und vorher von der Mutter getragen worden war, einen BH, der schwarz und transparent und nur für die Nachmittage im Keller bestimmt war, als ob ihr irgendwer angesehen hätte, wenn sie gegen halb sechs nach Hause kam, dass ihr Gesicht nicht vom vielen Mathelernen geschwollen und gerötet war, sondern von anderen Dingen.

Vielleicht war es die Obsession der halben Welt mit ihrer Jungfräulichkeit, wegen der Peri sie schleunigst loswerden wollte. Die halbe Welt, das waren auf der einen Seite ihre Mutter und ihre Nachbarinnen, ihre Kanakenseite eben, von der zwar keine genauen Anweisungen ausgingen, aber stets so selbstverständlich davon gesprochen wurde, dass der erste Sex in der ersten Ehenacht geschehe, dass die Botschaft bei Peri ankam, ohne dass jemand auch nur einmal ein Gespräch mit ihr hätte suchen müssen. Und auf der anderen Seite bestand die halbe Welt aus ihren Schulfreundinnen und aus Bravoheftchen, aus amerikanischen Filmen und Fernsehserien, die alle zusammen fortwährend suggerierten, dass ein Teenager auf *den Richtigen* zu warten hatte, den ersten festen Freund, den man ein bisschen hinhalten, ein paar Mal zurückweisen und testen sollte, um ihm irgendwann, nach einem Jahr oder so, bei einer Rummachsession zu eröffnen, dass man nun bereit war, so dass er dann ein Kondom aus der Hosentasche zücken, es sich vorsichtig überziehen und einem in die Augen blickend ganz sanft in den passiven, schüchternen Mädchenkörper eindringen würde, selbstverständlich in Missionarsstellung. Beides ekelte Peri an.

Ohne vorher zu fragen, hatte Armin an einem der Nachmittage versucht, mit ihr zu schlafen, Peri war etwas irritiert, aber okay damit gewesen, nur ihr Körper war es nicht, er ließ Armin nicht rein. Nach diesem verpatzten Tag verloren sich die beiden aus den Augen. Armin, der ihr zuvor Liebesbriefe geschrieben und Mixtapes aufgenommen hatte, ging Peri auf dem Schulflur plötzlich aus dem Weg, und so sah auch Peri aus Stolz weg, behandelte ihn wie Luft und ärgerte sich über ihre verklemmte Muschi, schließlich hatte sie wegen ihr versagt. Obwohl, vielleicht hatte doch Armin versagt? Wer konnte das schon sagen. Jedenfalls war es das erste Mal, dass Peri und Armin sich trennten. In der Zwischenzeit lernte Peri wen anders kennen und kannte ihn gerade mal ein paar Tage, bis sie es mit ihm an einem Samstagvormittag in seinem unaufgeräumten Zimmer in der Wohnung seiner Eltern trieb, auf der nicht-kaputten Hälfte seines Doppelbetts, neben sich lauter ungeöffnete graue Amtsbriefe und Rechnungen. Sein Mund schmeckte, als habe er am Morgen ein großes Glas O-Saft getrunken, statt sich die Zähne zu putzen. Peri war sechzehn, er zehn Jahre älter. Er kam schnell. Peri hörte danach nie wieder von ihm.

Ein paar Monate vergingen, voll mehr oder weniger ernsthaften Suizidgedanken und der permanenten Angst, das Kondom könne doch gerissen sein und Peri mit diesem Messie-Typen ihr Leben verpfuscht haben. Als diese Angst sich als haltlos erwies, bestand die nächste Angst darin, dass es vielleicht tatsächlich eine höhere Macht gab, die Peri nach dem Zustand ihres Hymens bewertete und sie nach dessen Verlust für immer in eine unglückliche Hexe verwandeln würde. Aber irgendwann bekam sie sich endlich in den Griff. Und tat das, was ihr ihre Einsamkeit als die eigentliche Quelle ihrer Panik am zuverlässigsten nehmen konnte: zurück zu Armin gehen. Und siehe da, er erwartete sie mit offenen Armen und schmaleren Augen, von dem Weed, das er inzwischen rauchte, und machte ein verblüfftes Gesicht, als Peri einfach so mit ihm schlief, ohne Zögern, ohne Zweifel, ganz selbstverständlich, und anschließend ihren ersten Kopf von seiner grünen Bong rauchte und alles neu begann.

Im Keller lief nun nicht mehr Nirvana, sondern *Step in the Arena* und *Enter the Wu-Tang,* und zwar von Platte, nicht von Kassette. Vor dem klammen Sofa stand ein kleiner Tisch, den Armin von einem befreundeten Tischler-Azubi hatte schreinern lassen und dessen schwarzgestrichene Oberfläche das runde W des Wu-Tang-Clan-Logos formte. Armin trug weite Klamotten und führte sich auf, als lebe er nicht in einer biederen Kleinstadt am Rhein, sondern in der Bronx. Armins Mutter hämmerte aufgebracht gegen die Tür, wann immer der Grasgeruch aus dem Partykeller herausdrang. Armin kicherte nur und rief, er könne gerade nicht aufmachen, er habe nichts an, Peri war das vor allem unheimlich peinlich, aber sie rauchte sich in einen Zustand, in dem sie gar nicht erst auf die Idee kam, Armins Beziehung zu seiner Mutter und ihre zu ihrer eigenen zu vergleichen, weil dieser Keller und ihr eigenes Zuhause in zwei parallelen Universen existierten, deren einzige Überschneidung Peris Existenz in ihnen war und sonst nichts. Emine hätte ihr höchstwahrscheinlich nicht erst beim Grasgeruch, sondern schon in dem Moment, in dem sie allein mit einem Jungen in einem Zimmer verschwand und hinter sich die Tür abschloss, mit einer Stricknadel die Augen ausgestochen.

Und doch machten das Gras und der Sex etwas mit Peri. Sie wurde eine Zeit lang seltsam leichtsinnig, testete, wie weit sie über die Ränder des Quadrats hinausgehen konnte, das sie im

Inneren ihres Kopfes mit Kreide gezeichnet hatte. Das Quadrat legte schon seit Jahren fest, welche Grenzen Peri beachten musste, damit sie ihr Leben in Ruhe leben konnte, ohne dass es ihr ihre Eltern zur Hölle machten. Der Nachbarstochter von ihrer Abtreibung zu erzählen, lag definitiv weit außerhalb des Quadrats. Doch auf dem Weg zum Arzt platzte es einfach so aus ihr heraus. Sie stand an der Bushaltestelle und Burcu, die neugierige Tochter der noch neugierigeren Feraye Teyze, die gerade erst ins Nachbarhaus gezogen war, kam ihr entgegen.

»Wohin gehst du?«, fragte Burcu und blickte abfällig auf Peris zerrissene Jeans.

»Zum Abtreiben.« Peri sah ihr tief in die Augen und musste sich verkneifen, über Burcus schockierten Gesichtsausdruck zu lachen.

»Peri, was redest du? Von wem hast du es dir besorgen lassen? Und weißt du denn nicht, dass du dafür in die Hölle kommst? Du kommst in die Hölle, und dort wirst du deinem Baby begegnen.«

»Mein Baby kommt auch in die Hölle?«, fragte Peri überrascht.

»Es kommt nur dorthin, um dich zu quälen. Weil du es getötet hast!«, warnte Burcu und blickte sich zugleich um, ob ihnen jemand zuhörte, weil sie sich stellvertretend für Peri schämte.

»Aber Burcu, ich werde das Baby gar nicht sehen können. Es ist nicht mal so groß wie eine Erbse.«

»Oh doch, du wirst es sehen, Peri!«, beharrte Burcu und deutete mit dem Zeigefinger auf Peris Bauch. »Es wird groß und stark sein. Es wird dich foltern für das, was du ihm angetan hast!«

Peri zuckte mit den Schultern und stieg in den Bus. Aus

dem Fenster warf sie Burcu Luftküsse zu. Burcus Stirn lag in selbstgerechten Falten.

✦ ✦ ✦

Peri spürt den warmen Atem ihres Bruders auf ihrem Oberschenkel. Sie weiß es. Sie weiß, dass Ümit in jemanden verliebt ist. Und dass ihn dieser jemand nicht zurückliebt. Sie kann es an jeder seiner Bewegungen ablesen. Am nackten Schmerz in seinem Gesicht. Unerwiderte Liebe kann krank machen. Es tut Peri weh, ihn so zu sehen, am liebsten wäre sie an Ümits Stelle, damit er nicht leiden muss. Gerade er, dieser Softie. Peri liebt Softies. Aber die anderen, nun ja, die anderen sind, wie sie sind. Für sie ist alles, was männlich und soft ist, falsch, und deshalb pflegt Ümit einen stillen Hass gegen sich selbst. Wie denn auch nicht? In dieser Scheißfamilie und in diesem Scheißkaff, aus dem Peri so schnell sie konnte weggerannt ist, sobald sie ihr Abi in der Tasche hatte, und in das sie auch nur Ümit zuliebe und wegen ihrer Mutter alle zwei Wochen zurückkehrt.

Ümit war acht oder neun, als man zum ersten Mal versuchte, ihn zu demütigen. Also, das erste Mal, bei dem Peri dabei war.

»Sag mal, Junge, hast du dir die Nägel lackiert, oder was? Die glänzen so?« Burcus Mutter, Feraye Teyze von nebenan mit ihren feuerroten Haaren, guckte amüsiert.

Ümit ballte beide Hände zu Fäusten und versteckte sie hinter dem Rücken.

»Lass mal sehen!« Emine zerrte an Ümits kleinen Ärmchen.

Er ließ die Fäuste fest geballt, kämpfte dagegen an, brach dann lautlos in Tränen aus.

»Lass ihn! Ich war das«, log Peri. »Wir haben nur rumgespielt, ist doch durchsichtiger Nagellack. Ich dachte, das sieht sowieso keiner.«

»Natürlich sieht man das, schau mal, wie das schimmert, Peri«, sagte Feraye Teyze und streckte ihre Hand aus in der Erwartung, dass Ümit seine Nägel nochmal präsentieren würde.

»Na ja, deinen Adleraugen entgeht auch nichts, Teyze.«

»Das solltest du nicht machen, Peri«, ermahnte Feraye sie. »All diese Männer, die sie im Fernsehen zeigen, die in Frauenkleidern herumlaufen. Gott bewahre, nachher meint der Junge, das sei normal.«

Was ist schon normal, hätte Peri gern gefragt, doch da schickte ihre Mutter sie schon entnervt in die Küche, Kaffee machen.

Normal. Als sei Normal je eine Bezeichnung gewesen, die auf diese Familie zugetroffen hätte. Normal. Wie normal war es, dass Emine jedes Mal, wenn Feraye Teyze zu Gast war, so komisch zu sprechen begann wie Türkan Şoray oder Filiz Akın in diesen altmodischen türkischen Filmen? Dass Emine dann plötzlich *mersi* sagte, wenn Peri ihr und Feraye Teyze einen Kaffee brachte, und Peri sich gerade noch so beherrschen konnte, nicht laut loszulachen, weil das so absurd aus dem Mund ihrer Mutter klang? Wie normal war es, dass Emine immer nur dann, wenn Feraye zu Gast war, aus heiterem Himmel über die kurdischen Kämpfer in den Bergen schimpfen musste, ganz so, als ob sie Feraye, in deren Wohnzimmer ein gerahmtes Bild von Atatürk hing, ihre Loyalität beweisen musste? Wie normal war es, dass Hüseyin verbot, dass in seiner eigenen Wohnung seine Muttersprache gesprochen wurde, während er und seine Frau zugleich schon die Hälfte ihres Lebens in einem Land verbracht hatten, dessen Sprache sie nur bruchstückhaft verstanden? Wie normal war es, dass Emine nachts

nicht schlief, tagsüber kaum lachte und sich immerzu in Selbst-
mitleid suhlte?

Dass mit Emine etwas nicht stimmte, dass sie offensichtlich
Depressionen hatte, das verstand Peri erst lange nach ihrem
Auszug, als sie selbst den Verlust erlitt, von dem sie zuhause
niemandem erzählen konnte. Nach Armins Tod fuhr Peri weiterhin alle vierzehn Tage an den Wochenenden nach Rheinstadt, um eine Normalität zu simulieren, die sie in ihrem Wohnheimzimmer in Frankfurt mit seinem nur kippbaren Fenster
nicht zustande brachte. Sie kam wie ein Gespenst in die Wohnung ihrer Eltern und saß auf dem Sofa herum, noch dünner,
noch blasser, noch verschwiegener als sonst, trug kaum noch
Farben, war neben der Spur. Vielleicht deutete ihre Familie,
die nie eine Uni von innen gesehen hatte, ihren Zustand als
Unistress, vielleicht ahnte sie auch, dass es etwas anderes war,
und respektierte, dass Peri nicht darüber sprechen konnte, wer
weiß, irgendwas dachten sie sich schon dabei, aber Peri kam
wieder und wieder, und schon diese Regelmäßigkeit stellte so
viel Alltag dar, dass niemand für nötig hielt, ein Gespräch anzufangen, das über die eingeübten Phrasen und Gewohnheiten
hinausging. Normal, das hieß nämlich vor allem: einfach weitermachen, das Offensichtliche nicht aussprechen.

Ein, zwei Jahre ging das so, und als Peri im Begriff war, ihren Zustand des ständigen Fallens in einen Schacht, der sich in
ihrem Kopf aufgetan hatte, zu überwinden, erkannte sie plötzlich, dass ihre Mutter ebenfalls in einem steckte. Nur dass
Emine es aus ihrem nie rausgeschafft hatte und es aus eigener
Kraft nie können würde.

Einmal brachte Peri ihre Mutter so weit, einen ersten Termin bei einer Therapeutin zu vereinbaren. Das war kurz nach
der Sache mit dem Ace. Emine war anscheinend überzeugt da-

von gewesen, Hüseyin sei ihr fremdgegangen, mit wem und wann, darauf wusste sie keine Antwort, sie wusste nur, dass sie es wusste, meinte, an seiner Art zu erkennen, dass er eine andere liebte. Eines Nachmittags, Peri war gerade aus Frankfurt gekommen und stand unter der Dusche, stürmte Emine einfach ins Bad hinein, öffnete den Putzschrank und griff nach der Flasche mit dem Chlorreiniger, mit dem sie immer die Toilette schrubbte. Peri sah sie von der Dusche aus verwundert an, sah, wie Emine den Deckel aufdrehte und den Flaschenhals zu ihrem Mund führte. Peri sprang wie ein Frosch aus der Dusche, doch Emine schaffte es, einen Schluck zu nehmen, bevor Peri ihr die Plastikflasche aus der Hand reißen und die Flasche zu Boden schmettern konnte. Der Chlorgeruch ließ Peris Nase wie verrückt brennen, und in den Tagen darauf hörte sie sich nach einer Psychologin um. Es war wichtig, dass es eine Frau war. Noch besser wäre natürlich gewesen, dass sie Türkisch sprach, aber wo gab es schon solche Therapeuten außer vielleicht in Köln oder Berlin. Peri fuhr extra aus Frankfurt nach Rheinstadt, um ihre Mutter zur Sprechstunde zu begleiten und für sie zu übersetzen. Emine saß mit strengem Blick in ihrem Sessel im hellen Praxiszimmer und zog den Knoten ihres Kopftuchs fester. Die Therapeutin fand es merkwürdig, mit ihrer Patientin über eine Dolmetscherin kommunizieren zu müssen, die noch dazu ihre Tochter war. Aber sie bemühte sich, das Ganze offen anzugehen.

»Was bringt Sie zu mir?«

Peri übersetzte: »Die Ärztin fragt, warum du gekommen bist, Anne.«

»Na, weil du mich gezwungen hast. Deshalb bin ich gekommen.«

»Anne, ich habe dich nicht gezwungen!«

»Können Sie mir bitte übersetzen, was sie sagt? Am besten immer gleich jeden Satz, ja?«, bat die Psychologin.

»Sie behauptet, ich hätte sie gezwungen, zu kommen. Dabei will ich ihr nur helfen …«, versuchte Peri zu erklären.

»Schon gut. Übersetzen Sie bitte, ohne zu kommentieren. Nur das, was sie sagt. Frau Yılmaz«, sie blickte Emine nüchtern an. »Können Sie mir erzählen, wie Sie sich in letzter Zeit gefühlt haben?«

Peri übersetzte: »Sie fragt, wie du dich fühlst. In letzter Zeit.«

»Wie ich mich *fühle*?«, fragte Emine, als sei das anstößig.

Peri nickte geduldig.

»Was weiß ich, wie ich mich fühle.«

Peri schüttelte den Kopf.

»Bitte?«, fragte die Psychologin.

»Sie sagt, sie weiß nicht, wie sie sich fühlt.«

»Haben Sie das Gefühl, dass Sie oft traurig sind? Oder wütend?«

»Anne, bist du oft traurig? Oder wütend?«

Ihre Mutter sah runter auf ihre Knie.

»Anne, sag doch was.«

Emine drehte ihren Kopf zu Peri, ihre Augen waren glasig.

»Bitte, lass uns nach Hause gehen«, flehte sie leise. »Bring mich weg von hier, Kızım. Bitte.«

Und das wars. Nach fünf Minuten waren sie wieder draußen, und Peri konnte ihrer Mutter nicht einmal Vorwürfe machen. Wie sollte Emine über ihre Gefühle sprechen, wenn sie ein Leben damit zugebracht hatte, alles runterzuschlucken, was sie verletzlich machte? In Emine war alles wie zusammengeschmolzen zu einer einzigen Erkenntnis: Niemand wird je meinen Schmerz verstehen.

Peri kennt dieses Gefühl. Sie trug es selbst mit sich herum nach der Sache mit Armin. Sie war im zweiten Semester, lief mit blutunterlaufenen Augen über den Campus und fing an, sich an den deprimierendsten Büchern festzuklammern, die ihr Germanistikstudium zu bieten hatte. Nietzsche, Schopenhauer. Sie hat sich so verbissen in den deutschen Pessimismus, dass sie sich inzwischen mit einer nutzlosen Magisterarbeit zu Nietzsches Aphorismenbänden herumschlagen muss, deren Abgabe sie mit einem Attest über den plötzlichen Tod ihres Vaters hoffentlich wird verschieben können.

Scheiß drauf, würde Armin dazu sagen, *scheiß auf diesen Wisch, das ist doch was für Spießer, zu glauben, man bräuchte einen Abschluss, ein Auto, ein Haus, scheiß drauf,* und dann würde er sein Gras durch die Bong ziehen im zweistöckigen Einfamilienhaus von Mama und Papa. So hatte er es auch mit dem Abi gemacht. Während der Matheprüfung einfach beschlossen, hinzuschmeißen. Hatte ein leeres Blatt abgegeben und war ganz cool aus dem Raum spaziert, zum Parkplatz, um in seinem Golf – seine Eltern hatten ihm doch keinen Sportwagen gekauft – einen Blunt zu drehen und *The Low End Theory* aufzudrehen. Wow, was für ein Draufgänger. Peri tobte vor Wut. Wie konnte man so leichtfertig mit seinem Leben umgehen? All die Stunden, die sie tatsächlich versucht hatte, mit ihm Mathe zu lernen – irgendwann im letzten Schuljahr fickten sie weniger, weil Peri die fünf Punkte packen musste, weil ihr das Abi wichtig war, weil ihre Freiheit davon abhing, weil sie nur zum Studieren wegziehen konnte, ohne dass ihre Eltern sich querstellten. Und weil sie vielleicht tatsächlich ein Spießer werden wollte irgendwann, wahrscheinlich eher nicht, was auch immer, aber immerhin die Möglichkeit zu besitzen, ein Haus zu haben, ein Auto zu haben, das wäre ja schon mal was gewesen.

Peri schüttelt den Kopf über sich selbst. Als ob der Germanistikabschluss sie reich machen könnte. Wer zum Teufel wartet 1999 auf eine weitere Magisterarbeit über Nietzsche? Kein Schwanz. Und doch wird Peri sie schreiben, sie wird sie schreiben und mit dem Attest rechtzeitig abgeben, auch wenn das Thema sie kein bisschen mehr juckt, auch wenn der Typ ein misogyner Drecksack war, auch wenn der einzige Grund für ihre Entscheidung für dieses verfickte Thema ihr Komplex war, dem sie belächelnden Prof und den sie belächelnden Kommilitonen beweisen zu müssen, dass auch sie imstande war, Nietzsche zu lesen und ihm etwas abzugewinnen. Und es hat ja auch gestimmt, Peri hat bei Nietzsche gefunden, wonach sie sich sehnte, wenn auch nur für kurze Zeit.

Peris Kommilitonen hatten ein ganz anderes Interesse an Nietzsche. Während Peri in *Menschliches, Allzumenschliches* nach Antworten auf ihre quälenden Fragen suchte, die sie Tag und Nacht wie eine unendliche Migräne plagten und in ihren schlaflosen Augäpfeln pochten wie der Timecode einer tickenden Bombe namens Überleben, schauten die anderen auf Nietzsche eher wie auf einen verrückten alten Onkel, den sie zwar kennen mussten, der ihnen aber persönlich nicht mehr bedeutete als ein bisschen zusätzliches kulturelles Kapital. Sie waren nicht im Kampf mit ihm. Sie mussten ihn nicht bezwingen. Sie sahen sich eher als ebenbürtig mit ihm, als Teile eines größeren Ganzen, einer Kulturgeschichte, die um Jahrhunderte bis in Zeiten zurückreichte, in die sie sich insgeheim zurücksehnten. Was sie taten, weil sie ganz selbstverständlich davon ausgingen, dass sie auch vor Jahrhunderten am gleichen Ende der Macht gestanden hätten, dass sie niemals Leibeigene oder Diener gewesen wären, sondern immer nur Gelehrte, Reiche, aus gutem Hause stammende Leute, die den Tag mit Weintrinken und Lesen und Sex mit Konkubinen verbringen durften.

Peri dagegen sah sich als Teil von gar nichts. Sie wusste nicht einmal, wo sie herkam. Karlıdağ lautete der Name eines Ortes, der für sie so undeutlich blieb wie Hüseyins grobes Tippen mit dem Finger auf die obere rechte Ecke der türkischen Landkarte kurz vor Armenien. Die Suche nach ihrer Herkunft endete vor dem Schweigen unter dem Schnauzbart ihres Vaters und den unberechenbar tränenreichen und dann wieder wie erstarrten Phasen ihrer Mutter. Assimilation, dachte Peri, hatte eben keine Geschichte. Sie war das Gegenteil von Geschichte. Sie war ihr Ende, ihre Ausrottung. Sie war die Leere im Herzen, wann immer jemand von Heimweh sprach. Sie war das ausbleibende Bedürfnis, Menschen zu korrigieren, wenn sie deinen Namen falsch aussprachen. Was, wenn es gar nicht die Aussprache war, die falsch war, sondern der Name selbst?

Letztlich war wie so vieles in Peris Leben auch das Magisterthema allein aus dem Impuls heraus entstanden, dem Bild, das andere von ihr hatten, nicht zu entsprechen. Während Leute wie Armin oder Peris Kommilitonen ständig die Freiheit hatten, selbst zu entscheiden, was ihnen gefiel und was nicht, wurde Peri immer von außen gesagt, wofür sie sich zu interessieren hätte. Und sie schien und scheint immer noch dazu verdammt, ihr Leben lang genau das Gegenteil zu machen. Also ja, sie interessiert sich für Nietzsche, und nein, sie hält nichts von Monogamie. Ja, sie liest feministische Theorie, geht auf Technopartys und hört Hip-Hop, auch wenn das den anderen in der Frauengruppe nicht gefällt, und nein, sie muss ihrer Familie nicht den Rücken kehren, um sich zu emanzipieren. Sie bekommt das schon alles unter einen Hut. Zwar mit einem ständigen Klemmgefühl in ihrer Brust, aber immerhin.

Es gibt Gedanken, die nur im Dunkeln zu uns kommen. Nach der Abifeier lief Peri in ihrem langen Abendkleid zu Armins Haus. Er saß in seinem Zimmer und zockte Nintendo. Sie tat so, als sei die Feier voll öde gewesen.

Es gibt Gedanken, die nur im Dunkeln zu uns kommen. *Vielleicht ziehe ich mit dir nach Frankfurt und suche mir einen Job, du gehst zur Uni, und abends können wir zur Videothek und Filme ausleihen. Wie wär das, Baby?*

Es gibt Gedanken, die nur im Dunkeln zu uns kommen. Armin in Frankfurt, in Peris Wohnheimzimmer, eine Tüte nach der anderen drehend, während Peri versuchte, sich in den Einführungsveranstaltungen nicht völlig dumm vorzukommen, und nebenbei in dieser Apfelweinkneipe jobbte.

Es gibt Gedanken, die nur im Dunkeln zu uns kommen. Armin an der Straßenkreuzung, als Peris Schicht endete und sie die Kneipe verließ. Er sagte, er käme sie abholen. Sie fragte sich, wie lange er da schon herumgestanden hatte.

Es gibt Gedanken, die nur im Dunkeln zu uns kommen. Dieser hübsche Typ mit dem Dreitagebart, der vom Campus, der ihr immer zulächelte, saß irgendwann plötzlich in der Kneipe. Peri gab ihm einen Kurzen aus und schrieb ihm ihre Nummer auf den Bierdeckel.

Es gibt Gedanken, die nur im Dunkeln zu uns kommen. *Armin, vielleicht ist es besser, du fährst zurück, und wir sehen uns nur an den Wochenenden. Ich muss echt viel lernen.*

Es gibt Gedanken, die nur im Dunkeln zu uns kommen. Die Kleine mit dem Zungenpiercing und dem Bobhaarschnitt, die eine Zeit lang in die Frauengruppe kam, um Unruhe zu stiften. Sie schmeckte nach gesalzenen grünen Pflaumen. *Armin, vielleicht ist es besser, wir machen eine Pause. Nein, ich mache nicht Schluss mit dir. Ich brauche nur etwas Abstand. Es ist gerade alles zu viel.*

✦ ✦ ✦

»Peri«, hört sie Ümit auf ihrem Schoß murmeln.

Sie streichelt ihm über die Wange und spürt, wie sein Kopf sich von ihr zu lösen versucht. Ihm fehlt die Kraft, sein Oberkörper entspannt sich wieder und bleibt liegen.

»Was ist ein Dschinn?«, fragt Ümit.

Peri spürt, wie ihr Kälte unter die Haut schießt. Wie jedem Menschen, der in einem muslimischen Haushalt aufgewachsen ist und dieses Wort hört. In einem Totenhaus. Bei Nacht.

Sie blickt sich um, sieht, dass die Gruselsendung immer noch läuft.

»Ist das so was wie ein Geist?«, fragt er. Sein Blick klebt an der Zimmerdecke.

»Ja«, sagt Peri. Sie denkt kurz darüber nach. »Oder nein. Nicht ganz.«

Ob Ümit das Wort *Dschinn* gerade in dieser Gruselsendung aufgeschnappt hat? Oder ob er sich nur zum ersten Mal traut, danach zu fragen, was das sein soll, ein Dschinn. Sind nicht alle ihre Geschwister und Cousinen und Nachbarn in der ständigen Angst vor diesen unsichtbaren Wesen aufgewachsen, von denen man selten redet, ja, deren Namen man lieber nicht ausspricht? Man nennt sie auf Türkisch nur *die mit den drei Buchstaben,* statt *cin,* aus Angst man könnte sie versehentlich rufen und werde sie dann nie mehr los. Was ist die Mehrzahl von Dschinn? Dschinns? Vielleicht heißt, sich vor den Dschinns zu fürchten, nicht unbedingt zu verstehen, was ein Dschinn ist. Ist das nicht so wie mit dem Tod? Das Vage, das Ungewisse, das Dunkle, das die Menschen verängstigt, weil es nichts Greifbares ist, weil sie es mit ihren eigenen Fantasien ausfüllen müssen und nichts erbarmungsloser ist als die eigene Fantasie? Rappt Lauryn Hill auf ihrem neuen Song eigentlich *a muslim sleeping with a jinn*?

»Im Koran steht, Dschinns leben auf der Erde, so wie Menschen auch. Die ganze heilige Schrift richtet sich an Menschen und Dschinns. Aber wir können sie halt nicht sehen.«

»Hm«, macht Ümit. »Also sind sie ja doch irgendwie Geister.«

»Ja, schon irgendwie. Aber wenn Leute von Dschinns reden, dann meinen sie normalerweise etwas anderes.«

»Und was?«

»Sie meinen Dinge, die sie nicht erklären können. Schau mal, in dieser Sendung hier zum Beispiel. Da geht es um Leute, die halluzinieren. Vielleicht weil sie eine Psychose haben oder so.«

»Sind Dschinns dann Krankheiten?«

»Nicht nur. Dschinns sind alles, was wir komisch finden, anders, unnatürlich. Wenn jemand nicht dem entspricht, was die meisten Menschen als normal empfinden, heißt es schnell: *Der und der ist von einem Dschinn besessen.*«

»Weil Dschinns böse sind?«, fragt Ümit.

»Das denken die Leute dann, aber eigentlich ist es gar nicht so. Dschinns sind weder gut noch böse … Wenn man nach dem Koran geht. Sie können beides sein oder nichts davon. Wie Menschen eben.«

Ümit schweigt. Die Stille ist schwer, Peri meint zu hören, wie Ümits Kopf rattert.

Sie ist überrascht, wie viel bei ihr hängengeblieben ist vom Koranunterricht, den sie nur ein Jahr lang besucht hat, weil ihre Mutter sie dazu zwang, bis Peri irgendwann klug genug war, zu behaupten, sie könne sich nicht richtig auf die Schule konzentrieren mit dem ganzen *elif be te* dies das an den Wochenenden in der Moschee.

Aber das ganze Gefasel über Dschinns hat Peri vielleicht auch eher in einem der Türkeiurlaube ihrer Kindheit aufgeschnappt, wenn man sie davor warnte, nachts zu pfeifen oder auf der Toilette zu singen oder im Türrahmen zu stehen oder laut zu lachen oder eben auch nur das Wort *Dschinn* auszusprechen, um sich bloß keinen einzufangen.

Bloß was soll diese ständige Angst vor Dschinns eigentlich? Warum warnt man die Kinder immer noch vor irgendwelchen mythologischen Wesen, und nicht vor richtigen Gefahren? Faschisten zum Beispiel oder dem Kapitalismus? Ist das dieselbe Falle wie bei der Erzählung vom Leben nach dem Tod, ordnet euch unter, erduldet, lehnt euch nicht auf, habt nicht zu viel Spaß, weil die Zeit hier auf Erden sowieso nur einen Wimpernschlag dauert, verglichen mit der Ewigkeit des Jenseits? Mit dem Feuer, dem Azab.

Ist es vielleicht schlicht einfacher, sich um Dschinns zu sorgen als um Nazis? Denn beides sind doch Kreaturen, die unter uns sind und so lange unbemerkt bleiben, bis die Katastrophe passiert und ihre Existenz nicht mehr zu leugnen ist, wie damals, als Sevdas Haus brannte.

Peri ist froh, dass sie ihre *Gott ist tot*-Phase hinter sich gelassen hat. Nicht dass sie ihn inzwischen gefunden hätte, diesen Gott, auf den man sich verlassen möchte. Aber noch anstrengender als missionarische Gläubige, die fortwährend von Dschinns und Dschahannam labern, sind selbstgerechte Nihilisten. Nachdem Peri eine ganze Weile als solche durch die Gegend gerannt ist und jedem, wirklich jedem, auf die Nase binden musste, wie sinnlos und leer das Leben ist, hat sie sich irgendwann wieder eingekriegt. Denn in der ganzen Überheblichkeit, mit der sie damals über das Denken und Leben ihrer Eltern die Nase rümpfte, checkte sie nicht, dass möglicherweise nicht jene Menschen zu bemitleiden sind, die die Leere mit Glauben und Geschichten und Ritualen zu füllen versuchen, sondern eher jene, die diese Leere auf ein Podest stellen und anbeten und dabei jeden Bezug zu ihren Mitmenschen und deren Bedürfnissen verlieren. Denn wer kann noch Empathie für andere empfinden, wenn er unentwegt mit der Tragik des eigenen Daseins beschäftigt ist. Wie kann man Ungerechtigkeiten trotzen, wenn doch sowieso alles nichts wert ist? Und kann man überhaupt ein Leben lebenswert finden, wenn man jeden Sinn daran negiert?

Vielleicht musste sich Peri deswegen von Nietzsche abwenden: Weil er sie stumpf gemacht hat. Weil er zusammen mit all den gestreckten Drogen und monotonen Partys und uninteressanten Bekanntschaften einen Sog entwickelte, in dem Peri für immer verloren zu gehen drohte. Im Wahn.

Ist nicht der Wahnsinn das Schrecklichste, das einem passieren kann? Die größte Angst? Ja, auch viel größer als die Angst vor dem Sterben, denn wenn man tot ist, dann ist da ja nichts, wovor man sich noch fürchten könnte. Aber wahnsinnig werden, sich nicht mehr auf den eigenen Verstand und die eigene Wahrnehmung verlassen können, keinen Ausweg mehr aus der Schleife finden, in die man hineingeraten ist, das ist doch das eigentlich Gruselige. Zu leben, aber am Leben nicht mehr wirklich teilnehmen zu können. Jeder, der mal versehentlich zu viel LSD geschmissen hat und starr vor Panik auf dem PVC-Boden der eigenen Wohnung herumlag, kennt das. An die Decke starrend und sehend, wie sich Fenster öffnen, eines nach dem anderen, wie sich neue Fenster aus den vorherigen heraus öffnen und dann noch weitere aus ihnen, bis alle übereinanderliegenden Fensterrahmen sich zu einem Schacht verdichten, in den man hineinzufallen glaubt, weil nicht mehr klar ist, wo oben und wo unten ist, weil nicht mehr relevant ist, was physikalisch möglich ist und was nicht. Und dann fällt einem diese Stelle ein, die aus Nietzsches *Fröhliche Wissenschaft*, an der *dir eines Tages oder Nachts ein Dämon in deine einsamste Einsamkeit nachschliche und dir sagte: »Dieses Leben, wie du es jetzt lebst und gelebt hast, wirst du noch einmal und noch unzählige Male leben müssen; und es wird nichts Neues daran sein, sondern jeder Schmerz und jede Lust und jeder Gedanke und Seufzer und alles unsäglich Kleine und Große deines Lebens muss dir wiederkommen, und alles in derselben Reihe und Folge – und ebenso diese Spinne und dieses Mondlicht zwischen den Bäumen, und ebenso dieser Augenblick und ich selber.«*

Geistige Umnachtung heißt es immer, wenn es in der Nietzsche-Literatur um die letzten zehn Jahre seines Lebens geht, als er nicht mehr sprach und schrieb. Einige Forscher meinen, er habe an einer jahrzehntelang unbehandelten Syphilis gelitten, die zum Abbau von Nervengewebe in seinem Gehirn führte. *Umnachtung.* Peri mag das Wort, mag den Zusammenhang von Nacht und Wahn, mag die Idee, dass es ungeschützter Sex mit einer Hure gewesen sein könnte, der diesen ach so bedeutenden deutschen Denker um den Verstand brachte, mag die Konsequenz, mit der Nietzsche seine letzte Sinnquelle, seine Gedanken nämlich, seinen Kopf, sein Gehirn, sich langsam, aber sicher zersetzen sah. Im Grunde hat auch er einen Dschinn gehabt, und der Dschinn hat am Ende Besitz von ihm ergriffen. Der Typ wurde von seinen eigenen Ideen aufgefressen, saß zehn Jahre lang nur noch wie ein Gemüse in seinem Zimmer, während nebenan seine Nazischwester eifrig den Nachlass fälschte.

Und wahrscheinlich haben alle ihre Dschinns. Hüseyin hatte seinen Dschinn, den er sich mit seinem Fleiß vom Hals zu halten versucht hat, diesem Fleiß, mit dem er sich immerzu beschäftigt hielt, um sich niemals damit auseinandersetzen zu müssen, warum er kein Kurdisch mehr sprach, warum er Emine verbot, Kurdisch zu sprechen und es den Kindern beizubringen. Warum war das so, das hat Peri ihn nie gefragt, und was passiert ist in diesen zwei Jahren Militärdienst, nach denen er diesen Entschluss gefasst hat, soweit Peri weiß, und sie hat ihn auch nie gefragt, wie es war, später alleine in ein Land auszuwandern, von dessen Geschichte er keine Ahnung hatte, sie hat ihn nie gefragt, weil sie wusste, dass er keine Antworten für sie hätte. Antworten gab es eben in dieser Familie kaum, alle erzählten immer nur dieselben Geschichten, die ihnen nicht wehtaten, sie klangen jedes Mal ein bisschen anders, manchmal kamen neue Details hinzu, harmlose Kleinigkeiten, die immer mehr verbargen, als dass sie irgendetwas erklärten. Vielleicht ist Familie ja nichts anderes als das, ein Gebilde aus Geschichten und Geschichten und Geschichten. Aber was bedeuten dann die Leerstellen in ihnen, das Schweigen? Sind sie die Lücken, die das ganze Konstrukt am Ende zum Einsturz bringen werden? Oder sind sie die Luft, die wir zum Atmen brauchen, weil die Wahrheit, die ganze Wahrheit, unmöglich zu ertragen wäre?

Auch Sevda erzählt niemals von der Nacht des Brandes, davon, wie es danach war, nach Salzhagen zurückzukehren, sie erzählt nie, warum sie sich von Ihsan getrennt hat, sie erzählt immer nur von ihrem Restaurant und vom Stress, es scheint gut zu laufen, sie hat sich einen Mercedes gekauft und schickt Bahar zum Ballett. Aber auch Sevda hat ihren Dschinn und meint ihm entkommen zu können mit diesem Ehrgeiz, mit dem sie den Aufstieg geschafft hat, von der Analphabetin zur Unternehmerin, bloß zeigt er ihr auch ihre Grenzen auf, denn Ehrgeiz wird dir nicht helfen, wenn man versucht, deine Familie auszulöschen. Peri sieht ihre große Schwester kaum noch. Vergangenen Winter ist sie mit Ümit und Hakan nach Niedersachsen gefahren, um sie und die Kinder zu besuchen, weil Sevda überhaupt nicht mehr nach Rheinstadt kommt. Zu viel Arbeit, sagt sie, aber alle wissen, dass Sevda sich mit Emine zerstritten hat, bloß weiß niemand, warum. Das letzte Mal, dass sie und die Kinder herkamen, war an dem Silvester, an dem der Gänsebraten verbrannte. Das war das Silvester, nach dem Peri Armin verloren hatte. Die ganze Wohnung war voller Rauch. Peri lag den ganzen Tag in Hakans und Ümits Zimmer und dachte ans Sterben und kam nur kurz raus, um so zu tun, als würde sie was essen wie ein normaler Mensch. Da traf ihr Blick im verrauchten Wohnzimmer auf den bitteren Blick von Sevda, die gerade erst ihren Hausbrand überlebt hatte und die am nächsten Tag in der Frühe mit den Kindern abreiste, ohne sich von irgendwem zu verabschieden.

Ja, Sevda arbeitet viel, das hat Peri gesehen, als sie im Januar bei ihr war, sie hat gesehen, worum sich Sevdas Welt dreht, wie wichtig ihr die Anerkennung ihrer Arbeit und die Anerkennung der anderen ist, und vor allem die Anerkennung der Deutschen, wie wichtig ihr ihr Ansehen ist, ihr Dazugehören, ihr Nicht-Auffallen, ihre Mittelmäßigkeit in einer mittelmäßigen deutschen Kleinstadt, weil sie denkt, Mittelmäßigkeit wird sie retten. Und wer weiß, vielleicht hat sie ja recht. Doch Peri hat ihre Zweifel.

Und Hakan, Hakan ist besessen von der endlosen Show seines Lebens, von seiner ununterbrochenen Schauspielerei, keiner weiß, wer Hakan eigentlich ist, weil er allen eine andere Version von sich auftischt. Peri weiß nicht einmal, ob Hakan selbst weiß, wer er ist, ob er nicht längst auch seine Geschichten glaubt, die er je nach Zusammenhang immer so erzählt, dass die Leute ihn direkt lieben oder hassen und ihm auf jeden Fall all ihre Aufmerksamkeit schenken, denn keinen Raum betritt Hakan, ohne dass er im Mittelpunkt stehen muss.

Und Emine … Bei Emine weiß sie gar nicht, wo sie anfangen soll. Peri muss immerzu an ein hoffnungslos verheddertes Wollknäuel denken, wenn sie ihre Mutter sieht.

»Peri.«

Ümit hat sich inzwischen aus Peris Schoß gelöst und sitzt neben ihr. Früher hat er sie Abla genannt, bis Peri ihn eines Tages bat, damit aufzuhören, weil sie fand, dass es was Autoritäres hat, sich so nennen zu lassen. Inzwischen sieht sie es zwar anders und erkennt das Liebevolle, Verbindende an Abla, ja, das Intime daran, weil nur Ümit sie so genannt hat und sonst niemand, weil nur sie seine große Schwester ist, aber ihn nun darum zu bitten, sie wieder so zu nennen, wäre auch lächerlich.

»Peri?« Er schaut sie fragend an.

»Ja, Canım?«

»Wen hast du verloren?«

Peri muss wieder an den Zahlencode denken, der aus dem Fenster des fahrenden Auto fliegt. Den Code für den Tresor, in dem die Gefühle ihres Babas ein Leben lang verschlossen waren.

»Die Frau heute, diese Wahrsagerin, sie hat gesagt, du hast jemanden verloren. Und du hast nicht gesagt, dass das nicht stimmt. Wer ist es?«

Peri spürt die Aufregung in Ümits Stimme. Es kostet ihn Überwindung, die Frage zu stellen, wie denn nicht, auch Peri und er sind Teil dieser Familie, die fortwährend spricht, ohne etwas preiszugeben. Es ist unüblich, dass man einander solche Fragen stellt, unangenehme Fragen, intime Fragen, wichtige Fragen, man weicht ihnen um jeden Preis aus, ganz intuitiv, wie einem Reh auf einer Schnellstraße, auch wenn man Gefahr läuft, sich dabei selbst zu verletzen.

»Es war nicht Kurt Cobain, oder?«

»Was?« Peri sieht ihn verwirrt an.

»Der Selbstmord.«

Peri muss einen Moment nachdenken, bis der Groschen fällt. Dann lacht sie laut los. »Cobain? Ümit, wie kommst du denn auf die Idee? Oh mein Gott!«

»Na, du hast doch früher immer Nirvana gehört. Und seit er tot ist, bist du irgendwie anders. Traurig.«

Peris Lachen wird schriller und lauter, sie versucht, es zu unterdrücken, Emine schläft doch drüben in dem großen Schlafzimmer, sie darf sie bloß nicht wecken, schon gar nicht mit so einem unangemessenen Gelächter, aber sie kann nicht, sie kann es nicht aufhalten. Kurt Cobain, Alter, Kurt Cobain. Tränen schießen Peri in die Augen vor lauter Lachen. Wann war das mit Kurt Cobains Kopfschuss? War das in dem Jahr? Sie hält sich den Bauch, das Lachen vibriert in ihren Muskeln. Genau, ja, das war im selben Jahr. Das war 1994, als Peri Abi machte und zu studieren anfing, das war, als das mit Armin passierte. Kurt Cobain, das ist so verdammt witzig. Kurt Cobain.

»Wer ist es dann?«, fragt Ümit hartnäckig.

Peri kriegt sich langsam wieder ein.

»Das war doch bloß dummes Gequatsche«, sagt sie und wischt sich die Tränen aus den Augenwinkeln. »Du glaubst doch nicht, was diese Alte auf ihrem Plastikstuhl erzählt? Bestimmt prophezeit sie immer, dass irgendwann irgendwer sterben wird. Wie kannst du ihr glauben?«

Ümit verstummt. Sie spürt seine Enttäuschung. Seine Scham. Ümit hat etwas gewagt und Peri lässt ihn eiskalt abblitzen, das Letzte, was sie eigentlich will. Das Letzte, was sie will in dieser Familie und in dieser dunklen Wohnung, die doch schon so viel verändert hat für sie alle, warum kann dann nicht auch Peri einfach alles anders machen und endlich das Schweigen brechen und ehrlich sein? Ümit verdient, dass sie ehrlich zu ihm ist, sie will doch sein Vertrauen, sie will doch, dass er sich stark fühlt bei ihr, geborgen, verstanden. Und doch tut sie das, was schon Generationen von Ablas vor ihr getan haben. Sie tut so, als sei nichts. Vielleicht sind das die Dschinns, die Wahrheiten, die immer da sind, die immer im Raum stehen, ob man will oder nicht, aber die man nicht ausspricht, in der Hoffnung, dass sie einen dann in Ruhe lassen, dass sie im Verborgenen bleiben für immer.

Der Schlüssel. Er steckte noch von innen. Deshalb musste man die Tür aufbrechen, zum Kabuff im Keller, zu Armins zweitem Zimmer, zu ihrem ehemaligen Loveroom. So hat man es Peri erzählt, später. Ihre Trennung hatte nicht dort stattgefunden, sondern oben auf dem Parkplatz vor dem Haus. Sie rauchten in Armins Golf, aschten aus den offenen Fenstern auf die Wagentüren. Er war nicht mehr wütend, er schrie sie nicht mehr an, er saß nur noch da wie ein ausgelaugtes, krankes Kind. Seine Blicke bettelten, doch aus seinem Mund kam nichts mehr. Man könnte sagen, dass es nicht Peris Entscheidung war, dass sie sich trennten, man könnte sagen, dass Armin sich bloß auf Peris Bedingung hätte einlassen müssen. Man könnte sagen, dass er darauf bestand, dass die Beziehung so zu laufen hatte, wie er es wollte, so wie die Beziehungen aller anderen liefen. Er wollte Peri festhalten und ihr nicht zugestehen, dass sie inzwischen woanders angekommen war, und vielleicht wollte sie ihn mit ihrer Bedingung bloß mitnehmen in dieses Woanders. Aber das wäre nicht die ganze Wahrheit. Denn am Ende war es Peri, die ihn umarmte, um ein letztes Mal ihr Gesicht in seinen Nacken zu legen und seine Wärme zu spüren, bevor sie aus dem Auto stieg und ihn zurückließ.

»Meinen Freund.«

Ümit sagt nichts, wendet nur langsam seinen Oberkörper zu ihr.

»Ich habe meinen Freund verloren. Oder Exfreund. Er ist tot. Er hat sich erhängt.«

Die lila Lichtergirlande.

Peri schlägt die Hände vors Gesicht. Nicht weil sie weinen muss, sondern weil sie wütend wird. Und das darf sie nicht, das hat sie sich schon tausend Mal gesagt, es darf nicht wieder von vorne losgehen. Ihr Zeigefinger fährt über ihr Nasenpiercing, schiebt es hin und her. Peri war wütend auf Armin, wegen dem, was er ihr angetan hatte. Obwohl das nicht stimmte, und das wusste sie schon damals, ihr war nichts angetan worden, es drehte sich nicht alles um sie. Es war allein seine Sache. Armin hatte eine Entscheidung getroffen, und Peri hatte das zu akzeptieren. Sie musste denselben Respekt zeigen, den sie zuvor so stur von ihm eingefordert hatte, als sie merkte, dass das Studium, das Alleine-Wohnen, das Lesen, die Frauengruppe, das Selbstbestimmen über ihre Tage und Nächte etwas mit ihr machten.

Sie erinnert sich noch gut an die Leichtfertigkeit, mit der sie Armin ihren Vorschlag machte.

Nein, ich will nicht Schluss machen, Armin. Ich will nur eine offene Beziehung. Weißt du, was das bedeutet? Es bedeutet, wir bleiben zusammen.

An die Verzweiflung, die sich aus seinen Tränendrüsen entlud. Aus seinem Mund, in Form von Worten, die nicht zu ihm gehörten.

Wer ist es? Du hast jemanden, stimmts? Du willst herumhuren, ja? Was würde dein Vater wohl dazu sagen? Deine Mutter, dein Bruder?

An die Ruhe, die Peri zu bewahren versuchte. An die Geduld, mit der sie ihn von etwas zu überzeugen versuchte, das er niemals zu verstehen bereit sein würde. Und das sie selbst ja kaum verstand.

Das ist das Patriarchat, das aus dir spricht, Baby. Und genau das ist das Problem. Ich glaube nicht daran. Wir müssen nicht so sein wie alle anderen. Wir können uns lieben, ohne einander besitzen zu wollen. Verstehst du das nicht, Baby? Willst du nicht, dass wir ehrlich zueinander sind? Kann das nicht die schönste Form von Liebe sein?

Die Angst, die Armins Adern anschwellen ließ. Die roten Flecken, die seinen Hals überzogen, wenn er nicht weiterwusste.

Das sind diese Scheißemanzen von der Uni. Das bist du nicht,

*Peri, so bist du nicht. Die haben dein Gehirn gewaschen. Du
meinst das nicht so.*

Die Wut machte ihn zu einem anderen Menschen. Sie ließ
ihn Hakan in dessen Stammcafé finden, wo Armin ihm mit
verrückten Augen erklärte, seine Schwester sei eine Nutte. Hakan setzte ihm die Faust ins Gesicht. Am Abend rief er Peri an
und sagte mit verstörender Gelassenheit, sie solle aufpassen,
mit wem sie sich herumtreibe, dieser Typ sei einfach irre.

Peri spürt Ümits Hand an ihrem Oberarm. Er traut sich nicht,
seine Arme um sie zu schlingen, aber er zeigt ihr, dass er da ist.
Peri atmet ruhig, streichelt ihm über die Hand. Dann schnappt
sie sich die Fernbedienung und schaltet den Fernseher aus. Sie
setzt sich im Schneidersitz quer auf die Couch, sieht Ümit an.
Er schaut zurück, erwartungsvoll. Peri versucht, in seinem Gesicht zu lesen, ob auch er bereit ist. Ob er ihr es nun erzählen
wird. Sie sucht in seinen Augen, manchmal sieht man ja, ob
jemand etwas zu sagen hat, ob jemandem etwas auf den Lippen
brennt. Ihr Blick sucht vorsichtig, aus Angst, sie könnte etwas
an diesem Augenblick zerstören.

»Und was ist jetzt?«, fragt Ümit.

Okay. Er ist noch nicht bereit. Wer nur Fragen stellt, ist
nicht bereit, selbst zu sprechen, will den Blick von sich weglen-
ken, will Zeit gewinnen. Peri will geduldig sein mit ihrem Bruder. Er kann ihr alles sagen, und er kann ihr alles nichtsagen.
Sie haben alle Zeit der Welt. Zumindest heute Nacht, solange
Emine schläft.

»Was meinst du damit, Canım, *jetzt*?«, fragt sie.

»Glaubst du, du kannst wieder jemanden lieben, jetzt?«

Peri lächelt ihn traurig an.

»Ich weiß es nicht.«

»Es ist doch so lange her. Hast du niemanden getroffen in Frankfurt?«

»Ich hab viele Leute getroffen, Ümit, aber treffen und lieben, das sind zwei verschiedene Dinge.«

Ümit nickt, als habe er verstanden. Aber was weiß er schon mit seinen fünfzehn Jahren. Peri muss grinsen, weil es natürlich albern ist, so zu denken. Woher will sie wissen, wozu Ümit imstande ist? Was für einen Unterschied macht es, ob er fünfzehn oder fünfunddreißig ist, vielleicht weiß er mehr über die Liebe als Peri, weil seine Gedanken dazu noch nicht überlagert sind von hunderttausend anderen Problemen.

»Du hast was von Baba, wenn du so nickst«, sagt sie.

»Echt?« Ümit wirkt überrascht. »Ich dachte immer, ich bin das komplette Gegenteil von Baba.«

»Nein, bist du nicht. Ihr habt dieselben Augen, Ümit. Die allerselben Augen.«

Ümit schaut runter, spielt an seinen Händen herum.

»Da ist tatsächlich jemand, den ich getroffen habe«, sagt Peri.

Ümit schaut wieder auf, seine Augen funkeln.

»Aber es ist nicht so, wie du denkst. Es ist anders.«

»Wie anders?«

»Anders als alles.«

»Eine .. Ist es …?«

»Nein, es ist keine Frau!«, sagt Peri etwas zu forsch.

Ümit erstarrt für einen Moment. Er wirkt erschrocken. Seine Wangen glühen.

»Aber …« Peri legt ihre Hand auf Ümits Hand und neigt ihren Kopf zur Seite. »So wichtig ist das gar nicht.«

»Was?«, fragt er zögerlich.

»Ob Frau oder Mann. Das ist nicht wichtig für mich.«

Ümit zuckt die Schultern und zieht verschüchtert seine Hand zurück.

Peri schüttelt reflexartig den Kopf. War das die Antwort, die ihren Bruder besänftigen sollte? Ob Frau oder Mann, das ist nicht wichtig für mich? Wie naiv das klingt. Warum findet sie so oft nicht die richtigen Worte, um Menschen zu ermutigen, sich von den Ketten in ihren Köpfen zu befreien? Warum ist da immer ein Graben zwischen dem, was Peri fühlt, und dem, was sie über die Lippen bringt? Peri fällt ein, wie sie ihrer Mutter damals Vorträge über Simone de Beauvoir hielt. Sie war im ersten Semester, hatte gerade erst zweimal den Lesekreis der Frauengruppe besucht und dachte, sie wüsste nun über jeden Scheiß Bescheid. Sie dachte, sie müsste ihrer Mutter einfach nur weitererzählen, was sie dort gelesen und gehört hatte, um durch ein einziges zehnminütiges Gespräch Generationen von Unterdrückung und Armut und Mangel an Bildung einfach auszugleichen.

»Weißt du, Anne, du kommst nicht als Frau zur Welt, du wirst dazu gemacht.«

»*Tövbe estafurullah*, Allah hat uns als Frauen erschaffen.«

»Nein, Anne, Allah hat uns, wenn überhaupt, dann als Menschen erschaffen. Den Rest haben wir erfunden. Also diese Welt. Unsere Erziehung, alles!«

»Was willst du mir damit sagen, Perihan?«

»Ich will damit sagen, dass du in einer passiven Rolle ... dass du an einem Ort in deinem Kopf gefangen bist, der dir sagt, du hättest dein Leben nicht in der Hand. Aber das stimmt nicht. Also, nicht ganz.«

»Tamam. Willst du mir sagen, dass ich wie ein Mann sein soll?«

»Nein, Anne ... Oder doch. Doch, doch, vielleicht ein bisschen. Jedenfalls musst du dich nicht dein Leben lang so verhalten, wie du es gelernt hast. Du musst nicht so sein, wie Frauen eben sein sollen. Du bist frei.«

»Oh, ich bin nicht frei, Perihan. Du weißt ja gar nicht, wovon du sprichst.«

Zwei Jahre später fand Peri Simone de Beauvoir bereits etwas öde, weil sie im Lesekreis Judith Butler entdeckt hatte. Wieder erzählte sie davon Emine.

»Anne, hör mal. Auf Deutsch sagst du ja, wenn du jemandem von mir erzählst: *Sie* geht zur Uni.«

Emine schälte gerade Zwiebeln.

»Wie würdest du das auf Türkisch sagen?«

Stille.

»Du würdest sagen: *O* geht zur Uni. Nicht wahr?«

Emine schaute kurz von den Zwiebeln auf und warf Peri einen leeren Blick zu, von wegen *was willst du schon wieder.*

»Und wie würdest du jetzt den gleichen Satz sagen, wenn du über Hakan sprichst?«

»Ich spreche so nicht über Hakan, Perihan. Hakan geht nicht zur Uni, Hakan ist ein fauler Nichtsnutz.«

»Ja, aber nehmen wir an, er würde gehen … Oder nein. Hakan geht zum Kahve. Wie sagst du das? *O* geht zum Kahve! Oder sagen wir: Er steigt in sein Auto. *O* steigt in *onun* Auto. Siehst du, es gibt kein *er* oder *sie* im Türkischen! Weil das egal ist, ob eine Frau oder ein Mann geht. Oder ob es *sein* Auto oder *ihr* Auto ist, ganz egal.«

»Aber Perihan, zum Kahve gehen doch keine Frauen.«

»Also ja, es ist nicht egal, aber es ist nicht wichtiger, ob ein Mann oder eine Frau irgendwohin geht, als, sagen wir mal, ob jemand Armes oder jemand Reiches geht, ein Ausländer oder ein Deutscher ... Es macht keinen Sinn, dass das Einzige, was an mir bezeichnet wird, mein Frausein ist, wenn es heißt: *Sie geht zur Uni.*«

Emine goss ordentlich Sonnenblumenöl in eine Pfanne und ließ sie heiß werden.

»Verstehst du, was ich damit sagen will, Anne?«

Mit einem großen Messer schob Emine die Zwiebelwürfel vom Schneidebrett in die Pfanne und rührte mit dem Holzlöffel durch, als wäre Peri gar nicht im Raum.

»In der deutschen Sprache schaffen wir immer und immer wieder die Unterschiede zwischen Frau und Mann neu, mit jedem Satz, mit jedem *sie*, mit jedem *er*. Du denkst jetzt bestimmt, ja, aber wir beschreiben doch nur die Person. Aber jede Person kann man doch auf hunderttausend Arten beschreiben, warum muss es immer nur darum gehen, ob es sich um eine Frau oder einen Mann handelt! Warum geht es nicht anders? Hast du dich das schon mal gefragt? Jede Sprache ist eben auch ein Werkzeug, das dazu dient, die Strukturen der Gesellschaft, ich sage jetzt mal das System, am Leben zu halten –«

»– Yani«, unterbrach Emine sie zu ihrer Überraschung. Peri nickte ihr zu, aber Emine rührte noch eine Weile die Zwiebeln um, kippte dann die Fleischstückchen dazu und rührte nochmal kräftig durch.

»Yani, ich habe verstanden, Perihan. Aber das ist Blödsinn.«

»Was meinst du? Was daran ist Blödsinn, Anne?«

»Alles«, sagte Emine schulterzuckend. »Nur weil wir im Türkischen *o* sagen und es kein *er* und *sie* gibt, heißt das doch nicht, dass es den Frauen bei uns besser geht.«

»Na gut, so einfach ist es natürlich nicht, die Strukturen kaputt zu machen, mit einem einzigen Wort.«

»Entschuldigung, Perihan, aber warum machst du mir Kopf-schmerzen mit deinem Geplapper, wenn sich sowieso nichts ändern wird? Geh, ich hab zu tun. Geh, haydi.«

Und dann kam Ciwan.

Im Nachhinein ist es ja oft so, dass man jede Kleinigkeit, die zu einer Begegnung geführt hat, so umdeutet, als gehöre sie zu einem großen Puzzle. Jedes Staubkorn hat plötzlich Gewicht, jede unbewusste Entscheidung führte einen ganz intuitiv zu ei-ner bestimmten Zeit an einen bestimmten Ort. Bei Ciwan war es nicht so. Es war weder Zufall noch Schicksal, dass Peri und Ciwan sich begegneten. Ciwan stand plötzlich vor ihr und hatte sie einfach gefunden.

Peri saß in dieser ranzigen Campuskneipe mit dem Adorno-Zitat an der Fassade. Sie blickte auf ein offenes Buch, das sie nicht las, und rutschte auf dem ungemütlichen Holzstuhl her-um. Während sie so vor sich hin träumte, schaute sie plötzlich auf und sah, dass ihr gegenüber am Bartresen dieser Typ stand, etwas unbeholfen, mit leeren Händen und nach vorn gezo-genen Schultern. Sein Haar und seine Lederjacke glänzten schwarz, sein rundes Gesicht war glatt rasiert. Er starrte sie direkt an. Peri musste lächeln. Er wirkte wie ausgesetzt, als gehörte er nicht wirklich hierher. In seinem Gesichtsausdruck lag etwas Ungläubiges. Peri fühlte sich geschmeichelt, dass ein Fremder ihr einen solchen Blick widmete. Sie nickte ihm zu, ein Nicken, das ihm zu verstehen gab, dass er herantreten durfte. Er steckte seine Hände in die Jackentaschen und lief mit ge-senktem Blick zu ihr, sah dann auf und sagte *Hallo*. Das war es. Mehr sagte er nicht. Er fragte sie nicht nach ihrem Namen, lud sie auf kein Getränk ein. Er stand nur da, ganz ohne Erwartun-gen, voller Möglichkeiten. *Lass uns machen, was du willst*, las

Peri in seinen Augen. Seine Augen kamen Peri so vertraut vor, sie meinte sofort, alles über ihn zu wissen. Doch vielleicht kam es ihr nur so vor, weil er Ausländer war. Und Peri sah zwar manchmal vereinzelte Ausländer in der Bibliothek, die vor schweren Jura-Büchern saßen und Kringel auf ihre Blöcke malten, aber noch nie hatte sie irgendwen von ihnen in einer solchen Studentenbar herumlungern sehen.

Peri deutete auf den Stuhl ihr gegenüber am Tisch. Er setzte sich.

»Auch lieber allein unterwegs?«, fragte sie.

Er nickte.

»Willst du nicht was trinken?«

Er zuckte mit den Schultern in seiner viel zu großen schwarzen Lederjacke.

Peri schob ihm ihre Bierflasche zu. Er nahm nur einen kleinen Schluck, aus Höflichkeit. Er bedankte sich.

»Dieser Laden ist so ein Loch, keine Ahnung, was mich hierherbringt. Wahrscheinlich Langeweile«, sagte Peri, um seine Stille zu brechen.

Der Typ schaute umher, begutachtete den Laden.

»Bist du etwa zum ersten Mal hier?«

Er nickte.

»Komisch. Ich frage mich immer: Was machen Studenten abends, wenn sie nicht hier rumgammeln?« Peri lachte.

»Ich bin kein Student.«

Seine Augenbrauen waren dunkel und wuchsen in der Mitte in einem feinen Wirbel zusammen, so wie Peris Augenbrauen es früher getan hatten, als sie sie noch nicht jeden Morgen akribisch mit der Pinzette wegzupfte.

»Ach so. Na ja, ich studiere zwar, aber ich weiß um ehrlich zu sein nicht, wofür. Meine Mutter fragt mich ständig, was mein

Beruf sein wird, wenn ich einmal fertig bin. Ich kann es ihr nicht sagen. Ich studiere Germanistik, aber nicht auf Lehramt. Wenn du keine Lehrerin wirst, was wirst du dann, fragt meine Mutter. Inzwischen sage ich, ich werde in der Bibliothek arbeiten, nur damit sie Ruhe gibt. Natürlich weiß sie nicht, dass man dafür Bibliothekswissenschaft studiert.«

Peri merkte, dass der Typ ihr so aufmerksam zuhörte, als erzählte sie ihm gerade ihre dunkelsten Geheimnisse. Sie wusste nicht, ob sie das immer noch schmeichelhaft fand oder eher schräg.

»Wie heißt du eigentlich?«

»Ciwan.«

»Ciwan. Was für ein schöner Name. Woher kommt er?«

»Aus Kurdistan«, sagte er wie aus der Pistole geschossen.

Peri stockte kurz der Atem. Mit dieser Antwort hatte sie nicht gerechnet. Nicht weil sie etwas Bestimmtes damit verband, sondern weil sie eine solche Antwort noch nie gehört hatte. *Kurdistan*. Das klang wunderschön. Und doch irgendwie so, als müsse man es eigentlich ganz leise und vorsichtig sagen. Aber Ciwan war nicht leise gewesen. Er hatte es so selbstverständlich gesagt, wie wenn er Peri gefragt und sie *Türkei* geantwortet hätte, ganz natürlich, obwohl sie nicht wusste, ob es das wirklich war, ob der Ort, an dem man ihr ihren Namen gegeben hatte, wirklich Türkei hieß oder nicht vielleicht doch anders.

»Ich heiße Perihan.«

»Perihan«, wiederholte Ciwan.

»Aber alle nennen mich Peri. Wie *Fee*.«

Ciwan strahlte sie mit großen Augen an.

Sie verließen die Bar und gingen spazieren, liefen immer weiter durch die schmalen, menschenleeren Straßen von Bockenheim, und Peri erzählte Ciwan gefühlt ihr halbes Leben. Er selbst redete kaum von sich. Peri erfuhr nur, dass er erst seit ein paar Tagen in Frankfurt war, dass er noch nicht wusste, wie lange er bleiben würde, und dass er zuvor in Berlin gelebt hatte. Er sagte nicht, was er arbeitete oder ob er überhaupt Arbeit hatte, und so fragte Peri auch nicht danach. Sie ließ das Gespräch einfach fließen, sprach von allem, was ihr in den Sinn kam, und er hörte aufmerksam zu. Manchmal stellte er kleine Nachfragen, ganz vorsichtig. Sie liefen und redeten stundenlang, ewig. Am Morgen, die Sonne war gerade am Aufgehen, standen sie vor Peris Wohnheim.

»Es war schön mit dir«, sagte sie und rieb sich müde die Augen.

»Ja«, antwortete Ciwan, der überhaupt nicht erschöpft wirkte. »Es war sehr schön.«

»Sehen wir uns wieder?«

Er nickte.

»Hast du eine Telefonnummer?«

Er schüttelte den Kopf.

»Hm, willst du mich morgen Abend hier abholen? Hier um acht?«

Er verabschiedete sich ohne Umarmung oder Handschlag.

So fing es an. Peri und Ciwan trafen sich an jedem Abend, den Peri nicht in der Apfelweinkneipe arbeitete, um acht vor dem Wohnheim, um spazieren zu gehen. Egal, ob es regnete oder stürmte oder schließlich endlich frühlingshaft mild wurde. Ciwan kam immer in derselben übergroßen schwarzen Lederjacke und mit leeren Händen. Nie hatte er einen Schirm dabei, nie eine Tasche. Er trug immer dieselben Klamotten, doch nie wirkten sie dreckig. Er roch gut, sein Duft erinnerte Peri an das Aftershave, das Hakan benutzte, und seine Haare gelte er nach hinten wie die Delikanlıs, die bei Hochzeiten immer vor der Tür herumstehen und rauchen. Doch war Peri ganz sicher, dass Ciwan niemals solche Hochzeiten besuchte. Sein Aussehen und sein Charakter klafften seltsam auseinander. Es fiel Peri schwer, ihn einzuordnen in die Schubladen von Typen, denen sie bislang begegnet war. Sie konnte nicht einmal sagen, wie alt Ciwan war. Sein glattes Gesicht wirkte fast jugendlich und seine Hände waren so ungewöhnlich schmal, dass sie manchmal dachte, er sei etwas jünger als sie. Doch Ciwans Art zu sprechen, die Schwere, die in seiner Aura lag, ließen ihn eher wirken, als sei er mindestens zehn Jahre älter.

Und doch gab es Situationen, in denen Ciwan seltsam leichtsinnig war, immer nur im Straßenverkehr. Er achtete beim Laufen nie auf Ampeln. Ein paar Mal kreischte Peri aus Panik, weil er einfach auf die Fahrbahn losgegangen war, um die Straße zu überqueren. Ein Auto hupte und machte einen wackligen Schlenker um Ciwan herum.

»Was machst du bloß, Ciwan? Er hätte dich überfahren können, Mann!«, rief Peri.

Ciwan zuckte bloß mit den Schultern.

»Hat er aber nicht.«

Als Peri Ciwan fragte, wo er überhaupt wohnte, sagte er *bei einem Freund*, doch er erzählte nie irgendetwas über diesen Freund oder wo sich dessen Wohnung befand. Peri begriff nach und nach, dass er wohl kaum andere Leute traf als sie. So etwas merkt man einfach. Einsame Menschen erkennen einander.

Einmal nur erzählte Ciwan, dass er an dem Tag auf einer Demo gewesen war. Sie gingen wie immer spazieren, nie betraten sie eine Bar oder ein Café. Peri hatte sowieso kaum Geld, und Ciwan, vermutete sie, hatte noch viel weniger. An dem

Abend war er aber mit einer Weinflasche und zwei Plastikbechern gekommen. Sie saßen auf einer Bank im Grüneburgpark.

»Jetzt erzähl doch mal. Wo kommst du eigentlich her?«, fragte Peri nach einem halben Becher Wein und mit einem warmen Gefühl im Bauch.

»Ich bin in einem Dorf groß geworden.«

»Wow, so viel Information«, sagte Peri und lachte über ihn. »Das muss ich erst mal verarbeiten!«

Er sah sie fragend an. »Was meinst du?«

»Na, hat das Dorf einen Namen oder so? Oder ist das streng geheim?«

»Kennst du eh nicht.« Lässig trank er von seinem Wein.

»Lass mich raten. Es ist in Bayern, oder? Du hast so einen lustigen Dialekt. Du versuchst, ihn zu verstecken, aber ich höre doch, da ist so eine Melodie!«

»Eine Melodie?«, fragte er lächelnd.

»Eine Melodie?«, ahmte Peri ihn nach. »Und wann bist du nach Berlin gezogen?«

»Mit zwanzig.«

»Und deine Familie, ist sie noch in diesem Dorf?«

Ciwan räusperte sich. »Also. Ich habe keine Familie.«

»Wie, keine Familie? Keine Eltern? Keine Geschwister?«

Ciwan schüttelte den Kopf.

Peri suchte in seinem Gesicht nach irgendwas, das ihr mehr sagen konnte als dieser knappe Satz. Trauer vielleicht, Wut, irgendwas. Aber in Ciwans Gesicht regte sich nichts. Es war, als ob er ein Stahltor heruntergelassen hatte, das alles, was seine Vergangenheit betraf, versperrt hielt. Peri nickte nur und beschloss, das zu akzeptieren. Sie ahnte, dass da irgendwas war. Und dass es Ciwan besser ging, wenn er nicht darüber sprach.

»Was ist mit deiner?«, fragte er stattdessen.

»Meiner Familie? Ach, ganz normale Arbeiterfamilie.«

»Was soll das heißen? Ganz normal?«, fragte er irritiert.

»Mein Vater ist entweder bei der Arbeit oder vorm Fernseher. Und meine Mutter ist depressiv.«

»Wieso?«

»Das versuche ich auch seit Jahren herauszufinden«, erklärte Peri und exte den Weinrest in ihrem Becher.

Ciwan sah sie an, als hoffe er, ihre Antwort könne noch weitergehen. Peri überlegte.

»Vielleicht ist das Problem gar nicht nur meine Mutter. Es fühlt sich einfach so an, als würde ein Riss durch unsere Familie gehen.«

»Ein Riss?«

»Ja. Irgendwas ist kaputtgegangen irgendwann. Oder verloren gegangen. Irgendwo hat sich eine Lücke aufgetan, und jetzt liegt Stille darüber. Weißt du, was ich meine?«

Ciwan nickte, aber sein Blick war eher verwirrt als zustimmend.

»Ich glaube, meine Eltern sind in Deutschland nie richtig angekommen. Ich glaube, deshalb sind sie unglücklich.«

»Wo waren sie vorher?«, fragte er.

»Im Nordosten der …«, sagte Peri und hielt kurz inne. »Oder nein. In Kurdistan?«

Ciwan lächelte sanft. »Tu Kurmancî zanî?"

»Wie bitte?«

»Sprichst du kein Kurdisch?«

»Nein, leider nicht.«

»Aber du bist Kurdin?«

»Meine Eltern sind es, ja.«

»Du bist es nicht?«

»Ich weiß nicht, was ich bin.«

Ciwan nickte nur.

»Weißt du, ich finde es seltsam, mich Kurdin zu nennen«, versuchte sich Peri zu erklären.

»Warum denn?«

»Weil ich gar nicht weiß, was an mir kurdisch sein soll. Weil mir nie jemand erklärt hat, dass wir Kurden sind. Ich habe nicht dieselben Probleme wie die Kurden in den Nachrichten. Ich spreche ja nicht einmal die Sprache«, sagte Peri und schenkte sich wieder nach.

»Aber viele Kurden sprechen kein Kurdisch«, entgegnete Ciwan. »Heute auf der Demo habe ich viele getroffen. Es ist nicht die Sprache, die dich zur Kurdin macht.«

»Was ist es dann?«, fragte Peri.

Ciwan stellte seinen Plastikbecher ab und rieb die Hände aneinander, als würde ihm langsam kalt. »Das Bekenntnis. Sagen: *Ich bin eine Kurdin*. Das macht dich dazu.«

»So einfach?«, fragte Peri.

»Ich würde nicht sagen, dass das einfach ist. Du hättest sehen müssen, wie viel Polizei heute da war.«

»Was war das überhaupt für eine Demo?«

»Eine Demo halt.«

»Aber für was? Wofür demonstriert ihr?«, hakte Peri nach.

»Für die Freilassung von Abdullah Öcalan.«

»Wie bitte?« Peri spürte eine Gänsehaut über ihre Arme laufen. Sie musterte Ciwan in der Erwartung, dass er nur einen Witz gemacht hatte. Aber Ciwan machte keine Witze, nie.

»Was meinst du mit *Wie bitte*?«, fragte er.

»Ich meine: Warum demonstriert ihr für ihn?« Peri schüttelte ungläubig den Kopf. »Er hat so viele Menschen getötet. Oder töten lassen? Macht keinen Unterschied. Warum willst du, dass so jemand nicht verurteilt wird? Warum demonstriert ihr nicht für die Freilassung von Leyla Zana oder so? Für Leute, die mit demokratischen Mitteln Widerstand leisten?«

Ciwan nickte und warf Peri einen mitfühlenden Blick zu. »Keine Sorge, das tun wir auch. Aber sag mal: Was denkst du, wer mehr Menschen auf dem Gewissen hat? Apo oder die türkische Armee?«

Peri schüttelte wieder nur den Kopf und zog hastig eine Zigarette aus ihrer Jackentasche. Ihr Puls wurde schneller. Sie war in einem Gespräch gelandet, das sie so noch nie geführt hatte.

»Ich glaube nicht, dass es irgendwohin führt, wenn wir Tote gegen Tote aufzählen, Ciwan. Für die Rechte der Kurden einstehen? Okay, dafür bin ich auch. Das ist ein wichtiger Kampf. Aber mit Waffen? Sorry, das kann ich nicht vertreten.«

»Musst du ja auch nicht«, sagte Ciwan sanft und zuckte mit den Schultern. »Die Frage ist, ob du aushalten kannst, dass ich den Kampf unterstütze.«

»Aber warum?«, platzte es aus Peri heraus. »Warum unterstützt du Leute mit Waffen? Du bist doch so …«

»Ich bin so was?«, fragte er.

»Du bist so klug und … einfühlsam. Keine Ahnung. Ich habe dich nicht so eingeschätzt.«

»Peri«, sagte Ciwan und wurde langsam ungeduldig. »Die Menschen werden gefoltert und angezündet und vertrieben. Leyla Zana hat für einen einzigen kurdischen Satz, den sie im Parlament in Ankara gesagt hat, siebzehn Jahre bekommen. Siebzehn! Wie soll man sich gegen so etwas wehren? Indem man den Staat mit Gänseblümchen beschmeißt, oder was?«

Peri sagte nichts. Es gab keine angemessene Antwort auf diese Frage. Sie nahm einen tiefen Zug von ihrer Zigarette. Ihr Kopf fühlte sich so schwer an, als könne er jeden Moment nach vorne auf den Parkweg knallen. Ihr Blick schweifte über die Kieselsteine und das Unkraut zu ihren Füßen. Alles, was Ciwan sagte, ergab Sinn. Und trotzdem war da diese rote Linie, die Peri sich nicht zu überqueren traute. Sie konnte nicht sagen, ja, wenn ich so darüber nachdenke, stimmt es natürlich. Sie konnte nicht sagen, ja, ich unterstütze im Grunde auch Leute mit Waffen, wenn ich sage, Öcalan muss verurteilt werden. War der Staat nicht auch einfach Leute mit Waffen? Warum hatte er seine Berechtigung und die anderen nicht?

Peri spürte eine Wut in sich aufsteigen, aber es war keine Wut auf Ciwan. Sie war wütend auf sich selbst. Sie konnte nicht fassen, was sie gerade gehört hatte, und dass sie es so noch nie zuvor gehört hatte. Sie war schockiert, dass sie zum ersten Mal mit dieser Frage konfrontiert war: Ob bewaffneter Widerstand nicht doch angemessen war, im Angesicht von jahrzehntelanger Unterdrückung und Massakern. Weil Peri nie Berührung gehabt hatte mit Leuten, die so dachten. Weil sie nie auch nur darüber nachgedacht hatte, was für Menschen und was für Geschichten hinter den Schlagzeilen der Zeitungen steckten, die ihr Vater täglich kaufte. Ja klar, sie checkte, dass das Propaganda war. Und sie checkte auch, dass ihr Vater nicht unbedingt der Meinung dieser Zeitung sein musste, wenn er sie las, es war eben die einzige türkische Zeitung, die es am Kiosk gab. War es nicht besser, diese Zeitung zu lesen, als gar keine Zeitung zu lesen? Und doch hatte Peri nie den Extraschritt darüber hinaus gewagt. Den Schritt, sich zu fragen: Was hat das alles mit mir zu tun? Wie stehe ich eigentlich dazu? Waffen sind schlecht? Was soll das für eine Meinung sein?

»Du denkst jetzt, ich bin ein Terrorist, oder?«, fragte Ciwan plötzlich.

Peri blickte ihn an und merkte, dass ihr Schweigen ihn wohl verunsichert hatte.

»Bitte? Was? Sorry.«

»Hast du jetzt Angst, dass ich ein Terrorist bin?«, fragte er nochmal.

Peri musterte Ciwan von oben bis unten. »Weiß nicht.«

Ciwan nickte ihre Antwort still ab. Zum ersten Mal begriff sie, was sie so an Ciwan anzog. Er war nicht wie diese Typen, die zum Angriff übergingen oder sich komplett zurückzogen, sobald sie verletzt wurden. Ciwan machte keine Anstalten, seine Verletzlichkeit zu verstecken. Peri spürte plötzlich das Verlangen, ihn zu küssen.

Stattdessen sagte sie: »Ja, ich habe Angst. Aber eher, weil du so gut aussiehst.«

Ciwans Blick erstarrte. Ein Lächeln flog ihm übers Gesicht und verschwand sofort wieder. Er räusperte sich und zupfte an seiner Jacke herum.

»Sich dazu bekennen«, sagte Peri, um Ciwan aus seiner Scham herauszuhelfen. »Das macht mich zu einer Kurdin, sagst du? Einfach sagen, dass ich eine bin?«

Ciwan blickte sie dankbar an. »Wenn wir nicht sagen, dass wir Kurden sind, dann gibt es uns nicht.«

Peri war überrascht von der Klarheit, mit der Ciwan über diese Sache sprach. Wenn es um Kurdistan ging, hatte er nichts von dem schüchternen Menschen an sich, für den Peri ihn hielt. Überhaupt schien es ihr in den Tagen darauf so, als sei das Einzige, was Ciwan verunsicherte, Peris Anwesenheit. Irgendwas war da zwischen ihnen, sie konnte es sich nicht erklären, da sie körperlich immer auf Distanz blieben. Irgendwann fing Ciwan an, Peri die Hand zu geben, wenn sie sich begrüßten und verabschiedeten. Sie sahen sich derart oft, als wären sie ein Paar oder beste Freunde, aber dieser Handschlag blieb so formell, dass die Berührung Peri nur noch mehr verwirrte. Sie bemühte sich, es einfach so stehen zu lassen. Ohne Namen, ohne Schublade. War das nicht genau das, wonach sich Peri gesehnt hatte? Hatte sie nicht freiwillige, unbeschriebene Beziehungen führen wollen? Beieinander sein, statt einander zu haben? Aber mit Ciwan war es dennoch etwas anderes. Peri fühlte, wie ihr immer schwerer fiel, sich innerhalb der unausgesprochenen Grenzen zu bewegen, wenn sie Ciwan traf. Seit Armin hatte sie nie wieder mit jemandem so viel Zeit verbracht. Niemand war ihr je wieder so nah gekommen, auch wenn Ciwan stets eine Armlänge Abstand zwischen ihnen ließ, während er und Peri nachts durch die verlassenen Straßen Frankfurts spazierten.

Einmal überredete Peri Ciwan, sie bei ihrer Schicht in der Kneipe zu besuchen. Nach zehn war sowieso kaum noch was los, und Peri freute sich über Gesellschaft, bis sie den Laden um Mitternacht schließen musste. Sie hatte Ciwan schon mehrmals eingeladen, doch immer hatte er abgelehnt, vielleicht aus Angst, etwas bestellen zu müssen. Diesmal sagte er okay, und als er am Tresen Platz nahm, ließ Peri ihn gleich wissen, dass alles aufs Haus ging. Er bedankte sich schüchtern und nahm ein Bier.

Peri stellte zwei Kurze mit Wodka vor ihn und kippte sich einen von ihnen rein. Ciwan trank den anderen und verzog das Gesicht. Peri spürte eine leichte Aufregung, weil Ciwan und sie zum ersten Mal nicht auf neutralem Gebiet zusammen waren, sondern an einem Ort, der zu Peris Leben gehörte. Er war sozusagen bei ihr, aber ohne die Enge ihres winzigen Wohnheimzimmers. Sie meinte, Ciwans Blick zu spüren, wenn sie an den Tischen Bestellungen aufnahm oder Getränke servierte. Er verfolgte quer durch den Raum jeden ihrer Schritte, Peri fühlte sich wie auf einer Bühne. Jeder Gang mit dem voll beladenen Tablett durch die verrauchte Kneipe war nicht mehr bloß ein banaler Teil ihrer banalen Arbeit, sondern eine Choreografie. Es gefiel ihr, von ihm angeschaut zu werden.

Sie gab Ciwan noch ein paar Kurze aus und trank jedes Mal einen mit, so dass sie am Ende die Kasse zweimal zählen musste, weil sie mittendrin den Faden verlor.

Gleich darauf schloss Peri die Kneipentür ab und merkte erst hier in der frischen Nachtluft, wie betrunken sie wirklich war. Sie hatte zwei Bierflaschen mitgenommen und reichte Ciwan eine, prostete ihm zu und beobachtete ihn dabei, wie er einen Schluck nahm.

»Hast du eigentlich gemerkt, wie gut wir zusammenpassen?«

Ciwan verschluckte sich. »Entschuldigung. Was?«

Peri sah ihn amüsiert an.

»Ja, echt. Da ist was dran, oder? Mein Chef hat mich vorhin gefragt, ob du mein Freund bist. Weil wir so gut zusammenpassen würden. Schon vom Aussehen her.«

Ciwan blickte sie kalt an, ließ das Metalltor seiner Miene wieder runter.

»Vielleicht wollte er nur herausfinden, ob du vergeben bist.«

Bin ich das?, wollte Peri ihn fragen, aber sie tat es nicht. Stattdessen hakte sie sich bei Ciwan ein. Sie liefen Richtung Wohnheim. Es war das erste Mal, dass sie mehr von ihm berührte als nur seine Hand. Sie spürte seinen Arm unter dem dicken Leder der Jacke, die er nicht einmal in der Kneipe abgelegt hatte. Der Arm blieb den ganzen Weg über streng angewinkelt, so dass sich ihre Körper nicht zu nah kamen. Doch immerhin blieb der Arm gewissenhaft da, wo er war, und nutzte keine Kurve oder Kreuzung, um Peri unauffällig loszulassen. Arm in Arm wie ein altes deutsches Ehepaar kamen sie vor dem Wohnheim an.

»Kommst du noch mit hoch?«, fragte Peri und versuchte, möglichst locker zu klingen.

»Ich denke nicht«, sagte Ciwan bestimmt und nickte wie zum Abschied.

»Aber ich will dir was zeigen.«

»Was denn?«, fragte Ciwan.

»Na, das siehst du, wenn du mitkommst.«

Er blickte an sich hinunter.

»Keine Angst«, sagte Peri und zwinkerte. »Du musst deine Jacke nicht ausziehen.«

Im Eingang knallte ihnen das weiße Halogenlicht in die betrunkenen Gesichter.

»Komm, wir müssen den Aufzug nehmen.«

Ciwan ließ zuerst Peri einsteigen, dann fragte er, welcher Stock.

»Achter.«

Er drückte den Knopf und blieb mit dem Rücken zu Peri dicht an der Aufzugtür stehen, während Peri aufgeregt von einem Fuß auf den anderen trat.

Sie gingen durch den langen Flur, der immer nach Frittiertem roch und an dessen Ende sich Peris Zimmer befand. Aus einem der Zimmer drang laut Skunk Anansie, das melancholische Gitarrenriff am Anfang von *Hedonism*.

»Hereinspaziert«, sang Peri, als sie die Tür zu ihrem Zimmer aufstieß, und musste über sich selbst lachen, sie klang wie ein verrückter Zirkusdirektor aus einem Cartoon.

Ciwan trat ein und wartete im winzigen Eingangsbereich, der das Waschbecken vom Rest des Zimmers trennte. Er sah Peri zögerlich an.

»Schuhe kannst du anlassen.«

Ciwan ging ein paar Schritte weiter, wo das Zimmer auch schon endete. Er blickte sich um. Bett, Schreibtisch, Kühlschrank, Kochplatte. Mehr passte nicht auf elf Quadratmeter.

»Das ist es«, sagte Peri und streckte die Arme aus. »So lebe ich. Das wollte ich dir zeigen.«

Ciwan nickte Peris Möbeln zu. »Gemütlich.«

»Na ja, du kannst es ruhig sagen«, winkte sie ab. »Es ist ein winziges Drecksloch. Aber es ist mein Drecksloch. Ich habe mir Mühe gegeben, das Beste daraus zu machen.«

Peri meinte damit die Lavalampe auf ihrem Schreibtisch, ihre buntgemusterten Siebziger-Jahre-Gardinen, die sie Emine hatte nähen lassen, und die vielen kleinen Bilder, die sie aus Zeitschriften ausgeschnitten und aufgehängt hatte. Es waren vor allem Fotos von rauchenden, trinkenden und demonstrierenden Frauen.

»Es ist kein Drecksloch, Peri«, sagte Ciwan mit einer Ernsthaftigkeit, die irgendwie beleidigt wirkte. Ciwan selbst schien gar kein richtiges Zuhause zu haben, er kam mal hier und mal da bei Leuten unter. In Peris Kopf war das ein romantischer Gedanke. Aber wahrscheinlich war es einfach nur furchtbar anstrengend.

»Ich koche uns schnell einen Tee, ja?«, sagte sie und stopfte ihren Rucksack in den Schrank. Dann zog sie ihr Shirt aus und zupfte den mit Spitze benähten Ausschnitt ihres schwarzen Spaghettiträgertops zurecht. Ciwan sah beschämt weg.

»Du kannst dich auf meinen Stuhl setzen oder aufs Bett. Wie es für dich bequemer ist.«

Er setzte sich vorsichtig auf den Stuhl und beugte sich über den Tisch, um die Bilder an der Wand anzuschauen. Peri setzte den Wasserkessel auf. Der Skunk-Anansie-Song drang bis hier rein und lief auf Repeat. *I hope you're feeling happy now.*

Während Peri zwei Teebeutel aus der Schublade fischte, sah sie, wie konzentriert Ciwan die Fotos an der Wand studierte. Er fuhr mit der Fingerspitze über eines der Bilder.

»Ist das …?«

Peri machte einen Schritt zu ihm und sah ihm über die Schulter.

»Ja, das ist meine Mutter, als sie noch jung war. Ich glaube, sie hat es für ihren Pass machen lassen, bevor wir nach Deutschland kamen. Sieht sie nicht wunderschön aus?«

Ciwan schwieg und sah auf das Bild.

Peri legte eine Hand auf das kalte Leder auf seiner Schulter. Ciwan zuckte zusammen. Er stand langsam auf, entglitt Peris Berührung.

»Ich denke, ich sollte los«, sagte er, ohne sie anzuschauen.

»Aber ich mache uns doch Tee«, protestierte Peri leise.

»Danke, aber ich muss wirklich los. Ich bin sehr müde.«

»Du kannst doch hier schlafen …«

Ciwan sah Peri entsetzt an.

»Nein. Nein, das will ich nicht.«

Er ging einen Schritt in Richtung Tür, doch Peri stellte sich ihm in den Weg.

»Aber was willst du dann von mir?«, fragte sie mit einer Stimme, die gekränkter klang, als ihr lieb war. Sie setzte neu an.

»Ich meine …«, sie bemühte sich, sanfter zu klingen. Einladender. »Wir müssen nichts überstürzen. Wir müssen gar nichts tun. Aber weißt du, ich frage mich schon, warum man jemanden so oft treffen kann und so oft sehen will, aber ihn keinen Zentimeter an sich heranlässt?«

Ciwan wirkte ratlos. »Ich … Keine Ahnung, was du meinst.«

Etwas zuckte nervös in seinen Augen. Peri wollte es erst nicht glauben, aber je länger sie hinsah, desto weniger konnte sie es leugnen. Ciwan hatte Angst. *Just because you feel good, doesn't make you right.*

Peri kam sich plötzlich unheimlich schlecht vor, dass sie ihn hierhergelockt hatte und nun nicht gehen lassen wollte. Sie war angetrunken und betrachtete das Ganze anscheinend wie ein Spiel. Aber wenn es Ciwan verängstigte, war es kein Spiel. Peri setzte sich auf das Bett, sah zu ihm auf. Sie wollte irgendwas sagen, das ihm seine Angst nahm. Sie wollte ihm klarmachen, dass er hier sicher war.

»Falls du fürchtest, du bist mein Versuchskaninchen oder so, brauchst du dir keine Sorgen machen«, erklärte sie.

Ciwan sah sie fragend an.

»Es ist nicht mein erstes Mal«, fuhr Peri fort.

»Bitte was?«

»Ich hatte auch schon mal was mit einer Frau«, sagte Peri schulterzuckend.

Die Angst in Ciwans Augen wich auf einmal etwas anderem. Einer Wolke, die seine Lider senkte und ihm einen unhörbar leisen und doch spürbaren Seufzer entlockte.

Er sagte: »Ich bin keine Frau.«

Der Satz fuhr durch den Raum und schlug Peri direkt ins Gesicht.

»Ich weiß!«, rief Peri und spürte ihren Kopf warm werden. »Ich weiß. So wollte ich es nicht ausdrücken … Ich will nur, dass du dich wohl fühlst.«

Ciwan schüttelte den Kopf, aber er ging nicht. Er blieb stehen und sah sie an. Seine Augen glänzten, immer noch vor Enttäuschung.

Der Wasserkessel fing an zu pfeifen.

Peri wusste nicht weiter. Hilflos lächelte sie Ciwan an.

»Du bist nicht in mich verliebt?«

»Nein«, sagte Ciwan mit einer Entschlossenheit, die Peri etwas beleidigte.

»Nein? Warum guckst du mich dann so an?«

Er fuhr sich mit den Händen über sein Gesicht, als versuche er zu ertasten, was falsch war an seinem Blick.

»Bist du dir sicher, Ciwan? Du verhältst dich nämlich so, als wärst du in mich verliebt …«

»Nein. Ich bin nicht verliebt. Es ist komplizierter.«

»Was ist komplizierter, als verliebt zu sein?«

Er zuckte mit den Schultern. »Es nicht zu sein. Es nicht sein zu können.«

»Du kannst dich nicht verlieben?« Peri zog die Stirn zusammen. »Oder einfach nicht in mich?«, fragte sie weiter. »Bin ich hässlich? Gefällt dir meine Nase nicht? Oder meine Art?«

Ciwan schüttelte wieder den Kopf, oder immer noch. Der Wasserkessel pfiff weiter.

»Sag mir, Ciwan, bin ich dir nicht politisch genug? Findest du mich dumm? Oder einfach nur hässlich?«, fragte Peri noch einmal und wusste, wie lächerlich sie war. Aber sie war betrunken und wollte eine Antwort. Sie brauchte eine Antwort.

»Nein, natürlich bist du nicht dumm. Und du bist schön wie eine Blume, Peri.«

Ein kindisches Lachen platzte aus ihr heraus.

»Wie eine Blume?«

Ciwan hob die Hände, fragend, als ob er nicht ganz verstand, wo er das mit der Blume herhatte.

»Also magst du mich?«, fragte Peri.

»Darum geht es nicht.«

»Worum geht es dann?«

Er zog seine Jacke zurecht und sah unruhig durch Peris Zimmer, wie ein Mann, der auf der Straße nach einem Taxi Ausschau hält.

In Peris Kopf drehte sich ein Karussell von Möglichkeiten, wie sie sich zu verhalten hatte, damit Ciwan blieb. Doch Ciwan hatte sich längst entschieden.

»Machs gut, Peri.«

Er nahm den Wasserkessel von der Herdplatte, stellte ihn daneben und verließ das Wohnheimzimmer, ohne Peri noch einmal anzusehen. Seitdem hat sie nie wieder von ihm gehört.

✦ ✦ ✦

»Nie wieder?«, fragt Ümit aufgeregt und knackt Çekirdek.

Peri schüttelt den Kopf.

»Was meinst du, wo er hin ist? Ist er zurück nach Berlin?«

»Ich weiß es nicht«, sagt Peri und steht auf, um sich zu strecken. Ihre Glieder sind steif vom vielen Rumsitzen und schreien förmlich nach ein bisschen Schlaf.

»Aber das ist alles erst ein paar Monate her? Willst du ihn nicht suchen gehen?«, fragt Ümit und knackt noch ein paar Kerne, einen nach dem anderen. Peri muss sich ablenken, damit sie nicht auch wieder anfängt. Ihre Zungen- und Fingerspitzen brennen schon wie verrückt von diesem salzigen Crack.

»Ich weiß nicht, Ümit. Ich glaube, er will nicht, dass ich ihn –«

Ein schrilles Summen erschreckt Peri und Ümit. Sie zucken synchron zusammen. Es dauert einen Moment, bis sie verstehen, dass es die Türklingel war, mitten in der Nacht.

»Wer kann das sein?«, fragt Ümit ängstlich.

Peri zuckt die Schultern. »Hakan vielleicht?«

Sie geht durch den Flur zur Tür und drückt den Knopf, auf dem ein kleiner Schlüssel abgebildet ist. Sie blickt auf den Boden und muss an ihren Baba denken. Schnell öffnet sie die Wohnungstür, um den Gedanken loszuwerden. Patschende rasche Schritte hallen durchs Treppenhaus. Es dauert etwas, dann sieht Peri erst Cem und dann Bahar die Treppe hochkommen.

»Was ist das? Der zwanzigste Stock?«, kräht Cem aufgeregt und völlig außer Atem.

»Yakışıklım!« Peri nimmt ihn in den Arm und drückt ihm einen Kuss ins Gesicht. Dann nimmt sie Bahar in den Arm und trägt sie rein, sie sieht völlig verschlafen aus.

»Wo ist eure Mutter?«

Sevda kommt fluchend die Treppe rauf, hinter sich über die Stufen bollert ein riesiger Koffer, um ihren Hals hängt eine schicke Handtasche. Ihre blond gesträhnten Haare sind zerzaust, ihr Gesicht verheult und müde.

»Abla warte, ich helfe dir«, sagt Ümit, aber da ist Sevda schon in der Wohnung und hat den schweren Koffer abgestellt. Sie sieht sich nervös um, als halte sie Ausschau nach Emine.

»Diese Taxifahrer!«, flüstert Sevda gepresst, vermutlich kann sie sich denken, dass Emine längst schläft. »Sie sind alle gleich. Er hat uns fünf Mal um den Block gefahren, weil er den Weg angeblich nicht kennt. Wie wird man Taxifahrer, wenn man den Weg nicht kennt? Was ist das für ein Land? Warum kann niemand einfach seine Arbeit machen, ohne die Leute zu bescheißen?«

Peri nimmt ihrer Schwester die Handtasche ab. Sevda zieht ihre Schuhe aus, fährt sich mit den Händen durch die Haare und geht dann auf das Wohnzimmer zu, nach den Kindern gucken. Sie erstarrt einen Moment. Ihr Blick bleibt mitten im Zimmer hängen. Vom dunklen Flur aus, wo die Nachbarin ihren Vater gefunden hat, mustert sie alles um sich herum, ohne sich zu bewegen, Hüseyins Möbel, sein Wohnzimmer. Dann schließlich sieht Sevda Peri an. Tränen laufen ihr über das Gesicht. Die beiden umarmen sich wortlos. Peri drückt ihre große Schwester ganz fest, Sevdas Arme liegen kraftlos auf ihren Schultern. Leise schluchzt sie in Peris warmen Nacken.

Der Fernseher geht an. *Aya Benzer* von Mustafa Sandal läuft, die Kinder singen emotionslos mit.

»Sagt mal, seid ihr nicht müde?«, fragt Ümit amüsiert.

»Sie sind so müde, dass sie nicht mehr müde sind«, antwortet Sevda und löst sich langsam von Peri, streicht ihr mit der flachen Hand über die Wange als bedanke sie sich für die Umarmung. Dann wischt sie sich die Tränen aus dem Gesicht und geht Ümit umarmen.

»Na, Bahar, kleine Maus? Wie gehts dir?«, sagt Peri und setzt sich zu Bahar. Sie zieht die Kleine näher zu sich.

»Gut. Spielen wir *Mensch ärger dich nicht*?«

Peri lacht. »Du verschwendest keine Zeit, was? Morgen, Kleines. Heute ist es spät geworden. Ihr müsst ins Bett.«

»Ich hab schon geschlafen! Im Flugzeug. Wir haben ein Reisespiel, mit Magneten! Soll ichs dir zeigen?«, fragt Bahar und springt auf, ohne die Antwort abzuwarten, trappelt zu ihrem rosafarbenen Barbie-Rucksack im Flur.

»Bahar, es ist viel zu spät jetzt! Hör auf damit!«, ruft Sevda erschöpft.

»Ich wills ihr doch nur zeigen!«, sagt Bahar und kramt das Spiel aus ihrem Rucksack. Plötzlich stößt sie einen Schrei aus.

Auch Peri erschrickt und springt auf. Sie sieht am Ende des dunklen Flurs eine Silhouette, die reglos dasteht und keinen Laut von sich gibt.

»Das ist doch nur Anneanne, hat sie dich erschreckt?«, sagt Peri dann zur Kleinen.

Bahar rennt zurück zur Couch, setzt sich ängstlich neben ihre Mutter. Sevda streichelt ihr über den Kopf, steht auf, um Emine zu begrüßen. Sie macht zwei Schritte in ihre Richtung, bleibt stehen. Niemand im Raum sagt irgendwas, man hört nicht mal jemanden atmen. Alle Augen sind auf die beiden gerichtet.

»Anne«, sagt Sevda.

Emine steht immer noch einfach so da, eine dunkle Gestalt am Ende des Flurs. Peri wird es langsam unheimlich, sie beugt sich vor und knipst das Flurlicht an. Emine blinzelt ihnen entgegen.

»Oh, Sevda Hanım«, sagt sie und nickt in die Runde. »Was für eine Ehre, Sie zu Gast zu haben.«

HAKAN

HAKANS PANASONIC KLINGELT. Unterdrückte Nummer. Er legt es weg, drückt aufs Gaspedal. Die Augustsonne brennt sich in seinen rechten Unterarm. Das Funkmaster-Flex-Tape lässt das Armaturenbrett zittern. Der Feierabendverkehr geht erst in zwei Stunden los. Noch fünfzig Kilometer bis München. Dann:

Salzburg

Villach

Ljubljana

Zagreb

Lipovac

Belgrad

Sofia

Plovdiv

Svilengrad

So steht es in Lenas geschwungener Schreibschrift auf dem Notizblock, der neben fünf Red-Bull-Dosen auf dem Beifahrersitz liegt. Hakan heizt durch. Bis er einer marineblauen E-Klasse an der Heckstange klebt. Er berührt den Wagen nicht, nicht wirklich, aber er kommt ihm nah, schwindelerregend nah, so als blieben keine zwei Zentimeter Luft zwischen ihnen. Als würden sie tanzen. Er liebt es. Zwei Autos, eng umschlungen, bei 220 km/h, links außen. Wenn der Vordere bremst, sind sie futsch, beide, ciao. Wenn er aufgibt und nach rechts wechselt, zischt Hakan durch und sucht sich eine neue Tanzpartnerin.

Ganz einfach. Die Autobahn ist voll von ihnen. Adrenalin-junkies. Schumachers. Highspeedkanaken. Aber diese E-Klasse vor ihm, sie ist anders. Sie macht nichts von beidem, bremst weder ab noch wechselt sie die Spur. Sie bleibt auf der linken und erhöht ihre Geschwindigkeit, lässt sie wieder sinken, ganz langsam, ohne zu bremsen, ganz langsam, macht Hakan geil, wie beim Lapdance. Als schwebte ihr Arsch über seinem Schoß, damit er sich vorstellen kann, wie es wäre, sie zu ficken, ohne je zu erfahren, wie es tatsächlich ist. Nicht dieses *Ich-tue-so-als-wäre-es-schwer-mich-ins-Bett-zu-kriegen*-Gehabe, das Mädels manchmal abziehen, weil sie nur so flirten können, was Hakan übertrieben abturnt. Nein, das ist es nicht. Hakan will wirklich nicht, dass sie mit ihm schläft, denn er weiß, wie es läuft: Die Vorstellung von Sex ist immer viel, viel geiler als der Sex selbst. Ist so.

Das würde er Lena natürlich nie sagen. Lena, die ihn nach drei Monaten Zusammenwohnen schon zehn Mal hätte raus-kicken können. Es aber nicht macht. Weil sie eine Gute ist, lo-yal. Hakan muss zusehen, dass er sich in den Griff kriegt und sie nicht vergrault mit seinen tausend Problemen. So eine wird er nie wieder finden. Lena ist der einzige Hoffnungsschimmer in Hakans verkacktem Leben. Lena, die ohne mit der Wimper zu zucken die letzten zwei Mieten bezahlt hat, weil es gerade etwas eng ist bei Hakan. Lena, die noch vor drei Stunden am Küchentisch mit ihren zarten Fingern die Straßen der ADAC-Europalandkarte nachfuhr, während Hakan schnell ein paar Sachen zusammenpackte.

»Nach Svilengrad kommt die Grenze! Dann folgst du nur noch Istanbul!«, rief sie durch die Wohnung. »Aber ich weiß echt nicht, wie du das bis morgen schaffen willst, Hakan! Und ist da nicht immer noch Krieg, wo du durchfährst?«

»Baby, der Krieg ist vorbei! Außerdem fahr ich doch nicht durch den Kosovo. Vertrau mir, es ist ganz einfach. Schau mal. Sagen wir, die OP findet morgen nach dem Nachmittagsgebet statt, ja? Sagen wir um fünf? Also, fünf dort ist vier hier. Was haben wir jetzt? 9 Uhr 51, genau. Shit! Ich muss los! 30 Stunden, um in diesem Krankenhaus in Istanbul zu sein. Das schaff ich locker, kein Problem! Baby, guck: Bis Slowenien sind die Straßen Butter, bis Zagreb dann bisschen holpriger, okay, aber geht noch, zwischen Zagreb und Belgrad dann eine Katastrophe, als ob du über eine Gemüsereibe fährst, echt, die verfickten Straßen haben Schlaglöcher, in denen ganze Dörfer und Kolonien und alles unterschlüpfen könnten, weißt du? Aber das eigentliche Ding sind die Bullen dort, ich sage jetzt mal die SOGENANNTEN BULLEN, die halten einen alle paar Kilometer an, und in Bulgarien erst, und machen Faxen, wegen nichts. Aber Baby, ich weiß Bescheid, das ist alles einkalkuliert, ich halte gleich schön an der Tanke da vorne und kaufe zehn Schachteln Marlboro. Ja, genau! Zehn Schachteln. Die Kippen sind sozusagen meine Express-Durchreisepapiere für Serbien und Bulgarien. Nein, ich kann die Kippen nicht einfach in Slowenien billiger kaufen. Hallo? Die Jugos wollen deutsche Marlboro, schön frisch, ohne die ganzen trockenen Stöckchen und knisternden Bleireste und so, die in ihren eigenen verfickten Läden als Zigaretten verkauft werden. Nein, nein, Baby, mit dem Scheiß würden die mich niemals einfach so durchwinken. Kannst du mir 500 Mark leihen vielleicht? Du bist einfach die Beste. Ja, komm Baby, wir fahren schnell noch zur Bank.«

Das Panasonic klingelt. Wieder unterdrückt. Hakan zerdrückt die leere Red-Bull-Dose und wirft sie auf die Rückbank. Seit er letztens von dieser Kleinen mit dem geilen Arsch auf dem

Parkplatz vor Real eine Dose geschenkt bekommen hat, ist er übel auf dem Zeug hängengeblieben. Sie war das Gegenteil von Lena, also, nicht, dass Lena keinen geilen Arsch hätte. Hat sie. Aber das weiß keiner außer Hakan, weil Lena immer so Hippieklamotten trägt. Studentin halt. Pädagogik. Sie ist so eine Natürliche. Trägt kaum Schminke, macht nichts mit ihren Haaren und sieht trotzdem wunderschön aus. Die Kleine vom Real-Parkplatz dagegen konnte man schon auf einen Kilometer Entfernung funkeln sehen. Und riechen. Ein Parfüm, das niemand ignorieren kann. Süß und schwer und so penetrant, dass es einen um den Verstand bringt. Am liebsten hätte Hakan es ihr vom solariumgebräunten Dekolleté geleckt. Er lief also auf sie zu und sie stand da an ihrem Werbestand, in einem hautengen Minifummel in den Farben der Dose. Blau, Silber, Knallrot. Sie hat Hakan einmal angezwinkert, und jetzt ist er süchtig. Was soll man sagen. Diese Leute wissen, wie Werbung geht. Und das Zeug schmeckt nicht mal, hat was von Gummi-bärchensaft. Aber es putscht dich auf wie eine Line Pepp, was genaugenommen gleich viel kosten würde, denn die verdammten Dosen sind schweineteuer. Nur wäre es vielleicht keine gute Idee, mit Pepp in der Hosentasche über den halben Kontinent zu rollen.

Der marineblaue Benz ist in München rausgefahren. Hakan checkt die Uhr. Kurz nach eins. 2100 Kilometer in 30 Stunden. Knappe Rechnung, schon klar. Aber ohne Schlaf machbar. Der nächste freie Flug wäre in der Nacht von Straßburg gewesen. Hakan hätte ihn nehmen können, für 800 Mark, er hätte es locker zur Beerdigung geschafft, hätte viel weniger Stress gehabt, wäre vielleicht sogar billiger durchgekommen als mit den ganzen Tankfüllungen für den Alfa. Doch gerade wollte die Frau vom Reisebüro am Telefon seine Buchung abschließen, da dachte Hakan: Was zum Teufel mache ich denn jetzt den ganzen Tag, bis der Flug geht? In der Ecke sitzen und warten, bis die Depris kicken? Nein, Lan. Also los, jetzt sofort, auf den Weg, einfach irgendwas machen, und schon ließ Hakan den Hörer fallen, und da ist er nun, auf der A 8, hämmert an Autobahnkirchen und weidenden Scheißkühen und am Chiemsee vorbei. Noch ist er auf der deutschen Autobahn, noch kann er heizen. Die einzige Freiheit, die dieses verfickte Land einem nicht verbietet.

Zum Glück ist Lena nicht dabei. Sie flippt immer total aus im Auto und zwingt Hakan, langsamer zu fahren. Sie macht immer wegen allem direkt Theater. Oder nein, sie macht sich halt Sorgen, die Kleine. Weil sie ihn liebt. Sie hat angeboten, ihn zu begleiten, ihm zur Seite zu stehen. Süß, süße Idee. Aber Hakan hat ihr nicht mal richtig erzählt, was Sache ist, er hat nur gesagt *mein Vater hatte einen Herzinfarkt,* und da hat Lena ihm schon diesen erschrockenen Blick zugeworfen mit ihren blauen Kulleraugen, die sich sofort mit Angsttränen füllen, sobald Lenas heile Welt ins Wanken gerät. Da hat Hakan den Rest nicht über die Lippen gebracht. *Er hat eine OP,* hat er gesagt, *ich muss dort sein, morgen um fünf ist sie,* er hat einfach geredet, *ich muss bei ihm sein,* und irgendwie hat die Erleichterung in Lenas Gesicht ihm Hoffnung gemacht, dass alles vielleicht ein Missverständnis war, dass sein Vater vielleicht doch nicht tot ist und sich das Ganze aufklärt, wenn Hakan erst in Istanbul bei ihm ankommt, dass man vielleicht inzwischen gemerkt hat, dass Hüseyin noch atmet, dass man ihn wieder an die ganzen Geräte angeschlossen hat und er bis zu Hakans Ankunft langsam stabiler sein wird, dass Hüseyin genau in dem Moment, in dem Hakan das Krankenzimmer betritt, wie durch ein Wunder plötzlich zu sich kommt, die Augen öffnet, Hakan mit seinen traurigen Augen ansieht und sagt: *Oğlum benim. Da bist du ja endlich.*

Wenn Hakan Lena erzählt hätte, was wirklich Sache ist, hätte sie ihn nicht allein gehen lassen. Vielleicht säße sie jetzt mit ihm im Auto. Was aus mehreren Gründen unpraktisch wäre. Erstens könnte er nicht so fahren, wie er fährt, und sie könnten den Zeitplan niemals einhalten. Zweitens ist es nicht gerade der perfekte Anlass, Lena seiner Familie vorzustellen, die immer noch denkt, Hakan würde alleine wohnen. Er wird sich darum noch kümmern, gleich als Erstes, wenn er zurück ist. Wenn die Sache mit seinem Vater vorbei und der ganze Horror ein Stück weit verdaut ist, wird Hakan Lena einen Antrag machen. Ganz klassisch, mit Ring und so. Vielleicht macht er es beim Italiener, bestellt ein Tiramisu und geht auf die Knie, so wie in diesem Film, den sich Lena so gern reinzieht, dem mit Cher und Nicolas Cage. Hakan wird es durchziehen, er muss davor nur noch diese Sache mit den Albanern klären. Und mit seiner Mutter reden. Lena wartet schon auf den Antrag. Und sie verdient ihn. Ohne die Enttäuschung in Hüseyins Gesicht wird wenigstens das ein bisschen einfacher werden.

Fuck, Bruder, dein Baba ist noch nicht mal unter der Erde, und du denkst schon an so was ? Wie du von seinem Tod profitierst? Hakan sieht demütig nach oben, fährt sich mit der rechten Hand übers Gesicht. Er macht noch ein Red Bull auf. Das Millennium steht vor der Tür, aber Kanaken leben immer noch im Mittelalter. Obwohl, was Lenas Eltern zu der Sache sagen würden, will er sich auch nicht ausmalen. Die Kleine tut immer so, als sei alles in Ordnung, *sie können nur nicht zeigen, wie sehr sie dich mögen, das ist ihre Art*, jaja, klar. Jedes Mal wenn Lena ihn mit zu ihnen nimmt, bekommt ihre Mutter plötzlich Migräne und verschwindet nach dem Essen mit so einer Haube auf dem Kopf schnurstracks in ihrem Schlafzimmer, und Lenas Vater setzt sich mit ihnen vor die Glotze und kippt sich so lange Bier rein, bis er den Mut zusammenbringt oder die Scham verliert, Hakan zum hundertneunundzwanzigsten Mal zu fragen, wie es eigentlich sein kann, dass Hakans *Landsleute* alle so teure Autos fahren, selbst die, die arbeitslos sind. Manchmal schafft Lena es, das Thema zu wechseln, bevor Hakan antworten kann, und manchmal zuckt Hakan bloß mit den Schultern und erzählt Lenas Vater Wort für Wort das, was der hören will, nämlich: *Sie klauen vom Staat, Günther. Sie sind faul, haben kein Bock, Steuern zu bezahlen, sie machen ein beschissenes Geschäft auf den Namen ihrer Oma auf, zocken die ganze Kohle vom Sozialamt ab und kaufen sich davon ihre S-Klassen und 3er-BMWs und tunen die Karren auch noch, und dann fahren sie damit sechs Wochen in Urlaub. Hörst du, Günther, sechs Wochen! Wer von euch macht sechs Wochen Urlaub, Günther? Sag mir das mal.*

Pah!, macht Günther dann immer und nickt wie der Wackeldackel hinter der Windschutzscheibe seines tannengrünen VW Passat. *Pah!* Und wichst sich in der Nacht wahrscheinlich noch einen auf Hakans Worte. Weil: Er hat es halt schon immer gewusst.

Aber Spaß beiseite. Günther ist korrekt. Ja, klar, er ist ein Freizeit-Nazi, aber wenigstens lässt er Lena machen, was sie will. Lässt ihren Türkenfreund an seinem Tisch sitzen. Anders als all die Kanakenväter, die ihre Söhne zu solchen Minikopien von sich selbst erziehen wollen, dass es für sie nichts Schlimmeres auf der ganzen Welt gibt, als dass die Söhne eine Deutsche anschleppen. Kein Krebs, kein Autounfall, kein Junkieshit, nichts ist schlimmer. Wenigstens das wird Hüseyin jetzt wohl erspart bleiben.

Hakans Auge zuckt. Er kurbelt sein Fenster runter, lässt die Luft in sein Ohr peitschen. Das Beifahrerfenster ist einen Spalt offen, seit er gestartet hat. Der Durchzug wirbelt Hakans Gedanken auf wie einen Stapel frisch gezählte, straff gestrichene Fünfzigerscheine. Noch 25 Stunden, bis Hakan das, was er heute Morgen gehört hat, mit eigenen Augen sieht. Bis er wirklich weiß, dass es wahr ist. Bis dahin ist es ja wohl nur Hörensagen, nichts als ein Gerücht. Wozu sich jetzt schon den Kopf zerbrechen, wegen eines bloßen Gerüchts? Irgendeine Verwandte aus Istanbul hat angerufen und behauptet, sein Baba sei tot. Okay. Wer ist diese Verwandte überhaupt? Warum soll Hakan ihr trauen? Warum tat es seine Mutter? Hüseyin war echt noch jung. Er wirkte so lebendig, gerade in den letzten Wochen, als sein Gesicht endlich wieder Farbe bekam. Als er Hakan wieder ansehen konnte, ohne eine Fresse zu ziehen und ihm abschätzige Fragen zu seinem Geschäft zu stellen, als ob er Zweifel daran hätte, ob es das Geschäft auch nur gab. Vor einer Woche, beim letzten Mal, dass Hakan ihn gesehen hat, wirkte Hüseyin komplett entspannt, dankbar irgendwie, voller Vorfreude auf seinen Ruhestand und Istanbul. Hakan hatte ihn noch niemals so erlebt. Er kann sich nicht einmal erinnern, wann er seinen Vater davor das letzte Mal hat lächeln sehen. Eine Ewigkeit muss das her sein. Hakan kurbelt sein Fenster noch weiter runter. Der Wind schlägt ihm wie eine Backpfeife mitten ins Gesicht.

Es war nie einfach zwischen Hakan und seinem Vater. Ja, Hakan hat viel Scheiße gebaut, aber man muss auch sagen, es ist hart, Scheiße, es war hart, Hüseyins Sohn zu sein. Oder besser, sein ältester Sohn zu sein. Denn Hakan glaubt, dass Ümit als Jüngster verschont geblieben ist von diesem ganzen Mist,

Wann wirst du endlich ein Mann? und *Du als erwachsener Mann* und *Mann dies, Mann das.* Gut für Ümit, denn Ümit wäre niemals darauf klargekommen, nicht mal Hakan ist ja darauf klargekommen, aber er versteht mittlerweile wenigstens, wo es herkommt, Hüseyins Bild davon, wie ein Mann zu sein hat. Es ist dieses Arbeiterding.

War Hüseyin überhaupt jemals irgendwas anderes als ein Arbeiter? Hakan kann es nicht sagen. Hüseyin war immer am Machen, hat immer geschuftet, für die anderen, für seine Familie, immer war er fleißig, immer tun, nie reden, null Risiko, alles auf die sichere Bank, immer beschäftigt, kein unnötiges Gerede, sich nichts gönnen, keinen Pfennig verschwenden, Hüseyin war nicht einfach irgendein Arbeiter, er war der geborene Arbeiter. Er hatte das im Blut. Manche haben das ja, Hakan halt nicht. Hakan weiß nämlich, dass es tausend Arten gibt, schneller Geld zu machen, als irgendwo am Fließband zu stehen und sich Befehlen von irgendeinem verkackten Meister zu unterwerfen, kein Bock darauf, dann lieber ein eigenes Geschäft aufziehen und sich dafür hoffnungslos verschulden, fuck it, wenigstens was Eigenes haben, keinen Chef, keinen Meister, keinen Capo, immer nur eigene Entscheidungen, und ja, okay, vielleicht die eines Geschäftspartners, vielleicht die eines etwas schwierigen Partners, vielleicht die eines Partners, der das Geschäft vor allem dafür benutzt, seine anderen Geldeinkünfte reinzuwaschen. Aber kein Chef, nirgends, kein Chef, nie, und die ganze Zeit hoffen, dass sich das Gebrauchtwagen-Business irgendwann rentiert, dass man sich trotz der krassen Konkurrenz irgendwann einen Namen macht, dass die Leute einem die Bude einrennen oder wenigstens den Stellplatz, es gibt ja keine Bude in dem Sinn, Hakan hat ja bloß eine kleine Stellfläche im Industriegebiet angemietet, und da steht nur ein Metallcontainer, wo er sich und seinen Kumpels einen Çay kochen kann, wenn man das unter Bude verstehen will. Aber so fängt man halt an, Hauptsache, man setzt die Ziele hoch, Hauptsache, man gibt sich nicht zufrieden mit den kleinen Dingen und dem tristen Alltag, den jeder Penner da draußen lebt.

Allein diese Stimmung damals am Band, bevor Hakan seine Ausbildung bei Weißburg abbrechen musste. Die Kollegen zueinander: *Wie gehts? – Muss, muss.* Hakan musste immer lachen bei diesem *Muss, muss.* Und zwar nicht, weil er es witzig fand, sondern so unendlich deprimierend. Muss, muss, okay, was muss? Alles muss immer, klar, aber wer sagt dir, dass du ausgerechnet hier in dieser Scheißkosmetikfabrik abkacken musst? Niemand. Hakan scheißt drauf. Fleiß, Anstand et cetera pp, ja natürlich respektiert er diese Sachen, auf die sein Vater so viel Wert legte, ja klar versteht Hakan, wo diese Denke herkommt, sein Baba kannte es nicht anders, und Hakan eben schon. Hakan weiß, es geht auch anders, es ist vielleicht nicht immer so bequem wie der Fabrikjob, hingehen, umziehen, Karte stempeln, ackern, ackern, ackern, Karte stempeln, zuhause vor die Glotze und dann wieder von vorn. Aber lieber liegt Hakan nachts aufgeputscht vom Adrenalin schlaflos neben Lena, weil er denkt, jetzt gleich kommen sie, jetzt gleich stehen sie vor seiner Tür, die Italiener oder die Albaner oder welchem Hundesohn auch immer Hakan gerade versehentlich unter der Hand eine als geklaut gemeldete Karre angedreht hat, es ist alles immer mit Kopfschmerzen verbunden, mit Kopfschmerzen und schlaflosen Nächten, tja, das ist sein Geschäft, aber immer noch besser als wie so ein Esel zwischen Fernsehcouch und Fließband hin- und herpilgern, Tag für Tag, ein ganzes Scheißleben lang, bis man irgendwann so wie Hüseyin … nein.

Das Panasonic klingelt.

Natürlich war es nicht gerade Hakans Lebenstraum, gebrauchte Autos zu handeln. Natürlich denkt Hakan, dass er zu Höherem berufen war, als mit irgendwelchen Kanakenwerkstätten zu feilschen, dass sie ihm für billig den Tacho runterdrehen, damit Hakan die Karren für teuer weiterverscherbeln kann. Hakan war schon immer überzeugt davon, dass in ihm eine Künstlerseele steckt, ja, er glaubt immer noch daran, dass aus ihm etwas Großes hätte werden können, wenn er nur die Chance gehabt hätte, sich auf eine Sache zu konzentrieren, was auch immer das gewesen wäre. Ob Breaken oder Rappen, wer weiß, vielleicht wäre es am Ende sogar dieses Casting gewesen, zu dem ihn die Betreuer vom Jugendtreff schicken wollten damals, als er fünfzehn war, für so einen Film, für den sie B-Boys suchten, vielleicht wäre Hakan dort entdeckt worden und jetzt ein Filmstar, in L. A. oder sonst wo, okay, jetzt nicht gleich ein Brad Pitt oder Wesley Snipes, ein paar Nebenrollen in großen Filmen hätten ihm schon gereicht, als Häftling in *Sieben*, als Vampir in *Blade*, solche Sachen halt, vielleicht hätte es Hakan wirklich so weit gebracht und dann irgendwann einfach seine eigenen Filme gemacht, *Boyz n the Hood*, aber in Deutschland, wäre das nicht krass? *Jungs und die Straße*, es hätte was werden können, wenn Hüseyin ihm damals nicht verboten hätte, zu diesem Casting zu gehen, wer weiß. Aber so ist es eben, Hakan hatte keine Chancen und jetzt macht er das Beste daraus.

Im Radio geben sie die Staumeldungen durch. Hakan kurbelt das Fenster hoch und dreht ein bisschen lauter. Für die A 8 geht es nur um den Abschnitt Stuttgart–München, da ist er längst durch. Wenn er Glück hat, ist er in einer halben Stunde in Österreich. Er dreht das Fenster wieder leicht runter und steckt sich genüsslich eine Zigarette an.

Immer wenn es regnet, muss ich an dich denken, säuselt Max Herre plötzlich aus den Boxen, und Hakan lässt vor Schreck fast die Kippe in seinen Schoß fallen. Er knipst das Radio aus. Hakan HASST diesen Song. Und diese Band. Und diesen Typen. Und diese ganzen Professorensöhne, die plötzlich auf dem Nacken der Szene dick Karriere machen. Und überhaupt, diesen Dreck spielen sie immer noch? Haben Freundeskreis nicht längst eine neue Platte draußen? Läuft nicht so gut, ihr Hobbykiffer vom Gymnasium, was? Ah doch, Hakan fällt ein, dass er letztens mit Lena das neue Video von denen gesehen hat, *Mit Dir.* Er war richtig geflasht von der Stimme dieser Frau, die da singt. Sie klang so leicht kratzig, als würde Hakan eine von Lenas Haarbürsten ganz sanft über seinen Nacken streichen, und zugleich so warm und schwer wie ein Tropfen Honig auf dem Handrücken. Wow, Hakan hat so was schon lange nicht gehört. Der Song ist auch wahnsinnig gut geschrieben, vielleicht der erste R & B-Song auf Deutsch, den man guten Gewissens hören kann. Und dann ist Hakan die Kinnlade auf den Teppich geknallt, als im Videoclip Max Herre der Sängerin auf einmal entgegengetänzelt kam und Hakan checkte, dass es ein verdammter Freundeskreis-Song ist. Hakan konnte es nicht fassen. Egal, wie gut die Sachen produziert sind, egal, wie krasse Leute diese Band auftreibt, diese Typen sind und bleiben für ihn einfach drei Schwaben, die genauso gut hätten Jura studieren und sich ein Häusle bauen können. Stattdessen machen sie halt Hip-Hop, auf dieselbe verfickte Streberart, mit der sie ihre Anwaltskarrieren gemacht hätten, und werden am Ende genauso reich damit. Obwohl sie die Kohle nicht mal bräuchten, weil ihre Familien sowieso reich sind. Obwohl sie rein gar nichts zu erzählen haben, weil sie nie für irgendwas kämpfen mussten. *Leg dein Ohr auf die Schiene der Geschichte*, du Käsebrot. Bestimmt hat Papa auch noch für die Demotapes und das ganze Equipment und die Geschichtsbücher bezahlt. Hat gesagt, *Ja Sohnemann, werd doch Rapper, das ist eine ganz hervorragende Idee*. Was ist das für eine scheißungerechte Welt?

Das einzige Mal, das Hüseyin jemals irgendetwas gut fand, das Hakan tat, war der Beginn seiner Ausbildung. Hüseyin hat so richtig gestrahlt. Und worüber? Über die Vorstellung, dass Hakan von da an auch in einer stickigen Fabrik rumstand und für einen miesen Lohn Kosmetik in kleine Döschen abfüllte, Stunde für Stunde, Schicht für Schicht, während sein Chef mit dem Riesenschädel und den behaarten Nasenlöchern einen Wutanfall nach dem anderen bekam und seine Launen am kleinen Kanaken in Halle 3 rausließ. Der sollte schon noch sehen, was er davon hatte, der Riesenschädel. Hakan stellte sich in den Pausen mit Hass im Bauch und dem Walkman auf den Ohren in den Hof, wo strenges Rauchverbot herrschte, und flüchtete sich in seine Welt, in *Strictly for my N.*, in *Doggystyle*, in *The Chronic*, zündete sich seine Kippe an und spielte jedes Mal mit dem Gedanken, sie in einen der großen Abfallbehälter mit den chemischen Resten aus der Produktion zu schnipsen. Einfach so.

Hakan schnappt sich noch ein Red Bull vom Beifahrersitz. Der süße Sirup braust ihm die Speiseröhre runter. So langsam könnte er mal was essen. Aber keine Zeit. Er hat es noch nicht mal über die erste Grenze geschafft. Er drückt an seiner Musikanlage herum und der CD-Wechsler im Kofferraum setzt CD Nummer 5 ein, Hakan wählt das dritte Lied.

Don't push me
Cause I'm close to the edge
I'm trying not to lose my head
It's like a jungle sometimes
It makes me wonder how I keep from going under

Was hat Hakan früher diesen Track mit Musti zusammen hoch und runter gehört. Sie haben sich die Kopfhörer des Walkmans geteilt, den sie bei Octomedia hatten mitgehen lassen. Saßen auf dem Spieli rum und rappten Melle Mel mit, waren ab fünf im Jugendtreff, um mit den anderen zu breaken, schlichen sich abends zuhause raus, um wieder auf dem Spieli rumzuhängen und den Schmerz ihrer gezerrten Muskeln und überdehnten Handgelenke wegzukiffen. Klebten aneinander wie siamesische Zwillinge. Wie zusammengewachsen am Hirn. Weil ihnen dieselbe Scheiße durch den Kopf ging, weil sie auf denselben Songs hängengeblieben waren, weil sie für dieselbe Sache brannten.

Hakan spürt einen Kloß im Hals. Wehmut. Jedes Mal passiert ihm das. Wann immer er an die Zeiten zurückdenkt, in denen sich seine komplette Welt nur um diese eine Sache drehte, brennt es in ihm. Es fühlt sich an wie Liebeskummer, wie die Trauer um eine Trennung, über die Hakan niemals hinweggekommen ist. Dabei kann er nicht mal sagen, warum es zu dieser Trennung kam. Vielleicht das Typische, man hat sich halt auseinandergelebt. Sagen doch die Leute so. Niemand bleibt mit seiner Jugendliebe für immer zusammen. Und die, die es tun, sind wie hängengeblieben. Aber heimlich bewundert Hakan diese Leute auch, die, die sich von nichts beirren lassen. Die immer weitermachen, auch dann, wenn längst nicht mehr als cool gilt, was sie machen. Die selbst dann weitermachen, wenn der beschissene Ernst des Lebens beginnt, und sogar dann, wenn es plötzlich einfach niemanden mehr gibt, mit dem man irgendetwas teilen kann.

Es fing an, da war Hakan dreizehn. Es muss 87 gewesen sein, als er mit seinem besten Freund Musti zum ersten Mal ganz zufällig auf diesen fremden Planeten geriet. Die neue Welt lag in einem unscheinbaren Bierzelt auf dem Messegelände von Rheinstadt. Jedes Jahr veranstaltete der Militärstützpunkt der Amis dort einen riesigen Rummel für die ganze Stadt. Die Soldaten aus der Kaserne durften sich eine Band wünschen, die extra eingeflogen wurde für einen einzigen Auftritt.

Hakans Eltern hatten ihm zum ersten Mal erlaubt, auf die Amimesse zu gehen. Und Musti wiederum hatte seinen Eltern erzählt, er wäre bei Hakan. Es gab dieses leckere Ami-Eis und die besten Hamburger, die Hakan je essen würde. Hakan und Musti übertrieben es komplett und schlangen so lange alles in sich rein, bis sie mit schweren Bäuchen am Schießstand lehnten, um den Amis beim Ballern zuzugucken. Irgendwann kurz vor Anbruch der Dunkelheit hatten sie ihr Taschengeld schon längst auf den Kopf gehauen, und wollte Musti gerade los, weil er wie immer Schiss hatte, zu spät nach Hause zu kommen und auf die Fresse zu kriegen. Doch da drangen euphorische Schreie aus dem Bierzelt, die Menge jubelte. Alle Soldaten rannten wie abgesprochen vom Schießstand direkt hinein ins Zelt.

»Komm schon. Piss dich nicht ein«, sagte Hakan und sah den Soldaten hinterher. »Wir haben noch eine halbe Stunde, Musti. Das reicht locker. Lass reinschauen.«

Musti blickte auf seine abgenutzten lila Sportschuhe, aus denen gerade seine große Schwester rausgewachsen war, und nickte widerwillig. Ihm blieb nichts anderes übrig, wenn er nicht von seinem besten Freund Waschlappen genannt und ausgelacht werden wollte.

Also betraten sie das Zelt, zwängten sich durch die Menschenmenge bis nach vorne. Die Luft war klebrig und warm, alles roch nach Bier und Bratwürsten und süßem Popcorn.

Irgendwann kamen sie in der Zeltmitte an, wo zwischen den Bierbänken eine karierte PVC-Matte auf dem Asphaltboden ausgerollt war. Eine Gruppe von schwarzen Soldaten hatte auf der Matte einen Kreis gebildet. Hakan und Musti guckten neugierig hinein und sahen, wie die Amis abwechselnd in die Mitte hineinsprangen, um zu tanzen. Hakan kannte Breakdance aus dem Fernsehen, aber das hier hatte wenig mit den Aerobic-Übungen zu tun, die Eisi Gulp früher an den Samstagnachmittagen im ZDF vorgeführt hatte. Das hier waren keine einstudierten Abläufe von Fitness-Bewegungen, das hier war eine eigene Sprache. Die Körper der Soldaten reagierten aufeinander, verständigten sich, forderten einander heraus, ohne dass irgendwer von ihnen irgendetwas sagen musste. Sie schienen gegeneinander zu kämpfen und feuerten sich doch gegenseitig an, nickten mit den Köpfen, lachten, rappten mit zur Musik. Hakan war wie elektrisiert von allem, was er sah. Es war, als ob jede Faser dieser Körper, jeder Muskel, jeder Nerv sich den Beat einverleibte, der aus den Boxen dröhnte, und jede Bewegung sich aus einem Gefühl heraus ergab: aus dem Gefühl einer Einheit mit der Musik, mit dem Kreis, mit den Leuten. Dem *Cypher*, wie Hakan bald lernen würde, spontan und roh und immer mit dem Ziel einer abschließenden Pose, mitten im Kreis erstarrt wie das Ausrufezeichen am Ende eines großen Satzes. Hakan spürte, wie sein Herz vom bloßen Zuschauen zu rasen begann, ganz so, als tanze er bereits selbst.

Und dann, als Hakans Augen schließlich zur Bühne vorne

hinwanderten, wo der Rest des Zeltes hinstarrte und drei Typen mit schweren gezwirbelten Goldketten in Adidas-Trainingsanzügen standen, von denen zwei rappten und einer mit den Händen über die Plattenspieler wischte, die drei coolsten Typen, die Hakan in seinem ganzen Leben gesehen hatte, da wusste er es: Das hier war ein anderer Planet. Hier wollte Hakan zuhause sein. Ein Blick rüber zu Musti reichte, um zu checken, dass es ihm genauso ging. Die ganze Angst und Anspannung waren aus Mustis pickligem Gesicht verschwunden, stattdessen war da jetzt ein Feuer. Eines, das auch Hakan spürte. Hakan und Musti würden alles dafür tun, um Teil dieser Sache hier zu sein. Um diesen Abend wieder und wieder zu erleben. Nur nicht abseits vom Cypher, sondern mittendrin.

✦ ✦ ✦

Hakan schnipst seine Kippe aus dem Fenster, fassungslos, dass er damals nur drei Meter entfernt von Run DMC stand, ohne jemals von ihnen gehört zu haben. Er weiß noch, wie Musti später sagte: *Hakan, gut, dass du mich damals überredet hast zu bleiben, das blaue Auge am nächsten Tag hat sich so was von gelohnt, ich würde es immer wieder kassieren für diesen Abend.*

Das große schwarze A im weißen Oval wird schon ausgeschildert. Hakan überlegt, ob er bei der nächsten Tanke halten soll, um für die Autobahn in Österreich eine Vignette zu kaufen. Er müsste auch mal pissen. Seine Blase fühlt sich langsam an wie die Wasserbomben, die er früher mit Musti aus dem fünften Stock vor die Füße der Mädchen fallen ließ. Das waren noch die Zeiten vor dem Tanzen, als Hakan und Musti sich die Sommer über zu Tode langweilten, weil sie nichts mit ihren Tagen und ihrer Kraft anzufangen wussten. Ihre yaramaz Zeiten.

Was hatten sie überhaupt davon, fragt sich Hakan jetzt, dass sie damals die Wasserbomben da runterschmissen. Ja, es war lustig, die Mädchen kreischend wegrennen zu sehen, aber ob ihre Brustwarzen sich unter ihren nassen T-Shirts abzeichneten, konnten Musti und er von oben eh nicht sehen.

Ihm fällt plötzlich wieder das Girl vom Red-Bull-Stand ein. Sie war so eine Deutsche mit langen schwarzgefärbten Haaren, so eine Fake-Kanakin. Sie trug einen Push-up, der ihre braungebrannten Brüste wie zwei Kokosnüsse aussehen ließ. Hakan versucht, sich an der Erinnerung festzuhalten, sie mitzunehmen zur Tanke und aufs Klo, da ist schon das Schild, fünf Kilometer, komm, das schaffst du, denkt er. Sie roch nach Vanille, nach Kirmes, nach der Amimesse, er stellt sich vor, wie sie schmeckt, nach Zuckerwatte, süß und verbrannt, nach karamellisierten Mandeln, nach kandierten Äpfeln, nach Lebkuchenherzen …

Hakans Herz macht einen Sprung.

Blaulicht. Schlägt ihm in die Fresse.

Die Erinnerung verpufft zu Luft.

Ein Streifenwagen überholt Hakan von rechts.

»BITTE FOLGEN«.

Hakan schluckt.

Er bremst langsam ab, wechselt nach rechts. Folgt den Bullen. Unauffällig greift er nach dem Sicherheitsgurt und schnallt sich an. Das war klar. Er hat wirklich alles einkalkuliert in seinen Plan, nur das nicht. Sie fahren auf den nächsten Rastplatz raus, einen ohne Tankstelle. Weiß markierte Parkbuchten, ein gammliges Klohäuschen und Wespenschwärme, die über den Mülleimern kreisen. Hakan spürt, wie seine Hände feucht werden auf dem Leder des Lenkrads. Er hasst Rastplätze ohne Tanken. Und es gibt nur eine Sache, die gruseliger ist als Rastplätze ohne Tanken: Rastplätze ohne Tanken in Bayern. Mit bayrischen Bullen.

Zwei Autos stehen bereits da. Zum Glück, ich bin nicht allein, denkt Hakan. Er rollt an den Esstischen aus Stein vorbei, eine Großfamilie ist da am Picknicken. Jackpot! Kanaken. Die Cops halten neben dem Klohäuschen. Hakan parkt hinter ihnen. Er reibt sich die Hände an seinen Shorts trocken. Im Rückspiegel beobachtet er die Kanakenfamilie, sieht den Vater seine Halbglatze in Richtung der Bullen strecken. Immerhin gibt es Zeugen. Egal, was jetzt passiert, es gibt Zeugen. Das beruhigt Hakan wenigstens ein bisschen. Die zwei Bullen steigen aus, kommen nach hinten zu Hakans Alfa. Hakan kurbelt das Fenster runter.

Der kleinere Bulle übernimmt das Reden. Seine Backen sind rund und hängen träge nach unten. Er sieht aus wie ein Biber.

»Grüß Gott, Fahrzeugschein und Führerschein.«

»Bitte?«

»Fahrzeugschein und Führerschein.«

»Sie meinen *Bitte*?«

Der Biber sieht Hakan verwundert an. Er schaut zu seinem Kollegen und schüttelt den Kopf.

Hakan beißt sich auf die Zunge. Er kann es nicht lassen. Zuhause kann er den braven Vorzeige-Kanakensohn mimen und bei Lenas Eltern spielt er den höflichen Traumschwiegersohn, selbst wenn Günther sein Stammtischgelaber auspackt, zieht Hakan das oscarreif durch, er hat sich im Griff, er lässt sich nicht gehen, er sagt niemals, was ihm wirklich durch den Kopf geht. Hakan kann je nach Situation ganze Teile seiner Persönlichkeit komplett verschweigen oder ins Gegenteil wenden, kann bei türkischen Kunden auf gläubigen Moslem machen, bei deutschen Kunden auf integrierten Halb-Alman, bei Jugokunden auf schlechten Verkäufer, der sich über den Tisch ziehen lässt – obwohl er bei ihnen einfach von Anfang an den Preis extrahoch setzt, weil sie nur kaufen, wenn sie glauben, sie hätten den Preis unverschämt nach unten verhandelt. Nur wenn Hakan auf Bullen trifft, setzt sein Rollentalent einfach aus. Er kann nur eines sein mit Bullen. Und zwar frech. Er weiß nicht, warum. Es passiert einfach. Oder doch, er weiß eigentlich schon, warum. Er tut es, weil er Panik schiebt. Und Panik ist der Untergang, niemals darf man Panik vor Bullen offenbaren, nur deshalb wird Hakan frech. Frech ist das Gegenteil von panisch, mehr nicht. Wenn du aber panisch wirst und es zeigst, hast du verloren, dann denken die, das ist ein Kanake mit Panik, da ist was im Busch, den ficken wir. Nein, Hakan wird nicht gefickt, nicht heute. Auf gar keinen Fall.

»Junger Mann, hören Sie mal, seit wann sagen denn Bundespolizisten *Bitte*, wenn sie alkoholisierte Raser aus dem Verkehr ziehen?«

»Entschuldigung, was für Alkohol? Ich bin Moslem, ich trinke nicht«, lügt Hakan und sieht im Seitenspiegel, wie die Kanakenfamilie eilig ihre Sachen packt. Alle springen sie in ihre zwei Autos und ziehen einfach ab, lassen Hakan allein zurück. Diese Hunde. Er kann es ihnen nicht einmal übelnehmen.

»Sie halten sich weder an den Mindestabstand, noch blinken Sie beim Wechseln der Spur. Wo wollen Sie denn so eilig hin?«, fragt der Biber.

»In die Türkei. Zur Beerdigung meines Vaters.«

Der Satz hat Hakans Mund schneller verlassen, als er denken konnte. Er ist ihm entwischt. Hakan presst die Kiefer zusammen, aber er kann die Worte nicht wieder einfangen. Jetzt sind sie da. Sie sind wahr geworden.

Die kalten Augen des Bibers mustern Hakan.

»Sind Sie damit einverstanden, dass wir einen Atem-Alko-holtest durchführen?«

»Einverstanden?«, fragt Hakan irritiert. »Was ist, wenn ich es nicht bin?«

»Dann kommen Sie mit zur Wache, und wir machen einen Bluttest«, erklärt der Kollege des Bibers.

»Ey, Herr Officer, ich hab keine Zeit für so was! Ich habe doch gesagt: Ich muss auf die Beerdigung meines Vaters.«

»Dann müssen Sie halt zeitig genug losfahren, junger Mann. Es gibt keine Ausreden für gefährliches Fahren.«

Hakan versucht gar nicht erst zu erklären, dass man nicht früh genug losfahren kann, wenn ein Kanake stirbt, weil Kanaken noch am selben Tag beerdigt werden müssen, oder in Ausnahmefällen am nächsten Tag, wenn die Angehörigen von weit her anreisen müssen. Aber danach ist Sense. Der Tote kommt unter den Boden, und wenn man es rechtzeitig geschafft hat, hat man es geschafft. Sonst Pech.

»Ich dachte, es gibt kein Tempolimit hier?«, fragt Hakan stattdessen.

»Nüchtern fahren müssen Sie aber trotzdem. Und das gerade sah mir gar nicht danach aus.«

»Schon gut, geben Sie her das Ding.«

Der Biber macht eine Kopfbewegung zu seinem Kollegen und geht zurück zum Polizeiwagen, der Kollege bleibt stehen und sieht Hakan aus stahlblauen Augen an. Er ist kantig und geleckt, so ein Typ Deutscher, den Frauen bestimmt heiß finden, David Hasselhoff in Blass.

»Ist das ein 164er?«

Hakan guckt Hasselhoff fragend an.

»Sie fahren Alfa. Ist unüblich, oder? Fahren doch nur Italiener.«

»Ich bin halb-halb«, sagt Hakan.

»Halb-halb?«, fragt Hasselhoff.

»Halbitaliener«, sagt Hakan und zieht mit seiner Hand eine unsichtbare Linie über seine Brust. »Die bessere Hälfte.«

Der Bulle nickt, als habe er sich das schon gedacht.

Natürlich kennt der Bulle den Scorsese-Film nicht, in dem sich Ray Liotta mit exakt derselben Geste als halber Jude ausgibt, um ein jüdisches Mädchen klarzumachen. Und natürlich kennt er auch Hakans Schwester nicht, die in letzter Zeit so besessen von dem Herkunftsthema ist, dass sich ihre Stimme in Hakans Schädel eingeschlichen hat und flüstert, *die andere Hälfte ist auch gelogen, Hakan. Du bist kein Türke.*

Bis vor kurzem hing noch ein roter Polsterwürfel mit weißen Mondsicheln und Sternen an Hakans Rückspiegel. Den hätte der Bulle bestimmt auch neugierig angestiert. Doch nachdem Peri sich neulich Hakans Wagen geliehen hatte, um Emine zum Arzt zu fahren, war der Würfel plötzlich nicht mehr da. Hakan hat Peri angerufen und zur Rede gestellt, aber die meinte nur: *Keine Ahnung, wovon du sprichst, Hakan. Was soll ich mit deinem ekligen Faschowürfel?*

Der Biber ist zurück mit seinem Blasgerät. Er sagt, Hakan soll aussteigen. Hakan zupft seinen Hosenbund zurecht und klettert aus dem Wagen. Er lässt die Schultern kreisen und dehnt den Nacken. Der Biberbulle legt die rechte Hand demonstrativ an seine Hüfte, wo die Dienstwaffe angeschnallt ist. Mit der Linken streckt er Hakan das Gerät entgegen.

»Einmal tief Luft holen und kräftig pusten.«

Es ist, wie Hakan vermutet hat: Hasselhoff ist ein paar Zentimeter größer als er, der Biber einen halben Kopf kürzer. Er wird gerade noch so die Mindestkörpergröße erreicht haben, um Bulle werden zu können. 165 Zentimeter, Hakan weiß das, weil er sich das auch mal überlegt hat, Bulle zu werden. Das war in einem früheren Leben, als er noch dachte, so was sei möglich, die Seiten zu wechseln. Das war vor der Sache mit dem Graffiti.

Hakan schaut dem Biber in die Augen, als er nach dem Teil greifen will.

»Nein, nein, Sie pusten nur, ich halte es«, sagt der Biber.

»Also gut«, sagt Hakan und verkneift sich das *Wenn Sie drauf stehen …*

Hakan holt Luft und bläst in das Plastikröhrchen, bis er nicht mehr kann. Es dauert eine Weile, er denkt, die Bullen sind sicher beeindruckt von seinem Lungenvolumen. Er raucht zwar und hat einen gemütlichen Bauch, aber sie wissen nicht, dass er jahrelang geboxt hat und sie notfalls beide mit bloßen Händen umwichsen könnte. Wären da natürlich nicht die Waffen im Spiel.

Das Gerät piepst. Der Biber schaut ungläubig.

»Null komma null.«

Hasselhoff nickt, als sei die Sache gegessen.

»Also gut. Kann ich jetzt weiterfahren?«

»Nicht so eilig«, sagt der Biber. »Wir wissen jetzt, dass Sie keinen Alkohol getrunken haben. Aber das macht Sie nicht automatisch fahrtüchtig.«

»Was soll das heißen?«, fragt Hakan genervt.

Hasselhoff und der Biber tauschen leere Blicke.

»Konsumieren Sie Drogen?«

Hakans Herz beginnt zu rasen. Er schaut in den Himmel und ringt um Geduld. Er darf auf keinen Fall die Fassung verlieren.

»Sie wirken nervös.«

Hakan merkt erst jetzt, dass sein rechter Fuß schon die ganze Zeit auf dem heißen Asphalt herumtippt, wie bei so einem Koksjunkie. Muss das Red Bull sein.

»Woher wollen Sie das wissen?«, fragt er. »Sie kennen mich nicht. Ich bin immer so«, rechtfertigt er sich.

»Und Ihre Augen? Warum sind die so gerötet?«

»Alter, mein Vater ist tot!«, platzt es aus Hakan raus. »Er ist letzte Nacht verreckt, einfach so. Was wollt ihr von mir?«

»Hey, hey, bleiben Sie ruhig, ja?«, ruft Hasselhoff, die eine Hand wie ein Stoppschild in der Luft, die andere jetzt auch an der Hüfte.

Hakan hebt beide Hände, als würde er sich ergeben. Er nimmt einen tiefen Atemzug. Das Red Bull tickt wie eine Zeitbombe in seinem Hals. Ihm ist schlecht.

»Wenn Sie keine Drogen konsumiert haben, lässt sich das mit einem kleinen Test schnell feststellen. Sie haben ja wohl nichts zu befürchten?«, fragt der Biber und grinst ihn an, einfach taktlos.

Hakan ist froh, dass er im letzten Moment noch abgesprungen ist von der Idee, seinen Kumpel Reza anzurufen und zwei Gramm Pepp für die Fahrt klarzumachen.

»Na gut. Was wollen Sie? Mir ins Auge leuchten?«, fragt Hakan.

»Das geht bei Tageslicht nicht so gut«, sagt der Biber. »Außerdem haben Sie dunkle Augen, man erkennt ja die Pupillen kaum. Da haben wir schlechte Erfahrungen mit Ihren Landsleuten.«

Hakan richtet seinen Blick auf einen Laternenpfahl hinter dem Biber, versucht, sich abzulenken vom Pulsieren in seinem rechten Oberarm. Er denkt an Lena, dann an den Duft des Red-Bull-Girls, aber es funktioniert nicht. Alle Gedanken schmelzen zusammen und zerfließen zu einer Pfütze, in der sich das geschwollene, rot angelaufene Bibergesicht des Bullen spiegelt. Hakan wischt sich den Schweiß von der Stirn. Warum stehen sie eigentlich die ganze Zeit in der prallen Sonne herum, anstatt dass die beiden Hakan ein paar Meter weiter im Schatten demütigen? In diesen Uniformen ist es doch sicher noch viel heißer als in Hakans Jordan-Trikot. Aber vielleicht ist denen ja nie heiß. Vielleicht haben sie verdammte Eisklötze in ihre Brustkörbe eingebaut.

»Wir schauen jetzt auf die Uhr. Sie schätzen, wann 30 Sekunden um sind, und sagen dann Stopp.«

»Wie bitte?«

»Sie sollen schätzen, wie lange 30 Sekunden dauern!«

»30 Sekunden dauern 30 Sekunden. Was soll das für ein Test sein?«

»Wir wollen überprüfen, wie Ihr Zeitgefühl ist«, erklärt Hasselhoff.

»Mein Zeitgefühl?« Hakan schüttelt den Kopf und verkneift sich ein Lachen.

»Was ist so witzig?«

»Nichts, Herr Officer. Gar nichts. Außer, dass es eine Erfindung gibt, die sich Uhr nennt. Wenn Menschen wissen wollen, wann 30 Sekunden um sind, dann …«

»Junger Mann, wir können Sie auch gleich mit auf die Wache nehmen!«

»Schon gut, Herr Officer. Ich zähle ja.«

Der Biber macht eine Kopfbewegung zu Hasselhoff. Der wirft einen Blick auf seine Digitaluhr und sagt: »Es. Geht. Los. Jetzt!«

Eins. Pause.

Zwei. Pause.

Drei.

Zähle ich zu langsam?

Vier, fünf, sechs.

Zähle ich zu schnell?

Der Zeitzünder in Hakans Hals. Der klebrige Schweißfilm zwischen seiner Haut und dem Jordan-Trikot. Der Blick seines Vaters von oben her auf diese Szene, auf die beiden Bullen, wie sie breitbeinig dastehen und Hakan mit Spielchen quälen, aus purer Langeweile, als ob Bundespolizisten an der Grenze nichts Besseres zu tun hätten. Die Enttäuschung seines Vaters darüber, dass sein Sohn in so etwas hineingeraten muss, wie ein Volltrottel. Das immer gleiche Mantra, *bu oğlan hiç adam olmayacak,* aus diesem Jungen wird nie ein Mann werden. Hakan ist und bleibt ein Loser für ihn, weil Hakan sich in diese Situation gebracht hat, weil Hakan nicht vorsichtiger war, weil Hakan den Bullen aufgefallen ist. Für Hüseyin war man immer selbst verantwortlich, wenn man in Scheiße geriet, für Hüseyin waren immer die Bullen im Recht, weil sie am längeren Hebel saßen. Was brachte es schon, die Bullen für ungerecht, ihre Gewalt für brutal, ihre Kontrollen für rassistisch zu erklären, wenn diese Erklärungen einen nicht weiterbrachten und einem im schlimmsten Fall noch mehr Probleme machten. Es gab eine Autorität, und der hatte man zu gehorchen, und tat man das nicht, hatte man sich die Konsequenzen selbst zuzuschreiben.

✦ ✦ ✦

Als die Bullen Hakan zum ersten Mal nach Hause brachten, war Hüseyins Kopf knallrot vor Scham. Er stand mit verknautschtem Gesicht in seinem Pyjama an der Tür und wirkte ein paar Zentimeter kleiner als sonst.

»Entschuldigung, ich werde ihn bestrafen, Entschuldigung«, sagte er immer wieder, als ob das irgendwas ändern würde. Als ob keine 6000-DM-Geldstrafe bald hereinflattern würde. Als ob Hakan nicht schon längst auf andere Weise bestraft worden war für das hässliche Tag an der Schalterhalle des Bahnhofs. *Fuck tha Police* hatten sie dort hingesprüht, das hatten sie bei N.W.A. aufgeschnappt.

Fuck tha Police comin straight from the underground
*A young n**** got it bad cause I'm brown*

rappte Ice Cube in dem Song, und Hakan und Musti fühlten es. Obwohl sie in ihrem Leben noch nie mit Bullen zu tun gehabt hatten. Obwohl sie nicht schwarz waren und Rheinstadt nicht Compton war. Die Botschaft war trotzdem klar. *Fuck tha Police,* das hieß Fuck diese Schule, die nur dazu da war, ihre Zeit zu vergeuden, bis sie irgendwann einen nutzlosen Abschluss hatten und in denselben Fabrikhallen landeten wie ihre Väter. Fuck diese Lehrer, die ihnen Tag für Tag zu verstehen gaben, dass sie sich wünschten, Hakans und Mustis Väter wären gar nicht erst gekommen oder hätten ihre Kinder wenigstens zurückgelassen in ihren unterentwickelten Dreckslöchern. Fuck dieses Viertel, das so abgeschirmt war vom Rest der Stadt, dass sie nachts durch einen Scheißwald marschieren mussten, bevor sie natürlich viel zu spät zuhause ankamen und mit schlammigen Schuhen die Flure der streichholzschachtelgroßen Wohnungen verdreckten, die ihre Mütter jeden Tag aufs Neue saugten und schrubbten, damit sie vor Langweile nicht den Verstand verloren in ihrer Zu-fünft-auf-68-Quadratmeter-Welt. Fuck ihre Eltern, die sie ständig zu mehr Dankbarkeit ermahnten, weil sie nicht verstanden, was sie jeden Tag durchmachten, auf der

Straße und in der Schule, die nicht wussten, wie das Leben war, in einer Scheißstadt, in der alle Ladenverkäufer den Verdacht hatten, dass sie klauten, alle Lehrer davon ausgingen, dass sie dumm waren, und alle Glatzen in der Fußgängerzone dafür sorgen wollten, dass sie behindert wären oder tot.

Fuck tha Police! Ey Dejan, schau mal!, hatten Hakan und Musti aufgeregt gerufen, aber Dejan war vertieft in sein Piece an der Wand um die Ecke. Dejan war nämlich ein richtiger Sprüher und malte richtige Pieces, nicht bloß solche Kritzeltags wie Hakan und Musti, die Dejan mehr aus Jux begleitet hatten. Aus Jux und aus dem Gefühl heraus, dass es eben nicht reichte, dass sie tanzten und ihre eigenen Raps schrieben, nein, dass sie auch das Sprühen lernen mussten, weil es auch zu Hip-Hop gehörte und sie nur wirklich Hip-Hop sein konnten, wenn sie all diese Dinge verstanden. Ja, das Tag war hässlich, aber Hakan war trotzdem stolz darauf, oder high vom Geruch des Autolacksprays, das er vorher mit Musti im Baumarkt geklaut hatte, oder beides.

Ey Dejan!

Und dann sah Dejan auf zu den beiden, blickte sie nur kurz an, rief *Scheiße!* und begann zu rennen. Noch bevor sich Hakan umdrehen konnte, packte ihn jemand von hinten, verschränkte seine Arme auf dem Rücken und drückte ihn zu Boden. Neben ihm lag Musti und guckte ihn ängstlich an.

Scheiße!

✦ ✦ ✦

»Dreißig. Dreißig Sekunden sind um, oder?«, fragt Hakan die Bullen.

Hasselhoff und der Biber schauen sich an. Hasselhoff checkt seine Uhr.

»Das waren jetzt … Eine Minute und drei Sekunden«, sagt Hasselhoff.

Der Biber räuspert sich und macht ein strenges Gesicht. »Es gibt eine Kulanz von fünf Sekunden, aber die haben Sie deutlich überschritten. Ich würde sagen, es besteht dringender Verdacht auf Autofahren unter Drogeneinfluss.«

»Nicht euer Ernst, oder? Habt ihr eigentlich nichts Besseres zu tun, als mich zu ficken?«

Hasselhoff stemmt die Hände in die Hüften.

»So, junger Mann, jetzt nehmen wir Ihre Personalien erst mal wegen Beamtenbeleidigung auf. Das ist eine Straftat.«

»Eine Straftat? *Ficken* ist doch keine Beleidigung!«, schreit Hakan, aber da wandern die Bullenhände schon in Richtung Dienstwaffen, und Hakan wird klar, dass er besser von nun an die Klappe hält, wenn er noch weiterfahren will. Grundlos haben sie ihn aus dem Verkehr gezogen, grundlos können sie ihn über Nacht im Knast behalten, oder Schlimmeres. Sie nehmen Hakan mit im Bullenauto. Hakan schaut aus dem Fenster zurück zu seinem Alfa, der einsam in der Parkbucht stehen bleibt.

Auf der Wache lassen sie Hakan in einen Becher pissen. Und dann lassen sie ihn warten. Er sitzt allein auf einer Metallstuhlreihe und atmet durch den Mund. Starrt die beige Wand gegenüber an.

Er schaut nicht zu den Beinen in Uniformen, die den Gang hoch- und runterkommen. Nicht auf den Kautschukboden. Nicht durch den Spalt der halboffenen Tür in ein Büro, in dem ein Faxgerät seine pfeifenden Geräusche macht. Nicht auf die Uhr. Auf gar keinen Fall auf die Uhr.

Hakan wird schwindelig vom Atmen durch den Mund, immer weiter versucht er, sich in Gedanken wegtreiben zu lassen.

Neben ihn setzen sich eine junge Blondine und ihr Freund, sie streiten sich über irgendeinen Typen. Der Typ hat die Blondine anscheinend begrapscht. Ihr Freund sagt, sie soll dieses Kleid in Zukunft nicht mehr anziehen. Es ist rot.

Ein älterer Herr setzt sich. Er trägt Anzug, im Hochsommer. Aus seinen gigantischen Ohren wachsen feine Härchen. Ein Stapel Papiere zittert in den Händen des Alten. Jedes Mal wenn ein Bulle vorbeiläuft, nickt er lächelnd und sagt »Grüß Gott«, als sei er sein Scheißcousin.

Zwei verhüllte Frauen mit einem Kind setzen sich. Sie sehen verängstigt aus, flüstern in einer Sprache, die Hakan nicht einordnen kann. Das Kind formt eine Pistole mit seinen Fingern. Es richtet sie auf Hakan. Hakan sieht das Kind an, es hat dichte, ellenlange Wimpern, die seine Augen so rahmen wie Stacheldraht einen kostbaren, gefährdeten Edelstein. Hakan lächelt sanft und schüttelt den Kopf. Das Kind zuckt mit den Schultern und hält die Waffe immer noch auf Hakan gerichtet. Hakan deutet mit seinem Kopf in Richtung der halboffenen Bürotür, hinter der inzwischen ein Bulle an einem PC sitzt und langsam vor sich hin tippt. Der Blick des Kindes geht zur Bürotür, kommt zurück zu Hakan, das Kind nickt ihm verschwörerisch zu. Es richtet seine Pistole auf den Bullen im Zimmer.

Sie alle kommen, warten, kommen dran, gehen wieder. Es vergehen Minuten oder Stunden oder Tage, Hakan hat kein Gefühl mehr dafür. Er bleibt sitzen, schaut immer weiter nicht auf die Uhr. Sein Blick haftet an der beigen Wand, seine Hände fest ineinander verhakt, damit sie sich bloß nicht selbständig machen. Damit sie dem Biber, der ab und zu vorbeiläuft und Hakan bewusst ignoriert, nicht den Hals umdrehen.

Hakan vergisst für einen Moment, dass er seine Nase nicht benutzen sollte, nur einen Moment, und da ist er schon. Der aufdringliche Mief des staubigen alten Kautschukbodens, der Schweiß von unzähligen uniformierten Körpern, die stickige Luft von aufgeheizten Kopier- und Faxgeräten, der Gestank eines Hauses, das nur gebaut wurde, damit Menschen wie Hakan sich unsicher fühlen.

Hakan schließt die Augen. Er sieht wieder Musti neben sich. Mit seinem ängstlichen Blick. *Scheiße!* Er sieht Dejan wie bekloppt um die Ecke wegrennen. Hakan liegt auf dem Boden. Gleich beim menschenleeren Bahnhof von Rheinstadt, mitten in der Nacht, mitten in den Sommerferien. Alles duftet nach dem Lack ihrer Spraydosen. Ihm werden Handschellen angelegt, Musti auch. Sie werden hochgezogen, sie werden gegen die Wand gedrückt. Die Bullen lesen den Tag laut vor. *Fuck Tha Police. Fuck Tha Police. Denkt ihr, wir wissen nicht, was das heißt, ihr kleinen Kümmelköpfe? Fuck tha Police,* der Holztisch auf der Wache, der gleich darauf gegen Hakans Kopf knallt, oder ist es andersherum, *Fuck Tha Police,* das Faxgerät, das im Hintergrund piepst und eine endlose Papierschlange rauskotzt, Daten von Leuten, die irgendwas angestellt haben sollen und wahrscheinlich wirklich was angestellt haben, das gefährlicher ist, als den Bahnhof mit Autolackspray vollzusauen. *Fuck Tha Police,* das Feuerzeug und der Zehnmarkschein, als sie beides in Hakans Hosentaschen finden, *Fuck Tha Police,* der Zehnmarkschein schmeckt nach Staub und Blei, *Fuck Tha Police,* das grüne Feuerzeug ist eckig und rutscht ihm fast die Kehle hinunter, Hakan muss würgen. *Fuck Tha Police, zieh dich aus,* sagen sie, Hakan will nicht, will wissen, wo sie Musti hingebracht haben, *Fuck Tha Police,* sie sagen *mach,* Hakan will nicht, sie sagen, *wir durchsuchen dich,* Hakan will nicht. *Fuck Tha Police,* sie tun es einfach, durchsuchen ihn, durchsuchen sein Innerstes. Sie sagen, sie suchen nach Beweisen, nach Beweisen wofür? Soll da etwa eine Scheißspraydose drin versteckt sein? Was für Beweise? Beweise für seine Schuld, für sein Vergehen, für sein Versagen, für seine Sünden, für seine Fehler, für seinen Ungehorsam, für seine Angst? *Fuck tha Police*, sie durchsuchen ihn nach dem Zerbrechlichsten in ihm, nach dem Kostbarsten, dem Heiligsten, um es mit dem bloßen Finger zu zerdrücken, sie durchsuchen ihn nach seinem Stolz. *Fuck tha Police*, sie suchen und suchen, aber sie werden nicht fündig, Hakan verkriecht sich in sich selbst, in sein Innerstes, er verkriecht sich im dunkelsten Winkel des Labyrinths, das sich in ihm auftut. *Fuck Tha Police*, er schleicht um jede Ecke, macht alle Lichter aus, er wird nie wieder herauskommen, ein Teil von ihm wird immer hier drinbleiben in der Dunkelheit. *Fuck tha Police*, Hauptsache, sie kriegen ihn nicht, wie lange suchen sie denn noch, Hakan will nicht wissen, was sie dabei sagen, er hört nichts, schaltet ab, will nur, dass es vorbei ist, will nur, dass es für immer vorbei ist und niemand davon weiß, nicht Musti, nicht sein Vater, niemand. *Fuck Tha Police*, keine Seele weiß davon, und keine wird es jemals erfahren, denn was würde es schon bringen, was? Nichts würde es bringen. Seinem Vater hat er dann doch davon erzählt, aber höchstens ein Zehntel, er hat es erzählt und es hat nichts gebracht, denn die Bullen sind immer im Recht, die Bullen sitzen immer am längeren Hebel, sie sind die Macht, und der hat man zu gehorchen.

Fuck.

»Junger Mann, da sind Sie ja.«

Hakan öffnet die Augen. Der Biber steht vor ihm, einen Rucksack über der Schulter, bereit für den Feierabend.

»Ich dachte schon, Sie sind abgehauen. Ich laufe seit Stunden hier herum und suche Sie.« Er bemüht sich, glaubwürdig zu klingen, und streckt Hakan den Führerschein entgegen. »Den kriegen Sie zurück. Ihr Test ist sauber.«

Hakan muss schlucken und reibt die Hände über seine Shorts.

»Und wie komme ich jetzt zu meinem Auto?« Er bereut die Frage sofort. Denn er weiß, wie die Antwort lautet. Dem Bullen ist es scheißegal.

Draußen ruft Hakan ein Taxi und lässt sich für 50 Mark zur Parkbucht bringen. Eine ganze Tankfüllung aus dem Fenster geschreddert, einfach so. Hakan steigt in den Alfa, es ist fast sechs. Er müsste jetzt schon kurz vor Ljubljana sein. Vier Stunden haben sie ihm genommen. Vier. Hakan spürt ein Kribbeln auf seiner Schulter. Der enttäuschte Blick seines Vaters. Er lässt das Radio aus und bleibt brav auf der rechten Spur.

Sein Körper streift sich von ihm ab, wird eins mit dem Alfa. Die Ösi-Beamten checken seine Vignette und winken ihn durch. Ein weißer Porsche Carrera zieht an ihm vorbei. Hakan empfindet nichts dabei. Er will nur weg hier, nur nicht noch mehr Schwierigkeiten.

Auf der Rückbank liegt die Marlboro-Stange, in Hakans Gürteltasche stecken dreißig Zehnmarkscheine. Hakan öffnet den Reißverschluss und vergewissert sich, dass sie noch da sind, fährt mit den Fingern über das Bündel. Er will schnell über die nächste Grenze kommen und damit endlich in eine Gegend, in der er weiß, wie Probleme zu lösen sind. Hakan kennt Jugos, er kennt Ivi, er kennt Goran, er kennt Dragan, aber Österreicher kennt er nicht, keinen einzigen. Oder doch, einen kennt er, und das ist Adolf Hitler.

Hakan schaut aus dem Fenster, dann wieder auf die Straße.

Berge, Kirchen, Berge, Kirchen, Berge. Er muss an seine Mutter denken. Wie sie vor Jahren mal behauptete, sie werde Hüseyin nun endgültig verlassen und wegziehen. Hakan und Peri redeten auf sie ein, *Anne, red nicht so komisches Zeug, wo willst du denn hin*. Da sah Emine die beiden eiskalt an und sagte nur: *Nach Österreich*. Keine Ahnung, was seine Mutter an Österreich fand. Ein unnötiger Blinddarm von Deutschland, bloß noch deprimierender.

Hakan hatte mal eine Freundin, Hülya, die lebt inzwischen in Graz mit ihrem Mann. Ihre Augen hatten die Farbe einer Kiwischale, sie war die einzige Kanakin, mit der Hakan je zusammen war. Hakan war sechzehn und traf sie immer morgens vor der Schule in einem Park am anderen Ende der Stadt, damit sie ungestört rummachen konnten. Als er seine Hand langsam unter ihr T-Shirt schob, machte er auf halber Strecke eine kleine Pause, um sicherzugehen, dass es Hülya gefiel. Sie sagte, *hör auf*. Also hörte er auf. Danach trennte sich Hülya von ihm, mit den Worten, sie stehe nicht auf schüchterne Typen.

Die Sonne geht unter. Der slowenische Grenzbeamte guckt Hakan nicht ins Gesicht. Hakan tut es an seiner Stelle, wirft einen Blick in den Rückspiegel, die Trauer hängt ihm unter den Augen wie zwei Teebeutel. Der Beamte haut den Stempel in den Pass und schiebt ihn durch die schmale Öffnung im Glasfenster. Der Alfa rast weiter, und Hakans Körper löst sich in eine weiche Masse auf. Die Müdigkeit kickt auf einmal. Der Tankanzeiger liegt schon im roten Bereich. Hakan fährt raus, tankt voll und joggt eine Runde um den Rasthof, damit wenigstens seine Beine aufwachen. Erst als er wieder im Alfa sitzt und zurück auf die Autobahn rollt, bemerkt er im Rückspiegel die rie-

sigen Buchstaben auf der Leuchtreklame der Tankstelle: HIP
HOP.

✦ ✦ ✦

In der Nacht, in der Hakan von den Bullen nach Hause gebracht wurde, war klar, dass er nicht zum Casting am nächsten
Tag durfte. Es war klar, dass er die restlichen zwei Wochen der
Sommerferien zuhause verbringen und Musti nicht sehen und
nicht telefonieren durfte, ihn nicht fragen konnte, ob ihm dasselbe passiert war. Und es war auch klar, dass von nun an zuhause ein anderer Wind wehte. Hüseyin war außer sich. Als
die Bullen Hakan wie einen Haufen Dreck bei ihm ablieferten,
hatte er Panik, dass sein Vater in Tränen ausbrechen würde,
so erschrocken wirkte Hüseyin vom Auftauchen der Polizisten
vor seiner Tür. Unterwürfig entschuldigte er sich bei ihnen,
stammelte herum, flehte immer wieder um Verzeihung für das
Verhalten seines Sohnes.

Hakan ertrug es nicht, seinen Vater so zu sehen. Er wollte
nicht, dass Hüseyin schwach war. Er wollte, dass Hüseyin so
war wie immer. Stolz und unbeirrbar, wie Väter halt sind. Zum
Glück wich die Angst aus Hüseyins Blick, sobald die Wohnungstür zuging und sie hören konnten, wie die schweren Stiefel der Polizisten sich entfernten. Mit einer groben Bewegung
packte Hüseyin Hakan am Kragen, das war viel leichter zu ertragen. Hüseyin zerrte ihn ins Wohnzimmer.

Dort schloss er sorgfältig die Tür hinter sich, denn egal, wie
wütend er war, er nahm Rücksicht auf den Schlaf seiner Frau
und seiner Kinder, weil Schlaf für einen Schichtarbeiter wie ihn
das Heiligste war. Er baute sich vor Hakan auf. Was sich Hakan
gedacht habe, ob er denn keinen Respekt davor habe, was sein
Vater alles für ihn getan habe. Dass Hüseyin ohne einen Pfen-

nig in der Tasche und ohne auch nur ein Wort Deutsch hierhergekommen sei, nur damit aus Hakan etwas werden könne.
Dass er sich seit Jahren zu Tode ackere für seine Kinder. Dass
Hakan darauf spucke, dass Hakan auf Hüseyin spucke, dass
er alles, alles, alles kaputtmache, seinen eigenen Vater vor der
ganzen Welt blamiere.

»Aber wir haben bloß etwas gemalt«, sagte Hakan.

Hüseyin weitete seine blutunterlaufenen Augen und ballte
die Faust. Er hob die Faust, um sein Kinn darauf abzustützen,
schloss die Augen und schnalzte mit der Zunge. Er riss sich
offensichtlich zusammen, um Hakan keine zu knallen. Hakan
wünschte sich irgendwie, Hüseyin täte es.

»Weißt du, was sie in der Türkei mit Leuten machen, die
Sprüche an die Wand malen?«, brüllte Hüseyin stattdessen,
vergaß den Schlaf der anderen für einen Moment.

»Ich weiß es«, sagte Hakan.

»Ach ja?«

Hakan senkte seinen Kopf. Er fuhr sich mit den Fingern
über die riesige pochende Stelle an seiner Stirn, zeigte sie seinem Vater.

Hüseyin schnalzte wieder mit der Zunge. »Was ist, Hakan?«, fragte er.

»Sie haben mich geschlagen, Baba.«

Hüseyins Gesicht erlosch. Er schaute weg, irgendwohin.
Er wollte die Verletzung nicht anschauen, wollte nicht wissen,
was passiert war. Er sah bloß in die Leere. »Warum erzählst du
mir das?«

Hakan dachte nach. Ja, warum erzählte er seinem Vater das?
Er hatte keine Antwort darauf. Er sah Hüseyin einfach nur an,
doch der erwiderte seinen Blick immer noch nicht.

Hüseyin machte langsam ein paar Schritte auf seinen Sessel zu, der zum Fernseher und zum Vitrinenwandschrank mit den Kristallgläsern und den Lexikonbänden schaute und in dem immer nur Hüseyin saß, abgewandt vom Rest der Couchgarnitur und seiner Familie. Hüseyin war damals noch keine fünfzig, aber plötzlich, um diese Uhrzeit lange nach Mitternacht, wirkte er wie ein uralter Mann. Auf seinem niedergeschlagenen Gesicht glänzten weiße Bartstoppeln, in seinen dichten Augenbrauen funkelte es silbern. Der Pyjama ließ seinen Körper, den Körper eines großen Mannes, so viel kleiner wirken, die Metallfabrik zerrte wie ein unsichtbarer Rucksack an Hüseyins Schultern und krümmte alles an ihm nach unten.

»Warum erzählst du mir das, Hakan?«, wiederholte Hüseyin. »Um mich noch mehr zu demütigen?« Er setzte sich in seinen Sessel, neben sich auf dem Beistelltisch die Schüssel mit aufgeknackten Walnussschalen vom Abend, er starrte ohne hinzugucken auf den ausgeschalteten Fernseher. Er war unendlich weit entfernt, bloß seine Stimme klang wund und verletzt. Hakan wandte die Augen ab, starrte runter auf den geblümten Teppichboden.

»Nein, Baba«, sagte er. »Ich wollte dich nicht demütigen. Ich habe es dir gesagt, damit du es weißt.«

»Und jetzt?«, fragte Hüseyin. Hakans Blick folgte dem Teppichmuster, wie es aus lauter kleinen Blumen eine große Blume zusammensetzte.

»Was ändert es, wenn ich es jetzt weiß?«, setzte Hüseyin mit seiner metallischen Stimme wieder an. »Was soll ich jetzt tun? Was, Hakan?«

Hakan zuckte mit den Schultern. Er versuchte, die Worte seines Vaters im Kopf zu wiederholen, hoffte, er würde sie dann besser verstehen. Doch er verstand sie nicht.

»Warum bringst du mich in eine solche Situation?«, fragte

Hüseyin. »Ich kann nichts machen. Verstehst du das nicht? Warum musst du mir zeigen, dass ich nichts machen kann? Wo soll ich denn hin? Wo soll ich mich denn beschweren? Soll ich zur Polizei gehen? Um die Polizei anzuzeigen? Was willst du von mir?«

Hüseyins Fragen formten Spiralen in Hakans Kopf. Jede Frage endete in einem Krater, in den alle Ansätze möglicher Antworten einfach hinabstürzten, wie Kupfermünzen in einen Kaugummiautomaten, wie die Wasserbomben vom Dach ihres Wohnblocks in den Sommern, die Hakan und Musti noch nicht tanzend im stickigen Jugendtreff verbracht hatten. Hakans Augen verirrten sich im Teppichmuster.

Er sah auf, nur kurz, damit ihm unter der pochenden Stirn nicht schwindelig wurde, sah, wie Hüseyin in seinem gestreiften Pyjama morgens um drei Uhr dasaß und seinem Sohn in immer neuen kaputten Sätzen zu erklären versuchte, dass er ihn nicht beschützen konnte, sah, wie Hüseyin sich dafür schämte, sah, wie Hüseyin dabei auch noch wertvolle Schlafenszeit verlor, bevor er in drei Stunden wieder am Band stehen musste. Hakan stierte nach unten und schämte sich für alles, was er gesehen hatte, als er seinen Vater anblickte.

»Ich dachte, wir kommen hierher, und hier ist alles anders«, hörte er Hüseyin sagen. »Ich dachte, hier passiert so etwas nicht. Aber natürlich passiert es. Es passiert überall. Warum hast du ihnen einen Anlass gegeben, Hakan? Warum hast du ihnen einen Grund gegeben, dich so zu behandeln? Wenn du nicht da draußen rumlungern würdest, mitten in der Nacht, und weiß Gott was treiben würdest, hätten sie gar keine Gelegenheit gehabt, dir das anzutun! Ich kann nichts tun, Oğlum. Selbst wenn ich ihre Sprache sprechen könnte, niemand würde auf mich hören. Es würde uns nur noch mehr Probleme bereiten. Du musst das alles einfach vergessen, hörst du mich? Du wirst es vergessen, und ich werde es vergessen, und du wirst endlich lernen, ein Mann zu sein.«

Am Ende dieser Nacht kam es Hakan vor, als sei er geschrumpft, gekrümmt auf seinem Bett liegend, auf den Atem des in Wahrheit hellwachen Ümit zwei Meter weiter lauschend, alles wie in sich zusammengeballt. Als sei er im Laufe der letzten Stunden mikroskopisch klein geworden, unbedeutend. Wie eine Bakterie fühlte er sich, wie ein Staubkorn, das zwischen der Teppichwolle sitzt und dort sein Dasein fristen muss, bis es jemand aufsaugt und auslöscht mit einer einzigen Bewegung. Scham macht das mit dir, dass du dich winzig klein fühlst. Und Trost gibt dir dann nur die Vorstellung, dass du sowieso unsichtbar bist für alle. Dass es egal ist, was du tust, dass es niemanden interessiert, solange du es ganz unten im Stillen tust, du Dreck.

Bis zum Ende der Sommerferien blieb Hakan in seinem und Ümits Zimmer, durfte niemanden sehen und mit niemandem telefonieren. Er begann, seine Gedanken in Reimen aufzuschreiben, um nicht verrückt zu werden von der Einsamkeit, die ihn verschlang. Der kleine Ümit sah ihn aus mitleidigen Augen an. Er hielt Hakan sein liebstes Spielzeugauto entgegen. Hakan zischte *Verpiss dich* und setzte sich die Kopfhörer auf.

Das mit Musti hörte er erst am Morgen des ersten Schultags. Hakan packte seine Sachen, wollte losgehen und Musti wie immer auf dem Weg abholen. Da erst sagte es ihm Emine.

Dass Musti nicht mehr da sei. Wie, nicht mehr da? Na, Mustis Vater Cemil Amca habe ihn in die Türkei geschickt, nach Sinop zu seinem Onkel, da lebe er jetzt. Die Sätze seiner Mutter trafen Hakan wie ein Elektroschock. Seine Schädeldecke vibrierte. Er hatte gedacht, er selbst hätte die absolute Arschkarte gezogen mit dem Gespräch, das sein Vater ihm aufgetischt hatte, mit dem Verbot, zum Casting zu gehen. Doch als er von Cemil Amcas Strafe hörte, kam ihm seine eigene wie ein Witz vor. Cemil Amca hatte alles getoppt. Er hatte also durchgezogen, was er immer wieder als Leier von sich gegeben hatte. Und ja, Cemil Amca war ein Schläger. Er hatte ein Wutproblem, er haute seinen Kindern und seiner Frau manchmal grundlos eine runter. Aber dass er jetzt so weit gegangen war, das hätte Hakan nie gedacht. Er wusste, dass Cemil Amca Musti oft damit gedroht hatte, ihn zurückzuschicken, wenn er nicht aufhöre mit diesem Tanzquatsch. Das sei Günah, eine Sünde, eine Falle des Teufels. Musti hatte das nicht einmal selbst ernst genommen. Er hatte mit Hakan darüber gelacht und beschlossen, ihre Crew *Dirty Devils* zu nennen, breaken im Auftrag des Teufels. Aber als Musti von den Bullen nach Hause gebracht wurde, war Cemil Amca zur Tat geschritten. Er hatte gehandelt, spätestens, als er von der Geldstrafe erfahren hatte. Laut Hüseyin die Ersparnisse eines ganzen Jahres.

Hakan fiel in eine Art Starre, den ersten Schultag über, den zweiten, die erste Woche, einen Monat, ein Jahr. Er wusste, sein Vater war nicht wie Mustis Vater. Er wusste, er musste dankbar dafür sein, dass Hüseyin nicht so war. Und doch zerdrückte es Hakan das Herz, dass er nun für immer wusste, wie hilflos sein eigener Vater war. Nie wieder wollte er ihn so sehen. Nie wieder wollte er ihn daran erinnern, dass er seinen Sohn weder hatte wirklich beschützen noch wirklich bestrafen können. Er musste das vergessen.

Hakan gab sich Mühe, von da an jedem Konflikt mit seinem Vater aus dem Weg zu gehen. Zuhause nie mehr anzuecken. Alles an ihm, das Hüseyin missfallen könnte, sollte unsichtbar sein. Bis Hakan schließlich keine Eigenschaften mehr hatte und zuhause rumlief wie ein transparentes Wesen. Wie Casper, der Geist.

✦ ✦ ✦

Hinter Zagreb hören die Straßenlaternen auf. Der wellige Boden und der Himmel haben dieselbe Farbe, sie verschwimmen zu einem dunkelgrauen Meer. Außer dem Licht des Alfa auf dem Asphalt gibt es nichts zu sehen. Weiße Streifen, die die Fahrbahnen voneinander trennen, fliegen links unter den Wagen, einer nach dem anderen. Sie tun so, als gäben sie Sicherheit hier in der Nacht, Sicherheit gegen den Tod. Als ob nicht eine winzige Bewegung reichen würde, um das ganze Leben gegen die Leitplanken zu rammen. Oder gegen ein anderes Leben, wäre der Alfa nicht der einzige Wagen weit und breit an diesem Nicht-Ort namens Landstraße vor Slavonski Brod. Hakan muss an die Landstraße zuhause bei Rheinstadt denken, die er nachts oft nimmt, um nach Hause zu kommen. Da ist es auch so stockdunkel. Links und rechts nur die schwarzen Schatten der hohen schmalen Bäume. Und irgendwann dann dieses furchtbare Schild am Straßenrand, das nur kurz vom Alfa angeleuchtet wird und so schnell vorbeizieht, dass Hakan ganz easy wegschauen kann. Aber er kennt ja trotzdem das Schild. Er weiß, dass es da ist und was darauf zu sehen ist. Die bloße Existenz des Schildes reicht, um Hakan jedes Mal an derselben Stelle daran zu erinnern, dass der Untergang nie fern ist. Es zeigt vier Geier, die auf einem Ast sitzen, und über ihnen steht: *Hallo Raser, wir warten.*

In Hakans Kopf kreisen Federn, es rauscht wie Wasser, Wellen, Ozean. Durch das Rauschen dringt ein weit entferntes Piepen. Ein vertrautes Piepen, ein Klingeln eher, eine blecherne

Melodie, sein Panasonic. Hakan sieht es nicht. Es ist nicht da. Er versucht, sich zu orientieren, warum ist das Klingeln so weit weg, wo ist das Panasonic, wo ist Hakan? Alles ist dunkelgrau, wie die Bildfläche eines ausgeschalteten Fernsehers. Er versucht, aufzusteigen aus dem trüben Wasser, versucht, sich aus den Fängen der Wellen zu befreien, die ihn immer wieder nach unten drücken. Es klingelt weiter, das Klingeln rückt näher, wird dumpfer in seinen Ohren, dröhnt. Gleich ist er da, lässt sich nur noch ein letztes Mal treiben, lässt sich von der Schwere über sich nach unten pressen, von dieser Last, unter der einfach liegen zu bleiben Hakan so guttäte, wäre in ihm da nicht auch dieses Wissen, dass er es eigentlich sehr eilig hat.

Hakans Stirn prallt gegen das Lenkrad. Sein Schädel klirrt wie das Innere einer aufprallenden Spardose. Er sieht sich um, ringt nach Atem. Die Sonne blendet. Autos heulen an ihm vorbei, fremde Kennzeichen. Der Alfa parkt am Straßenrand. Keine Hinweise auf einen Unfall. Er muss anscheinend geschlafen haben, er hat geschlafen. Neben ihm steht ein Melonenstand, blaue Plastikplane, riesige Kisten, darüber ein selbstgebasteltes Schild. Kyrillische Buchstaben. Wann hat Hakan die serbische Grenze passiert? Er kann sich nicht erinnern.

Das Panasonic klingelt wieder, neben ihm auf dem Sitz. Eine Nummer mit türkischer Vorwahl blinkt auf dem Display. Hakan schmeckt Staub auf seiner Zunge.

»Hallo?«

»Ey Mann, wo bleibst du?«, fragt Peris genervte Stimme. »Ich dachte, du kommst in der Nacht. Hab dich tausend Mal angerufen von jeder Telefonzelle dieser Welt.«

Hakan fischt eine Kippe aus seiner Gürteltasche. »Hab den Flug verpasst.«

»Was? Du auch?«, fragt Peri.

»Was heißt hier *du auch*?«

»Sevda«, sagt Peri. »Sie hat ihren Pass vergessen. Sie landet heute erst. Aber zu spät.«

»Scheiße«, sagt Hakan und malt sich schon aus, wie seine Mutter Sevda am Abend auseinandernehmen wird. Er zündet sich die Kippe an. Vielleicht wird Emine keine Kraft mehr für ihn haben, wenn Sevda vor ihm ankommt, denkt Hakan und schämt sich sofort dafür.

»Und du? Wann landest du?«

Hakan überlegt. »Um neun«, sagt er willkürlich.

»Um neun? Heute Abend? Alter, gab es denn keinen früheren Flug? Du brauchst doch nur einen Platz. Geh jetzt zum Flughafen und warte, da wird immer spontan was frei, wenn irgendwer nicht auftaucht«, belehrt ihn Peri durch den Hörer.

»Ja, gute Idee«, sagt Hakan und sucht draußen vor der Windschutzscheibe nach Anhaltspunkten, wo genau er sich befindet. Doch nicht mal ein Straßenschild ist zu sehen, komplette Pampa. Hakan sieht nur den verschlafenen Melonenverkäufer, wie er sich am Bauch kratzt, während ein Auto nach dem anderen an ihm vorbeibrettert.

»Bist du unterwegs? Es ist so laut«, sagt Peri.

»Ja, muss was erledigen.«

»Morgens um sechs?«

»Ey Peri, ich muss jetzt los, ja?«, würgt Hakan sie ab.

»Hakan, mach keine Scheiße. Lass mich hier bloß nicht allein. Anne dreht durch. Ich kann nicht mehr …«

»Ja, Mann. Ist gut. Aber du, Peri«, sagt Hakan und überlegt, wie er es sagen soll.

»Was?«

»Ey. Glaubst du, Baba hat mal von den Bullen auf die Fresse bekommen?«

»Was? Wie kommst du denn jetzt darauf?«

»Ich denke halt nach die ganze Zeit. Er hatte so eine komische Art, wenn es um Bullen ging. Als hätte er krasse Angst vor ihnen, weißt du?«, fragt Hakan.

Peri schnaubt. »Haben das nicht alle Ausländer?«

»Nein«, sagt Hakan. »Das meine ich nicht. Das war mehr als das. Als ob er genau wüsste, was passieren könnte. Als hätte er schon mal was erlebt, mit den Bullen.«

»Na ja«, sagt Peri. »Baba war halt in der türkischen Armee, in Kurdistan stationiert –«

»Was, Kurdistan?«, unterbricht Hakan sie und schüttelt mürrisch den Kopf. »Warum musst du einfach immer mit diesem Thema kommen, Peri? Ich hab dich was ganz anderes gefragt.«

»Nein, Mann«, zischt Peri. »Du hast mich genau das gefragt. Warum hat Baba Angst vor Männern in Uniform? Vielleicht, weil er selbst mal einer war? Denk mal drüber nach.«

»Was hat das mit Kurden zu tun, Peri? Du laberst manchmal so eine Scheiße.«

»Alter, lass mich«, sagt Peri. »Mit dir zu reden ist wie gegen eine Scheißwand zu pissen. Jetzt geh zum Flughafen und schaff endlich deinen Arsch her.«

Hakan tupft sich mit dem Trikot die Stirn trocken. Sein Körper fühlt sich leer an, wie eine schwitzende, nutzlose Fleischhülle. Er hat endgültig verkackt, er wird wirklich nicht vor neun in Istanbul ankommen. Am liebsten würde er einfach umdrehen und zurück zu Lena fahren, hinein in ihre heile Welt. Sich den Anfang einer romantischen Komödie mit ihr reinziehen, schon vor der ersten tollpatschigen Begegnung der Liebenden einschlafen und erst zwei Tage später wach werden. Das würde sich genauso sinnlos anfühlen, wie vier Stunden nach der Beerdigung des eigenen Vaters in Istanbul einzutreffen. Aber er kann das nicht bringen. Er muss sich dort zeigen. Peri wird ihm sonst nie verzeihen. Und seine Mutter erst.

Hakan nimmt ein Paar saubere Tennissocken aus der Tüte hinter dem Beifahrersitz und tauscht sie gegen die ekligen Dinger an seinen Füßen aus. Mit der flauschigen Baumwolle unter seinen Fersen fühlt er sich fast wie frisch geduscht. Er sprüht sich Deo unter die Achseln und startet den Alfa, fährt etwas näher an den Melonenstand ran.

»Komshija«, brüllt Hakan durchs offene Fenster. »Bulgaristan, welche Richtung?«

Der Verkäufer kaut müde seinen Kaugummi und hebt zwei Finger zu einem Peace-Zeichen. »Dva Mark«, sagt er.

Hakan kauft eine Melone für zwei Mark und fährt in die Richtung, in die der fleischige Finger des Verkäufers zeigte. Der Sonne entgegen.

Seit Monaten schiebt Peri diesen Film. Irgendwie hat sie sich in den Kopf gesetzt, dass sie jetzt Kurdin ist. Absurd ist das, als ob man das einfach selbst bestimmen könnte. Der Vater von Hüseyin war doch gar kein Kurde, er war ein Waisenkind aus dem Kaukasus, das bloß von einer kurdischen Familie aufgenommen wurde oder so. Das heißt, Peri kann keine Kurdin sein, denn so etwas geht immer über den Vater, das weiß doch jeder. Außerdem spricht niemand in Hakans Familie auch nur ein Wort Kurdisch, nicht mal Sevda spricht es, obwohl sie noch oben in den Bergen im Dorf aufgewachsen ist. Selbst seine Eltern hat Hakan nur ganz früher, als er sehr klein war, ein paar Mal Kurdisch sprechen hören, wenn sie mit Verwandten telefonierten. Aber nie hat Hüseyin gesagt, dass sie Kurden wären. Nie hat er auch nur ein Wort über die Kurden verloren, wenn sie im Fernsehen zeigten, dass wieder einmal ein paar Soldaten abgeknallt worden waren. Hüseyin hat einfach stillschweigend in seinem Sessel gehockt, die Nachrichten geguckt und nie irgendetwas dazu gesagt. Er wollte nichts damit zu tun haben. Warum will Peri es dann unbedingt?

Als ob es nicht reichen würde, Kanake in Deutschland zu sein. Muss man jetzt auch noch Kanake in der Türkei werden? Peri sagt manchmal, dass Hakan aufhören soll, ständig alles darauf zu beziehen, dass er Kanake ist. *Du bist so viel mehr als das, warum bestimmst du nicht selbst, was du sein willst? Warum musst du die Rolle übernehmen, die sie dir überstülpen?* Jaja, vielleicht hat sie recht, vielleicht ist Hakan mehr als das. Aber wenn er sich aussuchen könnte, was er alles ist und was er sein will, dann wäre Kurde sein auf jeden Fall nicht auf der Liste.

Hakan sieht doch im Fernsehen, was das heißt. Du hockst mit deinen Waffen in den Bergen und versuchst, ein paar Soldaten zu killen, obwohl es viel wahrscheinlicher ist, selbst gekillt zu werden. Du kämpfst quasi mit selbstgebastelten Steinschleudern gegen die zweitmächtigste Armee der Nato. Wo das hinführt? Ja, genau, direkt unter die Erde. Nein, Hakan ist kein Fascho oder so, wie Peri das ausgedrückt hat, nur wegen dem Polsterwürfel mit der Türkeifahne an seinem Rückspiegel. Hakan ist bloß Realist. Und die Realität ist nun mal ganz einfach: Jeder Mensch braucht eine Fahne, die ihm etwas bedeutet.

Wenn es nach den Männern in Hakans Stammcafé geht, gibt es ja noch nicht mal ein kurdisches Volk. Das seien nur Türken, sagen sie, Türken, die isoliert in den Bergen hocken und deshalb irgendwelche Sitten erfunden haben und einen unverständlichen Dialekt. Das mit dem angeblichen kurdischen

Volk sei bloß eine Verschwörung, um den Staat zu spalten. Eine Verschwörung der Amerikaner oder der Griechen oder von wem auch immer.

Kommt Hakan wild vor, diese Theorie, wenn er ganz ehrlich ist. Klingt als ob die Amcas im Café sich zu viele Joints ballern und paranoid geworden sind. Aber am Ende ist ihm eigentlich auch egal, ob es die Kurden nun gibt oder nicht und was die Leute dazu sagen. Am Ende will Hakan doch bloß leben wie ein normaler Mensch. Die Frau, die er liebt, ab und zu mal zum Essen ausführen, seine Miete bezahlen können und keinen Chef haben, einfach keinen Chef.

Als ob Hakan sich das selbst ausgesucht hätte, Kanake zu sein. Als ob er nicht liebend gerne ein unauffälliger Niemand wäre, der es rechtzeitig zur Beerdigung seines Vaters schafft, weil die Bullen ihm nicht aus heiterem Himmel unterstellen, Junkie oder Dealer zu sein. Der eine abgeschlossene Ausbildung vorweisen kann und nicht im zweiten Jahr gefeuert wird, vom Nazimeister mit den Nasenhaaren. Der nicht so lange am Arbeitsplatz provoziert und erniedrigt wird, bis er irgendwann die Fassung verliert und seine Zigarette dann doch in den Container mit dem chemischen Müll fallen lässt.

Hakan weiß noch, wie er zuhause wie auf heißen Kohlen saß und überlegte, wie er seinem Vater das mit der Kündigung beibringen sollte. Hüseyin dachte, Hakan habe einfach nur Urlaub, es war zwischen den Jahren. Sevda wohnte gerade bei ihnen, ihr Zuhause in Salzhagen war abgebrannt. Wenn Hakan darüber nachdenkt, ist das natürlich ein komischer Zufall, dass erst Sevdas Haus und dann die Fabrik brannte, auch wenn der Brand in der Fabrik eher überschaubar blieb, weil der Nazimeister schnell genug reagierte. Aber als Hakan seine Zigarette in den Container schnipste, dachte er nicht an Sevda, nicht an den kleinen Cem oder an Bahar. Er dachte an niemanden und nichts, sein Körper handelte ganz von allein, als sei es das Natürlichste auf der Welt, diesen ganzen Scheißladen brennen sehen zu wollen. Als sei dieses Brennen die einzige Möglichkeit, nicht so wie sein Vater zu enden. Es war im Grunde Notwehr.

Hakan schlenderte zurück zu seinem Arbeitsplatz, und ein paar Minuten später gab es einen großen Knall, und der Feueralarm ging an. Niemand wurde verletzt. Niemand hatte Hakan beobachtet. Trotzdem dauerte es keine zwei Tage, bis man ihn im Visier hatte. Es hatten sich genug Kollegenschweine gefunden, die bezeugten, dass Hakan nicht an seinem Platz gewesen war, bevor das Feuer ausbrach. Und andere, die oft genug gesehen hatten, wie er gegen das Rauchverbot im Hof verstieß.

Um sich nach der Kündigung über Wasser zu halten, verkaufte Hakan Sachen, die vom Lastwagen gefallen waren. HiFi-Anlagen, Fernseher, solche Dinge. An Silvester kam ihm eine große, schwere Kamera in die Finger. Wie die, mit denen Reporter unterwegs sind. Er wollte ein bisschen mit ihr rumspielen, bevor er sie weiterverkaufte, und filmte seine Familie.

Das ist kein Silvesteressen. Wir feiern kein Silvester!, sagt Emine auf dem Video, als sie noch nicht merkt, dass Hakan sie filmt.

Sie hatte in der Moschee gehört, dass man als gläubige Familie kein Silvester feiern durfte. Also verbot sie dieses Wort und entschied, statt dem Truthahnbraten, den im türkischen Fernsehen jede einzelne Familie zu Silvester zu essen schien, einen Gänsebraten zu machen, sie meinte, dann wäre es kein klassisches Silvesteressen, sondern ein gewöhnlicher Abend. Weil es aber noch nie Gänsebraten in ihrer kleinen, selbst am Mittag immerzu dunklen Erdgeschosswohnung gegeben hatte, war das Essen natürlich trotzdem zu besonders für einen gewöhnlichen Abend. Als Emine die Kamera bemerkt, dreht sie Hakan den Rücken zu und nimmt zwei Flaschen Cola aus dem Kühlschrank, nicht Topstar, sondern Coca-Cola, sie bringt sie ins Wohnzimmer, wo die anderen alle um den Tisch versammelt sind, was an einem gewöhnlichen Abend niemals der Fall wäre. Hakan filmte damals in der Hoffnung, ein paar Momente einzufangen, die er später zu einem kleinen Film montieren könnte. Aber auf dem Video sieht man nur Menschen, die sich weder bewegen noch reden, die alle so steif dasitzen als posierten sie für ein kompliziertes Foto. Hüseyin legt den Arm eckig um Ümit, Ümit ruft *cheese*, Sevda richtet fahrig das Haar von Bahar, nimmt sie auf den Schoß und wirft Cem, der seine Zunge rausstreckt, einen Todesblick zu, Peri verdeckt ihr Gesicht mit einer Hand, so wie sie es auch beim Fotografiertwerden immer tat, um sich später sowieso mit einer Schere aus dem entwickelten Foto herauszuschneiden.

Man hört mehrmals Hakans Stimme, die alle anweist, sich *normal* zu verhalten. Je öfter er das sagt, desto steifer wirken alle mit ihrem künstlichen Lächeln und der aufrechten Haltung. Irgendwann steht schlagartig das Zimmer voller Rauch und man hört Emines Schrei aus der Küche, und dann reißt das Video ab. Hätte Hakan mal weiterfilmen sollen, nachdem die Gans verbrannt und Emines Laune im Keller war. Das wäre ein realer Moment gewesen, perfekt für den Film, den er montieren wollte. Seine Mutter, wie sie hilflos giftige Bemerkungen in alle Richtungen schießt, bis alle nacheinander wortlos vom Tisch verschwunden sind und nur sie sitzen bleibt, allein mit ihrer verbrannten Gans und ihrem Elend.

✦ ✦ ✦

Hakan hat nur noch die Hälfte der Zehnmarkscheine, als er in Kapıkule ankommt. Seine letzte Marlboro-Schachtel hat er kurz vor der türkischen Grenze einem bulgarischen Beamten zugesteckt, der behauptete, Hakan müsse eigentlich eine Übersetzung seiner Kfz-Versicherung dabeihaben. Was für ein Schwachsinn. Die Vorwände, dich aufzuhalten, gehen den Bullen niemals aus, egal wo du bist. Aber Hakan ist es lieber, von einem ungeschriebenen Gesetz auszugehen, an das sich alle halten, als von einem geschriebenen Gesetz, das für manche gilt und für manche nicht. Hakan parkt den Alfa und betritt die erste Moschee nach der türkischen Grenze, um sich im Waschraum frisch zu machen. Ein Putzmann schlendert an ihm vorbei, erwidert seinen Gruß mit einem Murmeln. Der Chlorgeruch im Waschraum erinnert Hakan an die Verzweiflung seiner Mutter. Als der Ezan ertönt, muss Hakan an die Hilflosigkeit seines Vaters denken. Er beeilt sich zurück in den Alfa und hofft, den Endspurt in zwei Stunden zu schaffen. Als er die ersten Gecekondus vor der Stadtgrenze Istanbuls erreicht, färbt sich der schwarze Himmel dunkellila, wie die Schuhe, die Musti früher immer tragen musste. Und für die ihn Hakan gnadenlos ausgelacht hat.

Nach seinem Verschwinden rief Musti noch ein, zwei Mal bei Hakan an. Aber er war immer so traurig am Telefon, dass seine Stimme schon nach den ersten Sätzen zu zittern begann und es ganz still wurde in der Leitung.

»Alter, flennst du gerade? Bist du ein Mädchen, oder was?«, fragte Hakan ihn, aber nicht vorwurfsvoll, sondern einfach so, wie sie eben geredet hatten, als Musti noch in Rheinstadt lebte. Am Telefon funktionierte das aber nicht mehr. Es fehlten die Blicke, die Handbewegungen, die alles Dahingesagte zu einem

Witz erklären konnten, es gab keine Faust, die er Musti liebevoll gegen die Schulter rammen konnte, nach dem Motto, *reiß
dich zusammen, Junge, ich bin doch hi*er.

Danach hörte Hakan jahrelang nicht mehr von ihm. Vielleicht, weil Musti sich schämte. Oder weil er nichts mehr mitbekommen wollte von Hakans Leben und von Rheinstadt, diesem engen Ort, den er gemeinsam mit Hakan so oft verflucht
hatte und an den er sich nun bestimmt zurücksehnte, weil es
sein Zuhause war, in das er vermutlich nicht einmal zurück-
konnte, als er achtzehn wurde, weil da seine Aufenthaltsgeneh-
migung längst abgelaufen sein musste. Aber was hätte Musti
Hakan auch zu erzählen gehabt, hätte er nochmal angerufen.
Vermutlich kackte er gelangweilt in der Hitze eines Dorfs am
Schwarzen Meer ab, das nervtötende Summen unsichtbarer
Mücken im Ohr. Musti konnte ja nicht ahnen, dass Hakan sich
in Rheinstadt genauso zu Tode langweilte. Weil man nur dort
zuhause war, wo man jemanden hatte, der einen verstand.

Inzwischen aber hat sich das Blatt gewendet. Musti lebt nicht
mehr auf dem Dorf, sondern in Antalya, und zwar ein Leben,
von dem Hakan bloß träumen kann. Sie telefonieren zwei oder
drei Mal im Jahr. Musti hat Hakan Fotos geschickt, die in ein
Fujifilm-Plastikfotoalbum eingesteckt waren. Er sah gut aus,
durchtrainiert und braungebrannt, in übergroßen Karl-Kani-
Shorts und den neusten Nike-Sneakers, hübsche Frauen im
Arm, die Triangel-Bikini-Tops trugen. Auf manchen Bildern
posierten sie nachts auf Booten, mit Bierflaschen in der Hand
und rotleuchtenden Riesenpupillen. Musti hat mitten im Zentrum von Antalya einen Laden aufgemacht, ein Internetcafé.
Als er Hakan vor zwei Jahren von seinem Plan erzählte und
fragte, ob Hakan investieren wolle, einfach ein paar Computer

kaufen, hat Hakan bloß abgewunken und das Ganze zu einer Schnapsidee erklärt. Hakan konnte ja nicht ahnen, dass inzwischen, bloß zwei Sommer später, die ganze Welt in solchen Cafés abhängt, aber er gönnt es seinem Freund. Musti hat sich eine Wohnung am Lara Beach gemietet, fährt oberkörperfrei auf seinem Roller zur Arbeit und riecht das Meer.

Er hat Hakan zigmal zu sich eingeladen. Hakan wartet eigentlich immer nur auf einen Zeitpunkt, zu dem er mal ein bisschen weniger knapp bei Kasse ist, weil er in Antalya nicht wie so ein Versager auf Mustis Tasche hocken will, sondern schön ein paar Runden schmeißen jeden Abend, wenn er schon mal da ist. Aber was, wenn dieser richtige Zeitpunkt nie eintritt, denkt Hakan jetzt. Was, wenn immer irgendwas dazwischenkommt und Hakan die Chance verpasst, Musti zu besuchen und auf die alten Tage Bootpartys mit lauter halbnackten Girls zu schmeißen?

Vielleicht ist jetzt ein guter Zeitpunkt, vielleicht kann Hakan in ein paar Tagen aus Istanbul abhauen und einfach weiterfahren nach Antalya, das wird ihm sicher guttun nach der ganzen Sache mit seinem Vater. Klar hätte das einen komischen Beigeschmack, natürlich soll man nicht auf Partys abhängen, solange man trauert. Wie sähe das denn aus? Andererseits hat doch wohl jeder Mensch seine eigene Art zu trauern? Kann man nicht ein einziges Mal darauf scheißen, welches Verhalten von einem erwartet wird? Kann man nicht wenigstens dann, wenn der eigene Baba gestorben ist, damit aufhören, der Welt so ein Theater vorzuspielen, und stattdessen einfach ein einziges Mal machen, wonach einem ist? Hakan will nicht den ältesten Sohn spielen müssen, der allen Halt geben soll. Der stark sein soll. Der jetzt nach Hüseyins Tod natürlich in die Rolle des Familienoberhaupts schlüpfen soll, das bei allen Entscheidungen das letzte Wort behält. Hakan will kein letztes Wort. Nein, echt nicht. Vorletzte Nacht, nachdem Peri ihm am Panasonic in wenigen dürren Sätzen die Nachricht von Baba verkündet hatte, ist Hakan sofort quer durch Rheinstadt nach Hause gerast, also, zu Emine. Emine saß ganz steif und allein auf der Couchgarnitur, Hüseyins Sessel stand einfach nur daneben. Sie sagte: *Hakan. Glaubst du, es ist eine gute Idee, ihn in Istanbul zu begraben?*

Und Hakan in der Tür, auf das verschlungene Blumenmuster des Teppichs starrend, hätte gerne gesagt: *Ich habe keine Ahnung, Anne. Ich habe nur so schreckliche Angst davor, mich an sein Grab zu stellen. Ich kann das nicht. Ich will da nicht hin.*

Aber stattdessen sagte er, mühsam und wie auswendig gelernt, immer weiter auf den Teppich blickend: *Ja, es ist eine gute Idee. Von Gott ist er gekommen, zu Gott ist er gegangen. Gott ist überall, egal wo Baba liegt.*

Worthülsen, die Emine wie betäubt abnickte. Das war es gewesen, was sie hören wollte. Das war es, was Hakan ihr gegeben hat.

✦ ✦ ✦

Hakan fährt dreimal um den Block, bis er einen Parkplatz findet. Er steigt aus, die schwüle Stadtluft klatscht ihm auf der Stelle einen Schweißfilm auf Stirn und Nacken. Er streckt die Arme gegen den trüben Nachthimmel, verhakt die Finger ineinander und dehnt seinen seit 33 Stunden in derselben Position zusammengefalteten Körper.

Vor einem Café sitzen ein paar Männer und starren zu ihm rüber. Sie begutachten den Alfa. In ihren unterschiedlich zähen Dialekten rätseln sie über das fremde Kennzeichen des Wagens, diskutieren dann über italienische Qualität. Ihre Gesichter sind ausgetrocknet und fahl. Hakan denkt, dass sie vermutlich alles über diese Welt wissen und dass Italien für sie trotzdem so unerreichbar ist wie der Mond. Er schaut die bröckelige Hausfront hoch, aus offenen Fenstern hängen unzählige verzierte Gardinen, durch die das stechend weiße Licht ungemütlich heller Glühbirnen dringt. Sein Blick wandert wieder runter zu den vertrockneten Männern. Hat Hüseyin sich zu ihnen gesellt, als er sich für die Wohnung entschied? Hat er mit ihnen geplaudert, sie über die Gegend hier ausgefragt, die ein wenig ärmlich wirkt und doch bei weitem nicht so heruntergekommen wie die Gecekondu-Siedlungen, an denen Hakan eben am Stadtrand vorbeigekommen ist? Am liebsten würde er sich zu den Männern setzen, sie alle Amca nennen und bittere Samsun-Zigaretten mit ihnen rauchen, bis ihm übel davon wird. Er würde so bei ihnen sitzen, wie er nie mit Hüseyin herumgesessen hat. Aber stattdessen öffnet Hakan den Kofferraum, wirft sich seine Sporttasche über die Schulter, nimmt die serbische Melone in den Arm und geht zur Haustür. Noch einen Umweg kann er sich nicht leisten.

Hakan drückt die oberste Klingel, auf der Yılmaz steht. Das fensterlose Treppenhaus ist eisig wie ein Kühlschrank. Das Gebäude wirkt alt aber solide, nur auf der Innenwand ist ein auffälliger Riss, der müsste mal überstrichen werden. Hakan schleppt seine Sporttasche in den vierten Stock hoch und fragt sich, wie sich sein Vater das vorgestellt hat, jeden Tag diese steile Treppe, mit seinem kaputten Knie. Ob er vielleicht gedacht hat, sein Knie würde einfach wieder heilen, wenn er nicht mehr arbeitete und endlich gut zu sich wäre.

Oben hält Hakan kurz inne, ehe er die angelehnte Tür aufstößt. Es ist seltsam still hinter ihr, dafür, dass so viele Schuhe vor ihr stehen. Er klopft gegen den Türrahmen, öffnet die Tür weiter, und da steht schon Ümit vor ihm im Flur und wirkt völlig neben der Spur. Seine Augen sind gerötet, seine Haut ist so blass wie sein ausgewaschenes T-Shirt.

»Abi«, sagt Ümit, und sonst nichts, aber er sagt es so, als flehe er Hakan an, ihn von hier wegzubringen.

Hakan nimmt Ümit kurz in den Arm, klopft ihm zwei Mal hart auf die Schulter und geht rein, nur wollen seine Füße am liebsten wieder umdrehen. Er merkt, wie es eng wird um sein Herz, vorsichtig setzt er seine Schritte. Der dunkle Wohnungsflur fühlt sich an wie das stickige Maul eines Ungeheuers.

Hakan will nicht hier sein. Er will nicht daran denken müssen, wie sein Vater hier gestorben ist, wo genau er lag, wo sich sein Herz verkrampft hat und er begriff, dass er seine Familie nie wiedersehen würde. Hakans Magen zieht sich zusammen. Er will runterrennen, in den Alfa steigen und weiterfahren, immer nur weiter. Doch er macht einen Schritt nach vorne, dann noch einen, und schon hat ihn die Wohnung geschluckt und spuckt ihn inmitten eines Schlachtfelds wieder aus.

Sevda sitzt auf einem großen Sofa und schaut Hakan aus matten Augen entgegen. Sie begrüßt ihn mit einem Blinzeln, mehr Kraft scheint sie nicht aufzubringen. Einzelne Haare stehen aus ihrer Hochsteckfrisur ab, kräuseln sich in Richtung Zimmerdecke. Ihre Bluse und die feine Hose im selben Beigeton sind zerknittert von der Reise. Sie scheint noch nicht lange angekommen zu sein. Zu ihren Füßen liegt eine große Handtasche aus schwarzglänzendem Lack.

Neben Sevda sitzen Peri und Cem. Wie alt ist Cem gerade geworden, zehn, elf? Cems Augen leuchten, als er Hakan sieht. Sein dünner Oberkörper richtet sich erwartungsvoll auf. Im

Frühling erst haben sie zusammen rumgehangen. Hakan musste in der Nähe von Hannover einen Wagen abholen und wollte auf dem Rückweg eigentlich nur kurz bei Sevda in Salzhagen vorbeischauen, aber sie bat ihn, den Abend über zu bleiben und auf die Kinder aufzupassen. Sie waren bis Mitternacht wach, zockten Gameboy und aßen Eis. Bei Hakans Aufbruch am nächsten Morgen bettelte Cem ihn an, ihn einfach mitzunehmen nach Rheinstadt. Sevda stand dabei, sagte nichts. *Nächstes Mal*, versprach Hakan Cem. *Nächstes Mal, das ist heute*, meint er jetzt in Cems Augen zu lesen.

Cems Blick geht langsam tiefer und bleibt an Hakans linkem Arm kleben. Hakan sieht an sich hinunter und bemerkt die serbische Melone in seinem Arm. Er läuft zwei Schritte in den Raum hinein zu einem großen Holztisch und stellt die Melone vorsichtig darauf ab. Er sieht zu Peri. Sie formt ein stummes »Hallo« mit den Lippen, setzt dann ein halbes Lächeln auf. Sie wirkt wacher als gestern morgen, als sie mit den anderen zum Flughafen aufbrach. Aber sie scheint auch immer noch angespannt. Wie in Alarmbereitschaft sitzt sie stocksteif da, gibt ihr halbes Lächeln schon wieder auf und verdreht Augen und Brauen so in Richtung Emine, als wolle sie Hakan eine geheime Warnung übermitteln.

Hakans Blick wandert langsam zu Emine. Sie hockt auf dem Sessel in der Ecke des Raums und beachtet ihn gar nicht. Sie wirkt nicht abwesend, sondern so, als sehe sie bewusst weg, und streichelt durch die Haare von Bahar, die widerwillig auf dem Schoß ihrer Oma sitzt. Wahrscheinlich kann sie sich kaum an Emine erinnern, so klein war sie, als sie das letzte Mal in Rheinstadt war. Die Kleine tut Hakan leid. Ihr bedrücktes Gesicht erinnert ihn an die Langeweile seiner Kindheit, an diese ätzenden Sonntage mit irgendwelchen Bekannten ihrer Eltern, die zu Besuch kamen und die Hakan alle nicht ausstehen konnte, an die feuchten Küsse ihrer verschrumpelten Münder und ihre faltigen Hände, mit denen sie ihm geschältes Obst vor die Nase hielten.

Hakan spürt jemandem im Rücken. Das muss Ümit sein, er ist im Flur stehen geblieben und versteckt sich hinter Hakan wie hinter einem Schutzschild. Hakan zieht sein Kinn in die Höhe und versucht, zu einer Begrüßung anzusetzen, aber sein Mund ist leer.

Die Stille des Raums saust in seinen Ohren wie eine bedrohliche Sirene, wie ein Feueralarm, wie der Lärm eines rollenden Panzers. Hakan kennt diese Stille. In dieser Familie wird niemals laut gestritten. In dieser Familie kämpft man immer so: mit bedeutungsvollen Blicken und abgewandten Augen, mit lauter Dingen, die nie ausgesprochen werden und darum umso schwerer in der Luft liegen, weil alle wissen, wovon das Nicht-Gesagte erzählt und gegen wen es sich richtet. Schweigen ist die Waffe von Hakans Mutter, und war ebenso die Waffe seines Vaters. Schweigen ist der Soundtrack seiner Kindheit, wird Hakan klar. Vielleicht flüchtete Hakan sich deswegen irgendwann in die hämmernden Beats eines Larry Smith, vielleicht fand er nur deshalb so viel Kraft in den klaren Reimen eines Rakim. Vielleicht hat Peri recht, und das alles hier hat mit Hüseyins Vergangenheit zu tun, mit dem, was er erlebt hat und worüber zu sprechen er nie imstande war. Irgendetwas muss passiert sein. Etwas, das so grausam war, dass es dafür keine Worte gibt. Und nun, da Hüseyin plötzlich weg ist, sitzen sie hier, die, die er zurückgelassen hat mit seinem einzigen Vermächtnis. Dem Schweigen.

»Selamın Aleyküm«, sagt Hakan, um die Stille zu brechen, und spürt, wie das Echo seiner Stimme aus dem noch nicht vollständig eingerichteten Raum zu ihm zurückrollt.

Ein Murmeln fährt durch die Runde, erwidert seinen Gruß, erstickt im Undeutlichen. Hakan gibt sich einen Ruck und geht auf Emine zu. Er beugt sich zu ihr runter, atmet den Duft ihres Rosenwassers. Er nimmt die Hand seiner Mutter, küsst sie, legt seine Stirn auf sie. Die Hand wehrt sich nicht, lässt es mit sich geschehen, bleibt aber betont leblos.

»Anne. Es tut mir leid, dass ich zu spät bin. Ich wäre so gerne bei euch gewesen bei der Beerdigung. Das Schicksal wollte es anders.«

Emines Hand wischt einmal durch die Luft, als ermahne sie Hakan, das Wort *Schicksal* nicht zu missbrauchen, um seine eigene Unfähigkeit zu entschuldigen. Hakan öffnet die Hände, um Bahar zu umarmen, die noch immer auf Emines Schoß gefangen ist. Die Kleine schlingt die Arme um seinen Hals, wirft sich ihm entgegen. Er hebt sie hoch und setzt sich mit ihr auf das freie Sofa. Ümit lässt sich neben ihnen nieder.

»Abla, mein Beileid«, sagt Hakan und sieht Sevda an.

Sie nickt ihm müde zu.

Die Stille ist ein hartnäckiger Feind. Hakan schaut sich im Raum um, sagt: »Diese Wohnung. Sie ist so …«

»Sie ist groß«, sagt Peri, dankbar über die Möglichkeit eines Gesprächs. »Größer als die in Rheinstadt, oder?«

»Nein«, sagt Ümit. »Das denkst du nur, weil das Wohnzimmer größer ist. Alle anderen Zimmer sind aber winzig klein. Ich glaube, sie ist genauso groß wie die in Rheinstadt.«

»Echt?«, fragt Hakan und atmet erleichtert auf.

»Aber sie ist viel heller. Du musst sie mal am Tag sehen«, sagt Peri. »Wie sie leuchtet.«

»Aber irgendwie …«, setzt Ümit an und bringt den Satz nicht zu Ende.

»Irgendwie was?«, fragt Peri.

»Irgendwie ist die Wohnung komisch. Sie hat so eine komische Stimmung.«

Peri nickt, Hakan macht es ihr nach.

»Das ist wegen Baba«, sagt Sevda, und Hakan sieht sie erfreut an, weil er ihre Stimme vermisst hat. »Du bist eben hierhergekommen, weil Baba … Na ja, das verbindest du jetzt damit, Ümit. Aber wenn ein bisschen Zeit vergeht, kannst du die Wohnung vielleicht mit anderen Dingen verbinden. Du wirst dann auch anders an Baba denken.«

»Ich werde sie verkaufen.«

Alle Augen wandern zu Emine. Sie sitzt in ihrer Ecke und wirft einen entschlossenen Blick durch den Raum.

»Gleich morgen gehe ich zum Makler.«

Nun sieht Emine direkt Sevda an, als verkünde sie ihre Nachricht bloß für sie.

»Was?«, fragt Peri. »Warum denn das, Anne?«

»Weil diese Wohnung verflucht ist«, antwortet Emine mit sturer Miene. »Sie hat euch euren Vater genommen.«

»Anne, was hat das mit der Wohnung zu tun? Baba hatte einen Herzinfarkt!« Peris Stimme klingt so eindringlich, als versuche sie, Emine von einem gefährlichen Hirngespinst abzubringen. Aber ihr erschrockener Blick zeigt, dass auch sie ein seltsames Gefühl in dieser Wohnung hat.

»Ja, aber warum?«, bricht es aus Emine heraus. Ihr Gesicht wird weich, dann wieder hart. »Warum nur? Warum stirbt ein gesunder Mann wie Hüseyin so plötzlich an seinem Herz? Er hatte nie irgendwas mit dem Herz!«

»Vielleicht hatte er was, aber er hat es uns nicht gesagt«,

sagt Hakan. Emine sieht ihn erschüttert an, als habe er gerade eine unerhörte Anschuldigung ausgesprochen.

»Warum sollte er das nicht sagen, Hakan? Das ist Unsinn, was du da sagst«, ruft sie und zerrt an ihrem hellgrünen Nachtkleid.

»Ich fahre morgen zum Krankenhaus und will mit den Ärzten sprechen«, kündigt nun Sevda an, die langsam zu sich zu kommen scheint, sich die Haare richtet, Cem streichelt und sein T-Shirt glattstreicht.

»Wozu denn das?«, fragt Ümit leise.

»Ich will wissen, was sie falsch gemacht haben. Niemand muss an einem ersten Herzinfarkt sterben. In Deutschland wäre das nicht passiert.«

»Und dann?«, fragt Hakan seine große Schwester verwundert. »Was willst du machen, wenn du dann weißt, dass es die Schuld der Ärzte war? Was ändert das? Nichts!«

»Ich weiß nicht«, sagt Sevda schulterzuckend. »Vielleicht verklagen wir dann das Krankenhaus.« Sie legt die Hände ans Gesicht und beginnt, ihre Schläfen zu massieren, als habe sie Kopfschmerzen.

Peri entwischt ein Grunzen, sie legt die Hand vor den Mund.

»Was lachst du?«, fragt Sevda gereizt.

»Abla, versteh mich nicht falsch. Aber in diesem Land hier ist das Leben eines einfachen Mannes wie Baba nicht so viel wert. Kein Gericht wird dir recht geben. Und selbst wenn, was passiert dann?«

»Dann kriegt sie Geld vom Krankenhaus«, ertönt wieder Emines beleidigte Stimme aus der Ecke. »Jetzt verstehe ich auch, warum du gekommen bist, Sevda Hanım. Du willst ein bisschen Geld verdienen, nicht wahr?«

»Tövbe, Anne!«, ruft Peri aufgebracht. »Was soll das? Hör auf damit!«

»Habe ich nicht recht? Jahrelang hat sie sich einen Dreck geschert um ihren Vater. Nun ist er tot, und das kümmert sie nicht einmal genug, um zur Beerdigung aufzukreuzen. Aber jetzt ist sie plötzlich da. Und warum? Ha, warum wohl!« Emine hebt den Zeigefinger an die Stirn, um deutlich zu machen, dass sie Sevda längst durchschaut habe.

»Anne, du weißt genau, warum ich mich nicht gemeldet habe in den letzten Jahren. Zwing mich nicht, das alles hier auszubreiten!« Sevdas Worte lassen Emine auflachen. Jetzt, da Hakans Blick zwischen den beiden hin- und herwandert, fällt ihm wieder auf, wie ähnlich sich die beiden sehen. Sie wirken eher wie Schwestern als wie Mutter und Tochter. Emines glattes Gesicht verfällt in eine böse Grimasse.

»Was, jetzt drohst du mir auch noch? Glaubst du, es gibt irgendeine Rechtfertigung dafür, sich von den eigenen Eltern abzuwenden? Die eigenen Eltern jahrelang nicht einmal zu fragen, wie es ihnen geht? So haben wir dich nicht erzogen, Sevda.«

Emines bittere Sätze pulsieren in Hakans Kopf wie ein schrecklicher Eurodance-Song. Wie ein Ohrwurm, der ihn nun schon seit zwei Jahrzehnten verfolgt, wie ein Horrorfilm, den er sich in viel zu jungem Alter reingezogen hat und dessen Erinnerung ihn immer noch in jeder schlaflosen Nacht, bei jedem seltsamen Geräusch, in jeder gespenstischen Stille einholt, ihm die Luft abschnürt, ihn zerdrückt.

Der Streit zwischen Sevda und Emine dreht sich weiter und weiter. Hakan wollte das ja, er wollte, dass die beiden sich aussprechen. Dass sie es rauslassen, endlich. Aber sein übermüdeter Schädel erträgt es nicht. Er könnte jetzt mit Lena auf der

Couch rumliegen. Er könnte in den Alfa steigen und zurück in die Sicherheit der linken Spur auf der Autobahn. Sevda und Emine kann er nicht mehr folgen. Ihre Wortfetzen ziehen an ihm vorbei, als säße er im Karussell. Alles um ihn ist unscharf, alles außer den kleinen Gesichtern von Cem und Bahar. Ihre dunklen Knopfaugen, die nach einem Fluchtweg Ausschau halten. Ihre winzigen Körper, die sich auf die steifen Sofas kauern, als suchten sie nach Deckung.

Hakan fühlt, wie seine Schultern sich langsam aufrichten, wie er den Rücken nach vorne drückt, wie er vom Sofa aufsteht und mitten in Hüseyins Wohnzimmer tritt, so, als steppe er in den Cypher, wie er abwartet, bis alle ihn anschauen, bis seine Familie endlich hören will, was er zu sagen hat.

»Ich fahre nach Antalya. Wer kommt mit?«

EMINE

DU ROLLST DIE Sadschada auf dem Schlafzimmerboden aus und schließt die Augen, Emine. Der letzte Ezan ist bestimmt drei Stunden her. Aber wenn du nun schon nach Mitternacht hellwach bist, kannst du auch noch ein sechstes Mal beten. Du hoffst, dass dein Nachtgebet dich näher zu Gott bringt, dich vor falschen Taten schützt. So wie damals, weißt du noch, als du nächtelang wach lagst, wegen all der Dinge, die dein Herz beschäftigten und dich in ewige Verzweiflung gestürzt hätten, wenn du nicht an deinem Glauben festgehalten hättest?

Du hörst die Uhr ticken, Emine. Es ist eines dieser klassischen Modelle, mit einem Pendel aus Messing und dickem Holzgehäuse. Früher mochtest du solche Uhren. Es beruhigte dich, dem Pendel dabei zuzuschauen, wie es hin- und herschwang. Jetzt erträgst du das nicht mehr. Es kommt dir vor, als ob jede Bewegung des Pendels dich ein kleines Stück weiter weg von deinem Leben entfernt, Sekunde um Sekunde. Weiter weg von Hüseyin. Bis es irgendwann so sein wird, als hätte es ihn nie gegeben.

Die Uhr lehnt bloß gegen die Wand, weil sie erst noch aufgehängt werden sollte, aber dazu ist es nicht mehr gekommen. Du hast es ihm gesagt, damals, als allmählich eine Familie nach der anderen wegzog aus eurer Nachbarschaft. *Hüseyin, lass uns das Geld nehmen und gehen, so wie die anderen es auch tun. Zehntausend Mark gibt der deutsche Staat uns, wenn wir zu-*

rückkehren. Das ist doch eine ordentliche Summe, davon können wir uns in der Heimat ein Stück Land kaufen und ein schönes Haus, und vielleicht sogar Tiere dazu. Wir setzen uns zur Ruhe, Hüseyin, und sind endlich wieder unter Menschen, denen wir uns mitteilen können und die uns nicht behandeln, als seien wir lästiges Ungeziefer.

Aber nein, Hüseyin wollte bleiben, für die Kinder, immer alles für die Kinder und deren Zukunft, er wollte weiterschuften, weitersparen. *Ungeziefer sind wir auch dort, Emine.* Bis die Möwe aus buschigem Haar über Hüseyins Augen langsam fleckig und grau wurde. Bis er beim Spazierengehen bei jeder Parkbank eine Pause einlegen musste, weil seine Knie nicht mehr mitmachten.

Und jetzt, Emine? Jetzt ist er weg. Er hat dich verlassen. Er hat dich allein zurückgelassen mit vier Kindern und dieser Wohnung hier. Ja, die Kinder sind alle erwachsen, aber was bedeutet das schon? Für eine Mutter bedeutet es nichts. Es ist ja nicht so, dass du dir weniger Sorgen um sie machen würdest. Es ist ja nicht so, dass es aufhört, das Muttersein. Es hört nie auf. Mütter können sich nicht krankmelden, Mütter gehen nicht in den Ruhestand. Kinder bleiben Kinder. Selbst Sevda sollte das inzwischen begriffen haben. Sevda, die dir damals diesen Satz ins Gesicht sagte: *Anne, wie sollst du mich verstehen, du hast ja nie gearbeitet.*

Und jetzt auch noch diese Wohnung. Diese verdammte Wohnung. Hüseyin war ganz besessen von ihr, er hat von nichts anderem mehr gesprochen, seit Monaten. Was hat es ihm gebracht? Hat er auch nur zwei Nächte hier schlafen können? Hat er sie auf die andere Seite mitnehmen können, seine geliebte Wohnung? Nein. Alles umsonst. Alle seine Hoffnungen, die irgendwann auch dich ansteckten, sind abgestürzt in ein tiefes Loch, das man heute Nachmittag mit Erde und Käfern und Tränen zugeschüttet hat. Vor deinen Augen hat man Hüseyin in ein weißes Tuch gehüllt und beigesetzt. Man darf sich in diesem Leben nie zu sehr auf etwas freuen. Das weißt du nur zu gut, Emine. Nur der Allmächtige weiß, was morgen ist. Nur auf seine Güte ist Verlass. Du sagst *Allahu Akhbar* und sinkst auf die Knie.

Dies ist eine Prüfung, sagst du dir seit Tagen. Du weißt, du darfst jetzt nicht schwach werden und den Glauben daran verlieren, dass du eine Gläubige bist. Denn das Allererste und Allerletzte, was dich zu einer Muslima macht, ist die Gewissheit, dass Allah der einzige Gott und Mohammed sein Diener und Prophet ist. Davon darfst du nicht abweichen. Dieses Leben darfst du nicht verdammen. Denn du magst nicht alles sofort verstehen, Emine, aber tief in dir drin weißt du: Alles soll so sein, wie es ist.

Gott bewahre, dass du ausgerechnet jetzt damit anfängst zu hinterfragen, ob die Dinge, die dir geschehen sind, wirklich so geschehen mussten oder ob man sie nicht hätte beeinflussen und verhindern können. Würdest du damit anfangen, würde auch noch der letzte Strick reißen, der dich an deinem Dasein hält, und du würdest den Boden unter den Füßen verlieren, hättest nichts mehr, an dem du dich festhalten könntest. Keine Hand. Keinen Ast. Nichts.

Die Uhr tickt. In der Küche scheppert das Geschirr. Was macht Sevda da bloß? War nicht alles schon gespült? Dieses neugierige Ding. Bestimmt steckt sie ihre Nase in die Schränke, guckt, was Hüseyin hinterlassen hat. Warum ist Sevda überhaupt hier in der Wohnung geblieben, statt mit den anderen ans Meer zu fahren? Hat ihre Kinder einfach mitten in der

Nacht mit Peri und Ümit in Hakans Auto weggeschickt, obwohl Hakan anscheinend schon seit zwei Tagen unterwegs ist. Du hättest ihn am liebsten angefleht, noch eine Nacht auszuschlafen, bevor er sich auf den Weg macht. Aber du weißt ja, wie er ist, wenn er sich etwas in den Kopf gesetzt hat, Emine. Wenigstens hat er Sevda versprochen, an einer Pension zu halten, sollte er müde werden.

Sevda hat ihm gesagt, sie käme übermorgen nach. Sie müsse noch etwas klären. Was will sie denn klären? Sie soll nicht denken, dass sie dich davon abbringen kann, diese Wohnung hier zu verkaufen. Oder dass sie etwas vom Geld abbekommt, wenn du sie verkauft hast. Als ob Sevda das nötig hätte. Sie hat doch schon alles. Was will sie noch?

Du spürst ein Kribbeln im Nacken, Emine. Stand Sevda nicht eben noch tränenüberströmt im Wohnzimmer, genauso verzweifelt wie du und die anderen? Hat nicht auch sie ihren Vater verloren? Muss nicht auch sie gegen die Leere ankämpfen, die einen überkommt, wenn jemand so scheinbar grundlos und plötzlich aus dem Leben verschwindet? Wenn das Leben, wie man es kannte, nie mehr zurückkommen wird? Ist Sevda vielleicht klar, dass auch sie ein wenig schuld ist an Hüseyins Tod, weil sie doch ihrem Vater so eiskalt den Rücken gekehrt hat? Das muss ihm das Herz gebrochen haben, Emine. So wie dir.

Trotzdem wünschst du dir, du hättest dich vorhin zusammengerissen. Wärst nicht gleich auf deine Tochter losgegangen. Fünf Jahre lang habt ihr euch nicht gesehen, und das Erste, was du machst, ist Sevda anzukeifen? Jetzt tut es dir leid, Emine. Aber du kannst nicht anders, du kannst es nicht kontrollieren. Wann immer du Sevda begegnest, ist dein erster Impuls, sie in die Schranken zu weisen. Das war schon immer so. Obwohl, war es schon immer so? Du kannst es nicht sagen. Alles, was du weißt, ist, dass mit Sevda so viel Trauer in dein Leben gekommen ist, dass es unmöglich scheint, dich jemals leicht zu fühlen, wenn deine älteste Tochter in der Nähe ist.

◆ ◆ ◆

Man sagt, die zweite Geburt sei einfacher als die erste. Das stimmt nicht. Für dich war die zweite Geburt das Schmerzhafteste, was dir je widerfahren ist. Noch heute meinst du hin und wieder, dein Körper erinnere sich an den Schmerz. Dein Unterleib beginnt dann zu pochen, und eine gigantische Wunde klafft auf, es ist, als ob all deine Innereien hinabstürzten, Organe, Blut, Exkremente, alles. Bis da nur noch eine traurige Stille in dir ist. Du staunst immer noch darüber, dass du jene Nacht im Stall überlebt hast, und auch darüber, dass du danach noch drei weitere Kinder zur Welt bringen konntest. Doch bei ihnen war dann ja auch alles anders. Denn nach jener Nacht im Stall, nach den Wochen und Monaten, die es brauchte, bis dein zerfetzter Unterleib wieder zusammenwuchs, war es auf einmal so, als habe dieses Ding zwischen deinen Beinen keine Beziehung mehr zu dir, Emine. Als gehörte es dir nicht mehr. Ferngesteuert wie ein Fernseher, denn ein Fernseher gehört sich ja auch nie selbst. Es war, als ob dein Körper nur noch Befehle ausführte, die von außen kamen. Du lehntest dich bloß zurück und wartetest ab, was passieren würde. Du rechnetest immer mit allem. Bei jeder Geburt wusstest du, dass du sterben könntest und dass es zugleich niemals schlimmer werden würde als das, was du in jener Nacht im Stall ertragen hattest.

Deine erste Geburt dagegen war wohl das, was die Leute meinen, wenn sie sagen, Kinderkriegen sei die schönste Sache auf dieser Welt. Sie begann mit leichten Krämpfen, die an Periodenschmerzen erinnerten. Als die Krämpfe immer stärker wurden und sich schließlich in Wehen verwandelten, rief deine Schwiegermutter bereits die Dorfhebamme. Du triebst in den Wellen, die aus deinem Körper fuhren, legtest deine ganze Kraft in das Atmen hinein, in das Ein und das Aus, und schon drei, vier Stunden später atmetest du mit einer gigantischen Welle dieses Geschöpf aus, das man dir warm und pulsierend auf die Brust legte. Es war ein so schönes Kind, wie du noch nie eins gesehen hattest, Emine. Es fand die Brust von ganz allein und fing zu trinken an, ohne dass man es ihm beibringen musste, es war, als hätte es seine eigene Weisheit mitgebracht, es war magisch. Wenn du es am Abend in den Schlaf wiegtest und ihm ein Ninni vorsangst, meintest du das Kleine lächeln zu sehen. Dabei weiß jeder, dass Säuglinge so früh noch nicht lächeln können. Vielleicht war dieser hier einfach anders, oder vielleicht warst du auch nur sehr verliebt, Emine.

Sevda war das komplette Gegenteil. Sie war nicht schön, sie lächelte nicht, sie trank weder von der Brust noch ließ sie sich in den Schlaf wiegen. Sevda tat nur eins, Tag und Nacht, ohne Unterbrechung, und das war schreien. Sie schrie, bis ihr kleiner Kopf rot und blau wurde, sie schrie, bis ihr ganzer Körper zitterte, sie schrie, bis ihr die Stimme wegbrach und ihre Stimmbänder nur noch heiseres Krächzen hervorbrachten. Sie schrie, bis Hüseyin, deine Schwiegermutter und selbst dein halbtauber Schwiegervater wach wurden, sie schrie, bis sich alle im Haus fragten, warum du, Emine, es einfach nicht fertigbrachtest, das Kind zum Schweigen zu bringen. Du wiegtest es weiter und wischtest dir dabei wieder und wieder die Tränen weg, es war kaum auszuhalten, aber deine Arme machten immer weiter, wiegten das Kind immer heftiger, bis es ganz grün angelaufen und außer Puste war und sich selbst in Ohnmacht geschrien hatte. Nur um zwei Stunden später wieder wach zu werden und weiterzuschreien. Manchmal übernahm Hüseyin, nahm die Kleine eckig in den Arm, die sich daraufhin für kurze Zeit beruhigte. Hüseyin begann dann jedes Mal, dir selbstbewusst zu erklären, was du alles falsch gemacht hattest, dass du das Kind sanfter bewegen musstest, dass du dabei vorsichtig durch den Raum spazieren solltest. *So: Eins-zwei, eins-zwei, eins-zwei …* Doch schon war Hüseyins Zauber gebrochen, und Sevda begann wieder zu schreien und war nicht mehr zur Ruhe zu bringen. Irgendwann gab Hüseyin dir das Kind zurück in deine Arme. Er nahm sein Kopfkissen, ging zum Schlafen in die Küche.

Das Schreien. Dieses herzzerreißende, schrille, alarmierende, einfach nicht enden wollende Schreien. Es trieb dich an den Rand des Wahnsinns. Etwas in dir kochte über, keine Wut, nein, bittere Verzweiflung, du schlucktest sie runter, behieltest sie für dich, damit Sevda sie nicht abbekam. Damit du sie nicht in einem schwachen Moment einfach auf den Steinboden fallen ließt. Oder gegen die Wand warfst. Oder unter einem Kissen erdrücktest. Oder in den verschneiten Wald hinaustrugst und dort einfach liegen ließt. Um all diese Dinge nicht zu tun, Emine, die dir durch den Kopf spukten, wenn das Schreien nach einer kurzen Pause wieder besonders heftig einsetzte, fingst du an, dir einzelne Haarsträhnen aus dem Kopf zu reißen. Gleich beim ersten Mal war das grausame Brennen auf deiner Kopfhaut so betäubend, dass du von da an immer weitermachtest. Jede Nacht eine Strähne, in manchen Nächten sogar zwei. Bis du eines Abends den entsetzten Ausdruck auf Hüseyins Gesicht sahst, als du dein Kopftuch abnahmst. Nein, du konntest nicht mit ihm schlafen, erst wegen der Verletzungen an deinem Unterleib und später wegen denen in deinem Kopf. Trotzdem wolltest du deinem Mann gefallen, so wie jede Frau ihrem Mann gefallen will, egal, ob sie ihn liebt oder nicht und ob sie ihn überhaupt will, ganz egal, denn viel schlimmer, als den eigenen Mann nicht mehr zu begehren, ist das Wissen, dass er einen nicht mehr begehrt.

Bis in die Morgenstunden schrie Sevda immer weiter. Sie hatte erst am vierten Tag angefangen, an deiner Brust zu saugen, und auch von da an tat sie es immer nur für wenige Minuten. Du meintest, dass irgendetwas mit diesem Kind nicht stimmte. Deine Schwiegermutter war sich sicher, dass es an dir lag. Sie kochte dir jeden Tag buttrige Erişte und buttrigen Bulgur, brachte dir warme Helva und warme Kuhmilch ans Bett, damit deine Brust mehr Milch hervorbrachte. Doch nichts half, Sevda bekam einfach nicht genug. Schließlich fandet ihr eine andere junge Mutter aus dem Dorf, deren Brüste genug Milch gaben, und Sevda akzeptierte diese andere Frau sofort, und du, Emine, musstest mehrmals täglich an allen Häusern entlang zu ihr gehen und ihr Sevda zum Stillen vorbeibringen.

Es wurde etwas weniger, das Schreien. Und du verstandst langsam, worauf es ankam, wenn man ein schreiendes Baby in den Schlaf wiegen wollte. Du sahst Sevda nicht mehr in die Augen. Auf keinen Fall, denn du lerntest, dass es deine Aufmerksamkeit war, die das Kind wach hielt. Selbst wenn Sevda ihre winzige Hand auf deine legte, zart wie eine Feder, bliebst du stur, Emine, und stupstest die kleine Hand von dir weg, und dein Körper wippte weiter, stets im selben Rhythmus. Denn wenn du den Rhythmus unterbrechen und Sevda liebkosen würdest, wenn du ihr in die Augen sehen würdest, wenn du ihre Berührung erwidern würdest, dann wäre alles aus und die ganze Arbeit umsonst und das Kind würde nie schlafen. Also wipptest du immer weiter, Emine, auch wenn es Stunde um

Stunde dauerte, auch wenn dein Wippen immer bebender wurde. Auch wenn dein Wiegen fast einem Schütteln glich irgendwann, der Rhythmus war gleich, den Rhythmus durftest du nicht verlassen, bis zum bitteren Ende. Kein Blick und keine Liebkosung, bloß nicht verhätscheln, denn es sollte schlafen, es sollte einfach nur lernen, dass es endlich schlafen sollte.

Trotz deiner Wunden begannst du schon bald, wieder Hausarbeiten zu erledigen. Du warst viel langsamer als früher, konntest nichts Schweres tragen, doch du machtest in deinem eigenen Tempo immer weiter, um Sevda ihrer Großmutter überlassen zu können. Deine Schwiegermutter wickelte das Kind in eine Decke, schnürte das Bündel mit einem Stoffband zu und schaukelte es liebevoll im Arm oder in der Holzwiege. Manchmal gabst du vor, du würdest nach den Kühen schauen, um eine halbe Stunde wegbleiben zu können. Deine Schwiegermutter nickte wissend. Du hast dann ein Tuch über das Heu im Stall gebreitet und ein paar Minuten von dem Schlaf aufgeholt, den du in den Nächten nicht bekamst.

✦ ✦ ✦

Du wendest dein Gesicht nach rechts.
Friede sei mit Euch und Allahs Gnade.
Du wendest dein Gesicht nach links.
Friede sei mit Euch und Allahs Gnade.

Du stützt die Hände an der Sadschada ab, um aufzustehen. Doch deinen Handgelenken fehlt die nötige Kraft. Du bleibst sitzen, Emine. Dein Blick wandert durch das dunkle Schlafzimmer, in das nur etwas Licht aus dem Flur fällt. Du betrachtest das Bett, in dem Hüseyin nie geschlafen hat, den Spiegel, in dem er sich vielleicht nur ein einziges Mal ansehen konnte, als er ihn dort aufhängte. Du hast den Spiegel mit einem Kopftuch abgehängt, damit er dich nicht beim Beten stört. Die Hitze der Stadt brütet weiter, sie hat sich mit der Dunkelheit nicht beruhigt. Du spürst Schweißperlen an deiner Schläfe, doch deine Füße sind kalt. Wie immer. Du willst dir gerade den Rock deines Nachtkleids über die nackten Füße legen, da erstarrst du. Es ist, als stünde jemand hinter dir. Als beobachtete jemand dich. Es ist nicht Sevda, denn du hörst Sevdas Schritte auf dem knarzenden Dielenboden drüben im Wohnzimmer. Es ist nicht Sevda, und also kann niemand hinter dir stehen. Und doch ist da dieses Gefühl. Es begleitet dich, seit du die Wohnung das erste Mal betreten hast. Dieses Gefühl, als würde dir jemand folgen. Als bräuchtest du dich nur schnell genug umzudrehen, um ihn oder sie zu sehen. Aber du willst nichts sehen.

Am Abend deiner Ankunft noch machte es dir keine Angst. Denn gestern Abend war es nur eines von hundert Gefühlen, die alle gleichzeitig an dir zerrten und dich überwältigten, so dass du nichts anderes tun konntest, als mit beiden Händen auf irgendeinem Taschentuch herumzudrücken und deinen Oberkörper hin- und herzuschaukeln, als läge wieder ein Säugling in deinen Armen. Selbst Ayşes Anwesenheit konntest du nur zur Kenntnis nehmen, empörtest dich nicht einmal über die Dreistigkeit deiner Schwägerin, ausgerechnet jetzt aufzutauchen, dreißig Jahre später, dreißig Jahre nachdem sie einen großen Keil zwischen dich und Hüseyin getrieben hatte, ausgerechnet jetzt, da Hüseyin für immer fort und der Kampf um dein friedliches Leben mit ihm endgültig zerstört war. Denn ja, Emine, du hattest zuletzt immer noch so etwas wie Hoffnung gehabt, dass sich alles zum Guten wenden würde, mit eurem gemeinsamen Lebensabend, in eurem neuen Zuhause in Istanbul. Gerade noch schien doch einiges klarer zu werden. Gerade noch warst du doch allmählich imstande, mit manchen Dingen endlich deinen Frieden zu schließen. Als Ayşe dann aber heute am Mittag noch einmal auf dem Parkplatz des Krankenhauses auftauchte, um mit dir unter vier Augen zu sprechen, da platzte dir der Kragen. *Fahr zur Hölle*, sagtest du zu Ayşe und *Ich will dich nicht auf der Beerdigung sehen.* Nach all den Jahren, in denen sie sich versteckt gehalten hat vor dir und Hüseyin, in denen sie euch nicht einmal rechtzeitig Bescheid gab, als Ahmet starb, so dass Hüseyin vom Tod seines Bruders erst nach dessen Beerdigung erfuhr, nach all dem, was passiert ist, solle Ayşe doch nun für immer genauso weitermachen und sich einfach nur von dir fernhalten, rietst du Ayşe. Wärst du nicht völlig durcheinander und kaputt gewesen, du hättest am liebsten das hässliche Tuch von Ayşes Kopf heruntergerissen und ihr zwei, drei Ohrfeigen verpasst. Sie hätte es verdient, Emine. Doch so bleibt dir nun nichts anderes übrig, als dich wie immer auf Allah zu verlassen und darauf, dass alle Sterblichen irgendwann büßen werden. Für alle Herzen, die sie gebrochen, und alle Leben, die sie zerstört haben.

Sie ist sehr alt geworden, Ayşe. Sie wirkte so zerbrechlich und weich, hatte von außen nichts mehr gemein mit der stolzen Schlange, die dich schon bei eurer allerersten Begegnung am Tag deiner Hochzeit in Unruhe versetzte. Zuerst mochtest du Ayşes verschiedenfarbigen Augen, eines hellbraun wie ganz dünner Tee, das andere grünlich mit braunen Mustern wie ein hübscher Frosch. Es war etwas Besonderes. Doch schon bald spürtest du diesen Blick, den sie dir immerzu zuwarf, das Giftige in ihm. Vielleicht lag es auch an Ayşes Art, laut und bestimmt zu reden und immer gleich jeden Raum einzunehmen, in dem gerade kein Mann anwesend war. Im Nachhinein glaubst du, dass du damals vor dreiunddreißig Jahren schon ahntest, dass Ayşe etwas im Schilde führte. Aber vermutlich hast du gar nichts geahnt, vermutlich hast du dich nur vor dem schönen Auge dieser fremden Frau gefürchtet, die viel älter und viel weiser war als du und die damals schon fast zehn Jahre mit Hüseyins großem Bruder Ahmet verheiratet war, aber ihm keine Kinder schenken konnte. Die beiden waren aus Österreich angereist, wo sie seit ein paar Jahren lebten, extra für die Hochzeit, obwohl man so etwas damals nicht machte. Die Hochzeiten zu jener Zeit waren ja eher bescheidene kleine Dorffeste, ja, sie gingen manchmal drei Tage, aber nur, weil im Dorf sowieso niemand etwas Besseres zu tun hatte. Das war eben nicht so wie in Deutschland, wo jeder allein in seinem Zuhause sitzt und jede Geldmünze dreimal umdreht und alle immer nur bei der Arbeit oder im Bett sind. Im Dorf waren ständig alle zusammen, so kommt es dir heute jedenfalls vor, im Dorf feierte man gerne. Aber dass jemand extra aus dem Ausland anreiste, und das bloß für eine Dorfhochzeit, das kannte man nicht. Und doch kamen Ayşe und Ahmet und beschenkten dich mit fünf goldenen Armreifen. Ayşe sagte, sie wolle sich bei dir um alles *Wichtige* kümmern, weil Hüseyin und Ahmet ja keine Schwestern hatten. Und so war es dann auch Ayşe, die am Morgen nach der Hochzeit diskret dein Bettlaken wechselte, um nachzusehen, ob es blutig war.

Im Jahr darauf, als du bereits hochschwanger warst, kamen Ayşe und Ahmet schon wieder und brachten Geschenke mit, Kaffee und Cremes, Schokolade und Nylonstrümpfe. Ahmet musste wohl in der Fabrik in Österreich sehr viel Geld verdienen, allein die Zugreise kostete doch sicher ein Vermögen. Sosehr du dich über die mitgebrachten Dingen freutest, den Duft des Kaffees, die bunten Kosmetikverpackungen, warst du doch nicht glücklich darüber, dass Ayşe und ihr grünliches Auge ausgerechnet jetzt aufgetaucht waren, als du so kurz vor der Geburt standst. Ohne deine Lippen zu bewegen, hast du wieder und wieder in deinem Kopf die Sure Al-Ikhlas wiederholt, wann immer du dich in Ayşes Sichtfeld befandst. Was in dem kleinen Haus deiner Schwiegereltern, in dem du und Hüseyin mitwohntet, fast immer der Fall war.

Gott sei Dank ging alles gut. Dieses erste Kind kam gesund zur Welt und alle im Haus, deine Schwiegereltern, Ahmet und Ayşe, Hüseyin und du, freuten sich über das neue kleine Wesen unter euch. Du warst unheimlich müde, Emine, und du platztest vor Glück, du wolltest das Kind jede Minute im Arm halten und an ihm riechen, aber deine Schwiegermutter ermahnte dich, dass das für das Kind nicht gesund sei. Immer wieder nahm sie es dir weg und wickelte es ein, um es in seine Holzwiege zu legen. In der Nacht wachte das Kind nur ein, zwei Mal zum Trinken auf, und Hüseyin erwachte dann gemeinsam mit dir, um das Baby zu streicheln und zu liebkosen, wie es sich am Tag im Beisein seiner Eltern nicht schickte. Immerzu sehntest du dich nach den Nächten, Emine, in denen ihr zu dritt im Bett lagt, im sanften Kerzenlicht, und euer Glück kaum fassen konntet. Eure Zukunft lag noch vor euch.

Deine stillen Gebete führtest du fort, solange Ayşe noch im Haus war. Du wolltest so gern wissen, wann Ayşe und Ahmet wieder abreisen würden, aber so etwas fragte man nicht. Und auch wenn Ayşe vierzigtausend Mal am Tag Maşallah sagte, um dein Baby vor bösen Blicken zu schützen, gelang es dir keine Sekunde, Ayşes Auge zu trauen. Dein Instinkt sagte dir, dass du dein Kind beschützen musstest, und dein Herz sagte dir: vor allem vor Ayşe.

Eines Nachts träumtest du, dass eine schwarze Schlange zu deinem Baby glitt, sich an dein Baby schmiegte und es plötzlich biss. Die Schlange hatte verschiedenfarbige Augen. Schweißgebadet wachtest du auf, Emine, und sahst sofort zur Holzwiege hinüber. Das Kind schlief tief und fest. Du hieltst deine Hand unter seine winzige Nase, um sicherzugehen, dass es atmete.

Als du beim Frühstück hörtest, dass alle bis auf deine Schwiegermutter gemeinsam ins Nachbardorf gehen wollten, um Ayşes großen Bruder zu besuchen, fragtest du: *Anne, warum gehst du nicht mit?* Man lasse eine Mutter mit ihrem Neugeborenen nicht allein, bis das Kind vierzig Tage alt sei, erklärte deine Schwiegermutter. Du zeigtest auf dein Baby, *schau doch, wie gesund es ist, uns geht es blendend, die frische Luft wird dir guttun, Anne, geh ruhig,* sagtest du. Du sahst den fünfen aus dem Fenster hinterher, bis sie zwischen den Pinien verschwunden waren, die nicht mehr von Schnee bedeckt waren und gerade zu ihrem ausgeblichenen Grün zurückfanden. Du suchtest hastig nach Stift und Papier, Emine, schriebst das Wort *Vollmacht* nieder und überlegtest, was du früher immer für deine Tante geschrieben hattest, die nicht schreiben konnte und bei solchen Dingen auf deine Hilfe angewiesen war. Schließlich unterschriebst du das Papier mit Hüseyins Namen und zogst dir einen Mantel über.

Mit dem warm eingepackten Kind auf dem Arm und den Papieren in der Manteltasche gingst du zu den einzigen Nachbarn hinüber, die ein Auto besaßen. Der älteste Sohn der Familie fuhr manchmal in die Stadt hinunter, wenn jemand aus dem Dorf dort Geschäfte zu erledigen hatte. Du warst in deinem ganzen Leben nur ein einziges Mal in der Stadt gewesen, Emine. Immer fuhren nur die Männer. Du übereichtest dem

Nachbarsohn eine der Goldmünzen, die du zur Hochzeit bekommen hattest. Du sagtest ein paar Sätze, ganz klar und gerade und gar nicht so, als seist du von Angst besessen. Der Nachbarsohn schien sich zu freuen, aber nicht über das Gold, sondern über einen Grund, nach dem langen Winter endlich mal wieder in die Stadt zu fahren. Und ebenso seine kleine Schwester, die aufgeregt in ein Kleid schlüpfte und euch begleitete, damit das Ganze nicht nach etwas aussah, das es nicht war.

Als du kurz vor Anbruch der Dunkelheit völlig erschöpft zurückkamst, stand Hüseyin schon vor dem Haus, die Hände hinter dem Rücken verschränkt, sein ganzer Körper eine einzige angespannte Frage, wo du gewesen warst. Du strecktest ihm die Geburtsurkunde entgegen, die du nach langem Warten und Reden und Verhandeln in der Stadt ausgestellt bekommen hattest. Das Kind war da, es war dein und Hüseyins Kind, das hattest du schwarz auf weiß, Emine. Doch Hüseyin blickte an der Urkunde vorbei auf das Kind in deinen Armen. Die Möwe über seinen Augen zog sich traurig zusammen.

✦ ✦ ✦

»Anne?«

Sevda steht im Türrahmen. Du sitzt immer noch auf dem Boden, den Rücken zur Tür. Aber du siehst Sevdas Schatten schmal und lang vor dir auf die Sadschada fallen.

»Ist es dein Blutdruck?«

Du nimmst den Zipfel deines Nachtkleids und legst ihn dir über die kalten Füße. Vorsichtig drehst du deinen Kopf und siehst Sevda an. Sie trägt einen rosafarbenen Pyjama und hat sich das lockige Haar hochgesteckt. Das Flurlicht strahlt um ihre Silhouette, wie ein Engel sieht sie aus. Du nickst ihr zu. Sevda nickt zurück.

»Ich bringe dir ein Wasser, ja?«

Sie verschwindet wieder im Flur.

Du nimmst dein Kopftuch ab und legst es dir über die Schultern. Es ist nicht dein Blutdruck, der dich zu Boden drückt, Emine. Und auch nicht deine Trauer. Nein. Es ist etwas anderes. Da sitzt du nun also wie so oft auf der Sadschada und gibst dich deinen Erinnerungen hin, an damals, als … Ja, das erste Kind, es hieß wie Sevda, aber niemand hat es je so gerufen, deshalb hat dieser Name ihm nie gehört, deshalb sagst du nur *o*, wenn du von dem Kind sprichst, oder besser, wenn du von ihm sprechen willst, aber das tust du ja niemals, oder nicht ganz niemals, über die Jahrzehnte hinweg tatest du es einige wenige Male mit Hüseyin, aber diese Gespräche dauerten nie lange, weil jedes Mal Hüseyin schon bald erstarrte und kein Wort mehr herausbrachte und du nur noch Schreie, Emine.

Du gibst dich also wie so oft deinen Erinnerungen an *o* hin und daran, wie *o* aus deinem Leben gerissen wurde. Und findest dabei wie jedes Mal einen Schuldigen. Meistens ist es Ayşe. Manchmal Hüseyin. Mal deine Schwiegermutter, Gott hab sie selig. Sie verlor zwar dir gegenüber nie ein Wort über die Sache, aber sie war damals dennoch da und hätte etwas tun können und hat es nicht getan. Aber wie dem auch sei, selbst wenn alle drei schuldig wären, weißt du doch insgeheim, dass du dich selbst niemals aus der Verantwortung wirst ziehen können. Auch wenn du damals kaum sechzehn warst. Auch wenn du naiv und scheu und vielleicht selbst noch ein Kind warst, war *o* dennoch dein Kind, du warst *onun* Mutter, und was auch immer *ona* geschah, es war zuallererst deine Aufgabe, *onu* zu beschützen. Halb Opfer, halb Mitschuldige, wie Perihan sagen würde? Nein. Es gibt kein halbes Muttersein. Auch wenn du es bisher nie wahrhaben wolltest, hat sich diese Erkenntnis in den vergangenen Stunden in deinem Leib festgesetzt wie ein ausgewachsener Fötus: Die größte Schuld hast du selbst über dich gebracht, Emine. Und nichts wird daran jemals etwas ändern können.

»Hier, Anne.«

Sevda geht in die Hocke und reicht dir das Wasserglas.

»Sağol, Kızım.«

Du trinkst das Glas Schluck für Schluck, lässt dir Zeit dabei. Du spürst, wie das Wasser langsam durch deinen Körper rinnt, wie es den bitteren Knoten in deiner Brust löst, wie es dich reinigt, kühlt, sanfter macht.

Sevda sitzt immer noch in der Hocke, du siehst sie an. Sevda öffnet ihre Hand, um dir das leere Wasserglas abzunehmen, doch du stellst es auf den Boden. Du legst stattdessen deine Hand in Sevdas Hand. Sevdas Hand zuckt etwas zurück, aber du nimmst und streichelst sie. Sevda macht gar nichts. Sieht nur zu Boden. Du streichelst weiter ihre Hand. Langsam sinkt Sevdas Kopf, kurz hebt er sich nochmal widerstrebend, bevor er sich dann endgültig auf die Schulter ihrer Anne senkt, und ihr Körper auf den Holzboden.

»Du hast …«, flüstert Sevda, bringt den Satz nicht zu Ende.

Du atmest den Duft von Sevdas Locken ein, sie riechen nach Blumen und Haarspray, nach Kind und Frau, nach früher und heute. Du legst deinen Arm um deine Tochter, und eure beiden Oberkörper sinken in der Umarmung von Seite zu Seite. Du spürst, wie Sevda zu schluchzen beginnt, sie gibt keinen Laut von sich, aber ihr Rücken zittert.

»Schhh…«, machst du in Sevdas Locken hinein, »schhh«, wie damals, in den Nächten im Dorf, in denen Sevda sich die

Seele aus ihrem kleinen rebellierenden Körper schrie. »Schh…«, als ob du ihr sagen wollest, *alles wird gut, Kızım*, obwohl du weißt, dass es nicht stimmt. Es wird nicht alles gut. Doch wird Allah uns die Geduld geben, weiterzuleben und uns um jene zu sorgen, die uns geblieben sind. Und jene nie zu vergessen, die wir verloren haben.

»Schhh…«, machtest du damals auch in *onun* Ohr, als du dich beim Stillen über *onun* Körper beugtest. Du machtest »schhh…«, obwohl gar nicht *o* weinte, sondern du. Es waren die letzten Tage, bevor du *onu* verlieren würdest. Du wusstest bereits davon und grubst dein Gesicht in *onun* Nackenfalte, damit sich der säuerliche Duft für immer in deine Nasenspitze eingrub. Noch Wochen nach dem Abschied von *o* murmeltest du weiter deine Gebete, während du ziellos durch das Haus irrtest. Obwohl Ayşes Auge längst fort war und dir alles genommen hatte, was deine Gebete vor ihm hatten schützen sollen.

Sevda löst sich langsam aus der Umarmung und richtet ihr Haar.

Du drückst dich mit den Fäusten vom Boden ab, findest endlich die Kraft aufzustehen. Du nimmst die Sadschada, faltest sie zweimal und legst sie auf das Fußende des Betts.

»Lass uns auf den Balkon gehen, Anne. Vielleicht brauchst du etwas Luft«, sagt Sevda und geht mit dem Glas in die Küche, um dir mehr Wasser zu holen.

Du bindest dir das Kopftuch wieder um den Kopf, öffnest die Balkontür und trittst hinaus in die wie vor Schwüle vibrierende Nacht. Unten laufen immer noch einzelne Menschen durch die Straßen. Du überlegst, wie lange Hakan und die anderen schon unterwegs sind, eine Stunde? Sie werden sicher nicht vor morgen Mittag in Antalya ankommen.

»Soll ich dir einen Stuhl bringen?«, fragt Sevda, zwei Gläser in den Händen.

Du schüttelst den Kopf und lehnst dich schwer gegen das Geländer. Du hast genug gesessen. Dein Hintern ist schon taub.

Sevda stellt die Gläser auf einem Hocker ab und fischt eine Zigarette aus ihrem Pyjama. Sie zündet sie an, als wäre nichts dabei, nimmt einen tiefen Zug und pustet den Rauch mit einer Erleichterung aus, als hätte sie sich seit Stunden nach nichts mehr gesehnt als nach diesem ersten Zug. Sie sieht dich an.

»Was ist?«

Du zuckst nur die Schultern.

»Anne, du willst nicht ernsthaft, dass ich mich vor dir verstecke, in meinem Alter? Ich bin eine erwachsene Frau.«

»Mach, was du willst. Es ist deine Gesundheit«, sagst du nüchtern, schiebst dann leise ein »du wirst schnell alt aussehen« hinterher.

Sevda lacht. »Glaub mir, mein Körper fühlt sich schon an, als sei ich neunzig.«

»Was soll das denn heißen?«, fragst du.

»Das Arbeiten. Jede Woche tut mir etwas anderes weh.«

»Pff«, machst du unbeeindruckt. Wenn Sevda wüsste, welche Schwerstarbeit du geleistet hast, im Dorf damals. Wie du die Tiere pflegen und den Stall ausmisten und auf dem Acker schuften musstest, und dazu noch die Alten und Sevda versorgen. Dafür hat dir niemand Geld bezahlt. Oder dir einen Laden gegeben, auf dessen Schild dein Name glänzte.

»Weißt du, dass mich Baba mal beim Rauchen erwischt hat?«, fragt Sevda amüsiert.

Du schnalzt gleichgültig mit der Zunge.

»Das war am Tag meiner Verlobung. Ich habe damals überhaupt nicht geraucht. Aber ich war so nervös, dass ich mir eine von Babas Kippen geklaut habe und runter in den Keller gegangen bin, um heimlich zu rauchen und ein bisschen allein zu sein. Plötzlich stand er vor mir. Er suchte wohl nach den Extra-Klappstühlen. Ich ließ aus Panik die Zigarette fallen und machte ein Brandloch in mein Kleid. Baba hat so getan, als wäre nichts passiert. Er sagte nur, geh hoch, hilf deiner Mutter, aber schnell.«

Sevda kichert leise wie das freche Kind, das sie nie gewesen ist, und tippt die Asche ab, zur Straße runter. Sie sieht dich an. Du wendest den Blick ab, schaust in den Himmel ohne Sterne. Der Mond ist fast voll.

»Wie ging es ihm zuletzt?«, fragt Sevda, ihre Stimme wieder todernst.

Du fragst dich, warum es hier keine Sterne gibt. Bestimmt wegen den Abgasen in der Luft. Diese Stadt ist so verpestet, wenn du länger draußen bist, kannst du förmlich spüren, wie dir der Hals brennt. Du kannst dir einfach nicht erklären, was Hüseyin bloß in Istanbul wollte.

»Wie ging es Baba in letzter Zeit? Was hat er so gemacht?«, wiederholt Sevda ihre Frage.

»Nichts hat er gemacht«, antwortest du. »Er ist herumgelaufen wie ein kleines Kind und war aufgeregt über seine Reise.«

»Er war glücklich, oder?«, fragt Sevda erwartungsvoll.

Du zuckst die Schultern. Glücklich. Warum reden die Kinder ständig vom Glücklichsein? Perihan auch. Warum wollen sie immer, dass man glücklich ist? Kann man nicht einfach normal sein? Warum reicht das nicht?

»Er sprach nur noch von dieser Wohnung. Er war wie besessen«, sagst du kopfschüttelnd.

»Wolltest du die Wohnung etwa nicht?«

Du nimmst die Arme vom Balkongeländer, verschränkst sie, denkst nach.

»Es geht nicht darum, was ich will. Es war nicht nötig«, sagst du. »Wir haben diese Wohnung hier nicht gebraucht. Es war doch alles gut, so wie es war.«

»Wolltest du etwa für immer in Deutschland bleiben?«, fragt Sevda.

»Nein! Natürlich nicht!«, platzt es aus dir heraus. Du nimmst dein Glas vom Hocker und trinkst einen Schluck. »Aber irgendwann, wenn Ümit fertig mit der Schule ist und sich ein eigenes Leben aufbaut, dann hätten wir doch ins Dorf zurückgehen können.«

»Anne, was willst du im Dorf?«, fragt Sevda irritiert. »Da ist doch niemand mehr!«

»Wie, was will ich dort? Dort ist meine Heimat, meine Erde. Irgendwer ist sicher noch da …«

»Quatsch«, sagt Sevda und zieht an ihrer Zigarette. »Alle sind längst in die Städte gezogen. Das Dorf gibt es nicht mehr.«

»Woher willst du das wissen?«

»Ich weiß es einfach. Das sind Träume, Anne. Träume und Sehnsüchte nach früher, mehr nicht.«

Sevda schnippt die Zigarette vom Balkon. Du siehst zu, wie sie auf die Straße fällt, wie Funken ihrer Glut in der Luft hängen bleiben, etwas länger trudeln und dann erlöschen.

»Willst du schlafen gehen?«, fragt Sevda.

»Kann ich nicht.«

»Ich auch nicht.«

»Dann mach uns einen Çay«, befiehlst du sanft.

Du gehst ins Wohnzimmer und legst dich auf das große Sofa. Alles um dich herum pocht, die Wände, der Boden, die Decke. Dein Körper ist träge und fühlt sich an, als würde er wie Sirup zerfließen. In deinem Kopf torkeln die Gedanken wie kleine Zigarettenglutfunken umher. Sobald sie zu sehr abschweifen, kommt die Erinnerung mit neuer Wucht zurück. Hüseyin. Wie ein Schlag auf deinen Kopf fühlt es sich an. Was sollst du bloß ohne ihn tun, Emine? Du hast keine Kraft, dir etwas einfallen zu lassen. Du willst einfach nur hier liegen in der dröhnenden Stille und dich deiner Trauer hingeben. Was soll das überhaupt sein, ein Leben ohne Hüseyin? Wie soll das gehen? Du kannst dich gar nicht erinnern an eine Zeit vor ihm, so lange ist es her. Als sei vor Hüseyin gar nichts gewesen. Nur ein unendlich weißes Feld.

Deine Erinnerung beginnt mit dem Tag, an dem du Hüseyin das erste Mal begegnetest. Er war aus dem Nachbardorf gekommen, um jemanden zu besuchen. Normalerweise hobst du deinen Blick nicht, wenn dir ein Mann im Dorf entgegenkam. Normalerweise klebten deine Augen auf dem matschigen Boden, auf den Kieselsteinen, auf dem den Weg säumenden Unkraut, sobald du aus dem Augenwinkel einen sich nähernden Männerkörper bemerktest. Aber aus irgendeinem Grund war es an diesem Tag anders. Wie ein Magnet zog Hüseyins Blick den deinen an, und er sah in dich hinein, und du sahst in ihn hinein. Es kann nicht mehr als zwei Sekunden gedauert haben, aber für dich dauerte es eine Ewigkeit, Emine. Hüseyin lächelte, und du hieltst den Atem an, und noch bevor du den Blick wieder senken und dir ein Ende deines Kopftuchs vor den Mund halten konntest, noch bevor du an Hüseyin vorbeigehen und dich ins Haus deiner Tante retten und in der Küche verstecken konntest, um endlich dein eigenes Lächeln freizulassen, erhaschtest du einen Blick auf Hüseyins Trauer, die dort in demselben Gesicht saß wie sein Lächeln und ganz natürlich zu ihm gehörte und auch später immer dort blieb, ganz egal, ob Hüseyin fröhlich war oder erschöpft oder ob er schlief, die Trauer blieb immer da. Er hütete sie in sich wie ein kostbares Geheimnis, dessen Vorhandensein man zwar erahnen konnte, aber das er niemals offenbarte, und egal, wie viele Jahre du es versuchtest, Emine, egal, wie tief du in Hüseyin bohrtest, irgendwann tauchte immer ein Schloss auf, das er vor das Geheimnis dieser Trauer gehängt hatte und für das es keinen Schlüssel gab. Es schloss dich für immer aus und überließ dich deiner eigenen Einsamkeit.

Schon kurz nach der Hochzeit begann er, manchmal im Schlaf Dinge zu sagen und leise zu weinen. Nie verstandst du, was Hüseyin da sagte, und irgendwann hörte es auch wieder auf. Aber jetzt, da du darüber nachdenkst, fällt dir ein, dass er später in Deutschland wieder anfing mit dem Sprechen im Schlaf und mit dem Weinen. *Versteck dich, sie kommen!*, rief er in einer der Nächte in Rheinstadt, die du schlaflos mit dem Koran im Schoß neben ihm verbrachtest. Er wälzte sich im Bett hin und her, verzog das Gesicht, als plagte ihn ein Schmerz. Du erinnerst dich noch so gut daran, weil es dich erschüttert hat, und zwar nicht, was er sagte, sondern, wie er es sagte. In eurer Muttersprache.

Hüseyin hatte dir schon viele Jahre zuvor vor seiner Abreise nach Deutschland untersagt, mit Sevda Kurdisch zu sprechen und später auch mit den anderen Kindern, er erklärte, es würde ihnen im Leben besser gehen, wenn sie es gar nicht erst lernten, ich will, sagte er, dass es meinen Kindern gut geht, Emine, willst du das nicht auch? Es fiel dir nicht so schwer, wie du anfangs dachtest, auch weil Hüseyin dafür sorgte, dass du und seine Eltern und Sevda kurz nach seinem Aufbruch nach Deutschland ebenfalls umzogt, aus den Bergen runter in die Stadt. Du denkst an das kleine bröckelige Haus, das er euch gemietet hatte. »Es ist sicherer dort unten«, hatte er gesagt. Die meisten Nachbarn dort sprachen sowieso nur Türkisch. Im Radio sprachen sie Türkisch. Auf den Ämtern sprachen sie Türkisch. Und dein Türkisch war gut, Emine, du hattest ja die Grundschule besucht. Nur die Schwiegereltern hatten Schwierigkeiten mit dem Sprechen, doch sie wurden in Karlıdağ ohnehin immer stiller. Und so bestimmte die türkische Sprache irgendwann so sehr dein Leben, dass du in ihr zu träumen begannst, Emine. Dass dann aber ausgerechnet Hüseyin in seinen Träumen immer noch Kurdisch sprach, Jahre später, lange nach dem Tod seiner Mutter, dem letzten Menschen, mit dem er es am Telefon und bei euren wenigen Besuchen noch gesprochen hatte, das tat dir weh, Emine, das verletzte dich bis ins Mark. Hüseyin hatte dir erst deine Muttersprache genommen und dich dann in ein Land gebracht, in dem du gar keine Sprache mehr hattest. Es fühlte sich an, als habe er dich verraten. Als verrate er dich tagtäglich, seit ihr euch das erste Mal begegnet wart, indem er sein Innerstes vor dir verbarg.

Sevda kommt in den Raum und setzt sich auf das andere Sofa. Auf dem Esstisch hinter ihr steht Hakans Melone, wie ein unverständlicher Gruß an dich. Ihr wartet schweigend, dass der Çay zieht. Die Glühbirne leuchtet stechend weiß, legt einen hellgrauen Schleier über Sevdas eingecremtes Gesicht.

Die Stille zwischen euch fühlt sich nicht gut an. Du fürchtest, dass Sevda jeden Moment etwas sagen könnte. Sie tut es nicht, aber ihre schweigende Anwesenheit füllt den Raum mit lauter Fragen. Was will sie bloß fragen? Was kannst du ihr schon erzählen? Du kennst keine schönen Geschichten, Emine. Du kennst bloß die Wahrheit. Und die ist nicht schön.

»Anne«, sagt Sevda plötzlich leise in den Raum hinein.

Du drehst deinen Kopf zu ihr, der Rest deines Körpers bleibt auf dem Sofa liegen, immer noch schwer und zäh.

»Ich muss dir was sagen, Anne.«

Sevda sieht an sich hinunter und streicht ihren Pyjama glatt. Sie sieht aus wie ein nervöses Mädchen. Als könnte sie deine Gedanken hören, hebt sie ihren Kopf und räuspert sich.

»Ich habe mich von Ihsan getrennt«, sagt sie und reckt ihr Kinn.

Du nickst und schaust wieder zur Decke. Du hast es schon gehört, von Perihan. Dich hat nicht überrascht, dass Ihsan Sevda verlassen hat. Sevda ist schwer auszuhalten. Nie gibt sie sich mit irgendwas zufrieden.

»Anne?«

»Ja?«

»Warum sagst du nichts?«

»Was willst du von mir hören?« Du siehst immer noch zur Decke, fragst dich, ob Hüseyin den Stuck in den Ecken neu anbringen ließ oder ob er einfach nur sehr gut mitgestrichen ist.

»Weiß nicht. Irgendwas? Du hast doch immer was zu sagen zu solchen Dingen …«

»Ich glaube, es steht mir nicht zu, etwas dazu zu sagen. Es ist deine Sache«, sagst du.

»Ist das so?«, fragt Sevda überrascht. »Du scheinst dich ja sehr verändert zu haben.« Ihre Stimme klingt ein wenig so, als wollte sie einen kleinen Witz machen.

Du spürst, wie sich warme Luft in deiner Brust sammelt, du atmest sie langsam aus, damit sich nichts in dir anstaut. Du willst Sevda nicht kränken.

»Auch wenn du das jetzt so sagst, Anne, ist mir klar, dass dir nicht gefällt, dass ich mich scheiden lasse. Aber es stimmt: Es ist meine Sache. Es ist mein Leben, und in ihm treffe ich meine Entscheidungen selbst.«

Du nickst still. Aber die Frage brennt dir trotzdem auf den Lippen. »Du hast dich also entschieden, nicht er?«

»Ja. Wieso?«, fragt Sevda.

»Nur so.«

»Du hast geglaubt, er hätte mich verlassen?«

»Macht es einen Unterschied?«, fragst du müde.

»Für dich anscheinend schon.«

Du schaust sie an und seufzt. »Ich will nur, dass es dir gut geht, Kızım. Das ist alles, was ich will.«

»Du glaubst nicht, dass es mir ohne einen Mann gut gehen kann, Anne?« Sevda lässt nicht locker.

»Das habe ich nicht gesagt, Sevda. Leg mir keine Worte in den Mund, die ich nicht gesagt habe.«

»Na ja«, sagt Sevda und zieht ihre gezupften Augenbrauen hoch. »Ich wollte mich schon mal von Ihsan trennen, das war vor fünf Jahren, und du hast dich nicht hinter mich gestellt.«

Du schüttelst den Kopf. »Bist du nicht eine erwachsene Frau, Sevda? Musst du mich um Erlaubnis bitten bei so etwas?«

»Natürlich nicht. Deshalb habe ich mich ja auch getrennt. Aber damals …« Sevda verstummt. Sie sieht sich im Raum um, als müsse sie die Worte für das zusammensuchen, was bevorsteht. Du weißt, was jetzt kommt, Emine. Nämlich das, was immer kommt. Anschuldigungen. Vorwürfe. Hässliche kleine Sticheleien. Du kennst deine Tochter. Du weißt, wie sie ist. Alles Schlechte in ihrem Leben kommt von dir. Und alles Gute hat sie sich selbst zu verdanken.

»Was war damals? Was meinst du?«, fragst du, um Sevda zu entlocken, was sie jetzt wieder in ihrem Kopf zusammenbraut.

»Ich war sehr verletzt damals. Ich habe Hilfe gebraucht. Du warst nicht da für mich.«

»Ich soll nicht für dich da gewesen sein?«, fragst du. »Soweit ich mich erinnere, warst du mit den Kindern viele Wochen bei uns, bis ihr wieder eine Wohnung hattet.«

»Soweit ich mich erinnere, Anne, hast du uns vor die Tür gesetzt. Obwohl du genau wusstest, dass ich nicht zurückwollte.«

»Wie bitte? Sevda, immer musst du übertreiben. Niemand hat dich vor die Tür gesetzt!«

»Wie du meinst, Anne«, lacht Sevda erstickt. Sie schlägt die Beine übereinander. Ein Fuß wackelt nervös in der Luft.

»Du hast gesagt, du willst nicht zurück, ja. Und ich habe gesagt, du musst dir das gut überlegen. *Sevda, das ist keine Entscheidung, die man einfach so trifft,* das habe ich gesagt. Mehr nicht. Genau das sagt man als Mutter. Ich muss dich doch wohl warnen, das ist meine Aufgabe.«

Sevda schüttelt wieder den Kopf und hat dabei ein trauriges Grinsen im Gesicht.

»Was lachst du?«

»Nichts, Anne. Du hast recht, genauso war es. Ich sehe mal nach dem Çay.«

Sevda steht auf und geht in die Ecke, wo die verschieden großen Satztische stehen, die ineinandergeschoben werden können. Sogar daran hat Hüseyin gedacht. Er wusste genau, was du brauchst, um hier so etwas wie einen Alltag zu haben. Um dich wohl zu fühlen, Emine, die Härchen auf deinen Armen richten sich auf, als dir dieser Gedanke kommt. Sevda stellt den größten Tisch vor dich, den mittleren vor ihren Platz. Auf dem

Weg zur Küche schüttelt sie wieder den Kopf und hat immer noch dieses merkwürdige Grinsen im Gesicht. Was zum Teufel will sie bloß von dir? Dass du alle Verantwortung auf dich nimmst, dass du sagst, ja, genau, ich bin schuld an allem, was in deinem Leben falsch läuft? Ja, ich allein habe dich zurückgeschickt zu deinem Mann, dorthin, wo du und deine Kinder eben hingehören?

Du reibst dir die Augen und nimmst einen tiefen Atemzug. Du legst die Hände auf dein Gesicht, bittest Allah um die Kraft, die du brauchst, um Sevda nicht wieder anzuschreien.

Sevda kommt in ihrem rosafarbenen Pyjama mit einem Tablett zurück und stellt ein Teeglas auf den Beistelltisch neben dir. Du liegst immer noch da. Sie streckt dir die Zuckerschale entgegen. Du hebst die Hand, um abzulehnen. Sevda weiß nicht, dass du dem Zucker längst abgeschworen hast. Dass du dich nun, da du deinen Tee pur trinkst und wegen deiner Diabetes auch so trinken musst, so sehr an den Geschmack des ungezuckerten Tees gewöhnt hast, dass du dich fragst, wie du dir dein Leben lang für deine vier oder fünf täglichen Teegläser jedes Mal ein Zuckerstückchen in die Backe klemmen konntest, wo doch der pure Çay viel besser schmeckt. Hätte dir jemand gesagt, als du jünger warst, dass du damit deine Gesundheit zerstörst, hättest du den Quatsch gleich lassen können. Und müsstest jetzt nicht bei jeder Mahlzeit fünf Mal überlegen, ob dein Körper das vertragen wird oder nicht, ohne dass ihm direkt ein Zeh oder ein ganzer Fuß abfällt. Sevda rührt gleich zwei Zuckerwürfel genüsslich in ihren Tee. Sie ist noch jung. Sie kann sich noch nicht vorstellen, was alles kommen wird. Wie sie jede Woche bei einem anderen Arzt sitzen wird, wegen solch unnötiger Gewohnheiten. Aber solltest du sie davor warnen, würde

Sevda dir das sicher wieder anders auslegen. *Du willst nicht, dass ich glücklich bin im Leben*, so etwas Sinnloses würde sie sagen. Du hältst lieber den Mund und hörst zu, wie das Metalllöffelchen klirrt, während Sevda sich den Tod in ihren Tee rührt.

»Ich muss dir auch etwas sagen, Sevda.«

Das Klirren des Löffelchens bricht ab.

Sevda fixiert dich mit skeptischen Augen.

»Ich weiß nicht, warum du dich von deinem Mann getrennt hast, Sevda. Ich weiß es nicht. Aber ich bin sicher, du hattest deine Gründe.«

Sevda nickt unbeeindruckt und rührt weiter mit dem Löffelchen. Der Zucker muss sich längst aufgelöst haben. Das Rühren ist bloß Musik.

»Es war falsch, was ich damals zu dir gesagt habe«, fährst du fort, und nun endlich legt Sevda das Löffelchen beiseite. Sie nimmt einen Schluck von ihrem Zuckertee und sieht dich aufmerksam an. »Was meinst du? Was war falsch?«, fragt sie herausfordernd.

»Zu sagen, dass Ihsan ein guter Mann ist, weil er dich nicht schlägt. Das reicht nicht, um ein guter Mann zu sein.«

Sevda nickt wortlos. Sie wartet, dass du weitersprichst. Du faltest die Hände auf deinem Bauch und schließt die Augen.

»Du fragst dich vielleicht, ob dein Vater ein guter Mann war. Ich denke viel darüber nach, Sevda. Seit zwei Tagen denke ich darüber nach. Er hat mir alles genommen und alles gegeben, dein Vater.«

Du spürst, wie dein Körper leichter wird. Mit jedem Wort, das du aus deinem Mund entlässt, sprühen neue Funken in deinem Kopf auf.

»Ich habe so viel gelitten in diesem Leben, und ich habe oft gedacht, ich leide wegen Hüseyin. Aber jetzt weiß ich, dass es nicht so ist. Hüseyin war ein guter Mann. Manchmal wünsche ich mir, er hätte mich schlecht behandelt. Ja, das tue ich, denn dann könnte ich klar sagen: Hüseyin war schlecht, und deshalb habe ich gelitten. Aber ich kann es nicht sagen, denn er hat nichts getan. Was auch immer mir passiert ist, alles habe ich mir selbst angetan. Dein Vater hat es bloß zugelassen. Macht ihn das zu einem schlechten Menschen? Nein, ich glaube nicht.«

»Aber Anne ...«, hörst du Sevda sagen. Du lässt die Augen geschlossen, folgst den Funken. Du gehst durch einen vibrierenden schwarzen Tunnel, und vor dir schweben rotglühende Punkte, die dir den Weg vorgeben, Fackeln oder Glühwürmchen oder Zigaretten, es ist der Weg zurück zu damals.

»Was ist dir passiert, Anne?«

✦ ✦ ✦

»Schhh...«, machtest du. »Schhh ...« in *onun* Ohr, mehr um dich selbst zu trösten als dieses Geschöpf, das noch von nichts irgendeine Ahnung hatte. Es waren die letzten Tage, ehe Ayşe und Ahmet nach Österreich abreisen würden. Sie hatten ihren Aufenthalt etwas verlängert, damit *o* noch länger von deiner Brust trinken konnte, bis sie *onu* mitnehmen würden. *O* lag bereits immer öfter in Ayşes Armen, damit sich die beiden langsam aneinander gewöhnen konnten. Das sprach deine Schwiegermutter nicht laut aus, doch sie fädelte es ständig so ein, dass das Kind plötzlich wieder bei Ayşe war. Deine Schwiegermutter war nicht streng dabei, im Gegenteil, sie sprach zart zu dir, ganz so, als verstünde sie deinen Schmerz. Doch verstand sie ihn wirklich? Hätte sie wirklich zugelassen, dass du dein Erstgeborenes weggabst, wenn sie deinen Schmerz verstand?

Dein Albtraum hatte sich bewahrheitet. An dem Abend, an

dem du mit *o* vom Amt zurückgekommen warst, ging Hüseyin mit dir ins Schlafzimmer, setzte sich bedrückt auf das Bett und zog mit der Stirn seine trauernde Möwe zurecht. Er erzählte dir von dem Wort, das er seinem großen Bruder gegeben hatte. Von den Opfern, die Ahmet viele Jahre lang als ältester Sohn für seine Eltern und Brüder erbracht hatte. Von dem Geld, das er ihnen schon lange aus Wien schickte, um ihnen das Leben zu erleichtern. Von eurer Jugend, die Hüseyin und dir helfen würde, noch viele gesunde Kinder auf die Welt zu bringen. Von der Unmöglichkeit, dass Ahmet und Ayşe ohne eure Hilfe je eine eigene Familie gründen konnten. Du weintest nicht. Du sagtest nichts. Du wiegtest nur dein Baby im Arm, atmetest einfach nur. Als könntest du, wenn du dich nur genügend an-strengtest, *onu* wieder in dich einatmen, so wie du erst wenige Wochen zuvor *onu* in diese Welt hinausgeatmet hattest.

Du hattest nichts zu erwidern. Du hast geschwiegen und gebetet, dass dies nur ein Traum war und du bald erwachen würdest. Dass dem Plan der anderen etwas in den Weg käme, irgendwas. Doch nichts kam in den Weg. Sie nahmen dir das Kind weg, und du sahst *onu* nie wieder. Noch heute fragst du dich, wie du das hast geschehen lassen können, Emine. Was dich davon abgehalten hat, *onu* zu verstecken, *onu* nicht herzu-geben, wenigstens deine Stimme zu erheben gegen dieses Un-recht. Vielleicht tatst du nichts, weil du zu jung warst und nie gelernt hattest, irgendwem zu widersprechen, nicht der Tante, bei der du aufgewachsen warst, nicht deiner Schwiegermutter, unter deren Dach du lebtest, nicht deinem Mann. Allein mit *o* hinunter in die Stadt zu fahren, ohne irgendwem Bescheid zu geben oder um Erlaubnis zu fragen, war sicher die größte Auf-lehnung gewesen, die du dir jemals erlaubt hattest, Emine. Du hattest geahnt, dass du *onun* Existenz festhalten musstest, dass du *onun* Zugehörigkeit zu dir beweisen musstest, falls *o* dir genommen werden sollte. Doch nichts hatte es gebracht. Du besaßt ein Stück Papier, auf das die Welt nichts gab. Ahmet und Ayşe fuhren einfach nochmal mit *o* in die Stadt und stellten ein neues Dokument aus, machten *onu* zu ihrem Kind, gaben *ona* ihren Namen. Sie entführten *onu* mit der Erlaubnis deines Mannes. Und irgendwie ja auch mit deiner. Denn du hast nichts dagegen getan, Emine. Am Morgen ihres Aufbruchs schlief *o* in *onun* Holzwiege. Du warst in eurem Zimmer, betrachtetest *onun* friedliches Gesicht. Du rochst an *onun* Kopf. Du gabst *onu* Hüseyin. Du hast dich an der Wand abgestützt und bist ganz leise in tausend Stücke zerbrochen, während die anderen sich draußen verabschiedeten, Emine.

❖ ❖ ❖

Sevdas Blick ist glasig. Ihre Hand liegt schützend vor ihrem Mund. Als müsse sie Worte darin zurückhalten, die keinen Platz in diesem Wohnzimmer haben. Mit der anderen Hand hält sie das Teeglas so fest, als könnte sie es jeden Moment zu Scherben zerdrücken.

»*O* lebt?«, ist das Einzige, was sie ruft, während du erzählst. Dann ist sie gleich wieder still, um dich ausreden zu lassen.

Du hast dich inzwischen aufgesetzt. Du nimmst dein Teeglas und trinkst. Der Çay ist lauwarm inzwischen, du magst ihn eigentlich nur kochend heiß. Aber gerade spielt keine Rolle, was du magst. Gerade brauchst auch du nur etwas, an dem du dich festhalten kannst, wie fragil dieses Etwas auch ist. Alles ist stärker als du.

»Ich verstehe das nicht«, murmelt Sevda schließlich und lässt ihre Schultern zittern. »Ich verstehe das nicht!«, ruft sie lauter. Ihre Stimme klingt schrill. »Ich habe selbst zwei Kinder auf die Welt gebracht, und ich kann nicht verstehen, wie man so etwas tun kann.«

Du nickst mühsam. »Ja, du kannst das nicht verstehen, Kızım. Das waren andere Zeiten.«

»Wie bitte?« Sevda wirft dir einen entsetzten Blick zu, als hättest du etwas völlig Unangebrachtes gesagt. »Was meinst du damit, andere Zeiten?«

»Das war damals so, Sevda«, sagst du vorsichtig. »Wir wussten es nicht besser.«

»Was wusstet ihr nicht besser?«

Du atmest angestrengt aus. Es ist, als ob Sevda Fragen stellt, deren Antworten sie längst kennt oder zumindest vermuten könnte. »Die Älteren haben etwas gesagt, und wir haben es gemacht, Sevda. Man hat nicht widersprochen, so wie ihr das heute macht. So etwas gab es damals nicht.«

»Anne!«, sagt Sevda und hebt die Hand, wie um sich selbst zu beruhigen. »Hörst du, was du da sagst?«

Der Glanz in ihren Augen ist weg. Ihr Blick ist jetzt so rau wie die Wohnzimmerwand gleich hinter ihr.

»Natürlich hat man das so gemacht, das weiß ich doch!«, fährt Sevda fort. »Genauso hast du es mir ja auch beigebracht, genau denselben Unsinn. Aber verdammt nochmal«, Sevda knallt das Teeglas auf den Tisch. »Hier geht es um ein Kind. Einen Menschen. Wie kann man einen Menschen weggeben? Das eigene Kind?«

Du atmest müde aus. »Die Älteren haben es so entschieden, Sevda. Uns stand es nicht zu, etwas dazu zu sagen. Man hat nicht gesagt: *Ich will* ... Bei uns gab es kein *Ich will* ...«

»Ich dachte, Baba hat es dir gesagt. Warum sprichst du dann von den Älteren?«

»Ich weiß doch, dass deine Oma es ihm auferlegt hat. Hüseyin war so traurig. Das war nicht seine Entscheidung, das habe ich gesehen«, sagst du.

Sevda steht auf und läuft zum Esstisch. Sie kommt wieder zurück. Sie geht auf und ab, als habe sie sich verlaufen.

»Nein, nein«, sagt sie. »Ich denke und denke und ich verstehe es nicht. Nichts, was du sagst, macht irgendeinen Sinn. Nichts!«

»Du kannst so viel denken und laufen und schreien, wie du willst, Kızım. Das, was du da gerade machst, mache ich schon mein ganzes Leben lang, und glaub mir, ich verstehe die Sache immer noch nicht. Das hilft nichts.«

Sevda bleibt stehen und legt sich verzweifelt die Hände auf die Locken in ihrem hochgesteckten Dutt. »Und jetzt?«, fragt sie.

»Jetzt? Was meinst du?«

»Na, wo ist *o*?«, fragt sie. »Sind sie etwa beide hier? War Ayşe denn nicht bei der Beerdigung?« Sevdas Augen weiten sich, als sie die Frage stellt.

»Doch, Ayşe ist hier in Istanbul«, weichst du aus und zeigst auf die Stelle an der Wand, an der Ayşe gestern erst neben ihren beiden Nichten zwischen den anderen Frauen saß und so entsetzlich vor sich hin klagte. Du beginnst, langsam nach vorn und zurück zu schaukeln, um dich zu beruhigen und um Ayşe nicht noch einmal zu verfluchen heute. Denn du weißt, wer ständig andere verflucht, den trifft der Fluch am Ende selbst.

Sevda überlegt einen Moment. Dann nickt sie, als sei die Antwort nun erst bei ihr angekommen.

»Jetzt macht es Sinn!«, sagt sie. »Na klar. Warum haben wir Ahmet Amca und Ayşe Yenge nie gesehen in all den Jahren? Wo doch die Sippe unser ganzes Leben bestimmt? Ihr wolltet sie nicht sehen, damit ihr eure Lüge weiterleben konntet!«

»Nein«, sagst du ruhig, aber bestimmt. »Eigentlich wollte Ayşe uns nicht sehen.«

»Noch besser! Für sie ist die Lüge ja noch viel gefährlicher … Sie hat es dem Kind nie gesagt, oder?«

Du siehst zu Boden.

»Wie konntet ihr es uns nie sagen? Habt ihr gedacht, es ist nie passiert, wenn niemand davon erfährt? Wie hast du überhaupt in Ruhe weiterleben können? Vier Kinder hast du noch geboren, vier! Hast du dich nicht ein einziges Mal schlecht gefühlt dabei?«

✦ ✦ ✦

Die Wochen nach *onun* Abreise fühlten sich an wie ein Fiebertraum. Jedes kleinste Geräusch tat dir in den Ohren weh, Emine, und ständig war dir kalt, obwohl Mai war und du deine Wollweste trugst. Alle Bewegungen strengten dich an, als zögen Gewichte an deinem ganzen Körper. Dabei schonte deine Schwiegermutter dich, so gut es ging, damit du schnell wieder auf die Beine kamst. In den Nächten schlang Hüseyin seine Arme um deinen kraftlosen Körper, drückte ihn an sich, flüsterte dir ins Ohr, dass es dir bald besser gehen würde. Es waren leere Versprechungen, das wusstest du. Denn man hatte eine Wunde in deine Kehle gebohrt, die sich nicht mehr stopfen ließ. Alles, was du Hüseyin oder deiner Schwiegermutter oder deinem immerzu schweigend in der Ecke sitzenden und alles nur beobachtenden Schwiegervater an den Kopf werfen wolltest, stürzte in sie hinab. Es gab nichts zu sagen. Denn wie solltest du etwas benennen, das nicht da war? War *Vermissen* das Wort dafür? Hattest du *onu* lange genug gekannt, um *onu* zu vermissen? Nein, das hattest du nicht, denn es war ja nicht so, dass ein Kind zur Welt kam und man es sofort liebte. Man musste es mit der Zeit lieben lernen, so wie das Kind mit der Zeit erst das Lieben lernte und zuallererst lernte, seine Mutter zu lieben. Aber diese Möglichkeiten hatte man euch genommen. Und für ihr Fehlen gab es keine Worte. Es fühlte sich kalt an und schwer, wie eine auf der Wäscheleine draußen vergessene, mit Schnee vollgesogene Decke, die immerzu auf deinen Schultern lag.

Zum Sommerende ging Hüseyin in den Westen nach Rize, um dort wie jedes Jahr auf den Teeplantagen zu arbeiten. Er kam zurück mit zerkratzten Händen und nur ein paar Lira, mit denen ihr ohne das Geld aus Österreich nicht einmal den kommenden Winter geschafft hättet. Der erste Schnee fiel, und schon wuchs ein neues Kind in dir heran. Du wusstest es gleich. Dir war weder übel noch spannten deine Brüste, Emine. Und doch fühlte sich dein Körper anders an. Er wurde voller, und du begannst wieder, Appetit zu haben, und auch die Berührungen von Hüseyin versetzten dir keinen Schrecken mehr. Fast war es so, als wärst du wieder zuhause in deiner Haut. Du hast es trotzdem erst einmal für dich behalten und den Ramadan durch gefastet, damit niemand Wind davon bekam. Und auch, weil das Fasten einem Kraft gibt, und diese Kraft hattest du bitter nötig. Du würdest noch einmal ein gesundes Kind zur Welt bringen, und diesmal würde alles anders sein. Du würdest es dir von niemandem wegnehmen lassen. Am zweiten Tag des Bayram nahm deine Schwiegermutter dir den schweren Kohlesack ab und sagte wissend: »Kızım, hab keine Angst.«

Die Schwangerschaft verlief ganz sanft. Je runder du wurdest, desto breiter wurde das Lächeln auf den Lippen deiner Schwiegermutter und unter dem Schnurrbart Hüseyins. Körperlich fühltest du dich bis zum Tag der Geburt so unbeschwert wie eine Kissenfeder. Als deine Fruchtblase in den Morgenstunden platzte, standst du auf, schlüpftest in deinen Mantel und gingst im Wald spazieren, in der Hoffnung, dass die Wehen bald einsetzen würden. Auf einer Lichtung bliebst du stehen und ließt dich von der Sonne wärmen. Ein Schmetterling flog auf dich zu und landete auf deiner ausgestreckten Hand.

Stunden später lagst du von den Krämpfen überwältigt im Stall, auf deinem Mantel, den du auf dem Heu ausgebreitet hattest. Während du bei der ersten Geburt noch die Pausen zwischen den Wehen gehabt hattest, um dich vom Schmerz zu erholen, gab es dieses Mal keine Pausen. Die Wehen folgten dicht an dicht, verschmolzen zu einer einzigen nicht endenden, gigantischen Wehe, die von deinem Kreuz in deinen Unterleib bis runter in die Knie stach und fetzte und wütete. Deine Schwiegermutter kam immer wieder, um nach dir zu sehen, Emine, brachte Decken und eine Kanne Wasser. Doch auch nach Stunden hattest du dich kaum geöffnet. Das Baby wollte einfach nicht. Du schriest und flehtest, du hattest es dir anders überlegt. Hättest du jetzt und hier abbrechen und die Zeit zurückdrehen können, du hättest es getan. Du hättest in dem Moment, in dem du wusstest, dass du schwanger warst, einen großen Topf Petersilie gekocht und ihren Saft getrunken. Du wärst Seil gesprungen wie ein wildes Kind. Du wärst durch den Wald gerannt und hättest dich gegen die Pinien geworfen. Du hättest vollständig aufgehört, zu essen und zu trinken. Du hättest alles getan, um dieses Zerren und Reißen in deinem Körper zu beenden, das keinem Schmerz glich, den du jemals gekannt hattest. Alles.

Erst am Abend war die Hebamme da, sie war bei einer anderen Geburt im Nachbardorf gewesen. Sie muss dich weiß wie Schnee und vor Schmerzen ohnmächtig gefunden haben, Emine, in deinem Erbrochenen liegend, die Schwiegermutter und ein paar Nachbarinnen verzweifelt um dich. Die Hebamme ließ sich einen Eimer warmes Wasser bringen, schrie dich an, gab dir ein paar harte Ohrfeigen, und da erwachtest du plötzlich mit einem wahnsinnigen Schrei.

Du musst pressen, Kind! So geht das nicht!

Aber ich presse doch …

Du musst mehr pressen! Stell dich nicht so an.

Ich kann nicht mehr.

Was soll das heißen?

Ich kann nicht mehr.

Du musst aber. Weißt du nicht, was sonst passiert …

Ich kann nicht mehr.

Dein Kind wird sterben! Weil du aufgibst, hörst du? Weil du faul bist! Ihr werdet beide sterben.

Ich kann nicht mehr, ich kann nicht mehr.

Irgendwann, es fühlte sich an wie wenige Minuten später, doch mussten Stunden vergangen sein, denn die Sonne war schon fast wieder aufgegangen, sprang die Hebamme auf deinen Bauch, drückte und schlug und schob wie verrückt. Du warst längst in jene Gleichgültigkeit verfallen, die einen überkommt, wenn man sich mit dem nahenden Ende abfindet und sich seinem Schicksal ergibt, weil das die einzige Erlösung von deiner Qual zu sein schien. Du presstest noch ein letztes Mal, jede Faser deines Körpers presstest du zusammen. Deine Schwiegermutter nahm unten das Kind entgegen, in Krämpfen kam es herausgepresst. Die ewige Wehe aber hörte nicht auf, ging immer weiter. Deine Ohren lauschten, bis der Schrei kam, der Schrei des Babys, und dann presstest du weiter. Man legte dir das Kind warm und glitschig und schreiend auf die Brust, es bebte wie ein kleiner Frosch. Du flehtest darum, dass man es dir wieder wegnehme, die Geburt war nämlich noch nicht zu Ende. Das Zerren und Reißen ging weiter und weiter, die Wehe endete nicht, es kam immer noch mehr, Blut und Schleim und Fleischfetzen, und am Ende nur noch Tränen, Tausende von Tränen.

✦ ✦ ✦

Sevdas Gesicht ist wie versteinert, als sie von der Nacht ihrer Geburt hört. Und von den Monaten danach, die es brauchte, bis sie endlich aufhörte zu schreien und deine Risse zu heilen begannen. Davon, wie Hüseyin dir immer fremder wurde, wie er noch die drei folgenden Sommerenden nach Rize zum Teepflücken ging, aber das Geld immer noch weniger wurde. Wie Hüseyin im vierten Sommer schließlich beschloss, nach Deutschland aufzubrechen. Wie er versprach, dass es nur für ein Jahr sei, und wie er dann um ein Jahr und noch ein Jahr verlängerte, weil er in Deutschland in ein paar Tagen so viel Geld verdiente wie in zwei Monaten auf den Plantagen von Rize. Wie du ihn jahrelang nur noch in den Sommern zu sehen bekamst, wenn er zu Besuch kam. Wie du Hüseyin wie verrückt vermisstest und dann, wenn er schließlich vor dir stand mit immer neuen Geschenken, Edelstahltöpfen, einem Radio, kleinen nach Kamille riechenden Cremes, wütend warst auf ihn, ja, wie es regelrecht brodelte in dir, weil es stets Hüseyin war, der bestimmte, wann ihr euch wiedersaht, weil immer du die Wartende bliebst. Wie es sechs Jahre dauerte, bis nach dem zweiten Kind, das ihr wieder Sevda nanntet, dein Körper erneut schwanger werden konnte. Wie bei Hakan und bei Perihan und auch bei Ümit später alles so viel leichter war.

Sevdas Hand klopft nervös auf ihrem Oberschenkel herum.

»Ich war eine schwere Geburt, und deshalb hasst du mich, ja?«

Die Frage schneidet die Luft wie ein Messer.

Du blinzelst Sevda an. »Wie soll man denn sein eigenes Kind hassen?«, fragst du. »Bist du verrückt? Wie kommst du darauf?«

Sevdas Hand formt sich zu einer Faust, in der sie ihre Wut zu ballen scheint. Ihre Augen glänzen wieder, als könnte sie jeden Moment losheulen.

»Ach ja, du hasst mich nicht? Wieso hast du mich dann nie zur Schule geschickt?«, fragt sie.

»Was meinst du?«, fragst du zurück. »Es gab keine Schule im Dorf.«

»Aber es gab eine in der Stadt! Erinnerst du dich, Anne? Wir sind dorthin gezogen, da war ich acht. Warum durfte ich nicht zur Schule?«

Du denkst nach, versuchst dich zu erinnern. »Ich glaube, Hüseyin wollte es nicht.«

»Ach Unfug, Baba war längst in Deutschland«, sagt Sevda und zieht eine lange Linie durch die Luft, als wolle sie Hüseyins Route nachzeichnen. »Du hättest mich einfach anmelden können. Du hast es nicht getan. Ich habe so lange gebettelt, aber du bliebst stur. Du hast gemeint, ich sei zu alt für die Schule. Zu alt! Mit acht!«

Du schüttelst müde den Kopf. Sevdas Anschuldigungen nehmen wohl nie ein Ende, nicht einmal in der Trauer um ihren toten Vater. »Das war damals so, Kızım«, sagst du geduldig. »Ich war naiv. Mädchen hat man selten zur Schule geschickt.«

»So ein Blödsinn«, zischt Sevda und verschränkt die Hände auf dem Kopf. Sie steht auf, läuft wieder verloren durch den

Raum, der Boden knarrt unter ihren schweren Schritten. »Sogar du bist zur Schule gegangen! Bis zur fünften Klasse! Wie hast du es da nicht besser wissen können?« Sevdas Zeigefinger deutet wie ein Pfeil auf deine Stirn.

»Ich weiß nicht, was du von mir hören willst«, verteidigst du dich. Sevdas Allüren werden dir langsam zu viel. Was will sie nur von dir? Sevda hat doch alles, was sie wollte.

»Auf jeden Fall will ich *nicht* deine Trauergeschichten hören, Anne. Wie Baba nach Deutschland gegangen ist und dich allein gelassen hat. Denkst du, ich habe Mitleid mit dir? Hallo? Als du nach Deutschland gegangen bist, hast du mich genauso zurückgelassen. Und ich war noch ein Kind!«

Der Pfeil trifft dich diesmal mitten in die Stirn. Dein Schädel pulsiert. Du lässt dir nun wirklich bereits einiges gefallen, Emine. Aber dass du eine schlechte Mutter warst, das lässt du dir nicht sagen. Nicht nach all den Opfern, die du erbracht hast.

»Was für ein Kind willst du gewesen sein?«, fragst du ungläubig. »Du warst dreizehn, Sevda! Weißt du, was ich mit dreizehn schon alles tun musste?«

»Oh, bitte, Anne. Verschon mich mit diesem Geplapper«, ruft Sevda und wedelt mit ihrer Hand durch die Luft, als wolle sie einen Gestank vertreiben. »Ich war übrigens zwölf. Aber das macht gar keinen Unterschied. Auch wenn ich dreizehn gewesen wäre, lässt man sein Kind nicht allein zurück und geht in ein anderes Land. So etwas macht man einfach nicht!«

Du spürst, wie dir ein Feuer in die Brust steigt. Deine Hand beginnt zu zittern. Du hast dein Bestes gegeben heute Nacht, Emine, ja, du hast Sevda deine offene Hand hingestreckt. Aber Sevda versteht das nicht, Sevda reißt dir den ganzen Arm ab und den zweiten gleich noch mit, sobald sie die Gelegenheit dazu hat. Sie geht wie immer zu weit. Du bist am Ende, Emine.

»Das musst ausgerechnet du sagen, Sevda«, zischst du. »Warst nicht du es, die sich mitten in der Nacht weiß Gott wo herumtreibt, während ihre Kinder angezündet werden? Sie wären fast gestorben, Sevda. Und warum? Weil du dich nicht zufriedengeben kannst mit dem, was du hast, weil du ständig irgendwelchen Dingen hinterherjagst.«

»Ha!«, Sevda stößt ein falsches Lachen aus. »Gut, dass du mir diesen Satz zum zweiten Mal an den Kopf wirfst, Anne. Denkst du, beim ersten Mal hat er mich nicht genug verletzt?«

»Du bist einfach undankbar, Sevda, weißt du das?« Du spürst dein Gesicht glühen, Emine, du spürst es förmlich rot werden, wie eine versehentlich angelassene Herdplatte. »Du hast Geld, du hast ein Auto, du hast ein Esslokal, dir fehlt es an nichts. Und nun kommst du ausgerechnet zu mir und machst mir Vorwürfe, dass ich dir nicht genug gegeben habe? Was fehlt dir denn, Sevda? Was habe ich dir nicht gegeben?«

Sevdas Augen füllen sich mit Wutränen. Sie schüttelt den Kopf, als ob sie die Tränen zurückschütteln könnte.

»Liebe, Anne. Es fehlt mir an Liebe. Kennst du das, Mutterliebe? Die hast du mir nie gegeben. Ich frage mich, ob du überhaupt irgendwem Liebe geben konntest. Kein Wunder, dass Baba jetzt so jung gestorben ist. Du hast sein Leben zur Hölle gemacht mit deinem ständigen Beklagen über alles! Bist du jetzt zufrieden?«

Sevdas Stimme stürzt ab, zurück in eine grässliche Stille. Du schaust sie an. Willst ihr in die Augen schauen, doch Sevda dreht sich um und stampft in die Küche.

Da ist es wieder. Dieses beklemmende Gefühl, das dich jedes Mal überkommt, wenn du Sevda nach langer Zeit wiederbegegnest. Es war da, als Sevda nach Deutschland nachkam, es war jedes Mal da, wenn sie mit ihren Kindern aus Niedersachsen zu Besuch kam. Es ist das Gefühl, du stündest einer jüngeren Version deiner selbst gegenüber. Deine Tochter sieht dir derart ähnlich, Emine, du staunst selbst darüber. Sie ist wie du, nur mit weniger Ängsten und besserer Kleidung. Und das Kopftuch fehlt. Ansonsten seid ihr wie ein und derselbe Mensch. Jedes Mal meinst du, in dein eigenes Gesicht zu schauen, wenn du sie betrachtest, dein achtzehn Jahre jüngeres Gesicht. Das macht dir Angst. Mal für Mal denkst du daran, wie es dir achtzehn Jahre zuvor ging, und nie kommen dir glückliche Erinnerungen in den Sinn. Denn du hattest nicht das Glück, das Sevda im Leben hatte.

Vor achtzehn Jahren war 1981, das Jahr, in dem Sevda nach Deutschland kam, du warst einunddreißig, sie vierzehn Jahre alt. Du hast sie als Kind allein zurückgelassen, sie hat recht. Sevda war ein Kind, als du das Dorf verließt, und Sevda kam nach Deutschland, da war sie bereits eine junge Frau geworden. Du hast ihre hübsche Erscheinung bestaunt, als sie in eurer Wohnungstür in Rheinstadt stand, Hüseyin schlank und groß wie eine Pinie hinter ihr mit den Koffern. Sie trug ein knöchellanges blaues Kleid mit einem kleinen Fleck darauf, ihre langen Haare waren zu Zöpfen geflochten. Sie sah wunderschön aus, sie sah aus wie du damals, als du Hüseyin versprochen worden warst. Ihr habt euch an den Esstisch gesetzt und Hakan und die kleine Perihan löcherten Sevda mit Fragen über das Flugzeug und den Flughafen und alles, was mit dem Fliegen zu tun hatte. Sevda wirkte schüchtern und fremd, aber bald schon schwärmte sie doch von den zwei Tagen, die sie mit Hüseyin in Istanbul verbracht hatte. Er hatte sie zum Kapalı Çarşı gebracht, hatte ihr Eis gekauft und eine Handtasche, die sie anscheinend im Taxi vergessen hatte, sie waren sogar Taxi gefahren.

Du beobachtetest Sevda, wie sie mit ihren nackten Armen gestikulierte, während sie von ihren Abenteuern erzählte. Ihre helle Haut glänzte, ihre Zöpfe sprangen hin und her. Du kamst schlicht nicht an dem Gedanken vorbei, du musstest dich einfach ärgern, dass du mit Hüseyin niemals so eine Reise gemacht hattest. Nie in eurem Leben hattet ihr eine solche Zweisamkeit genossen. Nicht für einen Tag. Immer waren andere bei euch gewesen, erst die Schwiegereltern, dann die Kinder. Immer gab es etwas zu tun, immer wart ihr beschäftigt oder müde, Hüseyin und du. Niemals wäre Hüseyin auf die Idee gekommen, dich irgendwohin auszuführen, Emine, dir ein Eis zu kaufen. Als du dort am Esstisch die Aufregung in Sevdas Augen darüber sahst, nun endlich auch in Deutschland zu sein, als du hörtest, wie sie es kaum erwarten konnte, nach draußen zu gehen und alles zu erkunden, rutschtest du immer ungeduldiger auf dem Stuhl herum, starrtest auf deine trockenen Hände. Du erinnerst dich, was dir damals durch den Kopf ging, als wäre es gestern gewesen: *Sevda hat wohl bei den Großeltern zu viel Zeit zum Träumen gehabt. Sie denkt wohl, sie wäre jetzt frei, könnte tun und lassen, was sie will. Arme Sevda, sie wird noch früh genug lernen, dass niemand frei ist, dass man niemals tun und lassen kann, was man will. Nicht dort und nicht hier, nirgendwo, nie.*

Du schämst dich für deine Gefühle von damals, jetzt, da sie dir wieder einfallen, Emine. Du schämst dich dafür, dass du neidisch auf deine Tochter warst. Und dafür, dass du es vielleicht immer noch bist. Neidisch auf Sevdas Unbeschwertheit, neidisch auf Sevdas naiven Glauben daran, dass sie frei ist. Neidisch darauf, dass sie etwas vom Leben will. Und dass sie das überhaupt kann, etwas wollen. Denn du hast nie etwas gewollt,

Emine. Du wärst nie auf die Idee gekommen, dass dir das zusteht. Das ist etwas, von dem du dachtest, dass es nur in Filmen existiert: Eine Frau, die ein anderes Leben will und deshalb ihren Mann verlässt, und die das auch kann, weil sie allein für sich sorgen kann, weil sie gut für sich sorgen kann.

Die warme Luft im Raum erschwert dir das Atmen, Emine. Es ist, als ob alles angeschwollen ist, du, die Wände, das Haus, als ob ein Druck auf dieser Nacht liegt, der bei einer falschen Bewegung imstande ist, alles zerplatzen zu lassen. Sevda kommt aus der Küche zurück und hat diesmal gleich die ganze Teekanne dabei. Geschieden, Geschäftsfrau, unabhängig. Sie hat ein eigenes Konto und eine eigene Bankkarte aus hartem Plastik, die sie in Automaten stecken kann, damit sie bunte Scheine für sie ausspucken. Wie ist das passiert? Was hat Sevda dir voraus, dass sie es so weit gebracht hat, während du seit fünfzig Jahren immer auf derselben Stelle hockst. Du hast nicht einmal in deinem Leben eine Plastikkarte in einen Automaten geschoben, Emine. Du weißt überhaupt nicht, wie das geht. Was machst du jetzt bloß, ohne Hüseyin?

Perihan wird es dir zeigen, Emine. Bei Perihan ist alles anders. Perihan, die zu dir gesagt hat: *Wenn du mich noch einmal fragst, wann ich heirate, rasiere ich mir eine Glatze, Anne.* Perihan ist eben so. Nie würdest du auf die Idee kommen, dich mit ihr zu vergleichen. Sie war erst drei Jahre alt, als ihr nach Deutschland zogt, in ihrem Leben war von Anfang an alles anders. Um sie herum gab es kaum ein Mädchen in der Nachbarschaft, das nicht zur Schule ging. Aber dann eben auch keines, das wie Perihan das Gymnasium besuchte und später die Universität. Mühelos ist Perihan den spiegelglatten Weg gegangen, der sich vor ihr aufgetan hatte, und du durftest ihr dabei zusehen, Emine, und in ihrem Licht baden. Vor Sevda dagegen lag kein solcher Weg. Sevda und du, ihr seid vom selben Dorf aus denselben dornigen Pfad entlang in die gleiche Richtung marschiert. Wie kommt es dann, dass euch jetzt ganze Gebirgsketten trennen, Emine?

Sevdas Augen sind wieder sanft geworden. Vorsichtig füllt sie erst Tee und dann Wasser in dein Glas. Du blickst ihr ins Gesicht und blickst damit in dein eigenes, siehst, wie Sevda nun leidtut, was sie vor ein paar Minuten gesagt hat, und wie dir selbst leidtut, was du gesagt hast. Ihr seid einander so ähnlich, wie ihr euch selbst in Rage bringt und Dinge in den Raum werft, die ihr dann gleich wieder bereut, und wie es euch schwerfällt, euch dafür zu entschuldigen. Denn ihr meint, Entschuldigungen wirken unaufrichtig und nicht ernst gemeint, wenn sie einfach nur ausgesprochen werden. Was sind schon Worte? Es sähe dir auch wirklich nicht ähnlich, eine Entschuldigung gleich anzunehmen, ohne zuerst drei Tage lang ein Gesicht zu ziehen und jeden Annäherungsversuch in entschiedener Kälte abzuweisen, Emine. Aber jetzt fehlt dir die Kraft für solche Spielchen. Und womöglich auch die Zeit. Du zuckst bei dem Gedanken zusammen. Wie lange willst du deine Tochter noch meiden? Wie oft willst du sie noch abweisen? Wie viel Zeit hast du überhaupt noch auf dieser Welt, Emine? Willst du diese Verbitterung in deiner Brust immer weiter pflegen? Willst du, dass man eines Tages an dich zurückdenkt als böse, traurige, ewig beleidigte alte Frau?

»Anne, ich wollte das vorhin nicht so sagen«, sagt Sevda.

»Ich weiß«, antwortest du verlegen.

Sevda sieht auf, sichtlich überrascht von deiner Reaktion. Du nickst ihr mit halbgeschlossenen Augen zu, wie um zu versichern, dass es wirklich in Ordnung ist.

»Es ist nur so …« Sevda fasst sich an den Kopf, öffnet hastig ihren Haarknoten. Diese schrecklichen blonden Strähnen, die ihr der Friseur hineinfärbt. Sie sieht aus wie eine, die wie eine Deutsche aussehen will. Irgendwie kränkt dich das, Emine. Sevdas Schultern hängen. Sie sieht abgekämpft aus. »Das war ein ziemlicher Schock mit dieser Geschichte eben. Ich will nur wissen, wo *o* ist. Bitte sag es mir.«

Du lässt den Kopf sinken und atmest tief ein. Wie um dich auf das Besteigen einer langen, steilen Treppe vorzubereiten.

»Ist *o* hier? Hast du *onu* gesehen?«, fragt Sevda dich.

»Nein. *O* ist nicht hier«, sagst du und faltest die Hände, verhakst deine Finger so fest ineinander, dass kein Gefühl mehr in ihnen ist. »*O* ist tot.«

»Was?«, fragt Sevda. »Wann? Was ist passiert?«

»Vor ein paar Monaten«, sagst du. Dein Mund ist ganz trocken, du fährst dir mit der Zungenspitze über die Lippen, sie fühlen sich an wie ein altes Stück Brot.

»Woher weißt du das?«, fragt Sevda.

»Ayşe hat uns angerufen. Zum ersten Mal nach dreißig Jahren. Sie hat es deinem Vater gesagt.«

»Was ist passiert? *O* war so … jung«, sagt Sevda fassungslos. »Nur ein Jahr älter als ich, oder? Nur ein Jahr.«

»Autounfall.«

Sevda lässt sich auf ihrem Sofa zurücksinken. Du löst deine Hände voneinander, öffnest sie in Richtung Himmel. Reflexhaft beten deine Lippen lautlos die Sure Al-Fatiha hinunter. In Gedenken an deine Toten. Von der Straße dringt kaum noch Lärm hinein, nur der seltsame Druck dieser Hitze. Vielleicht gedenkt auch Istanbul, diese schlaflose, brutale, fremde Riesenstadt, ihrer Toten. Derer, die gegangen sind, und derer, die noch gehen werden. Zehn Millionen Seelen, zusammengepfercht in

Hochhäusern und Luxusvillen und Gecekondus, und was verbindet sie alle miteinander? Sie werden den Tod schmecken, früher oder später. Sie werden zurückkehren zu Allah. Und jene unter ihnen, die sich nicht Allah anvertraut haben, während sie hier unten auf Erden waren, jene unter ihnen, die ihrem Genuss hinterhergejagt sind, denen wird es ergehen wie der Spinne, die sich ein Haus genommen hat. Kein Haus ist so schwach und unbeständig wie das Haus der Spinne. Wenn sie es doch nur wüssten.

»Weißt du …« Sevdas Stimme weckt, so scheint es, die Stadt wieder auf. Du hörst nervöses Autohupen aus der Ferne. Ein Verrückter schreit Dinge durch die Straßen.

»Weißt du, was ich nicht verstehe?«, fährt Sevda fort. »Warum du mir das alles erzählst.«

Du streichst dir mit den Händen über das Gesicht, um dein Gebet abzuschließen. Dann erst siehst du Sevda an.

»Was meinst du?«, fragst du.

»Na, alles. Die Geschichte von o. Baba ist tot. O ist tot. Du hättest dein Geheimnis für dich behalten können, du hättest mir nicht erzählen müssen, dass das Kind gar nicht gleich nach der Geburt gestorben ist, sondern weggegeben wurde. Baba und du, ihr habt das Geheimnis doch all die Jahre gehütet vor uns Kindern. Aber jetzt … Warum jetzt plötzlich?«

Sevda klingt nicht wütend, sie klingt nicht einmal traurig. Ihr Gesicht ist fahl und leer.

Du zuckst mit den Schultern, Emine. Du fragst dich, wie spät es ist. Zwei Uhr vielleicht? Du hättest noch vier Stunden bis zum Morgengebet.

»Erzählst du es mir, damit du dich besser fühlst? Willst du dein Gewissen erleichtern?«, fragt Sevda.

»Nein«, sagst du. »Ich erzähle es, weil ich muss.«

Du spürst die Trockenheit deiner Augen. Jedes Blinzeln brennt vom vielen Weinen bei der Beerdigung, vom fehlenden Schlaf der letzten Tage.

»Für wen musst du es tun? Für dich?«

»Nein«, sagst du. »Für Hüseyin.«

»Für Baba? Warum?«

Du denkst an den Spiegel im Schlafzimmer, Emine, den du mit einem Tuch zugehängt hast vor dem Beten. Du hast ihn nicht wieder enthüllt. Was würdest du wohl sehen, wenn du jetzt aufstündest, hinübergingest, das Tuch fortnähmest? Würdest du dich selbst sehen oder würdest du Sevda sehen? Und welchen Unterschied würde das noch machen?

»Er hat an *o* gedacht. Als er starb«, sagst du schließlich.

»Woher weißt du das?«

»Halime hat es gesagt. Die Nachbarin aus dem Stockwerk unter uns. Sie hat den Krankenwagen gerufen. Sie war hier.«

Sevda reibt sich die Augen, richtet sich auf. »Und was hat sie gesagt?«

»Dass er nur ein Wort gesagt hat. Divan.«

»Divan? Wollte er sich hinlegen? Gibt es hier in der Wohnung denn einen Divan?«

»Nein. Sie hat es falsch verstanden. Er hat etwas anderes gesagt.« Du hältst einen Moment inne. Du weißt, was Hüseyin gesagt hat. Du wusstest es sofort, als Halime dir nach eurer Ankunft in Istanbul in der Küche davon erzählte. Den ganzen Tag schon kreist es dir wie besessen durch den Kopf. Als Ayşe am Krankenhaus verzweifelt auf dich zulief, warst du dir endgültig sicher, als du in ihr Auge blicktest, nach all den Jahren. Da wusstest du endgültig, was Hüseyin zuallerletzt gesagt hatte.

»Er hat *Ciwan* gesagt.«

»Ciwan?« Sevda runzelt die Stirn.

»Das ist *onun* Name.«

»Wirklich?«, fragt Sevda. »Aber das ist doch …«

»Ja, es ist ein kurdischer Name.«

»Nein, also ja … kann sein. Aber ich meine … Ich dachte, *o* … Nur deshalb konnte ich doch *onun* Geburtsurkunde bekommen …«

»Ja. Das dachten wir auch«, sagst du.

✦ ✦ ✦

Die Jahre in Deutschland trieben an dir vorbei. Du verlorst dein Zeitgefühl, Emine. Allein am Wachstum deiner Kinder konntest du erkennen, dass die Erde sich immer weiter drehte. Ansonsten blieb alles gleich. Der ewig graue Himmel, die ewig traurigen Gesichter, der endlose Weg den Fluss entlang, über den du tagein, tagaus die Einkaufstüten schlepptest. Der dunkle Rauch, der aus der Metallfabrik aufstieg. Die Luft, die nach Blechbüchse schmeckte. Hüseyins Schweigen. Das Loch, das sich von der ersten Geburt an immer weiter zwischen dir und Hüseyin auftat, dieser Abgrund, der immer tiefer wurde, je länger du hineinstarrtest. Du gabst dir Mühe, über ihn hinwegzusehen. Immerhin teiltet ihr euch Nacht für Nacht das Bett, aber es war dennoch nie so, als ob dein Mann neben dir schlief, Emine. Da lag nur ein erschöpfter, trauriger Körper, der jeden Tag zurück in die Fabrik ging, um am Abend noch erschöpfter zurückzukehren. Um am Ende des Monats seinen Lohn auf den Küchentisch zu legen, von dem ihr in Karlıdağ ohne weiteres ein ganzes Jahr hättet überleben können. In Rheinstadt reichte das Geld gerade so für den Einkauf, die kleinen Joghurts, die die Kinder mit zur Schule nahmen, die Schuhe, aus denen sie gleich wieder herauswuchsen, die Marlboros, die Hüseyin auf dem Balkon so lange rauchte, bis er müde ins Bett fiel. Zu müde, um zu sprechen oder gar Entscheidungen zu treffen.

Also übernahmst du das, Emine. Wie die Kinder ihre Zeit zu verbringen hatten, welche Anschaffungen nötig waren, welche Fernsehsendungen laufen durften, was es zu essen gab, all das entschiedst du, Emine. Man könnte meinen, das sollte dir gefallen haben, nach all den Jahren, die du bei deinen Schwiegereltern gelebt hattest, im Schatten ihrer Wünsche und Bedürfnisse. Aber es gefiel dir nicht. Ganz und gar nicht. Denn alles allein zu bestimmen hieß, dass du immer zu funktionieren hattest, damit die Familie funktionierte. Du warst das eine Stück, das alles miteinander verband. So sahst du das. Es machte dich nicht froh, die Dinge zu bestimmen. Nein, im Gegenteil, es war eine Last, denn nie konntest du alle gleichzeitig zufriedenstellen. Immer hatten entweder Sevda oder Hakan oder Perihan oder später Ümit etwas auszusetzen an den Entscheidungen, die du trafst, und bestraften dich mit ihren langen Gesichtern.

Mehr und mehr kamst du dir vor wie eine der Maschinen, die Hüseyin bei der Arbeit bediente. Euer Zuhause war nicht mehr als bloß eine weitere Fabrik. Die Wäsche, das Essen, das Putzen, das Baden der Kinder, das Einkaufen, die Prospekte, die Zeit für das Frühstück, die Zeit für das Zubettgehen, die Gebetszeiten, das Einkochen und Einfrieren und Abtauen und Ersetzen von Vorräten und Berge von Müll, Müll und noch mehr Müll. Die Kinder hatten großen Respekt vor Hüseyin. Doch immer kamen sie zu dir, wenn sie etwas brauchten. Du warst es, die sie geliebt und gefürchtet, auf die sie gehört und geschimpft haben. Du warst es, die sich um sie kümmerte, wenn sie krank waren oder sich stritten oder getröstet werden mussten. In Wahrheit blieb Hüseyin immer der fremde Mann aus ihren Sommerferien, der nun eben abends wortlos in seinem Sessel vor dem Fernseher saß, ab und zu auf den Balkon ging und mit dem Gestank nach kalter Asche zurückkam, um sich schweigend wieder an denselben Platz zu setzen.

Auch du warst erschöpft, Emine. Ständig tat dir etwas anderes weh. Mal war es dein Rücken, mal deine Hand. Mal waren es Kopfschmerzen, mal gleich alles zusammen. Der Arzt sagte, du seist gesund, du hättest nichts, die Schmerzen würdest du dir bloß einbilden. *Ruhen Sie sich aus, Frau Yılmaz.* Also ruhtest du dich aus.

Du saßt abends vor dem Fernseher, weißt du noch, in dem Herbst, bevor du mit Ümit schwanger wurdest? Die Kinder waren schon im Bett und Hüseyin bei der Arbeit, als du zum ersten Mal davon erfuhrst, was die Deutschen getan hatten. Im Fernsehen lief eine Serie mit Meryl Streep, du mochtest ihr aufrichtiges Gesicht, es ging um eine Familie Weiss. Du warst erst seit vier Jahren in Deutschland, Emine, du verstandst wenig von dem, was da gesprochen wurde. Und doch war glasklar, was passierte. Es war, als ob dir jemand einen Eimer eiskaltes Wasser über den Kopf kippte. Was hatte man in diesem Land getan, man hatte Menschen vernichtet? Weil sie Juden waren? Und Hüseyin und du und die Kinder und die ganzen Nachbarn waren freiwillig hierhergekommen? Wie konnte das sein?

Wann immer du in den folgenden Wochen zum Einkaufen aus dem Haus musstest, mustertest du die Männer und Frauen auf der Straße und in den engen Gängen des Supermarkts misstrauisch. Wenn sie älter waren, versuchtest du, sie dir vorzustellen, wie sie damals als junge Erwachsene weggesehen hatten, wenn Juden weggebracht wurden, oder wie sie selbst die uniformierten Männer gerufen hatten, um sie wegbringen zu lassen, oder wie sie selbst die Uniformen trugen. Das waren die Deutschen? Es ging dir nicht in den Kopf hinein, Emine, wie niemand darüber sprach und niemand davon zu wissen schien.

Du fragtest Hüseyin danach. Er gab dir nur rätselhafte Antworten, einsilbig und schief. Er wollte nichts darüber hören. Du sehntest dich nach einer Schulter, an die du dich anlehnen konntest mit all dem Kram in deinem Kopf, doch wieder entdecktest du nur diesen Abgrund zwischen euch. Du blicktest hinein. Und begannst, ihn zu füllen. Du fülltest ihn mit deinen Ängsten und Vermutungen darüber, was bloß in Hüseyins Kopf vor sich ging, wenn er nachts im Schlaf redete. Oder abends stundenlang schweigend vor dem Fernseher saß. Oder manchmal, kurz vor dem Schlafen, beschloss, noch einmal vor die Tür zu gehen.

Es ist spät, Hüseyin, warum kommst du nicht schlafen?
Ich bin noch nicht müde, ich gehe spazieren.

Du hast aus dem Fenster beobachtet, wie sich Hüseyin auf der Straße eine Zigarette anzündete und dann in Richtung Fluss lief. Seine schlaksigen Beine gingen so schnell, als habe Hüseyin noch etwas Wichtiges zu erledigen. Du legtest dich ins Bett und bliebst wach, bis du endlich den Schlüssel in der Wohnungstür hörtest.

Du maltest dir tausend Dinge aus, Emine, die Hüseyin da draußen tat, mitten in der Nacht. Du achtetest plötzlich akribisch auf die Uhrzeiten, zu denen er von der Arbeit nach Hause kam. Bei jeder Überstunde wurdest du stutzig, maltest dir neue Dinge aus.

Und dann, eines Tages, es war im Sommer, kurz nach Mittag. Perihan und Ümit waren in der Schule, Hakan Gott weiß wo, Sevda längst verheiratet und weg. Du hattest die Wohnung gesaugt und eine Suppe aufgesetzt. In einer Stunde würde Hüseyin nach Hause kommen. Da klingelte das Telefon.

Alo?

Jemand am anderen Ende der Leitung legte auf.

Du legtest den Hörer zurück und gingst wieder in die Küche, den Salat waschen.

Es klingelte erneut. Du liefst zurück.

Alo?

Entschuldigen Sie, dass ich störe, sagte eine Stimme auf Türkisch. *Ist Hüseyin Yılmaz zuhause?*

Dein Herz pochte wie wild.

Wer will das wissen?

Da war ein Rauschen im Hintergrund. Doch die Stimme sagte nichts.

Hallo? Wer dran ist, habe ich gefragt!

Hier ist Hasan, ein Kollege von Hüseyin.

Du dachtest kurz nach.

Hasan, ja? Welcher Hasan denn?

Ähm, wir kennen uns von der Arbeit.

Du wurdest so wütend, Emine, du fingst an zu lachen wie eine Verrückte.

Hör mal, denkst du, ich bin ein Esel? Weder heißt du Hasan, noch bist du ein Kollege meines Mannes. Wenn du sein Kollege wärst, wüsstest du, dass Hüseyin Frühschicht hat und nicht zuhause ist. Also lass uns in Ruhe und ruf hier nie wieder an. Sonst bring ich dich um!

Du knalltest den Hörer hin und sahst das Telefon noch eine Weile an, als würdest du darauf warten, dass es nochmal klingelte. Du würdest diesmal gar nicht erst fragen, wer wirklich dran war. Du konntest dir denken, wer dran war. Die Stimme klang so verunsichert und gepresst, dass sie keinen Zweifel mehr daran ließ. Eine seltsame Genugtuung durchströmte dich. Du hattest es geahnt, und nun war es wahr. Hüseyin hatte eine andere. Die Genugtuung hielt aber nur Momente. Dann sacktest du wie ein hilfloses Kind auf den Boden hinunter und begannst zu weinen und zu schluchzen, wie du es seit *onun* Abreise nicht mehr getan hattest.

Bis zum Abend hieltst du es aus. Dann stelltest du Hüseyin zur Rede. Er sagte, er wisse nicht, wovon du reden würdest, er kenne keinen Hasan, und ignorierte deine Fragen. Die Möwe über seinen Augen blieb gleichgültig und still, als seist du gar nicht im Raum. Du kamst dir so hilflos vor, Emine, dass du dir den Mantel überwarfst und einfach aus dem Haus ranntest. Die Wohnungstür knallte so heftig zu, dass du selbst einen Schreck davon bekamst. Du liefst in die Nacht hinaus und wusstest nicht, wohin mit dir, du warst noch nie in deinem Leben so spät am Abend allein vor der Tür gewesen. Du gingst am Fluss entlang und weintest. Das Rauschen der Strömung schluckte dein Schluchzen und Wimmern wie ein tröstender Freund. Irgendwann fand Hüseyin dich. Er parkte das Auto am Straßenrand, stieg aus und blieb wortlos im Dunkeln stehen, ein großes schmales Gespenst. Du stiegst ins Auto ein. Ihr spracht nie wieder darüber. Aber natürlich vergaßt du den Anruf nicht. Jahre später noch grübeltest du darüber, was damals passiert war, wer am Telefon gewesen war. Aber selbst wenn es das gewesen war, was du befürchtet hattest, wenn es tatsächlich eine Frau gewesen war, und selbst wenn Hüseyin es zugegeben hätte, hattest du eine andere Wahl, als alles zu akzeptieren und einfach immer weiter zu funktionieren, Emine?

Und dann die Sache mit dem Ace. Fünf Jahre waren inzwischen vergangen. Die Metallfabrik hatte längst geschlossen, Hüseyin arbeitete nun in der Kartonfabrik. Eines Morgens standst du in deiner Straße und starrtest auf einen Baum. Er hatte sein Laub abgeworfen, mitten im Frühling. Dich überkam eine Angst. Die Luft schmeckte wieder nach Blechbüchse, obwohl aus der Fabrik seit Jahren kein Rauch mehr aufgestiegen war. Nur Tage später sahst du aus dem Wohnzimmerfenster, wie Arbeiter das alte Fabrikgelände absperrten und mit einer riesigen Frischhaltefolie zudeckten. Männer in weißen Schutzanzügen kamen. Sie trampelten durch die Nachbarschaft, trugen nach und nach die Erde von allen Vorgärten und Grünstreifen und Wiesen ab, um neue auszulegen. Du fragtest Hüseyin, was zum Teufel das sollte. Irgendwelche Stoffe von der alten Fabrik, antwortete er, die Stadt wolle nur sichergehen, dass sich niemand vergifte. Das letzte Wort hallte in deinem Kopf nach, Emine. *Vergiftet.* Warum trugen die Männer Schutzanzüge? Warum kamen sie erst Jahre, nachdem die Fabrik geschlossen war? Man hatte euch doch längst vergiftet! *Hüseyin, sie haben mich krank gemacht!* Aber Hüseyin winkte bloß ab. In Deutschland gebe es doch Regeln und Gesetze für so etwas. Niemand würde hier vergiftet. Er selbst habe schließlich jahrelang dort in der Fabrik gearbeitet, und ihm gehe es doch gut. Aber dir ging es nicht gut, Emine. Dir ging es nicht gut. Du spürtest nämlich das Gift. In deinen Händen, in deinem Rücken, in deinem Kopf, überall. Und es war nur eine Frage der Zeit, dass auch die anderen es spürten. Den ganzen Sommer über erlaubtest du Ümit nicht, draußen zu spielen. Du rietst auch deiner Nachbarin Feraye, ihre Kinder nicht rauszulassen. Aber Feraye lachte nur darüber. Feraye, die dir jedes Mal einen prüfenden Blick zuwarf, wenn sie in den Nachrichten von diesen Terroristen sprachen. Feraye, deren Mann gerade erst einen lebenslangen Kredit aufgenommen hatte, weil sie eine Wohnung im Haus nebenan gekauft hatten. Sie stellte es so dar, als wäre das alles mit den neuen Böden und den Männern in Schutzanzügen völlig normal, als würdest du bloß übertreiben. *Alles ist in Ordnung hier, Emine. Allen geht es gut, außer anscheinend dir. Du solltest aufhören, ständig von diesem Gift zu reden. Sonst denken die Leute, du wärst verrückt.*

Du standest auf dem Blumenteppich am Fenster und starrtest zum abgesperrten Gelände hinüber, als Hüseyin zuhause anrief, um zu sagen, er müsse Überstunden machen. Misstrauen durchfuhr deine Schläfen, Emine. In der Kartonfabrik hatte es noch nie Überstunden gegeben. Du hast beschlossen, eine halbe Stunde zu warten und dann Feraye anzurufen, deren Mann auch dort arbeitete. Du machtest Mittagessen für Perihan, die gerade aus Frankfurt gekommen war. Als Perihan unter der Dusche stand, gingst du gleich zum Telefon, damit du ungestört reden konntest.

Hallo. Was machst du, Feraye?

Wir essen gerade zu Mittag mit Osman. Was gibts, Emine?

Ach, Hüseyin ist noch nicht zuhause. Vielleicht weiß Osman, ob er noch Überstunden machen musste? Er hat nicht angerufen. Ich mache mir schreckliche Sorgen.

Du und deine Sorgen, Emine. Aber warte, ich frage ihn. Osmaaaan! Osman sagt, dass Hüseyin vor der Fabrik einen jungen Mann getroffen hat. Sie wollten in die Stadt gehen, oder so? Ist das ein Verwandter? Hört sich nicht so an, als müsstest du dir Sorgen machen, Emine.

Du hast aufgelegt und angefangen, wie wild zu schreien. Deine Schritte wussten nicht wohin, trieben dich durch alle Zimmer. Diesmal trugen sie dich nicht hinaus und an den

Fluss, diesmal jagten sie dich woanders hin, und du ließt es geschehen, Emine, du ließt dich tragen von deinen Gliedern, die sich in ihrer Panik und Wut selbständig machten und Wege suchten, alles zu stoppen. Du fandst dich im Bad wieder, du sahst noch Perihan nackt aus der Dusche die zwei Schritte auf dich zuhasten und dir die Ace-Flasche aus der Hand schlagen. Ein Tropfen ätzte dir die Speiseröhre hinunter. Du erbrachst dich auf den selbstgehäkelten Klodeckelbezug.

Am Abend verfing sich Hüseyin in seinen Ausreden. Er hatte dich nie angelogen, Emine, darum war nun offensichtlich, dass er es tat. Dreißig Jahre lang hattest du dich wenigstens darauf verlassen können, dass Hüseyin nicht log. Selbst nach dem seltsamen Anruf hattest du ihm irgendwann geglaubt, dass er wirklich nicht wusste, wer oder was dahintersteckte. Weil das Lügen nicht zu Hüseyin passte. Weil du überzeugt davon warst, dass dein Mann nicht so einer war. Aber diesmal war alles klar. Du sahst es in seinem abgewandten Blick, in seiner starren Haltung, in der aufgeschreckten Möwe in seinem Gesicht. Es brachte dich fast um den Verstand, Emine. Alles, auf dem dein Leben beruht hatte, war nichts mehr wert.

Die nächsten zwei Jahre mischte sich Kälte in das Schweigen zwischen dir und Hüseyin. Von außen betrachtet änderte sich nicht viel. Im Kleinen aber ließt du Hüseyin spüren, dass du dich nicht länger um ihn sorgtest. Und waren es nicht die kleinen Dinge, die ein paar Räume zu einem Zuhause machten, zwei Menschen zu einem Paar? Auf dem Herd standen immer noch jeden Tag Töpfe mit frischgekochtem Essen, Emine. Aber Hüseyin musste es sich selbst auf den Teller tun und dann allein am Küchentisch essen. Die Wäsche wurde weiter zuverlässig gemacht. Aber Hüseyins Sachen blieben ungefaltet im Korb liegen, bis er sie selbst in seinen Schrank sortierte. Die Einkäufe wurden erledigt, die Küchenschränke blieben immer voll. Aber die Walnüsse und getrockneten Pflaumen, die Hüseyin abends so gern vor dem Fernseher aß, die gab es nicht mehr. Und so habt ihr beiden euch auch an diese Art des Zusammenseins gewöhnt, so wie ihr euch über die Jahre hinweg an so viele Dinge gewöhnt hattet. Eure diskreten Zärtlichkeiten im Haus der Schwiegereltern. Die Leere und Fremdheit nach dem Verlust von o. Die acht Jahre, die ihr fern voneinander auf zwei unterschiedlichen Kontinenten verbrachtet. Euer Zusammenfinden in Deutschland. Die Aufregung, die euch die späte Geburt von Ümit bescherte. Und nun das. Es war eine Kälte zwischen euch, die dich dazu brachte, kaum mehr auch nur in das Gesicht deines Mannes zu blicken, bis du es irgendwann einmal doch tatst, vor einigen Monaten. Nur um darin der trauernden Möwe wiederzubegegnen.

Es kostete dich einiges an Überwindung, wieder mit Hüseyin zu sprechen. Doch schließlich tatst du es, weil der Anblick deines verzweifelnden Mannes, der auf einen Schlag zehn Jahre älter geworden sein musste, dir viel näher ging, als du dir eingestehen wolltest, Emine. Und auf deine Frage hin, eines Abends, zu zweit im Wohnzimmer in der stillen Wohnung ohne Hakan, Perihan und Ümit, tat er es. Er sprach. Sprach, wie er nie gesprochen hatte, und sagte die Wahrheit. Hüseyin redete in Brocken und Sprüngen, mühsam, weil er so selten von Dingen sprach, die ihn beschäftigten, und während er erzählte und dabei seine Finger in den Sessel krallte, fügten die Teile sich zusammen wie bei einem von Ümits riesigen Puzzles mit den galoppierenden Pferden und den saftigen grünen Traumlandschaften.

O *ist tot.*

Deine Augen wurden groß und klebten an Hüseyin, flehten Hüseyin an, dir jedes einzelne Detail zu erzählen. Alles, was er wusste, alles, was er dir erzählen konnte. Und Hüseyin erzählte, mit nur halb abgewandtem Gesicht, du sahst den jungen Mann, den du vor dreißig Jahren angelächelt hattest, im alten Mann, der dir berichtete. Wie *o* sich das erste Mal gemeldet hatte bei Hüseyin, wie *o* wenige Tage nach dem seltsamen Anruf bei euch zuhause Hüseyin in der Fabrik angerufen hatte, ihn zum Münztelefon im Belegschaftsraum kommen ließ, wie *o* sich vorstellte und sagte, *o* wisse nun alles über *onun* Adoption. Das war 1990, *o* sagte, *o* wolle nach Rheinstadt kommen, um *onun* Familie kennenzulernen. Wie Hüseyin *ona* antwortete, nein, komm nicht, und ruf hier nie wieder an. Wie Hüseyin Angst hatte, wie er nicht wusste, was richtig war und was falsch, wie er nicht wollte, dass deine alten Wunden wieder aufrissen, dass alles ins Wanken käme, dabei sollte es doch einfach irgendwie weitergehen.

Wie *o* erst vorletztes Jahr eines Nachmittags einfach vor der Kartonfabrik stand und Hüseyin abfing. Wie *o* Hüseyin ganz förmlich die Hand gab und sich als Ciwan vorstellte. Wie Hüseyin mehrmals nachfragen musste, bis er endlich verstand. Wie er sich wunderte über *onun* Kleidung, *onun* Haare und alles, die riesige Lederjacke, die Männerfrisur, der Bart in *onun* Gesicht. Wie *o* Erklärungen suchte, die Hüseyin nur noch mehr verwirrten, bis *o* schließlich sagte: *Ich bin wie Bülent Ersoy, nur andersherum*. Wie Hüseyin einfach wusste, dass *o* Ayşe und Ahmet verlassen hatte, dass *o* Ayşe und Ahmet sicher hatte verlassen müssen, weil sie *onu* so nicht akzeptierten. Wie Ayşe und Ahmet *onu* anscheinend zu jedem Hoca Wiens geschleppt hatten, um *onu* zu heilen. Wie sie *ona* schließlich im Eifer des Gefechts erklärt hatten, *o* sei gar nicht ihr leibliches Kind. *Onun*

Augen glänzten erwartungsvoll, in der Hoffnung, Hüseyin würde ihn trösten, ihn willkommen heißen. Wie Hüseyin kein Wort herausbrachte, weil er sich wunderte über *onun* perfektes Kurdisch. Und über den Namen, den *o* sich selbst gegeben hatte, statt dem Namen, den Ayşe und Ahmet in die zweite Geburtsurkunde schreiben ließen. Wie Hüseyin *ona* in der Stadt ein Essen ausgab, wie er *ona* vierhundert Mark am Automaten abhob und in die Hand drückte, wie er *ona* auf die Schulter klopfte, *onu* nicht umarmte, aber immer weiter klopfte. Wie er *onu* bat, bloß nicht dich zu kontaktieren, Emine, bevor Hüseyin mit dir gesprochen hätte. Wie *o* nickte und lächelte, mit enttäuschten Augen. Wie *o* das Geld zurück in Hüseyins Hand drückte und sich einfach umdrehte, wegging, verschwand. Wie *o* verschwand und sich nie wieder meldete, ganz so, als sei *o* nie da gewesen. Wie Hüseyin sich immer und immer wieder fragte, ob nun der richtige Zeitpunkt gekommen sei, mit dir zu sprechen, wie ihm aber einfach die Worte fehlten, wie er allmählich zweifelte, ob das alles überhaupt wirklich passiert war und nicht nur in seinem Kopf. Wie nun, zwei Jahre später, als Emine gerade Feraye zum Çaytrinken besuchte, Ayşe angerufen hatte, wie sie ohne Begrüßung nach all der Zeit einfach nur gesagt hatte, dass *o* gestorben sei, bei einem Autounfall, in Berlin. Wie Ayşe ins Telefon schluchzte und Hüseyin bat, für *o* zu beten, damit Allah *ona* vergab. Wie Hüseyin seitdem betete, ununterbrochen betete, aber nicht um *onun* Vergebung, sondern um seine eigene.

Du konntest nicht glauben, Emine, dass du die Chance gehabt hattest, *onu* zu sehen. *O* war hier gewesen, in Rheinstadt, nicht wie all die Jahre davor hinter einer nicht einmal in Gedanken überwindbaren Mauer in Österreich und in einem ganz anderen Leben. *O* hatte zu dir gewollt, Emine, *o* wusste von dir und hatte dich sehen, dich sprechen wollen. Du hättest *onu* in den Arm nehmen können, *onu* einfach nur lang im Arm halten können, hätte Hüseyin nicht alles geheim gehalten. Vielleicht wäre *o* nicht gestorben, dachtest du, wenn du auch nur von *o* gewusst hättest. Wenn Hüseyin es dir gesagt hätte, wenn er *onu* noch am selben Tag mit nach Hause gebracht hätte. Immer nur *hätte* … All die *hättes* reihten sich so endlos aneinander, dass dir schwindlig davon wurde, Emine, und du am Ende bei dir selbst landetest. Bei deiner eigenen Schuld.

Die Trauer zerrte an deinem Rock und zog dich so runter, wie sie auch an Hüseyin zerrte, so dass ihr in eurer gemeinsamen Trauer wieder zusammenfandet, Hüseyin und du. Schulter an Schulter standet ihr da und stütztet euch gegenseitig. Die Wohnung in Istanbul lockte wie ein Versprechen auf einen Neuanfang, Hüseyin schwärmte immerzu davon. Ein gemeinsames Leben an einem neuen Ort, an einem Ort ohne die Vergangenheit.

✦ ✦ ✦

Du stehst auf und öffnest die Balkontür, lässt die warme Nachtluft in den stickigen Raum ziehen. Der Boden rollt, aber das sind nur deine Schritte. Sevda sitzt zusammengekauert, gräbt sich die Fingernägel in die Stirn. Du ziehst den Vorhang vor die offene Balkontür und nimmst dein Kopftuch ab.

»Und dann kam Ayşe hierher. Sie hat hier getrauert, sie hat mich am Krankenhausparkplatz abgepasst. Kannst du das glauben? Wie kann sie nur? Seit dem Mittag frage ich mich nichts anderes, Sevda. Wie kann sie nur? Ich habe ihr mein Erstgeborenes anvertraut, mein Blut, mein Ebenbild, mein Baby. Und sie hat versprochen, es noch mehr zu lieben, als ich es je tun würde. Und was macht sie? Sie wirft es weg, wegen … Wegen einem Namen und einer Frisur. Wegen so etwas jagt sie mein Baby aus dem Haus, schmeißt es weg!«

Du sackst wieder auf das Sofa, klatschst dir mit beiden Händen auf die Oberschenkel, als müssest du einen bösen Geist vertreiben.

Sevda nimmt die Hände vom Gesicht und sieht dich mit einer Kälte an, die dich sticht.

»Wie kommst du darauf, dass sie es weggeworfen hat?«, fragt sie.

»Ayşe hat *onu* abgewiesen, in einem Moment, in dem *o* allen Halt dieser Welt gebraucht hat. Sie hat *ona* gesagt, du bist nicht mein Kind. In so einem Moment! Anstatt geduldig zu sein und auf Allahs Hilfe zu vertrauen … Wegen einem Namen. Wegen einem Namen!«

»Anne, ich denke nicht, dass es nur um einen Namen ging«, sagt Sevda und rollt mit den Augen.

»Willst du damit sagen, du gibst Ayşe recht? Dass sie das Richtige getan hat? Willst du das damit sagen?«, fragst du Sevda erschüttert.

»Nein, Anne«, erwidert Sevda bestimmt und schüttelt den Kopf. »Ich sage nur, es geht um mehr.«

»Worum denn? Um eine Frisur? Um eine Jacke, eine Hose? Was ist das alles wert, wenn doch *onun* Herz rein war?«

Sevda schüttelt wieder den Kopf und sieht dich skeptisch an. »Nein, Anne. Verstehst du denn nicht? *O* wollte sein, wer *o* ist, und als das respektiert werden.«

»Was macht es für einen Unterschied, Sevda? Ob *o* ein Kleid trägt oder eine Lederjacke, was ist der Unterschied? Hätte ich *onu* nie weggegeben, wäre das alles nicht passiert.«

»Unsinn«, ruft Sevda ungeduldig. »Du sagst das nur so leicht, weil es dir nicht passiert ist.«

»Was willst du, Sevda? Ich schütte dir hier mein Herz aus, liege kraftlos am Boden, und du trittst noch weiter auf mich ein?«

»Nein, Anne, ich trete nicht auf dich ein. Ich will nur, dass du aufhörst, dich selbst zu belügen und das arme Opfer zu spielen. Glaubst du wirklich, alles wäre anders gewesen?«

Du hebst die Hände in die Luft. »Wenn *o* bei uns geblieben wäre? Und ob ich das glaube!«

»Anne, was würdest du machen, wenn Ümit morgen käme und sagen würde: *Ich bin ein Mädchen, Anne.*« Sevda neigt ihren Kopf zur Seite. Sie schaut dich an, als würde sie dir eine Frage stellen, deren Antwort sie schon kennt.

»Tövbe Sevda, was redest du da für Zeug?«, rufst du entsetzt.

»Das ist mein Ernst, Anne. Sag es mir. Was würdest du machen, wenn er plötzlich Kleider tragen würde?«

»Ümit würde das nie tun«, sagst du und wischst verärgert mit der Hand durch die Luft, aber da spürst du etwas in deinem Nacken. Es ist wie ein kleines Zwicken. Eine blasse Erinnerung. Der Nagellack an Ümits Fingern, Ferayes mahnende Worte, sich besser um den Jungen zu kümmern.

»Und was würde ich machen, wenn Cem so wäre? Ehrlich gesagt, habe ich keine Ahnung, Anne. Ich weiß nicht, was ich machen würde. Aber ich glaube nicht, dass ich ihn mit offenen Armen empfangen und so tun könnte, als wäre alles in Ordnung. Und dass du das tun würdest, das glaube ich noch viel weniger …«

»Du verstehst gar nichts, Sevda«, zischst du. »Sie haben mir mein Kind genommen. Ich würde alles dafür geben, es wieder in den Arm nehmen zu können. Egal, wie es aussieht oder heißt.«

»Ach ja, und warum sagst du nicht *Ciwan*, wenn du von deinem Kind sprichst? Warum sagst du immer nur *o*? Wenn dir der Name so egal ist?«

Sie sieht dich erwartungsvoll an. Du reibst dir die Hände, knetest sie, als ob du sie unter einem Wasserstrahl reinwaschen wolltest.

»Für mich ist es mein Baby, Sevda, verstehst du? Ein Baby hat keinen Namen, es war doch noch so klein. Wir haben es nicht mit Namen gerufen. Wir hatten gar keine Chance, es irgendwie zu rufen, so früh war es weg. Oh, Sevda … «

Du spürst, wie dir dicke Tränen über die Wangen laufen und vom Kinn in die Hände tropfen. Du wischst sie nicht weg. Du sitzt bloß da und weinst leise weiter.

»Anne, bitte«, hörst du Sevdas Stimme. Sie klingt gereizt. »Ich halte das nicht mehr aus.« Du spürst, wie sie aufsteht. Du schaust auf und siehst Sevda vor die offene Balkontür treten und sich eine Zigarette anmachen, ohne rauszugehen.

»Was machst du da?«, fragst du, aber Sevda ignoriert dich. Sie schiebt den Vorhang ein Stück auf, bläst den ersten Zug genüsslich aus der Tür und dreht sich dann langsam zurück zu dir, hält die Zigarette mit gespreizten Fingern demonstrativ in die Luft.

»Du wirst nicht gerne hören, was ich jetzt sage, Anne. Aber wenn *o*, ich meine Ciwan, bei uns aufgewachsen wäre, dann wäre es nicht anders gekommen. Und ich glaube, wenn du nur ein bisschen ehrlicher wärst, dann würdest du das auch erkennen.«

»Red kein dummes Zeug, Sevda!«, keifst du und fährst dir nun doch mit den Handrücken über die Wangen, um sie zu trocknen. »Woher willst du das wissen? Hältst du dich jetzt auch noch für den Propheten, oder was?«

»Ich glaube das, weil du dasselbe mit mir gemacht hast, Anne.« Sevda spricht langsam und überdeutlich, als stelle sie dir die Diagnose für eine tödliche Krankheit. »Du hast mich vor die Tür gesetzt, in dem Moment, in dem ich dich am dringendsten gebraucht hätte.«

»Jetzt fängt das schon wieder an. Habe ich mich eben nicht entschuldigt? Was willst du denn noch?«, fragst du hilflos.

»Es geht nicht um Entschuldigungen, Anne. Das weißt du. Ich habe dir damals nach dem Brand erklärt, was ich will und wie ich leben werde, und du hast es nicht akzeptiert. Du hast mich zurückgeschickt, wissend, dass ich niemals zurückwollte zu Ihsan.«

Du ziehst am Kragen deines Nachtkleids und schüttelst ihn, damit Luft hineinströmt. Alles zittert, in deinem Körper. Du seufzt müde. »Dass sich alles immer um dich drehen muss, Sevda! Es geht hier nicht um dich.«

»Doch, Anne, es geht sehr wohl um mich«, sagt Sevda. »Denn ich bin die, die du statt *o*, ich meine, statt Ciwan, aufgezogen hast. Wenn du mir nun ins Gesicht sagst, bei dir wäre es ihm besser gegangen als bei Ayşe, dann musst du dir das anhören von mir. Denn es stimmt nicht. Das weiß ich. Niemand weiß es besser als ich.«

Du lässt deinen Kragen wieder los, sinkst langsam gegen die Sofalehne. Sevda steht noch immer mit der Zigarette an der Balkontür, aber ihre Stimme hallt so laut, als würde sich ein Ungeheuer über dir aufbauen.

»Anscheinend hast du es mit den anderen besser gemacht, mit Hakan und Peri und Ümit, vielleicht hast du aus deinen Fehlern gelernt, Anne, hast verstanden, dass deine Kinder eigene Persönlichkeiten haben. Dass sie keine Äste sind, die aus dir hinauswachsen. Dass sie ihre Entscheidungen nicht für oder gegen dich treffen, sondern für sich selbst. Und nur für sich. Vielleicht ist Peri auch einfach stärker als ich und kann sich gegen dich durchsetzen, keine Ahnung. Aber hör jetzt zu! Mit mir hast *du* damals genau dasselbe gemacht wie Ayşe mit *o*, mit Ciwan. Als ich mich einfach nur gezeigt habe als die, die ich bin, ohne Lügen, ohne Spielchen, als ich einfach nur ich selbst sein wollte, da hast du mich verstoßen.«

Das Sofa knarrt unter dir, Emine. Tiefer kannst du dich nicht hineindrücken. Du wünschst, du könntest dich in der Sofafalte verkriechen und dort in Ruhe liegen bleiben, einfach nur bei dir selbst, ohne die Welt da draußen.

»Ihr habt uns verraten«, sagt Sevda. »Für irgendwelchen Quatsch, den ihr irgendwo aufgeschnappt habt, bei euren eigenen Müttern und Vätern, bei euren Nachbarn, in euren Moscheen, im Fernsehen, ihr habt Sachen aufgeschnappt und sie uns übergestülpt, nein, ihr habt uns in sie hineingezwängt wie in ein Gefängnis. Ihr habt alles nur übernommen, ohne euch auch nur einmal zu fragen, ob es so überhaupt gut für euch ist. Ob es gut für uns ist! Diese Ignoranz, sie treibt mich in den Wahnsinn, und ich will nur noch schreien, wenn du so tust, als seist du auch nur ein Gramm besser als Ayşe. Nein, das bist du nicht!«

Ganz von selbst betet dein Kopf lautlos die Sure Al-Fatiha herunter, seit Sevda die Moscheen erwähnt hat. Du betest um Vergebung, für deine Tochter. Du fährst dir mit den Händen über dein starres, verweintes Gesicht, beginnst, von vorne zu beten.

»Weißt du, Anne, es ist leicht, zu sagen, die anderen waren schuld, dass dir Ciwan genommen wurde. Oder auch, dass die Zeiten anders waren und ich deshalb nicht zur Schule ging. Dass Mädchen eben nicht zur Schule gingen damals, weil sie

Mädchen waren. Aber es war nicht Baba, der mir verboten hat, zur Schule zu gehen. Es war nicht Baba, der mich unbedingt verheiraten wollte, sobald ich achtzehn wurde. Das warst du, Anne. Denkst du, ich weiß das nicht? Es mag stimmen, dass Männer das Sagen haben, ja, es ist 1999, verdammt nochmal, und es ist immer noch so. Aber damit sie das können, damit sie für immer alles bestimmen, dafür brauchen sie Leute wie dich. Frauen, die andere Frauen für immer kleinhalten. Die ihre Kinder zwingen, dasselbe verkackte Leben zu führen, das sie selbst auch hatten. Für mich gilt das ja auch, ich merke es, wann immer ich die Kinder anschreie oder bestrafe. Ich muss mich dann immer wieder daran erinnern, dass das nicht geht, dass ich nicht so sein will wie du. Aber so verlogen und scheinheilig wie du kann ich niemals sein.«

Sevdas Stimme entgleitet dir, sie wird langsam zu einem Hintergrundgeräusch. Du musst an die Erde denken, Emine, die sie heute auf deinen Hüseyin geschaufelt haben, auf sein weißes Tuch. Die Erde war ganz locker und trocken, du sahst keinen einzigen Käfer darin. Du fragst dich, wie lange es dauern wird, bis die Maden an Hüseyin nagen. Du fragst dich, ob Licht durch die Erde bis nach unten durchdringt. Ob sich das Leichentuch von der Sonne erwärmen kann. Oder ob es selbst im August kalt und dunkel ist da unten, in der Zwischenwelt.

»Du hast mich einfach nicht zur Schule geschickt. Dir erscheint das wie ein harmloses Versäumnis, du sagst einfach, das war damals so, dein Mann, deine Schwiegermutter, weiß Gott wer, wollten es angeblich so. Du denkst, du schiebst das von dir weg, und die Sache ist gegessen. Aber so einfach ist es nicht, Anne. So einfach ist es nie. Weißt du, wie sehr deine Entschei-

dung mein Leben bestimmt hat? Weißt du, wie es sich anfühlt, als einzige Person in einem Raum nicht richtig lesen zu
können? Weißt du, wie es sich anfühlt, alle Briefe immer von
meinen Angestellten schreiben zu lassen? Weißt du das?
Manchmal läuft ein Film, der in einer Schule spielt oder einer
Universität, und dann muss ich weinen, Anne. Weißt du, wie
schlimm es für mich ist, dass ich Cem nicht bei seinen Haus-
aufgaben helfen kann? Weil ich keine Ahnung habe, gar keine?
Bahar muss ihre Entschuldigung selbst schreiben, wenn sie
in der Schule gefehlt hat, und ich unterschreibe nur. Weil eine
Zweitklässlerin es besser macht als ich, Anne.«

Du fährst dir wieder über dein Gesicht. Du betest für Hüseyins
Seele und darum, dass er auch dich bald zu sich holt. Das Hier
und Jetzt fühlt sich so falsch an. Wenn heute Nacht deine Zeit
käme, du wärst bereit zu gehen, Emine.

»Du wirst jetzt sagen, dass du nicht einmal Deutsch sprechen
kannst, und dass das halt so ist, aber nein, so ist es nicht einfach. Du bist meine Mutter, ich bin dein Kind. Du hättest mir
das alles ermöglichen können. Müssen. Ich wollte es ja. Aber
stattdessen hast du mich nur ein paar Monate zum Deutschkurs geschickt, und das auch nur, weil ihr Geld dafür bekamt.
Und dann habt ihr mich einfach an den Erstbesten verheiratet,
um mich loszuwerden, obwohl ich gar nicht heiraten wollte!
Ich sehe, du willst das nicht hören, aber mit wem sonst soll
ich darüber reden, Anne? Soll ich es meinen Angestellten erzählen, meinen deutschen Kunden, meinen Nachbarn, damit
sie mich bemitleiden und sagen, *ja bei euch werden die Frauen
unterdrückt, ne? Ihr Armen.* Ich will deren Mitleid nicht, Anne.
Ich will nicht bestätigen, was die sowieso von uns denken. Ich

will nur, dass du begreifst, dass du hier nicht das Opfer bist. Sondern dass auch du verantwortlich bist. Und zwar auch für das, was ihm, was Ciwan passiert ist. Und zwar nicht, weil du ihn weggegeben hast. Sondern weil du genau dasselbe getan hättest, was Ayşe getan hat. Weil du ihn nicht akzeptiert hättest. Ja, ja, bete nur wie immer, aber bete lieber für dich selbst, nicht für Ciwan oder mich. Das Beste, was Ciwan passieren konnte, war dir niemals begegnen zu müssen. Baba hat alles richtig gemacht.«

Sevda schnappt nach Luft, als sei sie noch nicht fertig. Als gebe es überhaupt noch irgendetwas, das sie dir heute noch nicht an den Kopf geworfen hat. Aber du hebst die Hand, Emine. Du sagst nichts, du hebst nur die flache Hand, wie ein Schild oder ein Haltezeichen. Bis hierher und nicht weiter. Sevda wirft den Kopf in den Nacken und atmet aus.

Du stehst langsam auf. Du gehst ins Schlafzimmer. Auf dem Weg schwankt alles ganz leicht. Du schaltest das Licht im Flur aus, in dem Hüseyin gestorben ist. Du machst einen Schritt, noch einen Schritt, und da springen dir Glutfunken entgegen, blaue und gelbe und rote, du wedelst sie mit den Händen weg und gehst weiter. Du achtest auf deinen Atem. Du darfst jetzt bloß nicht umkippen, Emine. Nicht jetzt. Du willst es wenigstens in dein Zimmer schaffen und allein sein, solltest du umfallen. Du betrittst das dunkle Schlafzimmer und bleibst einen Moment stehen, weil dir anscheinend schwindelig ist oder etwas anderes nicht stimmt. Du schaust in die Ecke, in die ein bisschen Licht von draußen dringt. Der zugehängte Spiegel. Du gehst auf ihn zu, nimmst das Tuch weg, denkst an Hüseyins Leichentuch. Ein erschöpftes Gesicht erscheint im hellgrauen Mondlicht.

Ja, Emine, es stimmt, nicht nur Ayşe ist alt geworden. Sieh dich an. Dein Gesicht gleicht den ungebügelten Hemden Hüseyins, an denen du heute Morgen noch gerochen hast. Zerknittert und weiß. Du bist jetzt eine von den Alten geworden, Emine. Weißt du noch, wie man von ihnen sprach, als du ein Kind warst? Wie man dir beibrachte, immer auf die Alten zu hören und ihre Worte zu achten, weil aus ihren faltigen Gesichtern die Weisheit spreche? Wie kommt es, dass niemand deine Worte achtet, jetzt, wo auch dein Mund von Falten gerahmt ist? Kann es sein, dass diese angebliche Weisheit der Alten nur eine Illusion war? Kann es sein, dass du den Respekt, den du von allen einforderst, gar nicht verdient hast? Hat Sevda womöglich recht mit all diesen Dingen? Oh, Emine. Deine Tochter hat dir das Herz gebrochen, nicht wahr? Oh, Emine. Jedes ihrer Worte hat dir einen Stich versetzt, wie tausend kleine Obstmesser, die nicht scharf genug sind, um dich umzubringen, aber die umso mehr schmerzen, weil auf jeden Stich ein neuer folgt, weil dich nichts vom Schmerz erlösen wird. Was willst du bloß tun, Emine? Du kannst nichts tun, du musst mit dieser Wahrheit leben. Sevda hat recht. Du hättest *onu* nicht retten können. Es gibt nichts, was dich von Ayşe unterscheidet. Früher warst du die Gesündere, aber all das ist längst dahin.

Aber wenn du jetzt, mit diesem Wissen, alles von vorne erleben könntest, wenn du genau dasselbe Leben von neuem leben würdest, dann würdest du es anders machen, Emine, nicht wahr? Du müsstest es anders machen. Und ebendas wäre dann wohl diese Weisheit, von der die Menschen so gerne sprechen.

Aber du weißt, dass es so etwas nicht gibt, Emine. Es gibt keine zweite Chance, es gibt kein zweites Leben. Es gibt ein Leben und einen Gott, und nichts kann daran etwas ändern. Nicht einmal, dass du jetzt, in diesem Moment, mit deinen fünfzig

Jahren, in der frischgestrichenen Wohnung deines toten Ehe-
mannes, zum ersten Mal, seit du denken kannst, etwas willst.
Etwas so sehr willst, dass deine Brust vor Aufregung bebt bei
dem Gedanken daran. Du willst alles von vorne erleben, du
möchtest noch eine Chance, du möchtest alles zurückspulen
wie eine Videokassette. Du willst zurückspulen bis zu dem
Abend, an dem du mit *o* im Arm und *onun* Urkunde aus der
Stadt zurück in euer Dorf kamst. Du willst zurückspulen zu
der Silvesternacht in Rheinstadt, als du Sevda weggeschickt
hast. Aber das wird nicht gehen, Emine. Das Leben ist kein
Kassettenband, das sich nach Belieben vor- und zurückspulen
lässt. Dein Schicksal steht längst geschrieben, und das weißt du
nur zu gut.

Du denkst an die Hemden im Schrank. Geh hin und nimm sie
heraus, riech nochmal an ihnen. Zieh den Duft von Hüseyin in
dich ein, solange er noch in ihnen ist. Wie lange wird es dauern,
bis sich dieser süße, hölzerne Geruch von den Hemden löst, bis
ihr Stoff nur noch alt und staubig riechen wird und du dich
nicht mehr daran erinnern kannst, wie Hüseyin roch, klang,
schmeckte? Kannst du die Hemden nicht so vakuumieren wie
das Fleisch nach dem Opferfest, das du in kleinen Portionen
einfrierst, um es über das Jahr hinweg aufzutauen und daraus
Suppen und Eintöpfe für deine Familie zu kochen? Wen willst
du überhaupt noch bekochen, Emine? Nur noch Ümit ist bei
dir, und das auch nicht mehr lange, und Ümit isst nicht einmal
gerne Fleisch. Um wen willst du dich sorgen, wenn Ümit in ein
paar Jahren auch zum Studieren wegzieht? Wer wird für dich
sorgen, Emine?

Du bist müde. Komm, geh ins Bett. Die Sonne geht bald auf.
Du brauchst ein wenig Schlaf vor dem Morgengebet. Leg dich

endlich schlafen, auch dieser Tag muss ein Ende haben, irgendwann. Der Boden zittert unter deinen Füßen. Hast du vergessen, deinen Blutdrucksenker zu nehmen? Die Pillen sind in der Tasche, dort vorne auf dem Boden. Vielleicht solltest du doch das Licht anmachen, damit du die Tasche findest. Du gehst noch einen Schritt, aber der Boden vibriert jetzt plötzlich so heftig, dass du erstarrst. Was ist bloß los mit dir? Dieses Beben kennst du nicht, dieses Beben ist anders als das Zittern in dir. Es schwankt, alles schwankt um dich herum. Etwas wirft dich fast vornüber, auf den Boden. Du streckst deine Arme aus, um das Gleichgewicht zu halten. *Anne!*, hörst du Sevda schreien, dein Kind schreit nach dir, und dann hörst du einen heftigen Schlag und das Klirren von zerbrechendem Glas, von zehn, zwanzig Gläsern. Deine Füße tragen dich über den bebenden Boden zur Wand, wo der Lichtschalter ist. Du knipst ihn an. Über ihm zieht sich ein Riss durch die Wand. Da war nie ein Riss, oder? Der Riss wächst, er wird schwärzer, er läuft die Wand runter zum Boden, rast weiter, vor deinen Augen. Du siehst dich um, siehst, wie die Kommode wackelt, wie Hüseyins und dein Bett ruckelt, es schüttelt sich geradezu. Du wirfst einen Blick aus dem Fenster und siehst alles einstürzen, das wegsackende Gebäude gegenüber, der Himmel vor der Morgenröte, alles kippt. Wie kann das sein?

Anne! Anne. Ein Erdbeben!

Du drehst dich um und siehst Sevda am Ende des Flurs, siehst ihren Blick, die Angst und vielleicht auch die Liebe darin. Du läufst auf sie zu, aber eine ungeheure Kraft wirft dich wie ein Nichts gegen die Wand.

Anne!

Etwas streichelt deinen Kopf, etwas rieselt auf ihn. Ist das Erde? Ist das Staub? Sevda rennt auf dich zu. Du fasst dir an die Schulter, die eben gegen die Wand geprallt ist. Sie schmerzt. Das Rieseln wird zu Hagel, dann zu Lärm. Ein Lärm, der dir die Ohren betäubt, ein Lärm, der wie ein Stromschlag durch deinen ganzen Körper zuckt. Sevda ist ganz nah. Alles über dir stürzt ein, die Decke bricht über deinem Kopf zusammen. Es ist jetzt schlagartig dunkel, vollkommen dunkel, dunkel wie das Dorf früher in der Nacht, so dunkel, dass du nicht sagen kannst, ob deine Augen offen oder geschlossen sind, ob du wach bist oder schläfst. Die dunkelste Dunkelheit, die dich je ereilt hat. Und deine linke Hand bleibt, wo sie ist, an der gegenüberliegenden Schulter. Eine Schwere legt sich auf deine Glieder, so dass du nichts mehr bewegen kannst, Emine. Keinen Arm. Keinen Finger. Nichts. Dein Herz pocht so wild, dass du dein Nachtkleid aufreißen willst, um ihm Platz zu machen. Aber du kannst es nicht, Emine. Deine Hände scheinen in Fesseln zu liegen, deine Füße und dein Hals ebenfalls. Ein Gedanke schießt wie ein neuer Glutfunken durch die Dunkelheit. *Sevda!* Deine Lippen formen ein *Sevda!* Aber verlässt das Wort auch deinen Mund? Oder bleibt es in dir drin liegen? Ist es auch in Fesseln, wie alles andere? *Anne!* hörst du da aus weiter Ferne jemanden rufen.

Anne, hörst du mich? Sie werden uns finden. Beweg dich nicht!

Du willst sagen, Sevda, das ist das erste Mal in meinem Leben, dass ich tun werde, was du sagst. Ich werde mich nicht bewegen. Denn wie sollte ich auch? Und du denkst: Wer sind *sie*? Wer bitte sind *sie*? Wer bitte soll uns finden? Die Fragen drehen sich so schnell wie ein Kreisel in deinem Kopf, obwohl die eigentliche Frage lauten müsste: Willst du denn gefunden werden, Emine? *Versteck dich, sie kommen,* meinst du Hüseyin flüstern zu hören. Du erinnerst dich, wie er im Sommer in Karlıdağ ankommt, mit bunt verpackten Geschenken aus Deutschland und einem Lächeln in seinem traurigen Gesicht.

Hast du nicht vorhin im Wohnzimmer die Spinnen-Sure aufgesagt, Emine? Al-Ankabut?

Das Gleichnis derer, die sich anderen außer Allah anvertraut haben, ist wie das Gleichnis von der Spinne, die sich ein Haus genommen hat; und kein Haus ist so schwach und unbeständig wie das Haus der Spinne. Wenn sie es doch nur wüssten.

Waren das nicht die Worte, die du innerlich immer wieder wiederholt hast, die Worte, deren Bedeutung du auf Türkisch kennst, weil diese Sure eine deiner liebsten ist? Nun sitzt du selbst im Haus der Spinne, Emine, in dem Haus, das so schwach und unbeständig war wie kein anderes. Wie kann das sein? Du und Hüseyin, ihr habt euch doch Allah anvertraut, euer ganzes Leben lang. Wie kommt es, dass du nun gefangen bist im Schutt des Spinnenhauses? *Versteck dich, sie kommen.*

Weißt du noch, in dem Herbst, bevor du mit Ümit schwanger wurdest, Emine? Die Serie über Familie Weiss, die Holocaust-Serie? Weißt du noch, was deine Nachbarin Latife sagte, als du ihr von der Serie erzähltest? Sie und ihre wilde Tochter Havva lebten noch in Deutschland. Es war kurz bevor sie zurückzogen nach Hatay. Latife schlürfte langsam ihren Nescafé und sagte, ihre Großmutter hätte ihr früher ähnliche Geschichten erzählt.

Aber nicht über die Juden in Deutschland, sondern über die Christen in der Türkei.

Was sagst du da, Latife?, hast du aufgebracht gefragt, Emine. *Das kann nicht sein*, hast du gesagt. *Ich weiß nicht, wovon du sprichst.* Und doch lagst du immer häufiger mit offenen Augen im Bett und hörtest Hüseyin beim Schlafen zu. Du hast dich gefragt, wieso Latifes Mann zurück in die Türkei wollte, wenn solche Dinge dort geschehen waren. Du fragtest dich, warum ihr, Hüseyin und du, unbedingt in Deutschland bleiben wolltet, jetzt, da ihr wusstet, was hier geschehen war. Und irgendwann, als sich alles in deinem Kopf nur noch wie ein Ameisenhaufen widersprach, hast du deinen Mann geweckt und ihn zur Rede gestellt, Emine.

Was hast du in der Armee gemacht, Hüseyin?

Was meinst du, Emine? Was man in der Armee eben so macht.

Ja, was ist das? Was macht man als Soldat in Hakkari?

Man beschützt das Land, Emine. Und mal schält man auch nur Kartoffeln. Das kommt ganz darauf an.

Und vor wem beschützt man das Land?

Vor den Räubern in den Bergen. Und vor den Feinden, die das Land zerstören und in Stücke teilen wollen.

Wer sind die Feinde, Hüseyin? Hast du sie je gesehen?

Was willst du von mir, Emine? Was verstehst du schon von solchen Dingen?

Sag es mir, Hüseyin. Wer sind diese Räuber, gegen die du gekämpft hast?

Ich habe gegen niemanden gekämpft, Emine. Ich habe nur darum gekämpft, lebend dort rauszukommen.

Und warum hast du uns verboten, Kurdisch zu sprechen?

Weil es gefährlich war, Emine. Weil man uns in der Armee beigebracht hat, dass es keine Kurden gibt. Weil wir jedem, der sich dafür ausgibt, ins Gesicht spucken und sagen sollten, in diesem Land gibt es nur Türken und sonst nichts.

Und warum mussten wir aus dem Dorf wegziehen?

Weil es in der Stadt sicherer war. Weil die Armee durch Dörfer zog und die Bewohner von der Herrschaft der Räuber befreien wollte. Aber die Dorfbewohner schützten die Räuber. Sie litten unter ihnen und hielten trotzdem zu ihnen. Du kannst ihnen die Fingernägel rausreißen, und sie werden sie trotzdem nicht verraten, weißt du? Die Leute sterben füreinander, Emine. Willst du, dass unsere Kinder sterben?

Dein Hals ist trocken, Emine. Du willst husten. Du öffnest deinen Mund mit aller Kraft, aber du öffnest ihn gar nicht, er bleibt einfach zu. Dein Husten steckt dir im Hals. Du schnappst nach Luft. Es ist zwecklos. Sevdas Stimme ist verstummt. Bestimmt hat sie es rausgeschafft? Bestimmt holt sie Hilfe? In der Stille und der Dunkelheit ist nichts mehr außer dir und deinem Röcheln und plötzlich der Gewissheit, dass es zu spät ist, um auf Hilfe zu hoffen. Doch da ist noch etwas, Emine. Du fragst dich, wer ich bin? Das ist nicht wichtig, Emine. Die eigentliche Frage ist, wer du bist. Denn ich bin nur ein Teil von dir, Emine. Ich bin die Kluft zwischen deinem Glauben und deinem Handeln. Ich bin der Widerspruch zwischen dem Bild, das du von dir selbst hast, und dem Gesicht, das du den anderen zeigst. Ich bin die Lücke zwischen dem, was du für richtig hältst und für falsch, der feine Riss in deiner Moral, der Zwiespalt zwischen deinem Sein und deinem Sollen. Ich bin einfach nur die Stimme in deinem Kopf, Emine. Ich bin nichts ohne dich. Also sag mir, wer bist du?

Das Ticken der Pendeluhr. Alles ist hinabgestürzt und kaputt und blind, aber die Zeit, sie läuft noch immer weiter. Sie bringt dich weg von hier, Sekunde um Sekunde, Emine. Sie bringt dich näher zu Hüseyin. Er wartet auf dich, Emine. Er zieht die Möwe in seinem Gesicht vor Freude hoch und lächelt dir zu. Du bist bereit. Du sprichst dein letztes Gebet und ganz plötzlich riecht es nicht mehr nach Schutt, sondern nach etwas anderem. Du kennst diesen Geruch, du kennst ihn irgendwoher, erinnere dich, Emine. Es riecht nach triefendem Fett, nach geschmortem Gemüse, nach Fleisch, nach Zuhause. Du stehst in deiner Küche in Rheinstadt. Sevdas Kinder rennen an dir vorbei, sie spielen Fangen in der ganzen Wohnung. Du siehst ihnen hinterher und lächelst. Das sind Kinder, Emine, so sind sie. Du öffnest vorsichtig den Ofen. Die Gans sieht gut aus, saftig, sie glänzt golden, sie ist genau richtig. Du nimmst sie aus dem Backofen und trägst sie ins Wohnzimmer zum Esstisch. Alle sitzen schon da und warten auf dich. Sie begrüßen dich mit geduldigen Augen. Im Fernsehen läuft Ibos Show, Ibo singt eine Uzun Hava, das Publikum im Studio applaudiert wie auf Knopfdruck. Hakan legt seine Kamera weg, macht Platz auf dem Tisch, damit du den Braten abstellen kannst. Hüseyin stellt den Fernseher leise. Perihan schenkt Cola in die Gläser ein. Ümit kann es nicht abwarten und trinkt sein Glas sofort aus. Sevda setzt die Kinder neben sich auf ihre Stühle. Du rückst den Braten zurecht und bittest Hüseyin, ihn zu schneiden. Er sagt: *Das Essen riecht wunderbar, das hast du gut gemacht, Emine.* Du nickst ihm lächelnd zu. Ümit fragt: *Was ist das für eine Sprache, Baba?* Hüseyin streichelt ihm über den Kopf und fängt an, ihm von seiner Kindheit zu erzählen. Du schenkst Ümit nach. Hakan steht auf und sagt auf seine stürmische Art: *Ich breche meine Ausbildung ab, ich will das alles nicht mehr.* Du und Hüseyin, ihr zögert kurz, blickt euch an. Dann sagt ihr: *Das ist deine Entscheidung, Oğlum. Du bist ein erwachsener Mensch.* Perihan trägt wieder Schwarz. Sie lächelt besorgt, sie fragt dich: *Wie ist es mit deinen Schmerzen, Anne?* Du siehst in ihrem Gesicht, dass sie ihren eigenen Schmerz hat. Du sagst: *Wenn es Schmerzen gibt, gibt es auch Heilung, Kızım.* Sie nickt dir dankbar zu. Und dann gehst du um den Tisch zu Sevda und beugst dich an ihr Ohr. Du legst ihr die Hände auf die Schultern, du flüsterst: *Du musst nicht zurück zu Ihsan, Sevda. Bleib hier, Kızım. Das hier ist doch auch dein Zuhause.* Sevdas Augen füllen sich mit Tränen und Freude. Sie küsst dir die Hand. Und gerade willst du dich wieder an deinen Platz setzen, da klingelt es an der Tür. Sevda steht auf, aber du sagst: *Ich gehe schon, Kızım.* Du machst die paar Schritte durch den dunklen Flur. Du findest die Wohnungstür auch ganz ohne Licht, du kennst den Weg, das hier ist dein Zuhause, Emine. Dein Platz in der Welt. Der Ort, an dem alle Menschen zusammen sind, die du liebst und die dich lieben. Der Ort, an dem man einander immer vergeben wird. Weil Vergebung das Einzige ist, was gegen unsere Einsamkeit hilft. Weil anderen zu vergeben der einzige Weg ist, dass auch dir vergeben wird. Dass du dir selbst vergeben kannst.

Du öffnest die Tür. Dein Herz geht auf. Du sagst:

Ciwan.

INHALT